코마키 · 나가쿠테(小牧長久手) 전투(1584) 병풍도 앞부분.
오다 노부오 · 도쿠가와 이에야스 연합군과
도요토미 히데요시 군의 전투 장면.

德川家康

도쿠가와 이에야스

2부 승자와 패자

12 용호상박

야마오카 소하치 대하소설

이길진 옮김

德川家康

2부 승자와 패자

12 용호상박

도쿠가와 이에야스

솔

『도쿠가와 이에야스』를 바로 읽기 위해

1. 본문 중 °표시가 된 용어는 용어 사전에서 풀이하였다.
2. 본문 중 *표시가 된 용어는 용어 사전 외에 부록 및 지도 등에서 설명하였다(다른 권 포함).
3. 인명과 지명은 원음 표기를 원칙으로 하며, 된소리를 피하고 거센소리로 표기하였다. 단 도쿠가와와 도요토미만은 원음과 차이가 있지만 일반인에게 익숙한 이름이기에 외래어 표 기법에 따랐다. 장음은 생략하였다.
4. 인명, 지명 및 고유명사는 처음 나올 때 원어를 병기함을 원칙으로 하였으며, 강과 산, 고 개, 골짜기 등과 같은 지명 역시 현지 음대로 강=카와(가와), 산=야마(잔, 산), 고개=사 카(자카), 골짜기=타니(다니) 등으로 표기하였다.
5. 성과 이름 중간에 나오는 것은 대부분 관직명과 서열을 나타내는 것인데, 그 당시의 관습 에 따라 이름과 혼용하여 쓰이는 경우도 있다. 각 관청 및 관직에 대해서는 부록에서 설명 하였다.

    ex) 히라테 나카츠카사노타유 마사히데 → 히라테 마사히데(이름) + 나카츠카사노타유 (나카츠카사의 장관), 아마노 아키노카미 카게츠라 → 아마노 카게츠라(이름) + 아키 노카미(아키 지방의 장관)

6. 시간과 도량형은 아즈치 · 모모야마 시대에 쓰던 것을 그대로 따랐으며, 역시 부록에서 설 명하였다.

차례

《 코마키 · 나가쿠테 전투 참고도 》

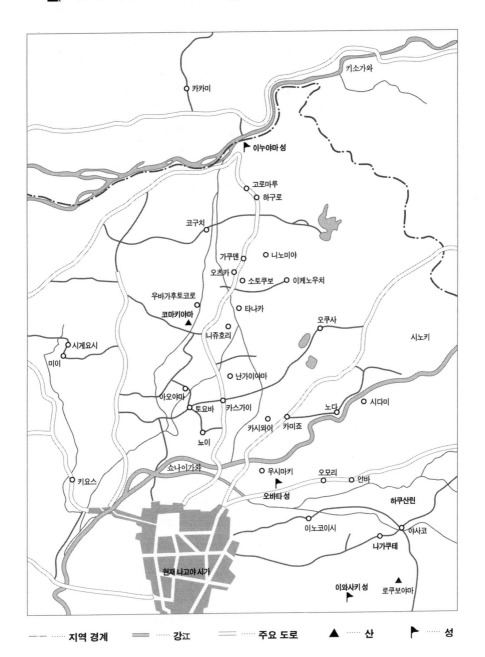

—— 지역 경계　　▬▬ 강江　　══ 주요 도로　　▲ 산　　► 성

경골硬骨과 연골軟骨

1

챠야 시로지로茶屋四郎次郎*는 하마마츠 성浜松城에서 이에야스家康*를 만난 뒤 그길로 다시 훌쩍 길을 떠났다. 그의 보고는 아주 상세한 것이었음이 틀림없고, 이에야스도 어떤 새로운 지시를 내렸을 것이다. 그러나 이에야스는 아무 말도 하지 않았고, 시로지로 역시 어디 들르는 것 같지도 않았다.

이미 5월에 접어들어 있었다. 시바타 카츠이에柴田勝家의 멸망에 대해서는 히데요시秀吉*로부터 자신의 선전을 겸한 통지가 있었다. 이세伊勢 방면에 출전해 있던 카리야刈谷의 미즈노 소베에 타다시게水野惣兵衛忠重가 코호쿠湖北 공방전을 그림까지 곁들여 상세히 보고해왔기 때문에, 이에야스도 대체적인 것은 알고 있었다.

이에야스가 알고 있으면서도 시치미를 떼는 것은 무언가 생각하는 바가 있기 때문일 터. 그러나 언제부터인지 들려오기 시작한, 히데요시가 오사카 성大坂城을 쌓는다는 풍문은 측근 장수들의 신경을 몹시 자극하고 있었다.

히데요시는 대인관계에서 노부나가信長처럼 심한 증오는 그의 적에게도 보이지 않았다. 오히려 타케다武田 가문의 유신遺臣을 대하는 이에야스의 태도를 본받고 있는 것 같기도 했다.

카츠이에게만은 가차없는 태도로 대했다. 그러나 그 전후 행동에 애매한 태도를 보인 무장들은 그대로 휘하에 포섭하여 지금은 20여 개 지역을 그 수중에 넣고 있었다.

지금의 히데요시 실력으로 본다면 충분히 30개 지역의 인원을 동원하여 오사카에 성을 쌓을 수 있었다. 그렇다고 해서 쌓고 있는 성이 두려운 것은 아니었다. 다만, 성이 완성된 뒤에 있을 침략을 사람들은 우려하고 있었다.

"천하를 평정한다."

이런 구실로 군사를 동원한다면 동쪽의 도쿠가와德川와 호죠北條도, 북쪽의 우에스기 카게카츠上杉景勝도, 츄고쿠中國의 모리 테루모토毛利輝元도 이미 그에게 대항할 수 없었다.

그렇다고 해서 불과 1년도 안 되는 동안에 오다織田 가문의 옛 영지를 거의 손에 넣은 히데요시에게, 이대로 신하의 예로 대해야 한다는 것이 완고한 미카와三河 무사로서는 차마 할 수 없는 일이었다.

"이것 참, 대단한 도적이 나타났어."

"뭐, 도적이?"

"그렇다니까, 치쿠젠筑前(히데요시) 말이야. 원래 그 사람은 노부시野武士°와 손을 잡은 농민의 자식이라 의리도 도리도 모르는 자일세. 그러나저러나 아케치 미츠히데明智光秀를 역신逆臣으로 몰더니 그 입술에 침도 마르기 전에 슬쩍 천하를 훔치려 들고 있어. 정말 어처구니 없는 녀석이 나타났다니까."

이런 풍문이 히데요시의 혁혁한 승전소식과 함께 어느새 하마마츠 성 안팎으로 퍼져나갔다.

이에야스는 여전히 마이동풍, 7월에는 다시 스루가駿河에서 카이甲斐로 여행한다고 했다.

"성주님은 어떻게 하시려는 것일까?"

5월 초순 어느 날 오후.

장마인 듯한 비가 처마를 두드리는 서원에서 이에야스는 열심히 카이와 스루가의 새로운 성채의 평면도를 살펴보고 있었다. 그때 혼다 사쿠자에몬本多作左衛門이 어슬렁어슬렁 들어왔다.

이에야스는 들어서는 사쿠자에몬을 흘끗 바라보았을 뿐 입을 다문 채 붓을 놓지 않았다.

"성주님!"

사쿠자에몬은 이번에는 의도적인 듯 주인님이라 부르지 않았다. 여전히 기름 먹인 종이로 만든 두건을 쓰고 있었다.

"노부오信雄 님은 오직 성주님의 힘만 믿고 있습니다. 어쩌자고 코슈甲州에는 가려고 하십니까?"

마치 꾸짖기라도 하는 듯한 무례한 어조였다.

2

이에야스는 잠시 후 천천히 붓을 놓았다. 그리고는 벼루의 뚜껑을 닫고 나서 평면도를 접었다. 사쿠자에몬이 무슨 말을 하려는지 이미 잘 알고 있는 듯했다. 별로 귀를 기울일 것 같지 않은 태도가 그 동작에 드러나 있었다.

"사쿠자에몬."

이에야스가 마침내 돌아다보았다.

"챠야가 그대를 만나고 떠났나?"

사쿠자에몬은 그 말에 홍 하고 코웃음치듯 웃었다.

"저는 그 사내와는 별로 친한 사이가 아닙니다."

"허어, 또 그대의 버릇이 나오는군. 까닭 없이 싫어졌나?"

"처음부터 주는 것 없이 미웠습니다, 그 사내는. 그 사나이를 보면 치쿠젠의 공로를 일부러 하마마츠에까지 자랑하러 왔다는 것이 그 얼굴에 씌어 있거든요. 치쿠젠의 독기毒氣에 쐬어 기가 질렸다고 씌어 있단 말입니다."

"사쿠자에몬, 그런 이야기라면 밤에나 하게. 이제부터 난 아이들이나 보러 가겠어."

사쿠자에몬은 혀를 차고 고개를 흔들었다.

"그보다도 사람들을 물리쳐주십시오."

"뭐, 사람들을 물리치라고?"

"예, 조심하지 않으면 이 성에서도 치쿠젠에게 내응할 자가 생길 것 같습니다."

사쿠자에몬은 이렇게 말하면서 근시近侍와 코쇼小姓°들을 짓궂게 둘러보았다.

"제게 별도로 조사한 것이 있습니다마는, 정말이지 천하에는 얼빠진 자들이 많아서…… 여기 치쿠젠의 독기에 쐬어 배신한 자들의 이름을 적어왔습니다. 사람들을 물리고 보시도록 하십시오."

이에야스는 말없이 앉아 있는 코쇼들을 홀끗 둘러보고 이맛살을 찌푸리며 씁쓸히 웃었다.

"사쿠자에몬이 청하고 있으니 모두 물러가 있거라."

모두들 옆방으로 물러난 뒤 이에야스는 다시 말을 이었다.

"또 불만이 있어서 찾아왔나, 영감?"

그러나 이때 사쿠자에몬은 이미 조금 전과 같은 무뚝뚝한 얼굴이 아니었다.

12

"성주님!"

엄숙한 소리로 불러놓고 나서 빙긋이 웃고 있었다.

"치쿠젠이 승리하게 된 까닭을 잘 아셨습니까?"

"뭐, 치쿠젠이 승리하게 된 까닭?"

"예…… 이번에도 야전보다는 성을 공격한 싸움에 볼 만한 점이 있는 것 같습니다…… 그렇다고는 하지만 치쿠젠의 진정한 강점은 우세한 군사력…… 이것이 첫째였습니다."

이에야스는 잠시 의아한 듯한 얼굴이었으나, 그 역시 얼른 웃으면서 고개를 끄덕였다.

"우세한 군사력이라면 인원수로 상대를 압도했다……는 뜻인가?"

"그렇습니다. 물론 그런 사실이야 군이 들어 말할 것도 없습니다. 성을 공격할 때는 반드시 적보다 많은 군사를 동원하여…… 그런데 치쿠젠에게는 또 하나 간과해서는 안 될 것이 있습니다."

"으음, 인원수만이 아니라, 반드시 적의 내부에 내응하는 자를 만들어놓는다는 말일 테지?"

이에야스의 반문에 사쿠자에몬이 이번에는 녹아들 듯한 웃음을 지었다.

"그것을 깨달으셨다면 더 이상 드릴 말씀이 없습니다. 내응하는 자가 있을지 모른다고 의심하기 시작하면 공격당하는 쪽의 전력은 반감됩니다. 그래서 치쿠젠은 승승장구했습니다. 이 점을 잊지 않도록 명심해야 할 것입니다."

이에야스는 빤히 사쿠자에몬을 바라보았다.

"이상한 영감이로군. 그런데 오늘은 나에게 무슨 말을 하려고 왔나? 당장 치쿠젠과 싸우자는 말이라도 하고 싶나?"

그리고는 그 자신도 사쿠자에몬 이상으로 짓궂은 태도로 목소리를 떨구었다.

3

사쿠자에몬은 또다시 홍 하고 코웃음치듯 웃었다. 그 모습이 때로는 이에야스를 야유하는 것처럼 보이기도 했다.

"싸우자고 해도 어디 들으실 성주님입니까?"

"뭣이?"

이에야스는 다시 눈에 웃음을 띠었다.

"사쿠자에몬, 그대는 미카타가하라三方ヶ原에서 싸우던 내 근성을 잊었단 말인가?"

"아, 잊었습니다……"

사쿠자에몬은 천연덕스럽게 대답했다.

"그 무렵의 성주님은 용감했습니다. 그러나 이미 잊었어요…… 잊기를 잘했지요. 하지만 성주님……"

"무슨 말을 하려는 건가? 말을 자꾸 돌리지 말게."

"언젠가 한번은 싸우지 않으면 안 됩니다. 그때 지지 않을 준비가 과연 되어 있습니까, 성주님은……?"

"나는 안 되어 있네만, 그대에게는 되어 있다는 말인가?"

"당치도 않은 말씀입니다. 연세가 마흔둘이 되신 성주님께 이 사쿠자에몬이 어찌 일일이 지시할 수 있겠습니까. 생각하시는 바를 알려고 왔습니다. 성주님께 아무 생각도 없으시다면 이 사쿠자에몬은 지금부터 집에 돌아가 할복하겠습니다. 아무 보람도 없이 살아 있는 것에 싫증이 났습니다……"

이에야스는 한심하다는 듯 사쿠자에몬을 바라보았다. 언제나 엉뚱한 말을 하고는 했기 때문에 사쿠자에몬의 그러한 점에는 익숙해 있었다. 그러나 할복하겠다는 말은 좀 지나치다고 생각되었다.

"영감……"

"왜요, 성주님?"

"그대는 누구를 만나고 왔군."

"만나고 왔다면, 그게 잘못입니까?"

"싸울 듯한 말투는 삼가게. 그대는 치쿠젠의 이번 승리가 우리 가문의 흥망과 관계되는 중대한 일이라는 말을 하러 왔을 테지."

"그런데 성주님은 팔짱만 끼고 계십니다. 그동안에도 저쪽에서는 착착 일을 진행시키고 있어요. 저는 그 원숭이에게 굽실거리며 섬기는 성주님 따위는 보고 싶지 않습니다. 그럴 바에는 할복하는 편이 낫지 않겠느냐고 상의하러 왔습니다."

이에야스의 눈썹이 꿈틀 움직였다. 지나친 폭언에 화가 치밀었던 듯. 그러나 그 움직임은 한 번뿐이었다.

이에야스는 정원의 신록으로 눈길을 옮기고 숨결을 가다듬었다.

히데요시에게 굽실거리며 섬기는 나를 보고 싶지 않다…… 그 말속에 감춰져 있는 것이 자기에 대한 애정과 신뢰라는 생각 — 꾸짖는 것으로 끝날 일이 아니었다.

"영감……"

"생각하시는 바가 있습니까, 성주님? 성주님은 노부나가 공이 살아 있을 때도 결코 가신이 아니라 미카와의 친척이었습니다. 그러한 성주님이 치쿠젠의 부하로 전락하는 모습을 차마 볼 수 없습니다. 이것은 절대로 이 늙은이 한 사람만의 마음이 아닙니다. 미카와에서부터 생사를 같이해온 모두의 마음이라 생각하십시오."

"알고 있네. 하지만 그대 얼굴에는 다른 것이 씌어 있어."

"다른 것……?"

"그래. 나에게 생각이 있는 줄로 확신하고 있어. 그것을 묻지 않을 수 없을 만큼 그대는 나이가 들어서 성급해졌다는 말인가?"

"허어, 재미있군요. 거기까지 알고 계시다면 성주님이 생각하시는 바를 여쭙고 싶습니다."

"생각은 있네만, 그 인선人選이 문제일세."

"으음, 성주님은 역시 사람을 뽑아 치쿠젠에게 축하 사자를 보낼 생각이시군요."

"축하 사자를 보내는 일은 무장끼리 우의를 다지는 일. 내가 생각하는 것은 그 뒤의 일이야. 조급하게 굴지 말고 내 말을 듣게."

이에야스의 말에 사쿠자에몬은 다시 심술을 부리는 듯한 눈으로 이에야스를 빤히 바라보았다.

4

이번에는 오히려 이에야스 쪽에서 사쿠자에몬을 야유하는 것 같은 눈초리가 되었다.

이 주종主從간에 흐르는 감정은 결코 보통 주인과 부하의 그것이 아니었다. 때로는 둘도 없는 친구, 때로는 격렬하게 다투는 경쟁상대였으며, 때로는 노골적으로 상대에게 증오를 드러내기도 했다.

"사쿠자에몬, 나는 이번에 치쿠젠이 승리한 것을 진심으로 기뻐하고 있네."

"흥, 그러시겠죠."

"그래서 말일세, 나는 이번 축하 사자가 갈 때 무엇을 좀 같이 보낼 생각인데……"

"정신차리지 않으면 네 곳의 영지까지 고스란히 바치게 될지도 모릅니다."

이에야스는 신랄한 사쿠자에몬의 말에는 대꾸도 하지 않고 말을 계속 이어나갔다.

"말에 입히는 갑옷 오백 벌을 보낼 것인가, 아니면 황금 천 장을 보낼 것인가……"

"아니, 뭐라고 하셨습니까?"

"궁리하다가, 그런 것으로는 아직 내 기쁨을 표하는 데 부족하다는 생각이 들었어. 그래서 나는 두 눈 꼭 감고 내가 가장 소중하게 여기는 하츠하나初花의 차 항아리를 보내기로 결심했네."

"허어……"

사쿠자에몬은 눈이 휘둥그레졌다.

"마츠다이라 세베에松平淸兵衛가 성주님께 선사한 차 항아리를?"

그리고는 껄껄 웃음을 터뜨렸다.

"성주님도 완전히 얼이 빠지신 것은 아니군요. 그러니까 차 항아리를 보내시겠다고……"

지금처럼 이것저것 비용이 많이 들 때 정말 황금이나 말에 입힐 갑옷 등을 보내겠다고 하면 크게 꾸짖으려던 사쿠자에몬이었다. 차 항아리 하나를 선물하겠다는 말에 웃으면서 고개를 끄덕였다.

"그것을 주겠다고 결심하셨다니 장하십니다. 그러나 성주님."

"아직 불만이 남아 있나, 영감?"

"그렇습니다! 성주님은 아직 그 차 항아리에 박箔은 하지 않으셨을 것입니다."

"박……?"

"그렇습니다. 원래 명품名品에는 박 위에 다시 박을 입히게 되어 있습니다. 성주님은 그것을 세베에로부터 받았을 때 기쁜 낯도 지으시지 않고 고마워하는 기색도 없었습니다. 그러시면 안 됩니다. 어서 세베에를 불러 박을 입히도록 하십시오."

"으음, 그렇군……"

어느 틈에 이에야스도 몸을 앞으로 내밀었다. 주종의 표정이 개구쟁이 같은 눈짓으로 바뀌어 서로 싱긋 웃었다.

"묘안이라도 있나, 사쿠자에몬?"

"예, 물론 있습니다. 치쿠젠은 하층 계급 출신이기 때문에 그를 기쁘게 하려면 거드름을 피우도록 할 필요가 있습니다. 그런데 성주님, 그 항아리는 세베에가 사카이堺에 가서 생명을 걸다시피 하여 겨우 손에 넣은 천하의 명품입니다."

"그게…… 정말인가, 영감?"

"그야 저도 알 수 없지요!"

사쿠자에몬은 고개를 가로저었다.

"어쨌든 명품이 아니면 박이 입혀지지 않습니다. 그것을 세베에가 손에 넣었다는 말을 듣고 소에키宗易도 유칸友閑도…… 아니, 사카이의 다인茶人들이 모두 이를 갈며 분하게 여겼는데……"

"상당히 구체적으로 알고 있군 그래."

"모른다면 말이 안 되지요! 그것은 바로 다인들이 새로 천하인天下人이 된 하시바 치쿠젠羽柴筑前에게 헌상하려 했던 천하의 명품이니까요. 그런데 세베에는 이것을 성주님께 바쳤습니다. 성주님은 크게 기뻐하시고 그 인색한 분이 오천 석의 영지를 상으로 내리셨다……"

여기까지 말했을 때였다.

"잠깐, 이 능청스런 영감이 못하는 소리가 없군."

이에야스는 못마땅하다는 듯 고개를 돌렸다.

5

이에야스가 못마땅해하며 고개 돌리는 모습을 흘끗 보면서 사쿠자에몬은 자기 뜻대로 되었다는 듯 머리까지 끄덕이며 계속 말을 늘어놓았다.

"그러시지 말고 끝까지 제 말을 들어보십시오. 치쿠젠이란 너구리는 언제나 다다미疊° 여덟 장짜리 방에 불알가죽을 펼쳐놓고 상대방을 그 안에 감싸버리는 흉물입니다. 그러니 이 정도의 박도 입히지 않고 어떻게 한다는 말입니까. 아시겠습니까, 성주님…… 성주님이 인색하다는 것은 천하가 다 알고 있습니다. 모처럼 천하에 알려진 것이니 이 기회에 잘 이용하셔야 합니다. 어쨌든 지금까지 말씀 드린 것이 그 차 항아리의 유래입니다…… 인색하기로 천하에 이름이 난 성주님이 기뻐하신 나머지 오천 석을 주겠다고 하셨기 때문에 마츠다이라 세베에는 그만 부르르 몸을 떨었습니다."

"뭐, 몸을 떨었다고……?"

"당연한 일이지요. 나중에 틀림없이 아까워하실 것이다, 아까워지면 무슨 구실을 붙여서라도 도로 빼앗을 것이다, 그래서 세베에는 오천 석의 상은 당치도 않다면서 사양했다."

"듣자하니 정말 멋대로 지껄여대는 늙은이로군."

"제 말은 거의 끝났습니다. 그러니 끝까지 들어보십시오. 그렇다면 다른 소원이 없느냐고 물으시고는, 다시 그의 희망대로 자자손손에 이르기까지 모든 공납과 부역을 면제해주셨다는 명품…… 그래서 하마마츠에서는 이것을 오천 석의 항아리라 부른다……"

"알겠어, 그만하게!"

이에야스는 마침내 손을 내저었다.

"내게 그 항아리를 보내게 하려고 그대가 찾아왔다는 것은 잘 알겠네. 그러니 그 설명을 할 수 있는 사자의 이름을 말하게. 그대라면 당연히 그 자와 벌써 만나 은밀히 상의하고 왔을 것이 분명해."

"과연……"

사쿠자에몬은 마른 입술을 축였다.

"과연 성주님…… 급소를 찌르시는군요. 하지만 그 상의한 사람의 이름은 성주님의 생각을 듣고 양쪽의 생각이 일치할 때 말씀 드리겠습니다. 성주님은 천하의 명품인 오천 석 항아리를 누구에게 들려 치쿠젠에게 보낼 작정이십니까?"

"사쿠자에몬……"

"예."

"그런 일은 보통 사람으로는 감당하지 못해."

"예, 보통 사람으로는 감당하지 못합니다."

"그대에게 이 일을 은밀히 상의하러 왔던 것은 하마마츠에 있는 사람은 아닐 거야."

"물론 하마마츠에 있는 사람은 아닙니다."

"그렇다면 말하겠네. 그 사람은 오카자키岡崎에서 몰래 그대를 만나러 왔어…… 그렇지?"

"성주님!"

"이시카와 카즈마사石川數正˙…… 카즈마사야. 보통 사람으로는 감당할 수 없는 사자는……"

"성주님!"

사쿠자에몬은 다시 한 번 부르짖듯 부르고는 그 자리에 머리를 조아렸다.

"카즈마사는 저에게 사자가 되라고 했습니다. 하지만 저는 그 적임자가 못 됩니다. 그 대신 카즈마사만을 곤경에 처하도록 하지는 않겠습니다. 카즈마사가 죽으면 저도 죽고, 카즈마사가 할복하면 저도 따라서 할복하겠다고 약속했습니다. 치쿠젠은 카즈마사를 돌려보내고 나서 반드시 카즈마사가 자기 쪽으로 돌아섰다고 소문을 낼 것입니다. 카즈마사 혼자만 처형되도록 하지는 않고 카즈마사와 같은 뜻을 가진 가신이 많이 있다면서 내부의 붕괴를 꾀할 것은 뻔한 일……"

"사쿠자에몬, 그 일은 걱정하지 말게. 이 이에야스는 치쿠젠의 계략에 놀아나 그대나 카즈마사를 죽일 정도로 어리석지는 않아."

"성주님!"

"사쿠자에몬……."

6

사쿠자에몬은 갑자기 주르륵 눈물을 흘리고, 그 눈물을 굵은 손가락으로 닦아 다다미 위에 문질렀다.

이에야스의 인선人選과 자신의 생각은 완전히 일치했다. 더 이상 아무 말도 할 것이 없었는데도, 한마디 더 하고 싶었던 것은 늙은이의 노파심 때문이었는지도 모른다.

"성주님도 점점 강대해지시고 가신의 수도 늘어났습니다만, 치쿠젠에게 사자로 보낼 수 있는 사람은 오직 한 사람…… 언제나 이 점을 잊지 마십시오."

"잘 알고 있네."

이에야스 역시 가슴이 터지는 심정으로 고개를 돌렸다.

"이번 일은 미카타가하라 전투 이후 우리 가문에 닥친 가장 중대한 일일세."

"그 말씀을 듣고 보니 한 가지 더 부탁 드릴 일이 생각납니다. 성주님, 들어주십시오."

"누구를 위한 부탁인가?"

"불심佛心이 깊은 카즈마사와 그의 모친, 그 노인을 대신하여 부탁 드리고 싶습니다."

"뭐, 카즈마사의 모친을 대신해서……?"

"예. 이제 잇코—向 신도들이 소요를 일으킬 우려는 없습니다. 카즈마사의 마음을 생각하여 미카와에 염불 도량道場을 다시 세울 수 있도록 허락해주십시오. 틀림없이 좋은 열매가 맺힐 것입니다."

이에야스는 그 말에 대해 당장은 대답하지 않았다. 대답은 하지 않았으나 별로 반대하는 기색은 보이지 않았다.

"사쿠자에몬, 카즈마사가 그대의 집에 와 있나?"

가볍게 물었다.

"카즈마사 자신은 아닙니다."

"설마 노모가 온 것은 아닐 테지?"

사쿠자에몬은 고개를 가로저었다.

"카즈마사가 어찌 그렇게 중요한 일을 육친에게 말하겠습니까. 찾아온 것은 카즈마사의 가신 와타나베 킨나이渡邊金內입니다."

"와타나베 킨나이……?"

"카즈마사에게는 정말 훌륭한 가신들이 있습니다. 킨나이뿐이 아닙니다. 사노 킨에몬佐野金右衛門, 혼다 시치베에本田七兵衛, 무라코시 덴시치村越傳七, 나카지마 사쿠에몬中島作右衛門, 반 산에몬伴三右衛門, 아라카와 소자荒川惣左 등 모두 카즈마사의 분별력과 깊이를 본받아 물샐틈없이 마음이 결속되고…… 그 배후에는 렌뇨蓮如˚ 선사가 건립한 혼소 사本宗寺의 신앙이 크게 뒷받침되어 있습니다."

"알고 있네."

이에야스는 다시 고개를 끄덕였다.

"알고 있으니 와타나베 킨나이에게 이렇게 전하게. 곧 카즈마사를 하마마츠로 오게 하라고. 그리고 이것은 나의 속마음이라면서, 염불 도량에 대한 것은 이 이에야스가 깊이 마음에 새겨두겠다고."

"감사합니다! 과연 우리 성주님……"

사쿠자에몬은 다시 얼굴을 일그러뜨렸다. 이번에도 눈물이 떨어졌으나 그는 닦지 않았다. 그 대신 눈을 꼭 감고 어깨를 떨면서 천천히 일어났다.

"그럼, 속히 카즈마사가 하마마츠에 오도록 조치를 취하겠습니다. 저는 이만 물러가겠습니다."

사쿠자에몬은 복도로 나와 허리를 꼿꼿이 펴고 중얼거렸다.

"이것 참, 엉뚱한 일로 카즈마사 녀석과 근성을 겨루게 됐어."

그 말의 뜻은 누구도 알지 못했다. 그때만 아무도 알지 못하는 것이 아니라, 영원히 알지 못한 채 사라져갈 역사의 이면에 남을 비사秘事가 될 것이었다.

'이것으로 족하다……'

사쿠자에몬은 생각했다. 인간의 진정한 근성을 신불神佛이 아닌 이상 누가 알 것인가.

'아니, 경우에 따라서는 신불도 알 수 없을지 몰라……'

사쿠자에몬은 곧바로 현관을 향해 걸어갔다……

7

사쿠자에몬은 본성本城에서 나와 동쪽에 신축된, 사람들이 사쿠자에 몬 성곽이라 부르는 무사의 주택인 자기 집으로 향했다.

무언지 모를 어슴푸레한 밝음과 견딜 수 없는 안타까움, 이 두 가지 모순된 기분이 그의 마음속에서 소용돌이치고 있었다.

사쿠자에몬 자신은 이미 죽었다는 생각으로 이에야스를 섬겨왔다. 그러한 그였지만, 이번 카즈마사가 맡게 될 역할을 생각하니 자기 일처럼 가슴이 아팠다.

이시카와 카즈마사가 사자로 가면 히데요시는 아마도 그의 어깨를 툭툭 치고 껴안을 듯 환대할 것이 분명하다. 선물도 그 차 항아리보다 몇 배나 되는 것을 내리고, 도쿠가와 가문의 큰 충신이라고 치켜세우기도 할 것이다. 그와 함께 자신의 천하가 되면 이에야스에게 말해 몇 만 석이나 몇 십만 석의 영지를 주도록 하겠다는 등 인간의 약점과 본능에 파고들 터.

그뿐이라면 전혀 염려할 필요가 없었다. 이쪽은 확고한 신념으로 일관되어 있었다.

"감사할 따름입니다."

이렇게 비위를 맞추고 물러나오면 그것으로 마무리될 일이었다.

히데요시는 그 정도에서 상대를 놓아줄 인물이 아니었다. 노부나가가 죽은 뒤 그의 행동을 보면 누구라도 짐작할 수 있는 일이었다. 교묘한 선전을 통해 카즈마사가 자신과 내통해 있다는 소문을 도쿠가와 쪽에 퍼뜨릴 것은 거의 확실한 일.

서로 첩자를 내보내고 있었기 때문에, 때로는 뜻하지 않은 비밀이 상대방에게 새나가는 것은 피할 수 없는 일이었다. 바로 그러한 때 ─

"그 사실은 바로 카즈마사가 알려왔다."

때때로 이런 소문을 퍼뜨리거나 노부나가처럼 가짜 편지를 써서 보여주곤 한다. 처음에는 믿지 않던 사람도 결국에는 마음이 움직여 경계하게 되고, 그 눈이 다시 증오의 눈으로 바뀌어 원래의 가문에 머무를 수 없게 되는 경우가 많았다.

그렇게 되면 히데요시는 또다시 유혹의 손길을 뻗쳐온다. 참다못해 그 유혹에 응하면 결국은 처음부터 내통한 것과 같은 결과가 된다.

히데요시는 그러한 술책의 천재였다.

이러한 사실을 환히 꿰뚫고 있던 사쿠자에몬, 이에야스가 사자로 보낼 사람에 대한 일을 상의해왔을 때 누구를 추천할 것인지 몹시 고민하고 있었다. 그런데 갑자기 카즈마사 자신이 사자로 갈 터이니 말씀 드려달라고 와타나베 킨나이를 보내 서신을 전해왔다.

카즈마사의 서신을 보고 사쿠자에몬은 가슴이 단도로 찔린 듯한 느낌이었다. 자청하고 나선 사람이 카즈마사가 아니라 다른 사람이었다면 사쿠자에몬은 당장 의심했을 것이다.

'벌써 이 녀석에게까지 히데요시의 손길이 뻗쳐 있었던가……?'

만일 출세만을 생각하는 자라면 지금 히데요시에게 사자로 가는 것은 절호의 기회일 수 있었다. 그러나 사쿠자에몬이 알고 있는 카즈마사는 그런 생각을 할 사람이 아니었다.

'카즈마사의 불심에서 나온 생각……'

그렇더라도 놀라운 일이었다. 히데요시의 술책에 말려들어 스스로를 함정에 빠뜨리는 결과가 될 것이 틀림없는데도……

"사쿠자에몬이 돌아왔다."

사쿠자에몬은 자기 집 앞에 이르러 큰 소리로 자기가 왔다는 것을 알렸다. 그리고는 천천히 문 안으로 들어갔다.

8

거실로 들어간 사쿠자에몬은 곧바로 자기의 아들 센치요仙千代를 불렀다.

"오셴於仙, 카즈마사의 가신은 무얼 하고 있느냐?"

이렇게 물으면서 하카마袴°를 벗어던졌다.

센치요 역시 늦게 태어나서 카즈마사의 아들과 마찬가지로 겨우 관례를 올렸을 뿐인 사쿠자에몬의 적자嫡子였다.

"예, 저하고 바둑을 두고 있었습니다."

"와타나베 킨나이가 바둑을 잘 두더냐?"

"한 번 이기면 다음에는 지고, 진 다음에는 다시 이깁니다."

사쿠자에몬은 쓴웃음을 지었다.

"네가 너무 약하기 때문이야. 바둑판은 아직 그대로 있느냐?"

"예. 일 각(2시간)이면 네댓 번 승부가 나기 때문에 싫증이 나서 그대로 방 한구석에 밀어놓았습니다마는……"

"어떻더냐, 도중에 물러달라고는 하지 않더냐?"

"이길 때는 그런 말을 하지 않았지만, 지고 있을 때는 한 판에 물러달라는 말을 두서너 번씩 했습니다."

"으음, 근성이 있는 사나이인 것 같구나. 생각해가면서 물러달라고 하고서도 지는 것은 괴로운 일이야."

"그러면, 저에게 일부러 진 것입니까?"

"뻔한 일 아니냐. 너는 이겨도 모르고 져도 모른다. 전투라면 큰일날 일이야. 자기 목을 찾지 않으면 안 될 테니까."

사쿠자에몬은 안색이 변한 센치요를 사랑스럽게 바라보았다.

"아니, 괜히 해본 말이다. 싸움터와 바둑은 달라. 바둑을 잘 두는 사람치고 싸움을 잘하는 자는 없어."

이렇게 고쳐서 말하고 방에서 나가려다 다시 멈추어섰다.

"오센."

아들을 돌아보았다.

"만일 너에게 충의와 인내의 경쟁을 이 아비가 명한다면 아무리 고통스러워도 참아내겠지?"

"저는 어머님의 아들입니다."

센치요는 화가 난 표정인 채로 대답했다.

"심술궂은 녀석 같으니라고. 너는 이 사쿠자에몬보다 어머니가 더 인내심이 강한 줄로 아는구나. 어쨌든 좋아, 어머니 아들이라면 뒤로 물러서지는 않을 테지."

다짐하듯 아들에게 말하면서 사쿠자에몬은 손님을 기다리게 해놓은 소박한 다다미 여덟 장짜리 방 앞으로 걸어갔다.

"에헴!"

헛기침을 하면서 방문을 열었다.

이시카와 카즈마사의 사자 와타나베 킨나이는 채 서른이 되었을까 말까한 자못 무표정한 사나이였다. 킨나이는 무릎을 가지런히 모아 방 안으로 들어서는 사쿠자에몬을 맞으며 작은 소리로 말했다.

"수고를 끼치게 되어 죄송합니다."

"수고라 할 것도 없네."

"예?"

"수고가 아니라고 했네."

상대는 사쿠자에몬의 마음을 헤아리지 못했다는 표정으로 가만히 고개를 갸웃했다. 바둑에서 져주는 수를 생각할 때의 표정이 이럴 것이라고 사쿠자에몬은 생각했다.

"여러모로 생각해보았는데, 카즈마사는 난처한 일을 나에게 부탁한 것 같아."

"무슨 말씀입니까, 난처한 일이라니?"

"그게 말일세, 나는 그대가 부탁한 대로 성주님을 뵈러 가기 전까지 는 이시카와 카즈마사를 이번 일의 사자로 파견하시라고 말씀 드릴 생 각이었네."

"그래서요……"

"그런데 성주님을 뵙게 되니 도무지 생각했던 대로 말이 나오지 않 는 것이었어. 그래서 카즈마사를 사자로 보내는 일은 이 사쿠자에몬도 반대한다고 말했네. 문제가 많아, 나의 이 입도……"

순간 상대는 깜짝 놀라는 기색이었다. 그는 곧 눈을 부릅뜨고 사쿠자 에몬을 노려보았다.

9

사쿠자에몬은 굳이 상대를 보려 하지 않았다. 풀어놓은 가슴에 계속 부채질을 하면서 말을 이어갔다.

"이 사쿠자에몬에게는 그런 나쁜 버릇이 있어. 남이 오른쪽을 보라고 하면 왼쪽을 보고, 또 왼쪽을 보라고 하면 오른쪽을 보거든. 그러니 오카자키에 돌아가거든 카즈마사에게 언짢게 여기지 말라고 자네가 잘 말해주게."

"죄송합니다마는……"

킨나이는 눈도 깜박이지 않았다.

"혼다 님의 그런 말씀을 들으시고 성주님은…… 성주님은 무어라고 하셨습니까?"

"내가 카즈마사의 이름을 꺼내자 무릎을 탁 치시며, 나는 카즈마사를 보낼 생각이었다고 먼저 말씀하시더군."

"그렇다면, 성주님께서는 승낙하셨군요?"

"속단하지 말게."

사쿠자에몬은 다시 무뚝뚝하게 고개를 돌렸다.

"성주님이 그렇게 말씀하셨기 때문에 나쁜 내 버릇이 또 고개를 들었네."

"어……어째서입니까?"

"그것을 내가 알 정도라면 아무 걱정도 없겠네. 혼다 사쿠자에몬이란 그런 사나이야. 나는 제가 성주님을 뵈러 온 것은 카즈마사를 사자로 보내서는 안 된다는 말씀을 드리기 위해서라고 말해버렸어."

"그…… 그럴 수가……"

"그러나 사실일세! 이 사쿠자에몬은…… 성주님이 카즈마사로서는 마음이 놓이지 않는다고 하셨더라면, 아니 카즈마사가 아니면 안 된다고 했을 것일세. 하지만 성주님이 먼저 보내자고 하셨기 때문에 나는 안 된다고 했어."

"……"

"알겠나, 이것이 사쿠자에몬의 버릇이야. 성주님은 왜 안 되느냐, 어째서 반대하느냐고 물으셨어. 그래서 나는 이렇게 대답했지. 도쿠가와 문중에서는 내가 가장 뼈대가 굳은 강직한 자이고, 카즈마사는 문어 같은 자라고 말일세. 문중에서 가장 뼈가 무른 자여서 여기저기 달라붙으려고만 한다고. 그러므로 원숭이 놈에게 사자로 보낸다는 것은 당치도 않은 일이라고 했지."

와타나베 킨나이의 이마에 분노의 힘줄이 불끈 솟아올랐다. 그러나 그 자리에서 노기를 폭발시키지는 않았다.

"그렇습니까, 그럼 노인께서는 마음속으로도 우리 주군을 그런 사람이라 생각하고 계십니까?"

"아니, 그렇지는 않아. 이것은 내 버릇일 뿐일세. 그래서 또 이렇게도 말했어. 카즈마사를 사자로 보내면 반드시 원숭이 놈에게 매수되어 돌아올 것이다. 조심하지 않으면 도쿠가와 가문을 몽땅 팔아먹을지도 모른다. 아니, 그 정도는 아니라 해도 아마 나가마츠마루長松丸 님을 인질로 보내겠다……는 등의 굴욕적인 말을 해서 허점을 보이고 돌아올 것이므로 이 사쿠자에몬이 반대한다고 말일세. 내 버릇 때문에 그런 말이 나왔네."

킨나이의 무릎에 놓였던 손은 어느 틈에 불끈 주먹이 쥐어지고 온몸이 떨리기 시작했다.

"어쨌거나……"

사쿠자에몬은 다시 말을 계속했다.

"나는 반대지만 성주님은 파견하실 모양이야. 그러니 돌아가거든 내가 그대에게 말한 그대로를 카즈마사에게 전하게. 자기가 직접 와서 부

탁 드리지 않아도 성주님이 먼저 부르실 것이라고…… 내가 어찌 성주
님과 다툴 수 있겠나. 나는 그런 물렁뼈로는 안 된다고 생각하지만, 성
주님이 명하신다면 나로서는 그를 헐뜯는 일밖에 할 수 없는 노릇이지.
오늘은 이미 늦었으니 내일 아침 일찍 떠나도록 하게. 참, 그대는 바둑
을 둔다면서? 저기 있는 바둑판을 가져오게. 식사가 나올 때까지 한 판
두세."

　사쿠자에몬은 떨고 있는 상대에게 턱으로 지시했다.

10

　바둑판을 가져오라는 말에 와타나베 킨나이의 표정에는 순간적이기
는 했으나 수상한 살기가 떠올랐다.

　자기 주군을 묻어라 하고 가문을 팔아버릴지도 모른다는 말을 들은
킨나이 역시 미카와의 피를 이어받은 무사, 상대와 칼부림을 해서라
도…… 순간적으로 이런 생각을 했는지 모른다.

　그 모습을 가만히 바라보고 있던 사쿠자에몬은 서슴없이 말했다.

　"그대는 내 아들에게 일부러 져준 모양인데, 이 늙은이에게는 그럴
필요가 없어. 자, 어서 바둑판을 가져오게."

　킨나이는 다음 순간 벌떡 일어나 바둑판을 가져왔다. 그 동작에서 아
직 격한 분노와 싸우고 있다는 것을 역력히 느낄 수 있었다.

　두 사람 사이에 바둑판을 놓았다.

　"노인께서는 백을 잡으시겠습니까, 혹을 잡으시겠습니까?"

　사정을 봐주지 않겠다는 날카로운 어조로 말했다.

　"허."

　사쿠자에몬은 조롱했다. 짓궂게 상대를 시험하는 것이 지금에 와서

는 이 노인의 취미가 된 듯한 느낌이었다.

"그대가 먼저 원하는 쪽을 택하도록 하게. 내 바둑은 말이지, 상대에 따라 백이 되거나 흑이 되거나 하는 바둑은 아닐세."

킨나이는 다시 꿈틀 어깨를 움직였으나, 문득 그의 마음은 결정된 모양이었다.

아직도 물어볼 말이 남아 있다. 화를 낼 때가 아니다……

"그럼, 흑을 잡겠습니다."

"당연한 일이지. 자, 어서 돌을 놓게."

이 얼마나 지독한 독설이란 말인가.

'좋다, 이기고야 말 것이다.'

킨나이는 생각했다. 그리고 기세 있게 첫 돌을 놓았다.

"그러니까 노인께선 안 된다고 하셨지만, 성주님은 우리 주군이어야만 한다고 말씀하셨다는 것이로군요?"

"음, 그래. 성주님도 여간 편파적인 분이 아니야."

사쿠자에몬은 얼른 돌을 놓았다.

"성주님이 승낙하시고, 카즈마사가 가겠다고 하니 하는 수 없지."

"그 말씀을 들으면 주군께서도 각오가 있으시겠지요."

"그 각오 말인데…… 정말이지 보통 각오로는 안 된다고 카즈마사에게 말하게나."

"그것은 주군의 마음에 달린 일, 굳이 말씀 드릴 것까지도 없다고 생각합니다."

"뭐, 카즈마사의 마음에 달린 일이라고? 나는 내 마음속에 있는 버릇을 말하는 것일세. 일단 말을 꺼냈으니 나는 끝까지 카즈마사를 헐뜯을 생각이야. 역시 카즈마사는 원숭이 놈에게 매수당해 돌아왔다고."

킨나이는 문득 고개를 들어 새삼스럽게 노인을 바라보았다.

사쿠자에몬의 말은 태연스러웠으나 바둑은 그 성격을 드러내어 싸움 바둑이 되어가고 있었다.

'노인의 말에는 은연중에 어떤 의미가 담겨 있는 게 아닐까……?'

"인간은 말일세, 킨나이……"

"예."

"심술궂은 것도 철저하기만 하면 천하의 보배가 되네. 나는 카즈마사가 문중에 있지 못하게 될 때까지 잠시도 악담을 늦추지 않겠네. 카즈마사가 도망쳐버리면 그땐 나도 뻔뻔스럽게 녹봉을 받지는 않겠어. 그러면 심술 겨루기가 되지 않으니까. 남을 모함하는 것이 되거든. 남을 모함한다는 것은 큰 수치일세."

이렇게 말하면서 갑자기 과격하게 오른쪽 귀로 침입해온 사쿠자에몬의 돌을 보고 킨나이는 저도 모르게 숨을 죽였다.

11

'혹시 이 노인은 주군인 카즈마사의 마음을 완전히 읽고 있는 것이 아닐까?'

이런 생각이 드는 순간 킨나이는 몹시 마음이 흐트러졌다.

"그래서야 쓰나, 그러면 돌이 살지 못하는데."

"아니, 여기서 싸우겠습니다."

"물러달라고 하게. 거기서 죽기에는 아직 젊어. 그래 가지고는 카즈마사를 따라갈 수 없네."

킨나이는 흘끗 사쿠자에몬을 바라보았다.

"그럼, 말씀하신 대로 한 수 무르겠습니다."

"하하하…… 좀더 생각해서 두게. 잘 생각해서 돌을 잘못 두지 않도록 해야 하는 거야."

이때 아들 센치요가 촛대를 들고 들어왔다. 깨닫고 보니 어느새 주위가 어두워지고 있었다.

"식사가 준비되었습니다마는……"

"기다려!"

사쿠자에몬은 센치요의 말을 가로막았다.

"지금 네 복수를 하고 있다. 잠시 기다려라."

그러면서 생각났다는 듯이 불쑥 말했다.

"여보게, 킨나이."

"예, 왜 그러십니까?"

"염불 도량에 대한 것 말인데, 성주님이 유념하겠다고 하셨네."

"예……? 염불 도량 말씀입니까?"

"그렇게 전하면 알 거야. 자, 어서 두게."

잠시 후 킨나이는 가만히 돌을 놓고 머리를 숙였다. 노인은 그의 말처럼 바둑이 강하지는 않았다. 그러나 지금 노인을 이긴다면 도리어 진듯한 마음이 들 것 같아 일부러 너덧 집을 져주었다.

"상을 가져오너라."

노인은 자못 즐겁다는 듯이 말했다.

"어떤가, 역시 못 당하겠지?"

"예, 졌습니다."

상이 나오자 노인은 다시 무뚝뚝한 표정으로 돌아왔다. 킨나이는 그가 무엇을 생각하고 있는지 끝내 파악하지 못했다.

'말로는 미워하고 반감을 가지고 있는 것 같지만……'

그날 밤 킨나이는 잠자리에 들어 다시 한 번 천천히 사쿠자에몬이 한 말을 되새겨보았다.

'화를 내지 않은 것은 잘한 일이다.'

결론은 그러했지만, 여전히 노인에게 접근하기 어려운 벽이 마음에 남아 있었다.

'혹시 주군은 이것을 알고 있을지도 모른다……'

여섯 점(오전 6시)이 되었을 때 자리에서 일어나 떠날 준비를 하고 있는데 센치요가 밥상을 들고 들어왔다.

"폐를 끼쳤네. 아버님께 잘 말씀 드려주게."

킨나이는 식사가 끝났는데도 사쿠자에몬이 모습을 나타내지 않았기 때문에 그대로 문으로 나갔다가 깜짝 놀랐다.

사쿠자에몬이 문밖에 나와 킨나이를 배웅하려고 기다리고 있었다.

"아니, 여기까지 나오시다니 황송하기 이를 데 없습니다."

"공치사는 하지 말게."

"예……? 공치사라니……"

"됐네. 손님을 배웅하는 것은 이 사쿠자에몬의 가풍일세. 조심해서 가시게."

"예. 그러면 노인께서도 건강하십시오."

"말하지 않아도 조심하겠어. 내 몸이니까."

그러면서도 킨나이가 절을 하고 문을 나서는 그 뒷모습을 향해 공손히 고개 숙이는 사쿠자에몬이었다. 와타나베 킨나이는 사쿠자에몬의 마음에 드는 훌륭한 이시카와 가문의 중신이었다.

킨나이는 걸음을 빨리 하여 아직도 짙게 깔려 있는 아침 안개 속으로 사라져갔다.

미카와의 사자

1

　이시카와 호키노카미 카즈마사石川伯耆守數正가 히데요시에게 보내는 이에야스의 선물, 꽃을 그려넣은 차 항아리와 크고 작은 칼 한 쌍, 말 한 필을 가지고 오카자키 성을 출발한 것은 5월 21일이었다.

　이시카와 가문의 중신 와타나베 킨나이가 하마마츠에서 돌아온 뒤 카즈마사는 곧 하마마츠로 가서 이에야스로부터 사자로서 수행해야 할 일을 지시받았다.

　킨나이로부터 혼다 사쿠자에몬의 기괴한 언동을 전해들을 때 카즈마사는 말없이 들으면서 눈시울을 붉혔다. 그는 사쿠자에몬이 말한 의미를 속속들이 알고 있었던 듯……

　그러나 킨나이의 보고가 모두 끝났을 때 카즈마사는 그때까지의 태도와는 전혀 다른 말로 대답했다.

　"그래? 사쿠자에몬이 그런 소리를 했단 말이지. 녀석은 내가 이 유서 깊은 성을 맡고 있는 것을 시샘하고 있어."

　킨나이는 깜짝 놀랐다.

"설마 혼다 님이 그런 분일 리는……"

킨나이의 말을 카즈마사는 엄하게 가로막았다.

"그 고집쟁이를 감싸려 들지 말게. 자기만이 충의로운 자인 줄 알고 우쭐거리지만 실은 여간 질투심이 강한 자가 아닐세. 이번에도 내가 치쿠젠에게 사자로 가는 것이 여간 배 아프지 않은 거야. 두고 보게. 내가 돌아오면 틀림없이 욕설을 퍼부을 테니까."

킨나이는 잠자코 카즈마사를 바라보고 있다가 이윽고 엷은 웃음을 띠었다.

"과연 그 말씀이 옳습니다."

머리를 끄덕이면서 맞장구를 쳤다.

킨나이도 카즈마사가 왜 이런 말을 하는지 어렴풋이 알게 되었기 때문이다.

카즈마사는 하마마츠에서 이에야스의 선물을 가지고 돌아와 오카자키에서 하룻밤을 묵었다.

이에야스와 카즈마사는 무슨 이야기를 나누었을까?

카즈마사는 자신이 없는 동안의 일을 이것저것 지시했다.

"그럼, 다녀오겠네."

나카지마 사쿠에몬, 무라코시 덴시치, 아라카와 소자에몬荒川惣左衛門 등 세 중신과 아시가루足輕° 열두 명을 데리고 카즈마사는 밝은 표정으로 성을 나섰다. 장남 야스나가康長와 차남 카츠치요勝千代가 성문까지 나와 배웅했는데, 헤어질 때도 말 위에서 태연하게 웃고 있었다.

일행이 야기가와矢矧川의 큰 다리에 접어들 무렵부터 그의 미간에는 차차 깊은 주름이 잡히기 시작했다. 거듭 생각해보았지만 히데요시와의 대면은 숨막히는 일이었다.

'상대가 어떻게 나올지 알기도 전에 미리 걱정한다는 것은 부질없는 일 아닌가……'

카즈마사는 몇 번이나 자신을 타일렀다. 그러나 또다시 답답한 중압감이 가슴을 짓눌러왔다.

이미 히데요시에게는 이에야스를 어떻게 하겠다는 확실한 복안腹案이 세워져 있을 것 아닌가.

기후岐阜의 노부타카信孝는 히데요시 때문에 할복했다.

노부타카가 할복할 수밖에 없도록 한 히데요시의 교묘한 수법이 카즈마사에게는 몸서리쳐졌다.

카츠이에 세력이 괴멸한 뒤 히데요시는 노부타카의 동생 노부오에게 명하여 기후 성을 공격케 했다. 노부타카는 이때 가신들이 거의 모두 도주했기 때문에 성을 내줄 수밖에 없었다. 그렇지만 설마 히데요시가 노부나가의 아들인 자신을 죽이리라고는 생각지 않고 동생 노부오의 요구대로 성을 비우고 오와리尾張의 치타고리知多郡에 있는 우츠미內海로 갔다.

그 뒤 히데요시는 가차없이 노부오에게 형 노부타카에게 할복을 명하도록 강요했다.

이 일은 동생 노부오에게도 뜻밖의 일이었을 터……

2

노부오와 노부타카는 같은 날 태어났다. 적자인 노부타다信忠와 한배인 노부오가 차남이 되지만 태어난 시각은 노부타카가 더 빨랐다. 성격도 노부타카 쪽이 과격했다. 그래서 실질적으로는 노부오가 동생 취급을 받았다.

이러한 동생의 권고로 기후 성을 떠날 때 노부타카는 사자로 온 나카가와 칸자에몬中川勘左衛門에게 ─

"노부오가 중재할 것을 기대한다고 전하라."

목소리를 떨구고 이렇게 말했다는 이야기가 전해지고 있었다.

자기와는 육친인 노부오, 그가 나서서라도 히데요시에게 말해 작은 성 하나쯤은 얻을 수 있으리라고 생각했던 듯. 그러나 노부타카가 치타 고리의 우츠미에 이르렀을 때 다시 나카가와 칸자에몬이 사자로 와서 노부오의 이름으로 할복을 명했다.

키요스淸洲 회의의 결정에 따르지 않고 또 시바타 카츠이에와 모의 하여 가문을 어지럽힌 것을 '형'으로서 용납할 수 없으므로 할복을 명 한다고 했다.

"뭣이, 노부오가 나의 형이라고……?"

노부타카는 격분했다.

당연한 일이었다. 이런 결과가 될 줄 알았다면 결코 순순히 성을 내 주었을 노부타카의 성격이 아니었다.

당시 성안에는 오타 신에몬太田新右衛門과 그 밖의 근신近臣들도 있 었다. 이기지는 못할망정 농성籠城을 하여 카츠이에와 마찬가지로 성 과 더불어 운명을 같이했을 터.

노부타카가 순순히 성을 내준 것은 육친인 노부오의 중재에 일말의 희망을 걸고 있었기 때문…… 아니, 그보다도 히데요시를 끝까지 믿고 있었기 때문이었다. 그러나 그 히데요시는 주군의 아들 노부타카에게 차마 직접 손을 댈 수가 없었던지, 노부오의 이름으로 교묘히 할복하도 록 압력을 가해왔다.

노부타카는 찢어질 듯한 분노로 입술을 깨물었다.

"노부오에게 고하라. 히데요시의 음모에 놀아나 자기 스스로 제 몸 을 벨 생각이냐고……"

뼈아픈 그의 말도 이미 푸념에 지나지 않았다.

격분한 노부타카는 노마野間의 오미도 사大御堂寺에 들어가 죽음을 맞았다. 이 절에는 미나모토노 요리토모源賴朝°가 자신에게 살해된 아버지 요시토모義朝의 명복을 빌기 위해 세운 슬픈 사연이 있었다. 여기에 또 하나의 비극적인 무덤이 생겼다.

노부타카는 흰옷으로 갈아입고 할복할 때 허공을 노려보며 큰 소리로 지세이辭世°를 읊었다고 오카자키 사람들은 전하고 있었다.

　　예로부터 주군을 시해할 별이었으니
　　보복을 기다려라, 하시바 치쿠젠

혹시 이 노래는 사자로 왔던 나카가와 칸자에몬이 주군인 노부오의 심정을 생각하고, 죽어가는 노부타카의 비분을 생각하여 지은 것인지도 모른다……고 카즈마사는 생각하고 있었다.

아무리 격노했다고는 하나 노부타카가 지은 것이라 하기에는 너무 생생한 느낌이었다. 이때 노부타카는 26세.

어쨌거나 일단 제거하겠다고 결심한 상대는 절대로 용서가 없는 히데요시의 성격이었다.

다음에는 노부타카의 말대로 틀림없이 노부오의 차례일 것이라고 모두 생각하고 있었다.

그 노부오는 단단히 이에야스에게 의지하고 있었다. 더구나 이에야스는 그 노부오와 일부러 오카자키에서 회견도 하고 며칠 동안 같이 매사냥도 하고는 했다.

'히데요시는, 이에야스에게 이의가 없다면, 노부오를 죽이라고 할지도 모를 일……'

히데요시 자신이 이런 뜻의 말을 해오지는 않을 것인가.

이런 생각이 꼬리를 물고 일어나 길을 떠난 카즈마사의 마음은 암울暗鬱 그 자체였다.

3

카즈마사는 히데요시가 나가하마 성長浜城에 있는 줄 알고 있었다.

히데요시 자신이 성을 쌓고 스스로 백성들을 길들인 나가하마 성이 었다. 그 성을 미련 없이 카츠이에에게 주었다가 다시 빼앗았다. 속속들이 잘 알고 있는 성이었기 때문에 다시 뺏는 데에는 이처럼 유리한 조건도 없었다.

그런 속셈이 있었던 것도 모르고 기뻐하며 그 성을 인수했던 카츠이에의 어리석음…… 이것은 이제 남의 일만이 아니었다. 바로 도쿠가와 가문의 문제가 되고 있었다.

길을 떠나면서 히데요시가 나가하마에서 사카모토 성坂本城으로 옮겼다는 것을 알고 카즈마사는 왠지 모르게 한숨을 쉬었다.

카즈마사가 사카모토 성에 도착한 것은 28일.

히데요시는 그를 니와 나가히데丹羽長秀가 신축한 큰방에서 눈을 가늘게 뜨고 맞이했다.

"오, 서신이 먼저 도착해서 내 기다리고 있었지. 자, 어서 이리 가까이 오게."

헤엄치듯 손짓을 하며 반갑게 맞았다.

"우선 이에야스가 전하는 말부터 듣겠네. 그것이 제일 궁금해. 이것 참, 나는 얼마나 기쁜지 모르겠다니까."

마치 어린아이처럼 귀밑머리를 긁적거리기도 했다.

카즈마사는 히데요시의 말 가운데 '이에야스'라고 반말로 부른 한마디를 예사로 들어넘기지 않았다. 이전에는 어떤 경우에도 '도쿠가와 님'이라 불렀는데……

"이번 호쿠리쿠北陸에서 거두신 빛나는 승리를 축하 드립니다."

"응, 그래."

"주군이신 이에야스 님이 직접 와서 축하 드려야 하는 것이 마땅하오나, 최근에 너무 비대하여 보행이 곤란합니다. 그래서 부득이 이 카즈마사가 대신 왔습니다."

"뭐, 이에야스가 너무 살이 쪄서 사타구니가 벗겨지기라도 했다는 말인가?"

"그렇습니다."

"하하하…… 지나치게 코슈, 스루가 지방을 자주 드나들었기 때문이겠지. 나이가 들면 누구나 몸이 말을 듣지 않는 법일세. 나도 시즈가타케賤ヶ岳 전투 때는 백삼십 리 길을 되돌아오는 데 이 각 반(5시간)이나 걸렸네."

"놀라운 일입니다. 저 같으면 십이 각이 걸릴 거리인데 이 각 반이라니 말입니다……"

"하하하…… 그건 그렇고, 산시치三七(노부타카) 님은 옆에서 보기에도 참 가엾게 되었어."

"저 역시 그렇게 생각합니다."

"키요스(노부오) 님도 너무 과격하셨어. 혈육에게 그래 할복을 명하다니…… 참다못해 그렇게 하시기는 했겠지만."

"옳으신 말씀입니다."

"이에야스도 이제 많이 컸어. 안 그런가? 새로 성을 쌓겠다는 말은 하지 않던가?"

"거기까지는 아직 손이……"

"아직 손이 미치지 못한다는 말이로군. 나는 이 가을 오사카에 성을 쌓을 생각일세. 이번 전투에 큰 공을 세운 이케다 뉴도池田入道 부자는 다른 성으로 옮기게 하고…… 참, 그대도 유월 이일에 나와 같이 쿄토京都에 가지 않겠나?"

"쿄토……에 말씀입니까?"

"이것 보게, 잊어서는 안 돼. 그날은 돌아가신 우다이진右大臣° 님의 일주기일세. 다이토쿠 사大德寺에서 성대한 제사를 지내고 삼십여 곳의 제후들에게 명하여 성을 쌓겠어. 카즈마사, 어떤가, 나와 같이 쿄토에 가지 않겠나?"

카즈마사는 상대의 그칠 줄 모르는 능변에 말려들어, 온몸에 흠뻑 땀을 뒤집어쓰고 선물에 대해서는 말을 꺼낼 틈조차 찾지 못했다.

4

히데요시의 말은 쉴새없이 이리 뛰고 저리 뛰었다.

정신차리고 듣지 않으면 무엇을 말하려는 것인지 알 수 없었다. 혹시 분열증에 걸린 것이 아닌가 의심이 갈 정도였으나, 잘 생각해보면 그 모두는 위협이고 선전이었다.

그중에서도 특히 카즈마사의 귀에 따갑게 남아 있는 것은, 노부타카를 할복케 한 일로 노부오를 은근히 비난한 일이었다.

히데요시는 어린 산보시三法師°만 남기고 노부오도 제거할 생각일까.

그렇게 하면 노부나가란 신분에서 빚어지는 문제는 뿌리째 제거되어 히데요시의 뜻대로 새로운 세계가 열릴 터였다.

"츄고쿠의 모리毛利는 이미 나에게 화평을 제안해오고, 에치고越後의 우에스기上杉도 삿사 나리마사佐佐成政를 통해 이야기가 진행되고 있어. 시코쿠四國, 큐슈九州 등으로 진출하여 속히 천하를 다스리는 것이 우다이진 님에 대해 충의를 다하는 일이니까 말일세."

이야기할 때마다 히데요시는 도쿠가와 가문에 대해서만은 언급을 피하고 있었다. 어떻게 해서든지 카즈마사 자신의 마음을 끌어당기려 한다는 것을 강하게 느낄 수 있었다.

카즈마사가 겨우 선물로 가져온 차 항아리 이야기를 꺼내게 된 것은 반 각(1시간) 이상 히데요시의 장광설에 시달린 뒤의 일이었다.

"뭐, 하츠하나의 차 항아리를……?"

히데요시는 눈이 휘둥그레졌다.

'많은 연구를 했구나……'

이렇게 생각하는 것인지 아니면 마음으로부터 기뻐하여 놀라는 것인지 카즈마사로서는 판단할 수 없었다.

"그래? 참으로 고마운 일이로군. 그 명품에 대해서는 다인茶人들의 이야기를 들어 이미 잘 알고 있네. 그렇다면 이것을 내가 천하에 알리지 않으면 안 되겠군. 소에키를 불러 그 명품을 위한 다회茶會를 열어야겠어…… 아니, 이런 곳에서 하면 어울리지 않을 거야. 나는 오는 겨울까지는 천하에서 제일가는 성을 나니와浪花 땅에 완성시키고야 말겠어. 그때 천하 제일의 성에서 천하 사람들을 불러놓고 천하 제일의 명품을 위한 다회를 열겠네…… 그래야 좋지 않을까, 카즈마사, 어떤가 내 생각이?"

카즈마사는 히데요시의 입에서 나오는 '천하'라는 낱말의 수를 속으로 세고 있었다.

"마음에 드시는 것 같아 그 이상 기쁜 일도 없습니다."

가만히 머리를 숙였다.

"아니, 이에야스는 내 기호를 잘 알고 있었어. 그 역시 명품에 대한 집념이 각별하다는 말을 들었는데, 그걸 내놓다니…… 여간 크게 마음을 쓴 게 아니야."

"예. 더구나 그 항아리에는 오천 석의 항아리라는 별명이 붙어 있다는 소문이 있습니다."

"뭐, 오천 석 항아리……?"

"예. 마츠다이라 세베에가 그 항아리를 저의 주군에게 헌상했을 때 그 보답으로 오천 석을 주셨다고 합니다."

카즈마사가 겨우 이야기의 실마리를 찾았다는 듯이 말했다.

"카즈마사……"

히데요시가 얼른 그 말문을 막았다.

"이에야스가 그 항아리의 보답으로 오천 석을 주었다는 말인가?"

"그렇습니다. 기뻐하시던 주군의 모습이 아직도 눈에 선합니다."

"으음. 어이가 없군, 이 명품에 오천 석이라니…… 나는 말일세, 지난번 시즈가타케 전투에서 적의 목을 약간만 벤 코쇼에게까지 모두 오천 석씩 주었어. 그런데 고작 오천 석이란 말이로군……"

카즈마사는 그만 말문이 막혔다.

그 말을 듣고 보니 사쿠자에몬이 이에야스에게 일러준 지혜와, 히데요시가 천하란 말을 네다섯 번이나 반복하면서 기뻐한 것과는 풀피리와 큰 소라고둥소리만큼이나 차이가 있었다.

"카즈마사……"

갑자기 히데요시는 목소리를 낮추었다.

5

카즈마사가 가만히 고개를 들었을 때 히데요시는 몸을 앞으로 내밀듯이 하고 진지하게 말했다.

"이에야스는 재물을 지나치게 아끼는 버릇이 있어."

"예. 백성들이 본받을 정도로 음식과 의복이 검소하십니다. 물론 그곳은 아직 킨키近畿와는 비교가 되지 않을 정도로 황폐한 곳이 많기 때문이지만……"

"나는 그런 것을 묻고 있는 게 아닐세. 주군을 위해 목숨을 걸고 일한 사람들에 대한 예우가 좋지 않다는 말을 하고 있네."

"그렇지만 모두 만족하고 있습니다."

"으음."

히데요시는 아주 진지한 표정이 되었다.

"좋아, 그렇다면 내가 장난을 좀 해볼까?"

"장난……이라 하시면?"

"영지 규모에 비례하여 성 쌓는 일에 협력하라고 명하겠다는 말일세. 이에야스의 영지는 현재 미카와, 토토우미遠江, 스루가, 카이, 그리고 시나노信濃의 일부를 포함해 다섯 개 지역에 걸쳐 있어. 여기 비해 나의 영지는 야마시로山城, 야마토大和, 카와치河內, 이즈미和泉, 셋츠攝津, 오미近江, 와카사若狹, 에치젠越前, 카가加賀, 노토能登, 엣츄越中, 탄바丹波, 탄고丹後, 타지마但馬, 이나바因幡, 호키伯耆, 비젠備前, 빗츄備中, 미마사카美作, 아와지淡路 등 세어보면 이십여 개 지역일세. 즉 나의 사분의 일을 이에야스가 가지고 있으므로 오사카 성 축조에 사분의 일의 비용을 부담하도록 하겠다는 말일세. 어떤가, 카즈마사, 재미있다고 생각지 않나?"

카즈마사는 히데요시의 말을 듣는 순간 온몸에 소름이 끼쳤다. 역시 히데요시는 분열증은커녕 치밀한 계산 아래 공격의 그물을 서서히 조여오고 있었다.

그러나저러나 20여 개의 새 영지를 하나하나 꼽아가며 오사카 성 축조의 비용을 4분의 1이나 부담하라 하고 있다. 이 얼마나 교묘한 위협이고 또한 비유란 말인가.

카즈마사가 대답하지 못하는 것을 보고 히데요시는 더욱 재미있다는 듯이 음성을 낮추었다.

"어떤가, 내가 이렇게 말하면 이에야스가 무어라고 대답할 것 같나, 카즈마사?"

카즈마사는 서서히 미카와 무사의 피가 끓어오르는 것을 깨달았다. 그러나 어떤 경우에도 절대로 화를 내서는 안 되었다.

'경우에 따라서는 상대의 뱃속으로 뛰어들어……'

이렇게 결심하고 왔으나 그 마음이 위태롭게 흔들렸다.

"그런 말씀을 하시기보다는……"

겨우 카즈마사는 입을 열었다.

"차라리 비용의 절반을 부담하라고 하시면 어떻겠습니까?"

"뭣이, 성 쌓는 비용의 절반을 이에야스에게…… 그렇게까지 이에야스가 부유한가?"

"아닙니다. 그렇게 말씀하시면 틀림없이 일전을 벌일 결심을 굳힐 것입니다."

"카즈마사……"

"예."

"그대도 재미있는 말을 하는군. 전쟁을 하게 되면 그 비용이 더 들게 될 텐데."

"하지만 다섯 지역이 다시 손에 들어오게 되면 그것으로 보충이 될 것입니다."

"하하하……"

히데요시가 웃기 시작했다.

"농담일세, 농담. 그렇게 정색은 하지 말게. 이에야스는 지금 동부에서 지반을 굳히기에 여념이 없을 것일세. 이에야스가 다른 마음을 갖지 않은 이상 이 히데요시도 다른 마음은 갖고 있지 않아. 참, 그 천하의 명품을 어디 한 번 구경 좀 해보세. 아마 우리 이야기는 그 보답으로 오천 석을 주었다는 데서부터 다른 길로 벗어났을 거야."

이 무렵부터 차차 해가 기울고, 호수면을 가로지르는 서늘한 바람이 방안 가득히 흘러들었다.

6

넓은 서원에 카즈마사를 위한 향응의 음식이 차려진 것은 그로부터 얼마 후의 일이었다.

계속 진중에서 지낸 탓인지 뜻밖에도 그 자리에 나온 사람들은 거의 여자들뿐이었다. 히데요시는 그 여자들에게 둘러싸여 기분 좋게 술을 들고 잔을 카즈마사에게 건넨 뒤 자신은 잠시 동안 카즈마사가 가져온 항아리를 살펴보았다.

'과연 그가 명품이라는 것을 알아볼 수 있을까?'

카즈마사는 이렇게 무시하는 눈길을 술잔 너머로 상대에게 던졌다.

"카즈마사……"

"예."

"이것을 오천 석의 항아리라니, 그런 어이없는 별명은 하마마츠에 돌아가거든 당장 취소하도록 하게."

"어째서입니까?"

"이 명품에 대한 모독이야. 가령 이에야스 밑에서 오천 석을 받고 있는 무사가 있다고 하세. 그렇다고 그가 오천 석 가치밖에 없는 무사라고는 할 수 없을 것일세."

"예……"

"이에야스와 나는 사물의 가치를 정하는 잣대가 달라. 이것은 말이지, 나 같으면 기꺼이 십만 석은 내놓을 만한 명품이야."

"십만 석을……?"

"암, 물론일세."

히데요시는 크게 고개를 끄덕이고 항아리를 내려놓았다. 그러나 두 번 다시 거들떠보려고도 하지 않았다. 그것으로 미루어 그 말을 곧이곧대로 받아들일 수는 없었다.

"나와 이에야스는 신분이 다르므로 내가 사만 석을 내겠다고 했을 때 이에야스가 만 석을 내겠다고 하면 이것은 이치에 맞아. 그런데 십만 석을 오천 석이라니, 그러니까 이십분의 일이라면 그건 안목이 없다고밖에 할 수 없지. 그렇지 않은가?"

"그렇기는 합니다마는……"

"그럴 것일세, 그럴 것이야. 가령 그대가 내 밑에 있다고 하세. 그러면 나는 기꺼이 십만 석을 주고 성 하나를 맡겨 다이묘大名°로 삼겠어. 즉 십만 석의 가치가 충분한 그대에게 이십분의 일밖에 안 되는 오천 석이라면 너무 심하다고 생각지 않나? ……아니, 이것은 항아리 이야기일세. 그러니 오천 석의 항아리로는 안 돼. 하마마츠에 돌아가거든 십만 석의 항아리라고 이름을 바꾸도록 하게."

즐거운 듯이 이렇게 말했다.

"아니, 잠깐. 이에야스 밑에서는 모두들 그 말을 믿지 않을 거야…… 역시 취소하는 편이 좋겠어."

카즈마사는 이 무렵 차차 냉정함을 되찾고 있었다.

5,000석과 10만 석 — 이런 좋은 미끼를 가지고 유혹의 손길을 뻗친다면 대부분의 사람은 마음이 움직일 것이다. 아니, 처음에는 유혹인 줄 알면서도 점점 기대하는 마음으로 바뀌어갈 것이다.

'이것으로 히데요시의 속셈 한 가지는 알았다……'

카즈마사는 짐짓 씁쓸한 표정을 지었다.

"그렇다면 항아리는 여간 행복하지 않군요."

작은 목소리로 말했다.

"소유해야 할 사람에게 돌아가지 않고 평생 오천 석의 항아리로 끝날 뻔한 것을 알아주셨으니 말입니다."

"하하하…… 그대가 그렇게 생각한다면 항아리를 위해 그 이름을 취소시키게."

"알겠습니다. 틀림없이 전하겠습니다."

"카즈마사."

"예."

"나는 이에야스가 부러워. 항아리는 내놓았지만 그대와 같은 훌륭한 가신을 많이 거느리고 있으니 말일세. 앞으로도 계속 충성을 다해 이에야스 가문의 기둥이 되도록 하게."

히데요시는 어린아이를 달래는 부모 같은 어조로 조용히 말했다.

7

이시카와 카즈마사는 이쯤에서 공세로 전환해도 좋을 시기라고 판단했다.

"예······"

머리를 조아리고 잠시 동안 일부러 고개를 쳐들지 않았다.

"카즈마사, 왜 그러나?"

"아니, 아무것도······"

"눈물을 글썽거리는군. 울고 있었나? 무슨 생각을 했는데 그러나? 그렇게 잘 우는 사람인가, 그대는?"

"눈물을 보이게 되어 황송합니다. 그저 치쿠젠 님의 부드러운 말씀에 이끌려 그만······"

"뭐, 내 말에 이끌려서?"

"예······ 더 이상 묻지 말아주십시오."

"카즈마사."

"예."

"그대는 마음에 걸리는 말을 하는군. 나는 눈물을 보면 잠자코 있지 못하는 성격일세. 묻겠는데, 이 히데요시의 어떤 말에 마음이 끌렸다는 것인가?"

카즈마사는 천천히 고개를 들고 이번에는 똑바로 히데요시를 쳐다보았다.

"거듭 분부하시니…… 아무 말씀도 드리지 않으면 도리어 마음이 상하실 것 같아 말씀 드리겠습니다."

"암, 그래야지. 어서 말하게."

"조금 전에 치쿠젠 님은 이에야스가 부럽다고 하셨습니다."

"그래, 그랬지. 그대와 같은 훌륭한 가신을 두었기 때문에."

"더구나 이에야스 가문의 기둥이 되라고…… 바로 그 말씀입니다. 저는 그런 말씀을 저의 주군에게서 듣고 싶었습니다."

"허어, 그러면 이에야스가 그대를 홀대하기라도 한다는 말인가?"

"당치도 않습니다!"

카즈마사는 강하게 고개를 가로저었다.

"저를 믿으시기 때문에 이번에 사자로 명하셨습니다. 그러나 입으로는 늘 저를 엄하게 꾸짖으십니다. 문득 그 생각을 떠올렸습니다. 이 카즈마사의 불찰입니다. 모처럼의 흥을 깨뜨렸습니다. 용서해주십시오."

히데요시의 눈이 묘하게 빛났다. 어쩌면 카즈마사의 술책을 반대로 읽었는지 모른다.

"카즈마사."

이렇게 불렀을 때는 얼마쯤 냉소하는 기색마저 느껴졌다.

"그렇다면 느긋한 성격인 이에야스가 좀더 그대들에게 다정히 대해주었으면 좋겠다는 말인가?"

이런 반문을 받고 카즈마사도 마침내 투지가 솟아나기 시작했다.

"참으로 뜻하지 않은 말씀을 듣게 되는군요."

"뜻하지 않은 말……"

"예. 사람은 누구나 천성적으로 가지고 태어난 성격과 버릇이 있습니다. 그러므로 주군인 이에야스로부터 다정한 말을 듣고 싶은 생각은 추호도 없습니다."

"허어, 그렇다면 어째서 눈물을 흘렸단 말인가?"

"그 까닭을 말하려면 이에야스 가문의 기둥이 되라고 하신 말씀으로 되돌아가야 합니다. 다만 불현듯이…… 인간에게는 그저 불현듯이 눈물을 흘릴 때가 종종 있습니다. 그런 버릇이 카즈마사에게도 있다고 생각하시고 이대로 용서해주시기를 바랍니다."

"하하하……"

히데요시는 웃었다.

"그래? 그렇다면 내가 잘못했네. 다시는 묻지 않겠어."

히데요시는 이렇게 말하면서 다시 잔을 카즈마사에게 건네도록 코쇼에게 명하고 그 속을 헤아릴 수 없는 눈을 더욱 가늘게 떴다.

8

카즈마사는 히데요시의 시선이 자기에게 돌려질 때마다 온몸이 오그라드는 것만 같았다.

앞서 아네가와姉川 전투 때 —

'저 익살스럽게 생긴 농부의 아들이……'

카즈마사는 이런 마음으로 바라보았다. 그러나 지금 그의 얼굴은 눈부실 정도로 단련되어 빛나고 있었다.

일단 눈을 내리깔면 섣부르게 다시 쳐다볼 수도 없었다. 그렇다고 지금 이 자리에서 이대로 물러선다면 히데요시의 조종에 따라 춤추는 인형이 되고 말 것이다.

"어떤가, 카즈마사?"

잔에 술이 가득 따라졌을 때 히데요시가 다시 넌지시 물었다.

"이에야스는 내 마음을 읽고 있을까?"

"그러니까, 돌아가신 우다이진 님의 유업을 이으시려는 천하통일의 큰 뜻을 말씀입니까?"

"그러네. 그래, 이에야스는 읽고 있을 거야. 그대까지도 얼른 이런 대답을 하는 것을 보니."

"그러합니다……"

카즈마사는 비로소 히데요시를 똑바로 바라보았다.

"그 뜻을 아시기에 이번에 저를 사자로 보낸 줄로……"

"카즈마사……"

"예."

"가신들은 어떨까? 이에야스는 알고 있겠으나 가신들은?"

"그 점은……"

카즈마사는 이렇게 대답하고 짐짓 크게 고개를 갸웃거렸다.

히데요시가 일부러 그에게 걸어놓은 덫에 걸린 것 같기도 하고 그 반대인 것 같기도 했다.

"가신들은 이에야스만큼은 알지 못할 텐데, 안 그런가."

"그러나……"

카즈마사는 고개를 갸웃한 채 대답했다.

"알도록 해야 한다고 생각합니다. 주군인 이에야스의 가장 큰 목표는 가문의 번창은 물론이지만, 그보다는 오닌應仁의 난° 이후 끊임없이 계속되고 있는 전란을 종식시키고 싶다는 이 한 가지에 집중되어 있다고 생각합니다."

"으음. 오닌의 난 이후의 전란을…… 그렇다면 내 뜻과 같군……"

"그리고 돌아가신 우다이진 님의 뜻이기도 할 것입니다."

"이에야스는 말일세."

"예."

"가문의 번창이 첫째이고, 그대가 말한 천하통일은 둘째일 것이라고 나는 생각하는데……"

"그렇지 않습니다!"

카즈마사는 딱 잘라 말하고 미소를 떠올렸다.

모든 것이 그의 뜻대로 이야기가 진행된다는 증거였다.

"주군 이에야스에게 그럴 생각이 있었다면 산시치 님, 시바타 님과 손을 잡아 키요스 님, 호죠 님을 움직이고 또 우에스기를 끌어들여 치쿠젠 님에게 도전했을 것이 분명합니다. 그러나 뜻이 치쿠젠 님과 같기 때문에 치쿠젠 님이 킨키를 평정하실 때까지 호죠를 누르고 키요스가 움직이지 못하게 하며 우에스기에 대비하여 치쿠젠 님의 뜻을 음양으로 도왔습니다. 그런 점에서는 아마도 직접 전쟁터에 나가 싸운 무장 이상으로 공이 크다고 생각합니다."

히데요시는 똑바로 카즈마사를 바라보며 저도 모르게 크게 고개를 끄덕였다.

"역시 이에야스가 부러워. 훌륭한 가신을 두고 있다니까……"

9

카즈마사는 다시 몸을 앞으로 내밀듯이 하고 말을 계속했다.

"저도 중신의 말석을 차지하고 있는 자이므로 주군 이에야스에게 진퇴를 그르치게 하고 싶지는 않습니다. 그러기 위해서는 무엇보다도 주군보다 과격한 기질을 지닌 가신들을 납득시켜야 한다…… 이 점에 늘 신경을 쓰고 있습니다."

"그럴 테지. 이에야스의 가신 중에는 과격한 기질을 가진 자들이 많으니까."

히데요시는 히데요시대로 지금이 카즈마사에게 유혹의 손길을 뻗칠 기회라 생각한 모양이었다.

자못 천연덕스러운 태도로 말을 이어갔다.

"우선 사카이 타다츠구酒井忠次, 혼다 헤이하치로本多平八郎, 그리고 혼다 사쿠자에몬, 사카키바라 코헤이타榊原小平太, 오쿠보 타다요大久保忠世…… 이거 정말이지, 완고한 자들뿐이군."

"그렇습니다. 모두 이에야스를 위해서는 목숨을 터럭처럼 가볍게 여기는 자들뿐입니다."

"카즈마사……"

"예."

"그런데, 자네는 이들을…… 그래 미카와의 거친 무사들을 누를 수 있겠나?"

'드디어 시작이구나!'

카즈마사는 직감했다. 이 모든 것이 그가 예상했던 대로였다.

"그것은 세상의 평판에 달려 있습니다."

"세상의 평판……이라니?"

"돌아가신 우다이진 님의 염원이 그대로 잘 이행되고 있는지 어떤지…… 이것이 올바로 치쿠젠 님에 의해 이행되고 있는 한, 이에야스는 물론 가신들도 결코 다른 마음을 품지 않을 것입니다."

"하하하……"

히데요시는 목구멍까지 보이며 크게 웃기 시작했다.

"그렇다면 자네로서는 자신이 없다는 말이 아닌가. 행동 여하에 따라서는 말일세."

이번에는 카즈마사가 잔을 놓고 웃기 시작했다.

"예, 말씀하신 그대로입니다."

"그대의 말은 정말 알아듣기 쉽군. 이렇듯 내 앞에서 분명히 자기 생각을 말하는 사람은 카즈마사 그대뿐이야. 모두 그렇게 생각하지 않나? 사키치佐吉, 야쿠로彌九郎, 어서 잔을 받고 그대들도 이 카즈마사를 본받도록 하라."

히데요시는 코니시 유키나가小西行長와 이시다 미츠나리石田三成에게 이렇게 명하고 다시 한 번 유쾌하다는 듯이 웃었다.

카즈마사는 두 사람이 주는 잔을 받아 천천히 마시고 나서 다시 두 사람에게 돌렸다.

'혹시 이 잔이 나를 파멸로 이끄는 잔이 될지 모른다……'

문득 이런 마음이 들기도 했다. 그러나 카즈마사는 이에 대해서도 이미 충분히 생각해두었다. 지금 이 자리에서 카즈마사로서 선택할 수 있는 길은 히데요시의 품속에 스스로 뛰어드는 것, 그 밖에는 달리 방법이 있을 수 없었다.

그가 아무리 경계심을 가지고 히데요시를 대하더라도——

"카즈마사는 나와 내통하고 있다."

히데요시의 입에서 이런 말이 나온다면 그것으로 자신의 운명은 결정될 수밖에 없었다.

"아니, 그만하겠습니다. 뜻하지 않은 대접을 받아 이 카즈마사는 평생토록 잊지 못할 것입니다."

"뭘 그러나, 좀더 들게. 여자들은 무얼 하고 있느냐, 어서 술을 따르지 않고."

"이것으로 충분합니다. 지나친 호의에 정신이라도 잃으면 돌아가서 완고한 자들로부터 비난을 받게 됩니다."

"괜찮아, 좀더 들게."

히데요시가 직접 일어나려 했기 때문에 카즈마사는 도로 주저앉았다. 붙잡으려는 사냥감은 절대로 놓치지 않는 히데요시의 눈이 또다시 살을 찌르는 것 같았다.

10

그날 밤 카즈마사는 정신을 잃을 정도로 만취되어 숙소로 안내받았다. 숙소는 같은 성안에 있는 둘째 성곽의 객실이었는데, 밤중에 갈증이 나서 눈을 떴더니 잠자리 시중을 드는 여자가 자기 옆에 무릎을 꿇고 앉아 끄덕끄덕 졸고 있었다.

카즈마사는 여자가 깨지 않도록 조심하며 가만히 손을 뻗어 물병을 집어들었다. 그 물병은 남만南蠻에서 건너온 네모진 것으로, 듣기만 했지 만져보기는 그때가 처음이었다.

'이미 사카이도 완전히 지배하고 있구나……'

이렇게 생각했을 때 여자가 고개를 들며 당황해했다.

"저어, 물을 찾으십니까?"

흰 손을 카즈마사의 검고 투박한 손에 얹고 물을 따랐다.

"원 이런, 계속 여기 있었나?"

"예. 그만 깜빡 졸았습니다. 용서해주십시오."

"아니, 내가 정신 없이 취해 여러 가지로 귀찮았을 거야. 미안해."

그 말에 여자는 난처한 듯이 엷은 미소를 띠었다.

"오시자마자 곧 잠이 드셨기 때문에…… 저는 아무 시중도 들지 못했습니다."

"어쨌든 고마워. 이제 됐으니 물러가도 좋아."

"예…… 저어, 그렇지만……"

"괜찮아. 나는 아침까지 푹 자야겠어. 걱정하지 말고 물러가."

이렇게 말하고 나서야 카즈마사는 자기가 누워 있는 침구도 여자의 옷도 모두 화려한 색깔의 카가 비단이라는 것을 깨달았다.

"부탁입니다."

여자는 수치와 진심이 뒤섞인 묘한 표정으로 다시 카즈마사의 손에 자기 손을 겹쳤다.

"제발 이대로 곁에서 모시게 해주십시오."

"뭐, 곁에서 모시겠다고⋯⋯?"

"저어, 귀하신 손님이므로 곁에서 모시라고⋯⋯"

카즈마사는 깜짝 놀라 상대를 바라보았다. 등잔의 부드러운 불빛을 받은 여자의 얼굴은 겨우 열여덟이나 열아홉쯤으로 보였다.

'혹시 쿄토의 화류계 여자가 아닐까⋯⋯'

그런 여자를 데려다 손님의 시중을 들게 하다니⋯⋯

"부탁입니다. 마음에 드시지 않으면 아침까지만이라도."

카즈마사는 그 말을 가로막았다.

"만약 마음에 든다면 어떻게 하겠나?"

"⋯⋯미카와에 데려가겠다고 하시면 그대로 따르라는 분부를 받았습니다만."

"으음, 참으로 배려가 깊으신 말씀이군. ⋯⋯그런데 그대의 출신은 어디인가?"

"예, 사카이입니다."

"계속 화류계에서 생활해왔나?"

"화류계 여자는 아닙니다."

여자는 약간 불쾌하다는 어조로 자신에 대해 이야기했다.

"도쿠가와 가문의 큰 기둥, 무용이 뛰어나신 분이라는 말을 듣고 자원하여 시중을 들러 왔습니다."

카즈마사는 저도 모르게 가만히 혀를 찼다.

'아직 히데요시와의 대결은 끝난 것이 아니었구나…… 도대체 이것은 무엇을 시험하기 위해서일까?'

"그래? 그런 여자였군…… 용서하기 바란다. 사실 나는 화류계 여자가 어떤 것인지도 모르는 철저한 미카와의 시골뜨기여서……"

그러면서 조용히 침구 위에 일어나 앉았다.

11

'대관절 이 여자를 어떻게 해야 하나?'

이 여자 뒤에서 히데요시의 눈이 장난스럽게 빛나고 있다는 것을 어떻게 모른 체할 수 있단 말인가.

쉽사리 손에 넣을 것으로 예상하고 있는 것일까, 아니면 단호히 거부할 줄로 생각하고 있을까. 이런 자리에서 여자에게 손을 내미는 자라면…… 하고 짓궂게 시험해보려는 속셈인지도 몰랐다.

어쨌거나 카즈마사로서는 몹시 다루기 힘든 상대였다. 그러나 히데요시의 지시에 의한 것이라면 뒤로 물러설 수도 없었다.

"음, 우리 고장에서는 찾아볼 수 없는 미인이로군."

카즈마사는 이렇게 말하면서, 나잇값도 못하고 얼굴이 달아오르는 자신이 저주스러웠다.

"대관절 나이는 얼마나 됐나?"

"열여덟입니다."

"열여덟…… 그렇다면 내 며느릿감이 되기에 알맞은 나이로군. 그런데, 이름은?"

"오긴阿吟이라고 합니다."

"음, 오긴이라…… 그럼, 아버지는 무인인가 상인인가?"

"칼집을 만드는 기술자입니다."

"허어, 기술자의 딸이로군……"

이렇게 말했을 때 여자의 상체가 가만히 카즈마사의 무릎으로 기울면서 따스한 손이 그의 손목에 살짝 감겨왔다.

"정말 볼수록 예쁘게 생겼어. 이거, 다시없는 선물을 받게 되었군. 그대를 나에게 주겠다고 한 분은 물론 치쿠젠 님이겠지?"

"예……"

"좋아, 반드시 데려다가 며느리로 삼겠어. 아니, 정말 고마운 선물, 생각지도 않은 선물이야."

"저어, 그러시면……"

"그러나 당장 데려갈 수는 없어. 미카와 사람에게는 미카와 사람의 예의가 있으니까."

카즈마사는 어느 틈에 등줄기에 줄줄 땀을 흘리고 있었다.

'지금 상대가 입을 열게 해서는 큰일이다……'

이런 생각만 해도 머리가 화끈 달아올랐다.

"알겠나, 내가 얼마나 기뻐했는지 그대가 치쿠젠 님에게 잘 말씀 드리도록 해. 사실은 이대로 데려가고 싶지만 그렇게 하면 호의에 대한 예의가 아니야. 머지않아 성을 쌓게 되면 내가 다시 사자로 오겠어. 그때 틀림없이 치쿠젠 님을 위해 도움을 드리고 나서 어엿하게 아들한테 데려가겠어. 알겠나, 그때까지 치쿠젠 님에게 그대를 맡겨두겠어. 그렇게 알고 마음을 단단히 가지고 기다리도록…… 알겠지……?"

여자가 처음에는 찌를 듯한 눈으로 카즈마사를 쳐다보았으나 이윽고 서서히 고개를 떨구었다.

'카즈마사는 며느릿감으로 나를 보낸 것으로 생각하고 있다……'

이렇게 알고 더 이상 창녀와 같은 애교를 떨지 않았다.

"알았으면 됐어. 오늘 밤에는 마음대로 해도 좋아. 여기 있고 싶으면 있어도 좋고, 물러가서 쉬어도 좋아…… 이거 정말 좋은 선물, 좋은 이야깃거리가 생겨서 나도 즐거워."

여자가 다시 얼굴을 들었다. 하지만 그 얼굴은 이미 원망하는 얼굴도 교태를 부리는 얼굴도 아니었다. 아마도 마음 한구석에서 안도의 숨을 쉬고 있을 것이다.

카즈마사의 입가에 문득 미소가 떠올랐다.

'어떻습니까, 치쿠젠 님……?'

잔월殘月

1

이곳은 사이고쿠西國로 가는 순례자들이 열네번째로 찾는 후다쇼札所˚인 미이三井의 관음당觀音堂 경내로, 오미의 시가고리滋賀郡에 있는 치카마츠데라近松寺에서 서북쪽으로 5정町˚가량 떨어진 높은 언덕 위에 있었다.

이미 계절은 겨울로 접어들어 낙엽수의 잎들은 모두 떨어진 뒤였다. 그러나 그 벌거숭이 나무들 사이로 기이하게도 봄날과도 같은 따스한 기운이 감돌고 있었다.

오른쪽으로는 멀리 치카마츠데라가 보이고 왼쪽에는 미이데라三井寺로 이름이 알려진 온죠 사園城寺의 가람이 한눈에 내려다보였다.

그때 이 언덕에 다다른 주종主從 약 15, 6명쯤 되는 일행이 있었다. 그들 일행에게는 주위 경관을 즐길 여유가 없어 보였다. 오히려 종자들은 모두 주인의 신변에 몹시 신경을 쓰며 경계하고 있는 듯했다.

"수상한 자는 보이지 않겠지?"

중신인 듯한 47, 8세 된 무사가 작은 소리로 물었다.

"순례하는 어머니와 아들이 저쪽에서 쉬고 있을 뿐입니다."

젊은 종자가 대답했다.

"그래, 알겠다. 언덕 밑에서부터 좌우 숲을 잘 감시하라고 일러라."

"알겠습니다."

젊은 종자가 앞뒤로 달려갔다.

"주군, 이 부근이 좋을 듯합니다마는."

뒤에 남은 것은 주인인 듯한 25, 6세 된 다이묘와 가신인 듯한 세 명의 무사들이었다. 그들 모두는 여행하는 사람의 모습은 아니었다. 가볍게 산책을 나온 듯한 차림이었다.

그들의 눈은 예리하게 주위를 살피고 있었다.

네 사람은 가만히 고개를 끄덕이고 길가의 양지바른 낙엽 속에 묻혀 있는 바위에 걸터앉았다.

"이 남쪽 좁은 골짜기 사이로 난 길이 오사카야마逢坂山로 이어져 있다는 말인가?"

주인이 물었다.

"예. 조금 있으면 히데요시 놈이 이 길로 지나갈 것입니다."

주인은 창백한 얼굴을 들어 이마에 손을 얹고 그쪽을 바라보았다.

그 얼굴은 젊은 날의 노부나가를 많이 닮아 있었다. 히데요시로부터 이가伊賀, 이세, 오와리 등 세 지역을 받고 쿠와나고리桑名郡의 나가시마長島 성주로 있는 오다 노부오織田信雄*와 그의 세 중신 츠가와 요시후유津川義冬, 오카다 시게타카岡田重孝*, 아사이 타미야마루淺井田宮丸 등 네 사람이었다.

"히데요시의 오사카 성은 이미 준공되었겠지?"

"예. 규모가 아주 엄청나서 이전의 아즈치 성安土城을 능가할 정도로 거대하다고 합니다. 외관은 오층이지만 내부는 팔층이라는 첩보가 있었습니다."

이렇게 대답한 것은 45, 6세 가량인 츠가와 요시후유로, 그는 지금 이세의 마츠가시마 성松ヶ島城을 맡고 있는 중신이었다.

"아버님이신 노부나가 공이 이십여 년에 걸쳐 이룩한 일을 히데요시는 일 년 동안에 감쪽같이 빼앗았군."

"그렇습니다. 정말이지 뜻하지 않은 큰 요물입니다."

"나는 그렇다고만은 생각지 않아. 인간의 일은 모두 힘이 결정하는 거야. 나는 힘에서 뒤져 있었어……"

"세간에는 미츠히데를 선동하여 반역하게 만든 것도 히데요시의 음모……라는 소문까지 나돌고 있습니다."

노부오는 가볍게 혀를 차고 얼굴을 돌렸다. 그는 오사카에서 쿄토를 돌아서 오는 히데요시와 회견하기 위해 눈 아래 보이는 미이데라까지 멀리 찾아왔다. 히데요시를 기다리는 동안 그는 가신들과 함께 지금 산책을 나온 길이었다.

2

앞서 아버지 노부나가는 톤다富田의 쇼토쿠 사正德寺에서 미노美濃의 살무사라 불렸던 사이토 도산齋藤道三을 설복시켰다. 그 아들인 노부오가 이번 미이데라 회견에서 아버지 밑의 한 장수에 불과했던 히데요시와 과연 대등하게 교섭할 수 있을까.

물론 이들도 미카와의 사자 이상으로 고심과 책략을 거듭한 뒤의 회견. 오늘 이들 세 중신과의 산책도 남이 들어서는 안 될 그 책략을 최종적으로 마무리짓기 위해서였다.

"여기서 주군께 여쭙고자 하는 것은……"

노부오가 고개를 돌려 하늘을 노려보았기 때문에 이번에는 오카다

시게타카가 입을 열었다.

"첫째는 도쿠가와 이에야스 님이 주군에게 어떤 확약을 했는가 하는 것입니다."

"그 일이라면 염려하지 말게. 이에야스 님은 히데요시에게 은혜를 입은 바도 없고 의리를 지킬 일도 없어. 그러므로 확실하게 우리를 지원해주겠다는 밀약이 되어 있네."

"도쿠가와 님이 지원해주신다면 인척이신 호죠 님도 물론 우리편을 들게 되지 않겠습니까?"

노부오는 흘끗 시게타카를 돌아보았다.

"그건 물을 필요조차 없는 일이야."

그리고는 꾸짖듯이 말했다.

"그보다 오사카에 사자로 다녀온 그대들의 눈이 히데요시를 잘못 본 것은 아닌지 그 점이 무척 마음에 걸리는군."

"그 점은……"

이번에는 아사이 타미야마루가 나섰다.

"저희 세 사람의 눈이 뜻밖에도 일치되었으므로……"

"그렇다면, 히데요시가 기승은 부리고 있지만 별로 다른 마음은 갖지 않았다는 말인가?"

"그렇다고…… 생각합니다."

"다른 마음이 없는 히데요시라면 어째서 자기 집처럼 아즈치 성에 드나들고 또 나에게 오사카로 오라는 등 무례한 짓을 한단 말인가. 오사카 성으로 오라는 것은 나를 부하로 취급한다는 증거가 아닌가?"

"황송합니다마는……"

노부오의 언성이 높아졌기 때문에 츠가와 요시후유는 가만히 주위를 둘러보았다.

"주군의 지나치신 생각인 것 같습니다. 왜냐하면 히데요시 놈은 어디까지나 키요스 회의의 결정대로 산보시 님을 오다 가문의 후계자로 여겨 함부로 지껄인 소리라고 생각합니다만."

"함부로 지껄인 소리? 어디 히데요시가 마음에도 없는 소리를 함부로 지껄일 자이겠느냐?"

"예. 히데요시에게는 그런 경박한 면이 있습니다. 주군에게 오사카로 오시라고 하는 것은 약간 도리에 어긋나는 일입니다…… 이렇게 말했더니, 히데요시는 깨끗이 그 점을 시인하고 이 미이데라에서 회견하겠다고 했습니다."

"나는 그것이 불만이란 말일세. 미이데라까지 올 수 있다면 어째서 아즈치 성에는 오지 못한다는 말인가? 아즈치에서 산보시와 동석한 자리에서 할말을 하는 것이 도리가 아니겠어?"

노부오가 엄한 소리로 말했다. 오카다 시게타카와 츠가와 요시후유는 난처한 듯이 서로 얼굴을 마주보았다.

"나는 말일세, 히데요시가 무엇 때문에 갑자기 만나자고 하는지 그 속셈이 의심스러워. 무언가 음모를 꾸미고 있지 않나 하는 생각이 들어…… 오사카 성이 완성되면 천하를 호령할 준비가 되었다는 것 아니겠어. 준비되었을 때 방해가 되는 것은 이 노부오…… 노부타카는 이미 죽었고, 산보시는 아직 철모르는 어린아이가 아닌가?"

시게타카와 요시후유는 다시 얼굴을 마주보고 고개를 끄덕였다.

3

노부오는 신축된 오사카 성에 사자로 다녀온 세 사람의 중신을 의심하는 것처럼 보였다. 노부오의 이러한 태도는 츠가와 요시후유나 오카다 시게타카에게 뜻밖의 일이었다. 아니, 아사이 타미야마루로서도 마찬가지였을 것이다.

"노부타카 님의 마지막 모습에 대한 것도 알고 싶고, 새로 완성된 성도 보여드리고 싶으니 노부오 님께 한번 오사카 성에 오시라고 말씀 드리시오."

히데요시는 세 중신을 통해 서면으로 위와 같은 내용을 전해왔다.

노부오는 이 서신을 보고 격분했다. 아버지 노부나가가 20년이나 걸려 이룩한 사업을 불과 1년 만에 빼앗은 히데요시가 드디어 자기를 신하처럼 여기고 오사카에 오라고 강요했다는 것을 알고 눈이 뒤집힐 듯이 격분했다.

노부오는 즉시 세 중신을 히데요시에게 보내 그 무례함을 힐문케 했다. 이에 히데요시는 그 잘못을 시인하고 세 중신의 체면을 세워주기 위해 미이데라까지 나와 노부오와 회견하기로 했다.

노부오의 세 중신들은 외교적으로는 훌륭하게 목적을 달성했다고 할 수 있었다. 그런데도 불구하고 세 중신이 오사카에 머물러 있을 때부터 이상한 소문이 떠돌기 시작했다.

"노부오의 세 중신은 오사카에 가서 히데요시의 실력을 보고 결국 변심하고 말았다."

이러한 내용의 뜻밖의 소문이었다.

그들은 나가시마 성에 돌아와서야 비로소 이러한 분위기를 알았다.

자기들을 바라보는 모든 사람의 눈이 이상하게도 쌀쌀했다. 그뿐 아니라, 보고를 하기 위해 노부오 앞에 나왔을 때 그 역시 묘하게도 서먹서먹하게 대했다.

"히데요시는 그대들을 환대했다고?"

양쪽이 미이데라에 가서 앞으로의 문제를 상의하도록 결정했다는 말을 듣고는 노부오는 코웃음을 쳤다.

"흥, 그대들 생각은 어떠한가. 내가 무엇 때문에 오미까지 일부러 죽으러 가야 한다는 말인가?"

처음에는 좀처럼 받아들이려 하지 않았다. 그러던 것을 세 중신이 간곡하게 설득해서 이 자리까지 나왔다.

지금 히데요시에게 거역한다는 것은 상대가 설치해놓은 덫에 스스로 걸려드는 일. 히데요시의 말대로 미이데라에 가서 회견하여 우선 다른 마음이 없다는 것을 알리고 나서 그 후 이쪽에서 대책을 마련해야 한다고 설득했다. 그 대책이란, 호죠와 손을 잡은 도쿠가와 이에야스가 심상치 않은 움직임을 보이고 있다……고 노부오 쪽에서 먼저 히데요시에게 말을 꺼낸다. 그리고는 공공연하게 이에야스에게 접근해가자는, 어떻게 보면 상대를 야유하는 태도이기는 했으나……

이러한 설득에 노부오도 납득하고 이곳까지 나왔다. 그런데 지금 이 산 속에서 노부오는 동요하고 있었다. 근거도 없는 세 중신의 배신에 대한 소문 때문인 듯했다.

요시후유는 시게타카와 얼굴을 마주보고 나서 말했다.

"크게 마음먹고 말씀 드리겠습니다."

분한 감정과 싸우고 있는 듯한 노부오에게 정중한 어조로 말했다.

"크게 마음먹고…… 그게 무슨 뜻인가?"

"주군께서 아직 저희들에 대한 의심을 풀지 않고 계신 것 같아 크게 마음먹고 우리 세 사람의 각오를 말씀 드리려고 합니다."

노부오는 깜짝 놀라 온몸을 굳히고 몸을 일으켰다.

4

"그래, 어서 말해보게."

노부오는 재촉했다.

"설마 그대들은 이 자리에서 나더러 히데요시에게 고개를 숙이라는 말은 하지 않겠지?"

"황송합니다마는……"

츠가와 요시후유는 이미 상대의 감정을 무시하고 있는 듯 조용한 어조로 말했다.

"일단 주군에게 의심받게 된 저희들이므로 미이데라를 죽을 장소로 결정하자고 합의를 보았습니다."

"미이데라를 죽을 장소로? 무엇 때문인가, 그것은?"

"물론 주군의 안녕을 위해서입니다."

"모르겠어. 그 말은 더욱 모르겠어."

"주군! 우리 세 사람은 히데요시가 회견하러 오기를 기다렸다가 거사하자……고 은밀히 마음의 결정을 내렸습니다."

"뭐, 뭣이, 그게 사실인가?"

"될 수 있으면 주군에게 말씀 드리지 않고 우리끼리 일을 도모하려고 했습니다. 그러나 만일의 경우 실수가 있어서는 큰일이므로 크게 마음먹고 말씀 드립니다."

"으음. 그렇다면 그 수단은?"

노부오는 저도 모르게 몸을 앞으로 내밀었다.

이번에는 오카다 시게타카가 입을 열었다.

"우리는 히데요시를 증오하고 있습니다. 뼈에 사무치도록 증오합니다. 그 간교한 놈이 겉으로는 우리 세 사람의 체면을 살려 제안을 받아들이는 체하고 이면에서는 우리를 무서운 함정에 빠뜨렸습니다. 우리가 히데요시와 내통했다는 등 터무니없는 소문을 퍼뜨린 것은 히데요시 자신이라고 저희들은 확신하고 있습니다. 이 원한을 풀지 않고는 무사로서의 저희 체면이 서지 않습니다."

노부오는 어느 틈에 눈을 크게 뜨고 불끈 주먹을 쥔 채 시게타카의 말을 듣고 있었다.

"히데요시가 미이데라에 도착하여 주군과 회견을 끝낸 뒤, 은밀히 히데요시에게 할말이 있다고 면담을 요청하겠습니다. 그 요물은 저희가 곤란한 입장에 처했다는 사실도 알고 있을 터이므로 웃으면서 허락할 것입니다. 물론 히데요시의 측근도 동석하겠지만 은밀히 상의할 중대한 일이 있다고 하면 남는 사람은 많지 않을 것입니다…… 세 사람이 일제히 달려들면 두 사람은 그 자리에서 죽는다 해도 한 사람은 반드시 그 요물의 가느다란 목을 자를 수 있습니다. 그때의 방법은 이미 충분히 강구해놓았습니다."

노부오의 눈은 어느 틈에 우울한 분노의 기색 대신 활기가 차오르며 빛나기 시작했다. 그가 생각하기에도 불가능한 일은 아니라는 믿음 때문인 듯했다.

"으음."

노부오는 나직이 신음하고 나무 사이로 하늘을 올려다보았다. 그러다가 그 눈길을 미이데라라고 하는 온죠 사가 자리잡고 있는 아래 세상으로 옮겼다.

세 중신이 히데요시와 내통했다는 소문은 노부오로서도 믿고 싶지 않았다.

지금 세 중신은 그 소문을 히데요시 자신이 퍼뜨린 것이라고 하고 있다…… 그렇다면 세 사람이 격분하는 것도 무리가 아니다. 그 격분과 증오가 히데요시의 암살을 결심케 한 것이라면 그 심리적 과정이 전혀 무리하다고는 할 수 없었다.

"그래……?"

노부오는 잠시 생각에 잠겨 있다가 길게 한숨을 쉬면서 천천히 고개를 끄덕였다.

"그런 결의를 했다는 말이로군."

"주군!"

이번에는 타미야마루가 눈을 부릅뜨고 입을 열었다.

5

"주군께서는 히데요시와 회견하실 때 놈이 경계심을 품지 않도록 되도록 부드럽게 대하시기를 새삼 부탁 드립니다."

타미야마루의 말을 듣고 노부오는 다시 **빳빳하게** 곧추세운 상체를 긴장시키며 고개를 끄덕였다.

"알고 있네. 그대들이 그렇게 결정했다는데…… 나도 이의 없네."

"그리고 또 한 가지…… 만일 우리 세 사람이 모두 죽게 되었을 때는…… 물론 절대로 그런 일은 없겠습니다만, 히데요시 놈을 처치하지 못하고 세 사람이 다 죽었을 때의 각오도 확실히 해두시기를 부탁 드립니다."

"오…… 그야 물론이지."

이번에는 노부오가 눈을 부릅떴다.

당연히 그 경우까지 생각해두어야 했다. 그리고 그와 다른 하나의 경우까지도. 다른 하나의 경우는 곧 세 사람이 모두 죽고 히데요시의 목도 잘렸을 경우.

만일 지금 히데요시가 죽는다면 천하는 과연 어떤 방향으로 움직일 것인가. 미츠히데가 죽었을 때와는 비교도 안 될 정도로 큰 혼란이 닥칠 것만은 불을 보듯 뻔한 일……

"내가 잘못했네."

노부오는 솔직하게 머리를 숙였다.

"아니……"

그리고는 얼른 고개를 가로저었다.

"나는 그대들을 의심할 마음은 결코 없었네만…… 지금 그대들의 말을 듣고 보니…… 그대들에게 많은 걱정을 끼쳤다는 것을 깨달았네. 우선 그 일부터 사과하겠네."

"이제는 저희들 마음을 아시겠습니까?"

"암, 알고 말고. 사실은 나도 그대들과 똑같은 생각을 하고 있었네. 일부러 오미까지 나온 이상 어떻게든 요사한 히데요시를 없애버리고 싶네…… 그러나 상대는 간교하기로 이름난 자라서……"

"그 말씀을 듣고 마음을 놓았습니다."

세 사람은 안도한 듯 서로 얼굴을 마주보았다.

"그러시면 깊이 명심해두십시오. 아사이 님이 말씀 드렸듯이 만약의 경우를 위해 각오를."

"오, 각오는 되어 있네."

노부오는 당당하게 가슴을 폈다.

"만일 그대들 세 사람이 모두 히데요시의 코쇼들에게 살해되는 사태가 벌어진다면…… 나는 즉시 오미를 떠나 나가시마로 달려가겠네. 도쿠가와 님과 상의하여 일전을 벌이겠어. 그대들이 목숨을 잃으면서도 히데요시의 목을 베었을 경우, 그때는 그대로 아즈치에 입성하여 산보시를 옹립하고 방자한 히데요시 놈을 징벌했다고 천하에 고하겠네. 그러면 모두들 예전에는 아버님의 가신들, 여우 같은 히데요시에게 홀렸던 일 년 간의 악몽에서 깨어나 아즈치로 돌아올 것일세. 이 경우에도 배후에 도쿠가와 호죠가 있으므로 절대로 우에스기나 모리가 넘볼 틈을 주지 않겠어."

세 사람은 서로 얼굴을 마주보며 잠시 동안 묵묵히 고개를 떨구고 있었다. 그들이 노부오로부터 듣고 싶었던 내용과 그의 대답이 크게 엇갈렸기 때문이다.

노부오도 곧 그 사실을 깨달은 듯 더욱 어조를 강하게 하여 말을 이어나갔다.

"그리고 후자일 경우, 그대들은 오다 가문을 부흥시킨 큰 기둥……각자 아들들에게 영지를 주어 다이묘로 삼겠네. 또 히데요시를 죽이지 못하고 목숨을 잃었을 때도 이 노부오의 생명이 남아 있는 한 반드시 성을 나눠주어 지금보다 소홀히 대하지는 않겠어. 알겠나?"

"예…… 알겠습니다."

두 사람은 묵묵히 입을 다문 채로 있었고, 츠가와 요시후유가 작은 소리로 중얼거리듯 대답했다.

6

노부오는 요시후유의 대답을 듣고 안도한 모양이었다. 그러나 세 사람은 여전히 침울한 얼굴이었다.

"미리 협의해둘 일은 그것뿐인가?"

"예."

"그럼, 해가 지기 전에 절로 돌아가세. 돌아가 상대가 눈치채지 못하도록 각별히 주의하도록 하세."

"그러면……"

이번에는 요시후유가 먼저 일어나 노부오에게 공손히 절을 했다.

노부오가 선두에 서서 걷기 시작하고 세 사람은 다시 한 번 얼굴을 마주보고 어깨를 떨구었다. 분명히 실망한 표정들이었다.

앞뒤에서 우르르 종자들이 모여들고, 일행은 그대로 언덕을 내려가 미이데라 쪽을 향해 걷기 시작했다.

일행보다 약간 뒤떨어져 아사이 타미야마루와 어깨를 나란히 하고 걷고 있던 오카다 시게타카.

"안타까운 일이야."

속삭이듯 작은 소리로 말했다.

"그릇의 크기가 다른 것 같아."

타미야마루는 대답 대신 가만히 고개를 끄덕이고 멀리 산맥 쪽으로 눈길을 보냈다. 그릇의 크기는 히데요시와 노부오의 비교가 되기도 하고, 노부나가와 노부오의 비교라고도 할 수 있었다.

노부나가는 '일본의 평정'이란 큰 깃발 아래 '근황勤皇'을 배경으로 삼아 강력하게 싸워왔다.

그러므로 사사로운 원한 때문에 궐기했다고 간주된 미츠히데는 처음부터 백성들의 반감을 사 별빛만큼도 빛을 발하지 못했다. 히데요시는 그러한 사정을 세밀히 계산하여 '주군에 대한 복수'와 '노부나가의 유업'이란 두 가지 기치를 내세워 한낮의 태양을 연상케 하는 강한 힘으로 그 계획을 추진시키고 있었다.

이러한 두 사람에 비해 노부오는 대관절 어느 정도의 각오와 어떤 기치를 내걸고 맞서려는 것일까…… 세 사람이 알고 싶었던 것은 바로 노부오의 의지와 그 의지를 뒷받침할 수 있는 명분이었다.

세 사람이 히데요시를 죽이지 못했을 경우에는 그 후 누구를 군사軍師로 삼아 어떤 이상을 가지고 어떠한 수단을 강구할 것인가?

노부오의 대답은 너무도 감정적이었고 생각이 깊지 못했다. 그대의 아들 각자에게 영지를 주고 다이묘로 삼겠다……고 하다니.

일행이 미이데라에 도착한 지 얼마 지나지 않아 히데요시도 오사카야마를 넘어 오미로 왔다.

히데요시 역시 많은 군사는 거느리고 있지 않았다. 그가 자랑하는 측근무사들에게 앞뒤를 호위하게 하고 자신은 가마를 타고 있었다. 호위군사는 모두 300명 남짓 되었다.

그 정도 숫자라면 만약에 충돌이 일어나도 노부오 쪽이 우세했다. 노부오 쪽에서는 600명에 가까운 무사를 일꾼들 속에 섞어 데려왔다.

히데요시가 숙소에 들어왔을 때 노부오는 기분 좋게 근시들을 돌아보았다. 노부오를 위해 본당 곁의 객실을 비워두고 히데요시 자신은 뒷방으로 들어갔기 때문이다.

"뜻밖에 히데요시 놈도 예의를 차릴 줄 아는군."

이때도 오카다 시게타카는 못 들은 체하고 옆을 보고 있었다.

노부오와 히데요시의 대면은 그 이튿날 사시巳時(오전 10시)*에 본당에서 이루어졌다.

정면에는 금빛 병풍을 치고 양쪽이 각각 여덟 명씩 중신을 배석시켰다. 히데요시 쪽에서 먼저 나와 복도를 건너오는 노부오를 마중했다.

"오오, 노부오 님, 안녕하셨습니까?"

히데요시는 정중하게 머리를 숙였다.

"와하하하."

그리고는 눈을 가늘게 뜨고 웃었다.

7

히데요시와 노부오의 회견은 어이없을 정도로 간단히 끝났다. 히데요시가 노부오에게 거의 입을 열 기회를 주지 않았고, 노부오 또한 처음부터 자기들의 살의殺意를 눈치채게 하지 않으려고 지나치게 과묵했던 탓이었다.

히데요시는 먼저 크게 입을 열어 웃고는 마치 꾸짖기라도 하는 듯한 어조로 말했다.

"듣자 하니 노부오 님은 이 히데요시에게 다른 마음이 있지 않나 의심하고 계시다는데, 저로서는 정말 뜻하지 않은 일입니다. 이런 말씀을 드릴 필요도 없습니다마는, 저는 노부오 님이 어렸을 적부터 언제나 돌아가신 우다이진 님 곁에 있으면서, 나이는 약간 차이가 있으나 함께 가르침을 받고 자랐습니다. 몸은 비록 다르지만 마음은 하나라고 할 수 있습니다. 그런데 어찌 제가 노부오 님에게 다른 마음을 품겠습니까. 이 히데요시가 뜻하는 바는 오로지 우다이진 님의 비원을 성취시키는 것뿐입니다. 이 히데요시를 시기하는 자가 있어 헐뜯고 있습니다. 저는 그 정보를 들어 잘 알고 있습니다. 조금만 더 마음을 넓게 가지시면 이 히데요시야말로 오다 가문의 주춧돌이라는 것을 아시게 되리라 믿습니다. 의심하신다면 이는 당치도 않은 일이니 이 기회에 그냥 웃어넘기고 잊어주시기를……"

노부오는 몇 번이나 얼굴이 창백해지고 또 굳어졌다.

무엇보다도 마음에 걸리는 것은 정보를 들어 잘 알고 있다는 한마디였다. 생각하기에 따라서는 어제 산속에서 나눈 밀담도 알고 있다는 말투로 들렸다.

"아니, 치쿠젠이 그렇게 말한다면 거짓이 아닐 것이오. 그리고 이 노부오는 의심 같은 것은 하고 있지 않소. 맹세해도 좋소."

"그러실 테지요."

히데요시는 무릎을 쳤다.

"저는 노부오 님이 세 중신을 오사카에 파견하셨을 때도 오해가 없으시도록 잘 말씀 드리라고 했습니다. 오늘만 해도 이렇게 직접 뵙게 되니 여간 기쁘지 않습니다. 실은 이번에도 나가시마 성에 계시면 혹시 불편하실지 모른다고 생각하여 유서 깊은 스에모리 성末森城을 개축해 드리려 생각하고 있습니다. 그리고 오사카로 모시어 이 히데요시가 쌓은 성을 보여드릴까 하는 생각도 했습니다…… 참, 그 말씀은 직접 노부오 님에게는 드리지 않겠습니다. 노부오 님에게는 역량이 뛰어난 세 중신이 있습니다. 나중에 이 히데요시가 세 중신과 잘 상의하여 불편하시지 않게 해드리겠습니다."

노부오는 히데요시의 말에 안심이 되는 한편, 예리한 칼로 가슴이 찔린 듯했다.

세 중신은 목숨을 버리는 한이 있어도 히데요시를 죽이겠다는 결의를 굳히고 있었다. 그런데 히데요시는 그 중신들을 일부러 자기 곁으로 부르겠다고 한다.

'……상서로운 일일까, 불길한 일일까?'

히데요시의 불운이라 생각하면 그런 것 같기도 하고, 혹시 누군가의 밀고로 히데요시가 알고 있다면…… 이런 생각을 하면 노부오는 온몸에 소름이 끼쳤다.

"부디 다른 마음이 없다는 것을 믿어주십시오, 노부오 님."

히데요시는 노부오가 일어나자 일부러 복도 밖에까지 나와 직접 배웅했다. 노부오의 뒷모습을 향해 몇 번이나 고개를 숙이고 나서 주위에 들리도록 큰 소리로 말했다.

"정말 꼭 닮으셨어. 젊은 날의 우다이진 님을 다시 만난 듯한 기분이 드는군. 저 목덜미에 난 머리카락 모습까지 똑같아."

노부오의 세 중신은 그 말을 등뒤로 들으면서 깊이 고개를 떨구고 사라져갔다.

8

노부오가 본당을 나온 지 얼마 지나지 않아 히데요시는 이시다 사키치石田佐吉를 보내 세 중신을 불렀다.

"저희 주군은 오사카의 용무가 다망하시어 내일 아침 일찍 이곳을 떠나셔야 합니다. 그래서 곧 세 중신과 상의하셨으면 하니 보내주셨으면 한다는 분부가 있었습니다."

사자가 돌아간 뒤 노부오는 창백한 얼굴을 일그러뜨리며 말했다.

"참, 일이 묘하게 되었어. 저쪽에서 먼저 만나자고 하다니."

아사이 타미야마루 역시 마른침을 삼키며 몹시 긴장한 모습으로 대답했다.

"하늘의 뜻은 오묘한 것입니다. 의문을 품게 해서는 큰일이니 곧 찾아가는 편이 좋을 것 같습니다마는."

"시게타카와 요시후유도 이의가 없나?"

"예. 아사이 님의 말이 옳다고 생각합니다."

"좋아, 그러면 그대들은 곧 찾아가서 그 요물이 무슨 소리를 하는지 들어보게."

"그럼, 저희들은……"

살아 돌아온다는 기약이 없는 세 사람으로서는 이때도 왠지 모르게 불만스러운 느낌이었다.

"황송합니다마는……"

요시후유가 말했다.

"만약의 경우에는 철수할 수 있도록……"

"알고 있네. 이미 대책은 서 있어."

그 대책은 물론 세 사람도 확인한 바였다. 그들은 더 이상 물을 수도 없어 그대로 옷깃을 바로 하고 히데요시의 숙소로 향했다.

아무도 입을 열지 않았다.

노부나가 때부터의 은혜를 보답하기 위해 히데요시를 죽일 수밖에 없다고 각자 마음속으로 다짐하고는 있었다. 그러면서도 왠지 모르게 불안한 것은 역시 노부오와 노부나가와의 차이가 너무 두드러지기 때문이었다.

"치쿠젠은 내일 돌아간다는데……?"

"그렇소. 치쿠젠이 돌아가면 그때 우리는 이미 이 세상 사람이 아닐 것이오."

"그러나저러나 따뜻한 겨울이군요, 올해는."

세 사람은 본당 뒤를 돌아 흘끗 시선을 교환하고는 히데요시의 경계 권 안으로 들어갔다.

히데요시는 세 사람을 기다리고 있었다.

음식은 간소했으나 남만의 것인 듯한 술병 셋이 나란히 상 위에 놓여 있었다.

좌우에 대령해 있는 것은 열두 명의 코쇼들, 시중을 들기 위해 절의 동자승 네 명이 나와 있었다.

"오, 어서 오게."

히데요시는 세 사람의 모습을 보자 커다랗게 소리쳤다.

"자, 이리 가까이 오게."

그리고는 녹아들 듯한 웃는 얼굴로 손짓했다.

"그대들 덕분에 노부오도 제법 어른이 된 것 같아. 그러나 아직 방심 하면 안 돼."

츠가와 요시후유는 깜짝 놀라 반문했다.

"아직 방심하면 안 되다니요?"

"그 눈을 보면 알 수 있어. 아는 것 같기도 하고 망설이는 것 같기도 한 그 흔들리는 눈 말일세. 어떤가, 노부오가 그대들에게 무리한 말은 하지 않던가?"

세 사람은 저도 모르게 얼굴을 마주보았다. 히데요시는 마치 세 사람 이 노부오를 배신하고 자기를 섬기고 있는 듯한 말투로 이야기하는 것 이었다.

"왜 서로 얼굴을 마주보는 건가? 하하하…… 역시 노부오에게 무리

한 말을 듣고 왔군 그래. 세 사람에게 나를 죽이고 오라는 말을 했을 테지. 와하하하……"

9

히데요시의 큰 웃음소리가 낡은 천장에 메아리쳤을 때 세 중신은 이미 서로 얼굴을 마주볼 수조차 없었다.

"세 사람에게 히데요시를 죽이고 오라는 말을 했을 테지."

이 한마디가 그들의 간담을 대번에 서늘하게 만들었다.

'일이 누설된 것은 아니다. 이렇게 넘겨짚음으로써 남의 간담을 서늘하게 만드는 것이 히데요시의 버릇……'

세 사람 모두 히데요시의 그러한 버릇을 잘 알고 있으면서도 당장에는 대답할 수 없었다.

"황송합니다마는, 지금 그 말씀은……"

잠시 후 아사이 타미야마루가 입을 열었다.

"우리로서는 전혀 납득이 가지 않는 말씀이니 다시 한 번……"

"납득이 가지 않는다면 반문하지 말게."

히데요시는 가볍게 말을 받아넘겼다.

"나는 말이지, 그대들 세 사람이 나와 마음을 같이하여 노부오를 감시하고 있어서 안심하고 있는 것일세. 그러나 이 세상엔 사람의 가치를 모르는 자만큼 귀찮은 것도 없어."

"황송합니다마는……"

이번에는 츠가와 요시후유가 말했다.

"나와 마음을 같이하여 노부오를 감시한다……"

만일 이 말이 노부오의 귀에 들어간다면 그야말로 무사도 정신에 어굿나는 일.

"저희 주군을 감시하다니 그런 말씀은 당치도 않습니다."

"뭣이……"

히데요시는 멍청한 표정으로 몸을 앞으로 내밀었다.

"그럼, 세 사람은 이 히데요시와 생각을 달리한다는 말인가?"

"저희는 노부오 님의 가신입니다."

"무슨 소리를 하고 있나, 요시후유. 바로 그래서 이 히데요시와 생각이 같다고 한 것일세. 그대들은 돌아가신 우다이진 님으로부터 노부오가 잘못되지 않도록 잘 돌보라는 하명을 받았을 것이야. 이 히데요시는 직접 노부오 휘하에 있지는 않으나, 같은 형제 중의 한 사람을 양자로 삼아 오다 가문과 친척이 된 몸, 노부오의 신변에 이상이 없도록 배려하는 것이 어째서 나쁘다는 말인가? 이러한 인간의 정의情義도 모르고 자칫 그대들에게 나를 죽이라는 무분별한 말을 할지도 모르는 자이므로 같이 상의하여 잘 보살펴야 한다고 생각지 않나?"

히데요시는 다시 크게 입을 벌리고 환하게 웃었다.

"아니, 그런 걱정이 없다면 이보다 더 좋은 일도 없지. 어쨌든 여기까지 노부오를 데려온 것은 그대들의 큰 공로, 히데요시는 결코 잊지 않을 것일세. 자, 잔을 받게."

이렇게 되면 세 사람의 입장은 더욱더 곤란해질 뿐이다. 여기까지 노부오를 데려온 것은 세 사람의 공로, 히데요시는 결코 잊지 않겠다고 한다…… 다른 사람이 들으면 그들이 히데요시의 상을 바라고 내통했다고밖에는 달리 생각할 수 없을 터.

이렇듯 히데요시의 복선을 친 말투에도 세 중신들로서는 반박할 적당한 말을 찾을 수 없었다. 그들은 히데요시가 말하는 대로 노부나가 때부터 노부오를 섬기고 있었고, 히데요시 또한 오다 가문을 위한다는 명분을 내세우고 있었다.

히데요시의 실력을 인정하고 순순히 3개 지역만 다스리고 있었다면, 혹시 노부오는 평화로운 일생을 보낼 수 있었을지도 모른다.

"어떤가, 아직도 할말이 남았나?"

히데요시는 술을 따르게 하고 싱글벙글 웃으면서 말했다.

10

"물론 더 이상 할말은 없습니다. 그러나……"

아사이 타미야마루가 신중하게 입을 열었다.

"저희에게 주군 노부오 님을 감시하라고 말씀하시니, 마치 무언가를 의심하시는 것처럼 들립니다만……"

"알겠네. 그럼 그런 말은 쓰지 않겠어."

히데요시는 순순히 고개를 끄덕였다. 그리고 자기 잔을 타미야마루에게 주라고 동자승에게 눈으로 지시했다.

자못 즐겁다는 듯이 세 중신들을 둘러보며 말했다.

"그대들 세 사람보다는 이 히데요시가 노부오에 대해 더 잘 알고 있는지도 몰라. 산에 너무 가까이 있으면 그 모습이 보이지 않는 것과 마찬가지라고나 할까."

차츰 주위는 어두워지고, 명물인 북풍이 호수를 건너 창 밖으로 불어오고 있었다.

그 바람소리에 섞여 염불소리가 세 중신의 마음을 초조하게 했다. 결코 히데요시에게 압도당한 것은 아니었다. 그러나 자만하는 근시들을 거느리고 태연히 술잔을 기울이는 히데요시에게는 한치의 빈틈도 찾아볼 수 없는 것 또한 사실이었다.

양쪽의 거리는 고작 8, 9척밖에 되지 않았다. 그들이 일어서서 히데요시의 가슴으로 뛰어들었을 때 오른쪽 상좌에 있는 후쿠시마 이치마츠福島市松나 왼쪽 상좌에 있는 카토 토라노스케加藤虎之助가 칼을 뽑아드는 것이 더 빠를 자리배치였다.

요시후유나 타미야마루도 같은 생각인 듯—

'아직은……'

그들은 때때로 시선이 마주치면 은연중에 눈을 깜박였다.

그렇다고 술에 취해 자세를 흐트러뜨릴 히데요시도 아니었다. 그들에게 기회는 근시가 방심할 때, 그때를 기다리는 수밖에 없었다.

승려들이 가져온 등불이 주위를 밝히고, 화제는 잠시 동안 시즈가타케 전투에 관한 히데요시의 무용담으로 옮겨가 있었다.

"그때 병법은 누구나 다 알고 있었지만 군사전략을 아는 자는 없더군. 용사는 만났으나 지자智者는 만날 수 없었어. 굳이 말한다면 마에다前田 부자 정도라고나 할까. 그 점에서 노부타카는 불쌍한 자였어."

히데요시는 갑자기 생각났다는 듯이 말머리를 돌렸다.

"참, 그 일로 말해둘 것이 있네. 노부타카에게는 중신의 기량을 꿰뚫어보는 능력이 없어서 그들을 몰아냈기 때문에 그런 비참한 최후를 맞이하게 된 것이야. 단정할 수는 없지만 그와 똑같은 어리석음이 노부오에게도 없다고는 할 수 없어."

세 중신은 다시 화제가 자기 주군에게 되돌아왔기 때문에 모두 몸을 긴장시켰다.

"요시후유도 타미야마루도 시게타카도 모두 내 말이 불만스러운 얼굴들이네만, 노부오에게는 그대들이 모르는 일면이 있다네. 어떤가, 오늘 내가 그대들 세 사람을 인질로 삼겠다고 노부오와 교섭하여 오사카로 데려가면?"

"무……무……무슨 말씀을 하십니까, 우리 세 사람을 인질로?"

요시후유가 새파랗게 질려 반문했다.

"어때, 내기를 하지 않겠나?"

히데요시는 장난스럽게 가느다란 목을 내밀고 즐거운 듯 말했다.

"나는 그렇게 하는 편이 세 사람을 위하는 길이라고 생각하는데."

"그렇게 하는 편이…… 저희를 위하는…… 길이라는 말씀입니까?"

"그렇다고 할 수 있지. 노부오에게도 역시 노부타카처럼 의심을 잘 하는 면이 있으니까."

히데요시는 갑자기 목소리를 떨구고 빙긋이 웃었다.

11

"그게 무슨 말씀입니까? 우리가 치쿠젠 님과 내통한다고 저희 주군 께서 의심하실 것이기 때문에 이대로 인질로 삼아 오사카 성에 데려가 겠다…… 그 말씀입니까?"

츠가와 요시후유가 다급하게 반문했다.

"그럴 우려가 없다는 말인가?"

히데요시는 주위를 꺼리듯 작은 소리로 말했다.

"만일 그럴 우려가 있다면 인질이라는 명목으로 그대들 세 사람의 목숨을 이 히데요시가 지켜주겠다는 말일세."

"당치도 않으신 말씀입니다!"

"뭐가 당치도 않다는 말인가. 그대들 세 사람이 살아 있어야만 노부 오의 가문도 안전할 거라는 말일세. 그래서 세 사람을 구해주려는 것인 데…… 그것도 모르겠나?"

"거절하겠습니다."

"허어. 그렇다면 요시후유는 그런 우려가 없다고 보는군. 시게타카, 그대는 어떤가?"

"츠가와 님과 마찬가지입니다…… 그러실 주군이 아닙니다."

"그렇다면 반가운 일일세. 암, 그래야만 하겠지. 그러면…… 타미야마루는 어떤가, 그대도 두 사람과 생각이 같은가?"

"말씀 드릴 것까지도 없습니다. 저희 세 사람은 주군과 일심동체입니다. 치쿠젠 님은 무슨 생각으로 그런 말씀을 하시는지 저는 도무지 이해가 되지 않습니다."

"이해가 안 되다니…… 진정으로 하는 말인가, 타미야마루?"

"예. 전혀 이해할 수 없습니다."

"그렇다면 말해주지."

히데요시는 갑자기 눈을 빛냈다.

"노부오는 이에야스와 손을 잡고 이 히데요시를 대적하려 하고 있어. 이것은 이에야스의 가신이 나에게 알려온 말이라고 생각하게."

"아니! 그것이……"

사실이냐고 물으려다 오카다 시게타카는 깜짝 놀라 입을 다물었다.

이에야스의 가신 중에 밀고한 자가 있다면 모두 알려졌을 것이 아닌가…… 싶어 놀랐다. 그러나 가만히 생각해보면 이것은 히데요시의 상투적인 수단. 이러한 유도질문에 말려들어 속을 보여서는 안 된다고 여겨 자제했다.

"알겠나, 그러한 노부오이기에 나는 차라리 그대들 세 사람을 인질로 삼아 오사카에 데려가겠다고 한 것일세. 그대들이 노부오 곁에 있지 않으면 이에야스도 노부오를 믿지 않을 거야. 그러나 세 사람이 모두 측근에 있으면 자칫 이에야스도 그럴 마음이 들어 모처럼 안정되어가던 세상에 다시 큰 풍파를 일으킬지도 몰라…… 이것이 첫번째 이유일세. 둘째는 아까도 말했듯이 혹시 그대들이 의심을 받아 위험에 처하지 않을까 걱정스럽기 때문일세. 그래도 모르겠나?"

아사이 타미야마루는 눈앞이 캄캄해지는 것을 느꼈다. 이미 히데요시는 모든 경우를 미리 감안하고 거의 사실에 가까운 답에 기초한 제안을 하고 있었다.

'더는 늦출 수 없다!'

타미야마루는 생각했다. 비록 자기가 히데요시에게 대들지는 못하더라도 다음에 덤비는 사람의 방패는 될 수 있을 터.

"예, 알겠습니다."

이런 계산과 함께 타미야마루가 탄력을 주어 엎드리면서 칼의 손잡이로 손을 가져갔을 때 —

"아뢰옵니다."

그의 등뒤에서 중년 사나이의 굵직한 목소리가 들렸다.

12

"오, 헤이에몬이로군. 무슨 일인가?"

히데요시가 아사이 타미야마루의 어깨 너머로 물었다. 막 대들려고 하던 타미야마루에게는 히데요시의 시선이 자기를 떠난 것만으로도 절호의 기회였다. 그러나…… 왠지 모르게 오금이 저려 자기도 그만 뒤를 돌아보고 말았다.

그리고 자기 뒤에 앉아 있는, 그들이 모두 잘 알고 있는 히데요시의 측근 토미타 헤이에몬富田平右衛門을 보았다.

'토미타가 웬일로……?'

의아심과 호기심 때문에 더욱 일어날 수 없었다.

"황송합니다마는 귀를 기울여보십시오. 대장님이 말씀하신 그대로 되었습니다."

"뭐, 귀를 기울이라고……? 좋아, 모두 잠시 조용히 하게. 아, 들리는군, 들려. 말 울음소리와 사람의 발소리야."

히데요시는 모두에게 손을 흔들고 그의 특징인 당나귀 귀에 손을 가져가며 히죽히죽 웃었다.

아닌 게 아니라 인마人馬의 움직임이 그리 멀지 않은 곳에서 밤 공기를 흐트러뜨리고 있었다. 세 중신은 저도 모르게 입술을 깨물고 서로 얼굴을 마주보았다.

완전히 히데요시의 계략에 말려들었다고 생각했던 것이다. 노부오와 함께 이곳으로 나오게 하여 다른 마음이 없는 것처럼 보이고는 밤이 되기를 기다렸다가 포위하다니…… 그들로서는 이미 손을 쓸 수 없는 상태였다.

"음, 과연 내가 생각했던 대로구나."

히데요시는 세 중신의 얼굴에서 대번에 핏기가 가시는 것을 눈을 가늘게 뜨고 바라보면서 가만히 일어나 마루로 나갔다.

"오오, 보이는군, 보여. 횃불이 급히 동쪽을 향해 움직이고 있어. 헤이에몬."

"예."

"틀림없이 확인하고 왔을 테지?"

"그렇습니다. 틀림없습니다."

"알겠다. 아마 타키가와 사부로베에瀧川三郎兵衛가 이곳 상황을 알고 알려주었을 테지. 요시후유, 시게타카, 이리 와서 보게."

"와서…… 보라고 하셨습니까?"

"그래. 저렇게 서둘러 동쪽으로 철수하고 있네."

"누가…… 철수하고 있다는 말씀입니까?"

츠가와 요시후유가 맨 먼저 일어났다.

"누구라니, 그대들은 어리석군. 물론 그대들의 주인일세."

"예?"

타미야마루도 시게타카도 퉁기듯이 벌떡 일어나 마루로 나왔다.

만일 이때 그들 세 사람에게 찌를 마음이 있었다면 히데요시의 신변은 허점투성이였다. 그러나 인마의 소리가 기습해오는 히데요시의 복병이 아니라 오다 노부오가 세 사람과는 상의도 없이 일방적으로 철수한다는 것을 알고는, 그에 대한 놀라움 때문에 거기까지는 생각이 미치지 못했다.

"아아, 분명히 우리 주군……"

"무엇 때문에 이런 때에 우리와 상의도 없이……"

요시후유와 타미야마루가 서로 속삭이는 소리를 듣고 히데요시는 소리내어 웃었다.

"어떤가, 이제는 내가 한 말의 뜻을 확실히 알겠지? 노부오는 그대들에게 죽을지도 모른다고 겁을 먹고 갑자기 도망치고 있는 것일세."

"설마 그럴 리가?"

"그렇지만 사실이 그런데 어떻게 하겠나. 걱정된다니까, 의심이 많아서. 그대들 세 사람이 모두 배신한 줄로 알고 있어……"

13

노부오의 세 중신은 아무 말도 못하고 자리로 돌아왔다. 이런 마당에 노부오가 미이데라에서 철수하리라고는 생각지도 못했기 때문에 꿈을 꾸는 듯 망연하기만 했다.

히데요시는 사방침에 기대앉으며 뱃속으로부터 터져나오는 웃음을 참을 수 없다는 듯 터뜨렸다.

"헤이에몬."

"예."

"내겐 신통력이 있는 것 같아. 지금 시각은 얼마나 됐나?"

"다섯 점 반(오후 9시)입니다."

"그렇다면 시각까지 정확히 맞혔군."

"저는 그저 놀랄 뿐입니다."

"좋아, 제 그림자에 놀라 도망치는 자 따위는 그대로 두어도 괜찮아. 그런데 그대로 둘 수 없는 문제가 하나 남아 있네."

"그렇습니까?"

"응, 그래. 여보게 요시후유, 시게타카, 타미야마루."

세 사람은 소리도 없이 히데요시와 시선이 마주쳤다.

"잘 듣게. 노부오의 의심이 여간 아니란 것을 알고 이용하는 간신이 있기 때문일세."

히데요시는 그 의심을 이용하는 최대의 인물이 자기라는 것을 깡그리 잊은 듯 당당하게 말했다.

"이름을 대도 좋으나…… 말하지 않아도 그대들이라면 잘 알고 있을 거야. 그대들 세 사람을 실각시키고 자기가 노부오 집안을 휘어잡으려는 소인배일세. 그 소인배가 그대들이 모두 히데요시에게 돌아섰다고 고해바친 거야. 그래서 함부로 나가시마 성으로 돌아가면 위험천만이라고 이 히데요시가 말한 것일세. 어떤가…… 이제는 알겠나, 내가 그대들을 인질로 삼아 오사카 성으로 데려가겠다고 한 이유를?"

세 사람은 다시 한 번 얼굴을 마주보았을 뿐 아무도 입을 열지 못했다. 섬뜩하다는 말이 있으나, 이처럼 묘하고 종잡을 수 없는 두려움을 맛본 적은 세 사람 모두 일찍이 없었다.

'도대체 이것은 누가 꾸민 계략일까……?'

히데요시의 예언이 적중했다는 감탄이 아니었다. 모두가 저항할 수 없는 악마의 손에 조종되어 그의 뜻대로 놀아나고 있다는 생각이 들어 견딜 수 없었다.

"왜들 그러나? 나는 노부오가 이렇게 나오리라는 것을 진작부터 알고 있었네. 자, 술을 들면서 다음 일을 상의하세. 나는 처음부터 노부오가 아니라 그대들 세 사람을 상대하고 있었어. 그대들은 돌아가신 우다 이진 님의 눈에 든 사람들이었으니까."

다시 동자승이 세 사람 앞에 잔을 가져왔다. 그들은 넋이 나간 사람처럼 멍하니 잔을 들어 술을 따르게 했다.

"자, 죽 들이켜게. 나도 마시겠네."

히데요시는 즐거운 듯이 혀를 차며 한 모금 마셨다.

"헤이에몬."

그리고는 다시 근시를 불렀다.

"수고스럽지만 다시 한 번 경내를 돌아보게. 설마 그럴 걱정은 없지만 노부오가 이 세 사람을 죽이려고 괴한을 잠입시켰을지도 모르니까 말일세."

드디어 형세는 무참히도 역전되었다. 죽이러 왔던 세 사람이 도리어 히데요시에 의해 죽지 않도록 비호를 받게 될 줄이야······

방풍림防風林

1

햇살이 완연히 봄기운을 띠고, 하마마츠 성에 있는 이에야스의 거실 밖으로는 하얀 꽃을 피우고 있는 히쿠마노曳馬野(하마마츠) 이래의 늙은 매화나무가 빛나 보였다. 이에야스는 때때로 매화나무 쪽을 바라보면서 아까부터 이미 2각(4시간) 이상이나 혼다 사쿠자에몬과 이시카와 카즈마사만을 데리고 이야기를 나누고 있었다.

이런 경우는 보기 드문 일이었다. 밤에 하게 되는 세상 이야기라면 모르되, 근신을 멀리하고 이처럼 오랜 시간에 걸쳐 중요한 밀담을 나눈 적은 거의 없다고 해도 좋았다. 그런 만큼 두 간 떨어져 있는 숙직실에서는 오쿠보 헤이스케大久保平助, 이이 만치요井伊万千代, 토리이 마츠마루鳥居松丸, 나가이 덴파치로永井傳八郎 등의 근시들이 여간 의아스럽게 생각하는 게 아니었다.

"아무래도 예삿일이 아닌 것 같아."

"내 생각도 그래. 일부러 오카자키에서 이시카와 호키노카미 님을 불러 상의하시니 말이야. 어쩌면 전쟁이 벌어질지도 몰라."

"싸우게 된다면 상대는 누구일까?"

"그야 뻔하지, 하시바 치쿠젠 아니겠나."

"으음, 그렇다면 점점 재미있어지겠어."

"아니, 그렇게 중요한 일이라면 세 사람만 의논할 리 없어. 그런 일이라면 요시다吉田의 사카이 사에몬노죠酒井左衛門尉 님도 혼다 타다카츠本多忠勝* 님도 참석했을 거야."

"그럼, 자네는 무슨 일이라고 생각하나?"

"이름난 고집쟁이들끼리 모였으니 무슨 의견 차이라도 생기지 않았을까? 이따금 사쿠자에몬 님이 큰 소리로 기침을 하는데, 그건 그 노인이 화가 났을 때니까 말일세."

이런 이야기를 나누고 있을 때 다시 그 기침소리가 들렸다. 모두 저도 모르게 얼굴을 마주보았다.

"거기 누구 없느냐? 잠깐 이리 오너라."

이에야스의 부르는 소리가 그 뒤를 이었다. 토리이 마츠마루가 얼른 일어났다.

"부르셨습니까?"

"그래."

이에야스는 전에 없이 얼굴을 붉히고 심각한 표정으로 말했다.

"이야기가 길어질 것 같으니 주방에 가서 식사 준비를 하라고 전해라. 준비만 해두면 된다. 가져올 때는 나중에 다시 이르겠다. 그럼, 물러가 있거라."

마츠마루를 흘끗 바라보았을 뿐 이에야스는 다시 사쿠자에몬에게 시선을 돌렸다.

"그러면, 영감은 세 중신을 없애는 편이 좋겠다는 말이오?"

"부득이한 일입니다."

사쿠자에몬은 고개를 돌린 채 대답했다.

"세 중신들은 참으로 나쁜 운을 타고 태어난 듯합니다. 치쿠젠 녀석은 그렇게 하면 반드시 노부오가 그들을 죽일 것이라는 계산을 하고 저지른 짓입니다."

"으음, 카즈마사는 어떻게 생각하나?"

이시카와 호키노카미 카즈마사는 신중하게 두서너 번 고개를 끄덕이고 나서 대답했다.

"저도 그 밖에는 다른 길이……"

"다른 방법이 없다는 말이지?"

"남의 일이 아닌 것처럼 가슴이 아픕니다마는."

"으음."

이에야스는 다시 한 번 나직하게 신음하며 한숨을 쉬었다. 사실은 텐쇼天正 12년(1584) 2월에 접어들어 노부오가 다시 밀사를 보내왔다.

노부오의 중신 오카다 나가토노카미 시게타카岡田長門守重孝, 츠가와 겐바노죠 요시후유津川玄蕃允義冬, 아사이 타미야마루 나가토키淺井田宮丸長時 등 세 사람이 히데요시와 내통하고 있으므로 처형하고 싶다, 그들을 처형하면 히데요시가 이를 구실로 공격해올 것이 분명하므로 이에야스도 그렇게 알고 전투준비를 해달라는 내용이었다.

2

언젠가는 노부오가 그런 요청을 해올 것이라고 이에야스를 비롯하여 그들 모두는 예상하고 있었다.

이에야스가 노부오와 특히 친밀하게 왕래해온 목적은 있었다. 히데요시가 이에야스의 실력을 어느 정도로 보고 있는지, 노부오를 대하는 히데요시의 태도를 보고 그 정도를 가늠해보려는 생각이었다.

노부오의 배후에 이에야스가 있다는 사실을 알면서도 태연히 노부오에게 싸움을 걸어올까……?

'그토록 무모한 일은 하지 않을 것이다.'

처음에는 사쿠자에몬도 카즈마사도, 마음속으로 이렇게 생각하고 있었다. 그러나 이쪽의 생각일 뿐, 히데요시라는 사나이는 그들이 상상하는 그릇 안에 담길 그런 흔해빠진 인물이 아니었다.

노부오의 세 중신을 어렵지 않게 함정에 빠뜨려놓고, 노부오를 향해 절대 복종이냐 싸움이냐 하는 강력한 계책을 추진하고 있었다. 그러한 히데요시의 태도에는 그 배후에 있는 이에야스는 안중에도 없는 것 같았다.

이러한 상황에서는 이에야스로서도 가만히 있을 수 없었다. 물론 오기나 체면만의 문제가 아니었다.

히데요시는 먼저 노부오를 치고 나서, 다음에는 이에야스에게 화살을 당길 것이 틀림없었다.

"절대 복종이냐, 싸움이냐?"

그것은 현재 노부오 앞에 들이댄 칼끝인 동시에 내일 이에야스가 떠안아야 할 문제라는 확실한 답이 나왔다. '절대 복종'을 감수한다면 문제는 간단했다. 그러나 그렇지 않다면 지금이 결단의 시기였다. 그리고 노부오가 제거된 뒤 단독으로 맞서기보다는 노부오를 바람막이로 삼아 힘을 합쳐 대적하는 쪽이 훨씬 유리했다.

첫째로 노부오와 손을 잡고 일어서면 대의명분이 뚜렷했다. 이에야스는 노부나가의 가신이나 부하 장수가 아니라 어엿한 친척이고 또 동맹자가 아니었던가. 그런 만큼 노부나가와의 우의를 생각해 노부오 편에서 역신 히데요시를 주벌誅罰한다고 하면 명분상으로도 충분히 상대를 공격할 수 있는 입장이었다.

"방자하게도 주군의 유아遺兒를 차례로 없애려는 역신!"

이미 결심은 서 있었다. 그렇다면 전쟁을 벌일 시기는…… 하는 문제에 이르러서는 좀처럼 쉽게 결론을 내릴 수 없었다.

이럴 때 노부오로부터 히데요시와 내통한 세 중신을 죽임으로써 전쟁의 계기로 삼겠다는 밀사가 왔다……

세 중신이 정말 히데요시와 내통하고 있다면 물론 문제가 되지 않았다. 당장 사자에게 승낙하는 뜻을 전해 돌려보내면 그만이었다……

그런데 이 세 중신을 제거하는 일이 이미 히데요시의 교묘한 책략에 놀아난 것임을 분명히 이쪽에서 알게 되었다. 그래서 오늘 이렇게 모여 대책을 상의하고 있었다.

세 중신을 죽이면 노부오 자신의 힘이 반으로 줄어들 것은 불을 보듯 뻔한 일. 너무 빤한 일임에도 불구하고 그 모두가 히데요시의 흉계에 의한 오해임을 노부오에게 깨닫게 할 수단이 문제였다.

"불가능합니다, 그것은……"

사쿠자에몬이 먼저 고개를 가로저었다.

"의심이 많은 사람은 자기 뜻대로 되지 않으면 점점 더 남을 의심하게 됩니다. 이쪽에서 의견을 내놓으면 머지않아 이번에는 성주님도 히데요시와 한통속이라는 의심을 받게 됩니다."

세 중신에 대한 일은 모른 체하고 노부오를 방풍림으로 삼아 당장 전쟁을 벌이자는 것이 사쿠자에몬의 주장이었다.

3

사쿠자에몬이 전쟁을 주장하는 것도 이에야스가 굳이 반대하지 않는 것도 그 무렵 카이와 신슈信州의 일이 일단 정리되어 후환이 없어졌기 때문이다. 그러나 전쟁은 그렇다 하더라도 가능하다면 세 중신을 도와 함께 협력해나가는 편이 감정상으로나 계산상으로도 상책이었다. 그래서 이에야스와 카즈마사는 노부오를 설득할 수 없는 것이 진실로 안타깝기만 했다.

"미이데라에서 세 사람은 히데요시가 오사카로 유인하는 것을 단연코 거절하고 돌아왔다고?"

"그렇습니다. 노부오 님은 세 중신들이 돌아온 것을 더욱 의심한 모양인지……"

"그러니까 노부오를 암살이라도 할 작정으로 일부러 돌아온 것으로 생각한다는 말이지?"

"저에게 들어온 정보로는…… 타키가와 사부로베에가 츠가와 요시후유의 마츠가시마 성이 탐나서 열심히 노부오 님에게 모함하고 있다고 합니다."

"딱한 일이야. 집안이 기울려면 그렇게 되는 모양일세."

이에야스와 카즈마사의 대화가 다시 세 중신에게로 옮겨갔다.

"성주님!"

사쿠자에몬이 그들의 말을 가로막았다.

"여자들처럼 약한 말씀은…… 그만두십시오. 세 중신에 대한 것은 이미 도리가 없는 일이라 단념하시고, 지금은 치쿠젠에게 본때를 보여줄 방법이 문제입니다. 그 방법에 미비한 점은 없습니까?"

"그렇지는 않을 것일세. 그렇지, 카즈마사?"

이에야스의 물음에 카즈마사는 눈을 감고 이마에 깊은 주름을 새기면서 신중하게 말했다.

"역시 키슈紀州에 있는 네고로根來°와 사이가雜賀° 무리의 봉기蜂起에 전력을 기울여야 할 것입니다."

"그 점은 나도 깊이 생각하고 있네."

"그 봉기가 성공하여 사카이에서 오사카로 이만에 가까운 무리가 쳐들어가면 새로 성을 쌓은 지 얼마 안 되는 히데요시에게는 가장 큰 타격이 될 것입니다."

이에야스는 크게 고개를 끄덕였다.

"그 무리를 움직이는 자는 호타保田의 카오인花王院과 사무카와 우다유 유키카네寒川右太夫行兼인데, 내가 그 두 사람에게 서신을 보내면 반드시 성공할 것으로 보고 있네."

"성주님!"

카즈마사는 눈을 감은 채 말했다.

"거기에 한 사람 더 추가하십시오."

"또 있다는 말인가, 그게 누군가?"

"전에 키슈를 다스리던 하타케야마畠山 씨의 숨은 세력을 무시하면 안 됩니다. 틀림없이 현재의 주인은 사에몬노스케 사다마사左衛門佐貞政일 것입니다. 이 사람을 통해 봉기하는 무리에게 연락하도록 함이 좋을 듯합니다."

"과연 그것 참 좋은 생각이군."

"그렇게 되면 이들의 봉기와 아와지의 칸헤이에몬昔平右衛門이 거느린 병선兵船 이백여 척의 기습을 받아 치쿠젠은 서전緒戰에서부터 당황하게 되어 미노와 오와리에서 데려온 병력이 반감할 것이라 생각합니다만."

"카즈마사……"

곁에서 사쿠자에몬이 답답하다는 듯 끼여들었다.

"자네는 병력, 병력 하며 병력에만 신경을 쓰는데, 여러 사람 앞에서는 그런 말을 하지 않는 게 좋겠어."

"알고 있어. 그러나 치쿠젠이란 사람은 인원수를 앞세우는 자이므로 병력 부족이 가장 염려스러워. 그러므로 가능한 한 여기저기서 치쿠젠을 반대하는 기치만은 올리게 해야 할 것일세. 성주님! 병선은 아와지

의 이백 척만이 아니라 미카와, 토토우미, 스루가의 배를 모아 해상에
서 치쿠젠의 기를 꺾을 것…… 이것도 이번 전투에서 잊어서는 안 될
중요한 일입니다."

4

이에야스는 알고 있다는 듯이 고개를 끄덕였다.

히데요시와의 일전이 불가피하다는 대답이 나온 이상 결코 주저해
서는 안 되었다. 하루라도 더 주저하면 기략이 종횡무진한 히데요시가
어떤 묘수를 생각해낼지 알 수 없었다.

그러나 잘 생각해보면 노부오가 여간 가여운 게 아니었다.

히데요시는 우선 노부오를 쓰러뜨리고 다음에는 이에야스를 쓰러뜨
린다는 방법으로 나올 것이다. 그때까지 기다리지 않고 노부오와 손을
잡는다……는 것은 어디까지나 도쿠가와 쪽을 본위로 한 생각일 뿐,
만일 실패하는 경우라도 노부오는 지상에서 사라지겠지만 도쿠가와 가
문은 살아남을 수 있다는 계산이었다.

분명 히데요시도 알고 있을 터. 반기를 드는 노부오의 뒤에서 조종하
고 있는 이에야스를…… 이러한 이에야스도 노부오가 세 중신을 배척
하거나 죽이거나 하면, 어이가 없어 노부오의 편을 들지 않을 것이라고
히데요시는 내다보고 있었다.

'그래서 바로 지금이 일어서야 할 때……'

이러한 예측 속에 히데요시보다 한 수 더 깊은 이에야스의 생각과 결
단이 있었다.

"물론 배는 모으겠지만, 배만으로는 부족할 것일세."

이에야스는 조급해하는 사쿠자에몬보다는 신중한 카즈마사의 의견

에 공감한다는 듯이 입을 열었다.

"우선 말일세, 그렇다면 누구를 사자로 노부오에게 보내 세 중신을 죽여도 좋다는 말을 전한다는 말인가?"

"그런 사자라면 누구라도 관계없을 것입니다. 성사시키기 위해서가 아니라 깨려고 가는 것이니까요."

"아니, 그렇지는 않아, 사쿠자에몬."

이에야스는 가볍게 혀를 챘다.

"치쿠젠은 아주 교묘하게 계략을 써서 반드시 공격할 상대의 가신 중에 내통자를 만든다는 소문이 자자한 사람이야. 이 일이 만약 누설된다면 이에야스는 올바른 길에서 벗어난 간교한 장수라는 말을 듣게 될 것일세. 그런 소문이 나면 치쿠젠도 기회를 놓치지 않을 것이고, 카이, 스루가, 신슈 쪽에서도 나에게 의심을 품고 동요하게 될 텐데."

"그럼, 성주님은 어떻게 하시겠다는 것입니까?"

"이것은 말일세, 어디까지나 위기에 몰린 세 중신의 목숨을 구하기 위해 하는 일이야."

"말을 듣지 않을 때는 어떻게 하시렵니까?"

"사쿠자에몬, 그대는 정말로 묘한 사나이로군. 그런 것까지 내가 말해야 하겠나? 아무리 말린다고 해도 일단 결심하면 생각을 바꿀 노부오가 아니라는 것을 그대는 모르고 있다는 말인가?"

"이거 정말 어이가 없군요."

사쿠자에몬이 큰 소리로 웃기 시작했다.

"성주님은 너무 짓궂으십니다. 그러면 카즈마사, 사카이 시게타다를 사자로 보내면 어떨까?"

"음, 시게타다라면 좋을지도 몰라."

사카이 카와치노카미 시게타다酒井河內守重忠는 우타노스케 마사이에雅樂助正家의 맏아들로 관록과 분별력을 두루 갖춘 중신이었다.

"성주님, 어떨까요, 이 일을 시게타다에게 맡기시면?"

이에야스는 얼른 고개를 끄덕였다.

"그대들이 좋다고 하면 나도 이의가 없네. 그럼, 나는 잠시 자리를 뜨겠어. 그대들이 세 중신을 죽이고 싶지 않다는 나의 뜻을 잘 이야기해서 납득시키게. 그런 뒤 나는 단지 가라는 명령만 내리겠네."

"어이가 없습니다!"

다시 사쿠자에몬이 혀를 찼다.

"어쩌면 이렇게도 능청맞은 너구리이실까, 성주님은……"

5

이에야스가 자리를 뜬 뒤 얼마 안 있어 큰방에 나와 있던 사카이 시게타다가 서원으로 불려들어갔다.

시게타다는 아버지를 닮아 호기가 있으면서도 온화한 성격이었다. 그 거동도 사쿠자에몬에 비해 훨씬 더 무게가 있어, 그와 마주앉으면 상대는 호흡하기가 어려워질 정도였다.

"실은 그대가 중요한 사자의 임무를 맡게 되었네."

카즈마사가 먼저 입을 열었다.

"어디로 말씀입니까?"

시게타다는 낯을 찌푸리고 말했다.

"저는 사자로는 적합하지 못한 사람, 중요한 일로 추천되는 것은 사양하고 싶습니다."

"아니, 사실은…… 달리 적당한 사람이 없다고 성주님께서 시게타다에게 맡기라고 하셨네."

"그렇지 않을 것입니다. 또 사쿠자에몬 님이 지명하셨을 것입니다."

"하하하……"

사쿠자에몬은 웃기 시작했다.

"그렇게 꿰뚫어보는 눈을 가져서 내가 추천했네. 행선지는 키요스일세, 시게타다."

"키요스……?"

"그래. 현재 노부오 님은 나가시마 성이 있는 키요스에 계시는데, 거기 가서 승낙하겠다는 한마디만 하고 돌아오면 돼."

"승낙이라니…… 무엇을 승낙한다는 말입니까?"

"하시바 치쿠젠을 상대로 노부오 님이 일전을 벌이게 됐네. 성주님은 노부나가 공에 대한 의리를 생각하고 고립무원孤立無援의 노부오 님을 도와 오다 가문에 적대하는 치쿠젠에게 당당하게 응징의 칼을 뽑기로 하셨어…… 정의의 싸움, 크게 가슴을 두드리며 승낙했다고 전하면 되는 것일세."

"사쿠자에몬 님!"

"왜 그러나, 시게타다?"

"설마 농담은 아니시겠지요?"

"그게 무슨 말인가, 어찌 농담으로 이런 말을 할 수 있겠나. 성주님이 결심하신 일, 신중하기로 유명한 카즈마사까지 동의하고 있네."

"으음."

시게타다는 카즈마사에게 시선을 옮겼다.

"틀림없습니까, 이시카와 님?"

카즈마사는 고개를 끄덕였다. 그는 세 중신에 대한 이야기를 꺼내지 않는 사쿠자에몬에게 미소를 보냈다. 그것을 일부러 사자에게까지 말할 필요는 없었다. 그보다는 승낙했으니 다음 작전에 대한 연락을 긴밀하게 취하라고, 그 점을 엄중히 다짐해두어야 했다.

"그러면 성주님께는 충분한 승산이 있으신 것이로군요."

"하하하…… 시게타다가 묘한 말을 하는군. 어디 우리 성주님이 승산 없이 싸움을 하실 분인가?"

"하기는 그렇습니다마는……"

"그런 줄 알았으면 사자의 일을 맡아주겠지? 성주님이 오셨을 때 그 짐이 너무 무겁다는 말은 하지 않겠지?"

"성주님의 명이시라면 도리가 없지요. 그런데 두 분이 어째서 이 사람을 추천했는지 그 이유부터 알고 싶군요."

이번에는 사쿠자에몬이 카즈마사를 보고 빙긋 웃었다.

'자네가 설명하게.'

아마 이러한 의미일 듯.

"그것은 말이지."

카즈마사는 눈을 반쯤 감듯이 하고 상체를 세웠다.

"상대에게 믿음직스러운 인상을 주려는 생각에서 그대를 추천한 것일세. 싸우기로 결정한 이상 상대에게 믿음을 주어야만 할 것 아닌가. 믿을 수 없는 우군友軍으로 보이면 전력이 약해지거든. 그리고 또 하나는 작전상의 문제인데, 이쪽에서 이렇게 하라고 한 것은 반드시 지켜지지 않으면 안 돼. 그 다짐이 없다면 곤란하거든."

시게타다는 신중하게 고개를 끄덕였다.

6

"그 두 가지는 당연한 일이지요. 하지만 그것만은 아니겠지요. 그 두 가지뿐이라면 제가 아니라도 얼마든지 적임자가 있을 것입니다."

사카이 시게타다가 천천히 반문했다.

"아니, 그것뿐일세!"

혼다 사쿠자에몬이 성급하게 말했다.

"여러 말 하지 말고 어서 승낙하게. 성주님이 지명하시고 우리 두 사람이 찬성한 일일세. 그러니 더 이상 아무 말도 말게."

"아니, 할말이 있습니다. 그 두 가지뿐이라면 사양하겠습니다."

"하하하……"

사쿠자에몬은 웃기 시작하고, 카즈마사는 심각하게 시게타다를 바라보았다.

"무엇이 우습다는 것입니까, 노인께서는?"

"이거, 상당히 까다로운 사내로군, 그대는."

"그렇지 않습니다. 처음부터 무언가를 숨기고 있다는 느낌, 그래서 사양하겠다고 한 것입니다. 저는 철없는 어린애가 아닙니다. 노부오 님에게 대답하지 못할 질문이나 받고 어슬렁어슬렁 하마마츠로 돌아오란 말입니까? 그 숨기고 있는 또 한 가지를 말씀해주십시오."

"말을 하면 승낙하겠나, 그대는?"

"승낙할 만하면 하겠습니다."

"안 되겠군, 이 사람은……"

사쿠자에몬은 짐짓 못마땅한 듯이 혀를 차며 카즈마사를 돌아보고는 다시 소리내어 웃었다.

"그렇다면 말해주지, 시게타다. 그 대신 이야기를 듣고도 승낙하지 않으면 그때는 이 사쿠자에몬과 결투를 해야 할 것일세."

"알겠으니 어서 말씀하십시오."

사쿠자에몬은 눈을 뒤집듯이 하며 주위를 한번 둘러보았다. 그리고 나서 말했다.

"이것을 성주님의 계략이라고는 생각지 말게. 성주님은 요즘 불심佛心이 깊어지셔서 내가 보기에는 좀 뜨뜻미지근해지셨어."

상반신을 쑥 앞으로 내밀고 목소리를 떨구었다.

"그래서 카즈마사와 내가 절대로 하시바 치쿠젠에게 지지 않을 수단을 생각했네……"

"절대로 이긴다고 하신 것은 성주님이 아니었습니까?"

"성주님이라 생각해도 좋지만, 어쨌든 그 승리를 위해서일세. 승리하기 위해서는 아무리 말려도 듣지 않는 고삐 풀린 말과 같은 노부오 님을 바람막이로…… 치쿠젠의 실력을 시험하기 위해…… 이용해보려는 것이 참뜻일세."

"으음…… 이제 뭔가 좀 알 것 같군요."

"그러나 이것은 카즈마사와 나밖에는 모르는 일. ……한 사람 더 알아도 될 자가 누구일까 하는 이야기가 나왔는데, 결과적으로 그대가 그한 사람이 되었네. 사실을 밝혔으니, 시게타다, 그대도 싫다고는 하지 않겠지."

사카이 시게타다는 잔뜩 어깨에 힘을 주고 두 사람을 바라보고 나서 꾸벅 고개를 끄덕였다.

"그러면 절대로 이길 수 있는 수단이란?"

"절대로 이긴다는 것은 절대로 지지 않는다는 말일세."

"그럼, 그 절대로 지지 않을 수단은?"

"노부오 님을 방풍림으로 삼아, 적이 강하다고 여겨질 때는 카즈마사가 직접 치쿠젠에게 가서 얼른 싸움을 중단시키겠네."

"상대가 별로 강하지 않을 때는?"

"이 사쿠자에몬이 죽기 아니면 살기로 끈기 있게 싸워 치쿠젠 녀석을 죽여야겠지."

"그럼, 또 한 가지……"

시게타다가 말했다.

"제가 키요스에 가는 목적은?"

"무조건 전쟁을 하도록 만들고 올 것…… 성주님의 명령은 아니지만 동시에 반대하시는 것도 아닐세. 안심하고 노부오 님더러 세 중신을 베라고 말하고 오게. 그러면 전쟁이 벌어지는 것일세."

사쿠자에몬은 대번에 말하고 이번에는 소리 없이 웃었다.

7

"알겠어요! 이제 알겠습니다!"

사카이 시게타다는 거듭 말하고 묘한 소리로 웃었다.

"호호호, 많이 생각하셨군요, 두 분 노인께서."

"생각지 않고는 살아남지 못하는 세상일세."

"그러니까, 두 분께서는 자신의 영예를 떠나 도쿠가와 가문을 위해 일을 도모하시려는 것이군요?"

"자신의 영예라고까지 할 것도 없어. 이 몸과 가정은 물론 경우에 따라서는 일족에게 누를 끼쳐도 좋아. 그 치쿠젠 녀석의 코만 납작하게 만들 수 있다면."

"그러면 가문을 위해서가 아니라 오기 때문입니까?"

"어떻게 생각하는가는 보는 사람에게 달려 있는 것, 이쪽에서 알 바가 아닐세."

사쿠자에몬이 대답하자 카즈마사는 길게 안도의 숨을 쉬었다.

"나는 오기 때문은 아니야!"

그리고는 딱 잘라 말했다.

"내 마음에 살아 있는 부처님이 그렇게 하라고 명했기 때문일세."

"알겠습니다!"

시게타다는 비로소 미간에 감동의 빛을 띠고 듬직한 가슴을 탁 쳤다.

"그렇게 하지 않고는 파죽지세인 치쿠젠의 예봉을 피할 수 없을 것입니다. 노부오 님을 제거한 뒤에는 우리를 노릴 것이라는 점은 저도 잘 알고 있습니다. 그 치쿠젠의 코를 납작하게만 할 수 있다면 제 생명 따위는 필요치 않다는 생각이 듭니다."

"생명은 필요한 것일세, 시게타다. 코가 납작해진 뒤의 치쿠젠이 어떻게 나올지 잘 지켜봐야 할 것 아닌가. 이제부터 일단 악인이 되어 노부오 님을 선동하고 돌아오게."

"당연한 일입니다. 아무리 선동했다 해도 이기기만 하면 결코 악한 것은 아닙니다. 치쿠젠에게 걸려들었으므로 노부오 님은 이미 피할 수 없는 먹이가 된 것입니다."

"그럼, 성주님을 모셔올까, 사쿠자에몬?"

카즈마사가 말했다.

"내가 모셔오지."

사쿠자에몬이 일어났다.

"시게타다, 성주님에게는 아무 말도 하지 말게. 알겠습니다 이 말만 하면 돼. 노부오 님의 세 중신 처형을 말리지 않은 것은 저승에 가서라도 비밀을 지키도록 하게."

시게타다는 대답 대신 다시 한 번 자기 가슴을 두드렸다.

사쿠자에몬은 다리가 저린지 잔뜩 얼굴을 찌푸리고 절룩거리면서 나갔다가 이윽고 이에야스와 함께 왔다.

"이야기는 끝났나?"

이에야스는 천천히 사방침에 한 팔을 올려놓고, 시게타다가 아니라 카즈마사에게 물었다.

카즈마사는 공손히 머리를 조아렸다.

"사카이 님과 이런저런 자세한 상의까지 끝냈습니다."

"그래? 그렇다면 시게타다는 즉시 떠날 수 있겠군."

"예. 일부러 저에게 명하셨으니, 그 명을 받들어 지체 없이 용기를 내어 떠나겠습니다."

"거기 가서는 노부오 님과 단둘이 만나는 게 좋을 것 같다."

"그 점은 이미 충분히 알고 있습니다."

"그럼, 자네를 보낼 것이니 격의 없이 상의하라는 서신을 쓰겠어. 아니, 아무도 부르지 말게. 내가 직접 벼루를 가져오겠어."

이에야스는 창가에 있는 탁자에서 벼루와 붓을 가져다 편지를 쓰기 시작했다.

세 사람은 서로 약속이라도 한 듯이 천장을 쳐다보고 있었다.

8

사카이 카와치노카미 시게타다가 밀명을 띠고 키요스를 향해 출발한 것은 2월 21일(텐쇼 12년)이었다.

당시 상황에서 계절이 갖는 의미는 중요했다. 결국 전쟁이 벌어진다면 도쿠가와 쪽에게 가장 유리한 때는 3월이었다.

새삼스럽게 시즈가타케 전투를 상기할 것도 없었다. 홋코쿠北國의 눈이 녹기 시작하여 산간의 교통이 자유롭게 되고, 교통이 자유로워지면 눈 속에 갇혀 있던 우에스기는 그를 둘러싼 사람들에게 크게 염려스러운 존재로 떠오른다.

이에야스도 우에스기에 대한 염려에서는 예외일 수 없었다. 그러나 이에야스보다 더 에치젠에서 카가, 노토, 엣츄 등으로 진출하고 있는 히데요시로서는 눈길을 돌릴 수도, 손을 뗄 수도 없는 그러한 시기였다. 호죠의 경우도 마찬가지였다.

그러므로 싸움을 하려면 그 시기는 3월. 3월에 싸움을 시작하기 위해서는 2월 중으로 모든 준비를 끝내지 않으면 안 되었다.

시게타다는 그 큰 열쇠를 쥐고 25일 키요스 성으로 들어갔다.

노부오는 벌써부터 기다리고 있었던 듯, 시게타다가 도착했다는 보고를 듣자 즉시 자기 방으로 불러 노고를 치하했다.

"이에야스 님은 여전히 건강하시겠지?"

"예……"

시게타다는 진지한 표정으로 말했다.

"다시 소실을 두 분 맞이하셨습니다. 곧 임신하시게 될 것입니다."

"허어……"

노부오는 크게 눈을 떴다.

"여간 부럽지 않군! 나는 요즘 여자 같은 것은 생각할 겨를도 없게 되었네."

"그것은 또 어째서입니까?"

"생각하면 할수록……"

노부오는 이렇게 말하면서 신경질적으로 주위를 돌아보았다. 그러더니 코쇼와 하녀까지 내보냈다.

"내가 어디까지 말했지, 카와치노카미?"

노부오는 반문했다.

"여자를 생각할 겨를도 없다고 하셨습니다."

시게타다는 여전히 웃지도 않고 자세를 무너뜨리지도 않았다. 커다란 바위가 바람을 막고 있는 듯한 장중한 느낌이어서 그 모습이 도리어 익살스럽기까지 했다.

"참, 그렇군. 생각하면 할수록 치쿠젠 놈의 방자함이 눈에 거슬려서 말일세."

"그러시면 안 됩니다. 아니 됩니다!"

"무슨 소린가, 무엇이 안 된다는 말인가?"

"봄은 만물이 잉태하는 계절, 이렇게 젊으신데도 치쿠젠이 마음에 걸리셔서 자연의 영위를 게을리 하시다니…… 얼마든지 여자를 가까이하십시오. 그러면 가문에 활기가 넘칠 것입니다."

"과연 그럴까?"

겨우 노부오의 얼굴에 미소가 떠올랐다.

"그대도 여기 오면서 여자와 몸을 섞었나?"

"예. 그것은 가풍입니다. 전투가 시작될 때나 멀리 떠날 때는 충분히 여자와 즐겨야 한다고 할아버지께서도 말씀하셨고, 아버님도 실행한 저희 가풍입니다."

"하하하…… 그것 참 재미있군. 그럼, 그대는 전투를 시작하겠다는 말인가?"

"예……"

시게타다는 침착하게 품속에 손을 넣었다.

"여자 이야기에 열중하다 보니 그만 주군의 서신을 전하는 일이 늦어졌습니다. 자, 이것을 보십시오."

보랏빛 보자기를 끄르고 문갑을 꺼냈다. 그리고는 무릎걸음으로 천천히 앞으로 나가 노부오에게 공손히 내밀었다.

노부오는 잠시 이맛살을 찌푸렸으나 곧 그것을 미소로 바꾸고 문갑을 들었다.

9

노부오가 서신을 읽는 동안 시게타다는 망연한 표정으로 정원을 바라보고 있었다.

노부나가의 웅도雄圖를 키워준 이 성의 소나무 사이사이에 홍매紅梅가 피어 있었다. 아니, 그 꽃은 홍매가 아닐지도 몰랐다. 혹시 복숭아꽃

일지도…… 시게타다에게는 홍매건 복숭아꽃이건 꽃을 감상하는 안목은 부족했다.

"허어!"

갑자기 시게타다가 말했다.

"신기한 새가 있군요. 저것을 기르고 계십니까?"

"뭐, 새를…… 그것은 멧새가 아닌가?"

"기르고 계시는지요?"

"멧새 같은 것은 일부러 기르지 않아도 이곳에는 얼마든지 있네. 그대는 멧새를 모르고 있었나?"

"허어…… 미처 몰랐습니다. 저는 전쟁에 이길 생각만 하고 있었기 때문에."

"카와치노카미."

"예."

"이 서신에는 만일의 경우를 위해 카와치노카미(시게타다)에게 모든 것을 일러 보낼 터이니 그를 나로 생각하고 기탄 없이 상의하라……는 말밖에 씌어 있지 않은데."

"아니, 그것만으로는 부족하십니까? 도쿠가와의 가신 중에는 사자로 갔다가 적과 내통하는 그런 얼빠진 자는 없습니다. 그러므로 중요한 임무를 띤 사자는 모두 이런 내용의 서신을 지참하고, 나머지는 마음에 담아가는 것이 도쿠가와 가문의 관례입니다."

노부오는 이때에도 약간 불쾌한 기색을 내비쳤다. 그러나 곧 얼굴에 미소를 떠올렸다.

"부러워! 당연히 그래야만 하겠지. 그러니까 그대는 도쿠가와 님에게 모든 것을 듣고 왔다는 말이로군?"

"염려하실 것 없습니다. 스루가, 토토우미, 미카와, 그리고 코슈와 신슈의 영지 모두를 걸고 즉석에서 대답하겠습니다."

노부오가 이번에는 진심으로 부럽다는 듯 탄식했다.

"이에야스 님은 참으로 행복한 분이야. 그러면 내가 먼저 싸움을 시작하겠다고 한 말에 대한 도쿠가와 님의 의견은?"

"주군께 이의가 있을 리 없습니다. 정의에 입각하여 도움을 드리려는 것…… 벌써 언제라도 직접 출전하실 수 있도록 만반의 준비가 갖추어져 있습니다."

"허어…… 그러면 또 한 가지…… 싸움이 벌어졌을 때 전진戰陣의 배치는?"

"노부오 님의 작전이 세워지는 대로 주군 자신이 오와리로 나와 노부오 님과 무릎을 맞대고 상의하여 결정할 것입니다."

"이에야스 님이 어느 정도의 군사를 움직여줄 것인지, 그것도 물론 알고 있겠지?"

"그건 말씀하실 필요도 없습니다! 주군의 지휘 아래 전군이 출동할 것입니다."

"그 수는?"

"요소요소에 폭동이 일어나지 않도록 군사를 배치하고도 삼만은 됩니다."

"그리고 네고로, 사이가의 무리들을 동원하는 일은?"

"물론 그들과 손을 잡아야 합니다. 그들을 움직이기 위해 주군은 호타의 카오인과 사무카와 우다유 유키카네에게 서약서를 보냈습니다. 노부오 님도 만일의 경우를 생각하여 사자를 보내도록 하십시오. 그들에게 사카이와 오사카를 습격하여 히데요시의 손발을 묶어놓으라고 말입니다. 손발이 묶인 적이 없는 히데요시에게 이것은 승패의 반을 결정짓는 중요한 일이 될 것입니다."

"으음."

어느 틈에 노부오의 눈은 번쩍번쩍 빛나기 시작했고 눈썹은 잔뜩 치켜올라가 있었다.

10

이런 모습의 노부오, 그 풍모는 노부나가의 모습과 너무나도 흡사했다. 노부나가가 혼노 사本能寺에서 쓰러지기 며칠 전이었다. 아즈치 성에서 노부나가로부터 술잔을 받은 일이 있는 시게타다는, 그때 노부나가의 모습에 더없이 아름다운 '사나이의 얼굴'이라고 감탄했었다. 그러나 지금 보는 노부오 또한 그에 못지않은 늠름한 무사의 모습.

'외모는 별로 다른 점이 없는데 내면은 역시······'

시게타다는 그런 마음은 중후하기보다는 도리어 무신경하게 보이는 표정 뒤에 숨겼다.

"우선 히데요시의 손발을 묶어놓은 뒤에 싸움을 벌이기로 하고, 봉기한 폭도들이 사카이와 오사카를 향해 공격해나간 뒤 이를 배후에서 지원할 군사는 많을수록 좋습니다. 따라서 노부오 님이 키슈의 하타케야마 사에몬노스케 사다마사에게 밀서를 보내시는 게······"

어느새 시게타다의 어조는 명령하는 투로 바뀌어 있었으나 노부오는 불쾌한 기색을 보이지 않았다. 도리어 의기양양하여 무릎을 치고 고개를 끄덕였다.

"과연 그렇군. 깜빡 잊을 뻔했어. 좋아, 일이 성공하면 키슈와 카와치를 주겠다고 회유하는 방법도 강구할 수 있을 거야. 알겠네! 곧 준비하도록 명하겠어."

"그리고 마지막으로, 이번에는 제 생각을 말씀 드리겠습니다."

"그대의 생각?"

"예. 전투에서 개개인의 공을 다투던 시대는 이미 지났습니다. 전군의 통솔이 첫째입니다. 이를 위해 주군과 노부오 님이 협의하여 결정하신 전략과 전술은 아무리 위급한 경우에도 무단으로 변경하면 안 됩니다. 만일 무단으로 변경하면 필히 패배의 원인이 된다는 것을 명심하십시오."

"알고 있어! 그 점에서 이 노부오는 철석같다고 그대가 이에야스 님에게도 가신들에게도 전해주게."

"그 말씀을 듣고 안심했습니다."

시게타다는 크게 고개를 끄덕였다.

"이야기는 이것으로 끝났습니다. 그러면 이제부터 무용담이라도."

"시게타다······"

"예."

"이에야스 님은 내가 세 중신을 처단하고 그것을 전쟁의 동기로 삼겠다고 한 말에 대해 아무 이의도 없으시던가?"

"아니······ 세 중신이라니요······? 그것에 대해 저는 아무것도 아는 바 없습니다. 다만 언제 전투가 벌어져도 상관없다고 용기 충천해 계시기는 했습니다마는······"

시게타다는 약간 고개를 갸웃하고 양미간을 모았다.

"그런데 세 중신이······ 무슨 잘못이라도 저질렀습니까?"

"아니······ 아무 말도 없었다면 그것으로 좋아. 이것은 나 자신이 결정해야 할 일이었는지도 모르지."

"그러시겠지요. 저희 주군은 중요한 일을 잊어버릴 분이 아닙니다. 아무 말씀도 없었던 것은 노부오 님의 뜻대로 하시라는 의미가 아닌가 하고 저도 생각합니다."

"그래? 어쨌든 좋아······ 이제 마음이 홀가분해지는군. 오늘 밤부터는 편히 잘 수 있겠어. 그럼, 이제 그대의 무용담이라도 들어볼까? 거기 누구 없느냐······ 내가 일러둔 술상을 이리 가져오너라."

노부오가 기분이 좋아 손뼉을 치는 것을 보고 시게타다는 비로소 안도의 숨을 내쉬었다.

이것으로 교묘히 세 중신의 이야기는 피할 수 있게 되었다……

11

사카이 카와치노카미 시게타다는 키요스 성에서 하루를 묵고 곧 하마마츠로 돌아왔다.

시게타다는 노부오와 면담을 하고서야 비로소 세 중신의 문제가 지닌 복잡한 의미를 깨달았다.

이 문제에 대해 이에야스는 물론 혼다 사쿠자에몬도 이시카와 카즈마사도 어째서 그토록 신경을 쓰는 것일까……?

처음에는 세 중신이 가진 실력의 감소를 우려하기 때문이라고 간단히 생각했다. 그러나 노부오와 이야기를 나누는 동안 시게타다는 그것이 전혀 다른 의미를 지녔다……는 사실을 깨닫게 되었다.

이에야스의 뜻인지 아니면 카즈마사의 깊은 생각인지는 알 수 없었다. 어쨌든 전쟁을 벌이고 나서 그 결과가 크게 예상과 어긋날 때는 노부오가 세 중신을 죽였다는 사실을 모르고 있었던 것처럼 새삼스럽게 깜짝 놀란다 —

"그런 어이없는 일을 하신 분을 도울 수는……"

이런 변명과 함께 군사를 철수시킬 길을 열어두기 위해서인 듯.

생각하기에 따라서는 아주 교활한 조심성이었다. 그러나 그 정도의 조심성도 없다면, 소용돌이처럼 거세고 교묘한 히데요시와 대등하게 싸울 수 없다는 생각이 들기도 했다.

과연 노부오는 이렇듯 냉혹한 현실을 냉정히 분석할 수 있을 만큼 합리적이고 이성적일까……

좋은 기분으로 시게타다를 키요스 성에서 내보내고 나서 노부오는 곧 세 중신에게 사람을 보냈다.

"이번에 키요스에서 이에야스의 사자 사카이 카와치노카미 시게타다와 밀담을 나눈 내용에 대해 상의할 일이 있다. 삼월 삼일까지 나가시마 성에 집합하도록."

그런 다음 노부오 자신은 시게타다를 뒤쫓듯이 서둘러 나가시마 성으로 돌아왔다.

세 중신의 한 사람인 비슈尾州(오와리)의 호시가사키星ヶ崎 성주 오카다 나가토노카미 시게타카는 그 연락을 받고 고개를 갸웃거렸다. 도쿠가와 쪽과 밀담을 나누었다면 그 내용의 중대성은 다시 말할 나위도 없는 일이었다.

이미 노부오는 히데요시와 일전을 벌이기로 결심하고 있었다. 아니, 히데요시 쪽에서도 그러한 노부오를 더 이상 그냥 둘 수 없다고 작정하고 있었다.

전투로 치달으려 하는 노부오와 히데요시의 시퍼렇게 날이 선 관계를 억지로 말리고 있는 것이 오카다 시게타카, 츠가와 요시후유, 아사이 타미야마루 등의 이른바 세 중신들이었다. 이들은 자기들이 동의하지 않는 한 노부오 혼자서는 전쟁을 벌일 힘이 없고, 그런 상태에서는 이에야스도 결코 쉽게 가담하지는 않으리라고 굳게 믿고 있었다.

노부오의 연락을 받은 그들은, 이번 회담은 전쟁에 가담하는 조건으로 이에야스가 무엇을 요구해왔는가…… 이것을 상의하기 위해서임이 분명하다고 생각했다.

세 중신들이 동의하는 표시로 각자 가족을 인질로 보내라는 요구라도 했을까……?

아니면, 이에야스도 또한 세 중신이 히데요시와 내통했다는 기괴한 소문을 듣고 그 사실 여부를 확인하는 정도였을까……?

이것저것 생각해보았지만, 지금 시게타카로서는 즉시 나가시마 성으로 가는 도리밖에 없었다.

3월 3일 시게타카가 노부오의 지시대로 나가시마 성에 도착했을 때 요시후유와 타미야마루도 이미 도착하여, 큰 서원에서는 삼짇날의 국화주가 막 나오는 참이었다.

시게타카는 자기도 모르게 안도의 숨을 내쉬었다.

세 중신이 함께 노부오를 만나는 것은 미이데라에서 어색하게 헤어진 뒤 이번이 처음이었다. 먼저 도착한 두 사람도 노부오도 모두 마음을 터놓은 표정으로 담소하고 있었다……

12

오카다 시게타카는 먼저 노부오에게 정중하게 삼짇날을 축하한다는 인사를 하고 나서 동석한 중신들의 얼굴을 돌아보았다. 아사이와 츠가와의 두 중신 외에도 타키가와 사부로베에 카츠토시瀧川三郎兵衛雄利, 히지카타 칸베에 카츠히사土方勘兵衛雄久, 이다 한베에 마사이에飯田半兵衛正家, 모리 큐자부로 하루미츠森久三郎晴光 등이 모두 얼굴을 복숭앗빛으로 물들이고 앉아 있었다.

이런 자리에서 이에야스의 밀사가 말한 이야기의 내용을 물을 수는 없었다. 그래서 잔을 들고 시동에게 술을 따르게 했다.

"미이데라에서는 참으로 유감이었습니다."

그리고는 먼저 말을 꺼냈다.

"치쿠젠에게는 전혀 빈틈이 없고 도리어 저희가 포로와 같은 입장이 되었기 때문에……"

노부오는 담담한 표정으로 손을 내저었다.

"알고 있네. 그렇게 될 줄 알고 나는 얼른 철수했어. 그러면 치쿠젠 녀석도 이쪽에 대비가 있는지 모른다고 여겨 당황하게 돼. 그럴 때는 상대의 의표를 찌르는 것이 상책이거든."

"황송합니다. 치쿠젠은 적이기는 하지만 훌륭한 정략가政略家였습니다."

"바로 그 점일세. 따라서 이쪽에서도 신중하게 의논하여 대처하지 않으면 안 돼. 실은 그대가 오기 전에 모두에게 대강 이야기는 했는데, 이에야스로부터 사카이 시게타다가 왔었어."

"저어…… 그런 말씀은 이 자리에서……"

"괜찮아! 모두에게 이미 말했네. 이에야스의 이야기로는 이번이야 말로 천하를 가름할 중요한 전투, 그러므로 즉시 이쪽의 세 중신을 모아 협의하고 의견을 종합하여 알려주기 바란다, 그러면 이에야스는 전군을 이끌고 정의로운 싸움에 참가하겠다는 것이었네."

"그러니까 저희들과 함께 협의한 뒤에……"

"그래. 우선 모두의 의견을 종합하고 나서 전력을 기울여야 한다고 말일세."

오카다 시게타카는 천천히 눈길을 들어 츠가와 요시후유와 아사이 타미야마루 쪽으로 돌렸다.

이에야스는 그들이 상상했던 대로 가문의 의견이 정리되어 굳게 결속하지 않는 한 군사를 동원할 의사가 없다…… 이러한 뜻을 담은 눈길이었다. 노부오는 아무렇지도 않은 듯, 그러나 날카롭게 흘끗 바라보았을 뿐이었다.

"황송합니다마는, 그 일에 대해서는 이 국화주를 들고 나서 자리를 옮겨 다시 상의하는 것이 좋을 듯합니다."

"나가토노카미!"

"예."

"나는 이미 결정을 내렸어. 설마 그대들이 이 싸움을 반대하는 것은 아니겠지?"

"예, 그것은…… 하지만 이 자리에서는……"

미이데라에서 히데요시의 강대함을 더욱 실감하게 된 시게타카가, 섣불리 싸움을 시작하면 안 된다는 말을 하려고 말끝을 흐렸다.

"좋아, 알겠네."

노부오는 순순히 고개를 끄덕였다.

"오늘은 이대로 술이나 마시고 회의는 내일 열도록 하세. 이번에는 무슨 일이 있어도 이겨야만 해. 그대들은 특히 치쿠젠의 전략에는 어떤 약점이 있는지, 어디에 빈틈이 있는지를 잘 연구하여 모두에게 알려주도록 하게…… 전투가 시작되면 이런 술자리도 마련할 수 없을 테니 오늘은 예의를 차릴 것 없이 상하가 탁 터놓고 지내기로 하세."

너무 쉽게 말하는 바람에 시게타카는 문득 불안한 생각이 들었다.

'계략이라도 꾸미고 있는 것이 아닐까……?'

13

그날은 끝내 아무런 말도 할 수 없었다. 전투가 시작되면 각자 정해진 위치에서 움직일 수 없으니 이렇게 얼굴을 마주 대할 일이 없을 터, 그러니 오늘은 예의를 차리지 말고 보내자는 노부오의 말에 오카다 시게타카를 비롯한 다른 두 중신도 직접적으로 전쟁에 반대한다는 말을 할 수는 없었다.

노부오가 이에야스의 원조를 받아 히데요시와 일전을 벌이려는 것은 이미 기정 사실. 굳이 이를 반대한다는 말을 하여 노부오의 심기를 건드릴 필요가 없다는 생각이기도 했다.

술잔은 돌았지만, 시게타카도 취하지 않았고 츠가와 요시후유도 취하지 않았다. 다만 아사이 타미야마루가 만취하여 때때로 자기 생각을 입밖에 내고는 했다.

"곤란한데. 이대로는 배가 산으로 올라가."

이 말도 모두 취해 있었기 때문에 노부오의 귀에는 들어가지 않았다. 3일은 무사히 넘어갔다.

4일 당연히 중대한 회의가 있을 것이라 믿고 세 중신은 발언의 순서 등을 미리 상의해놓았다. 그러나 그날도 회의는 열리지 않았다.

정오가 지났을 때——

"회의는 내일 열겠다. 오늘은 각자 의견을 잘 정리해놓도록."

안에 들어간 채 나오지 않는 노부오, 코쇼를 보내 세 중신들에게 말을 전해왔다.

"이번에는 성주님도 상당히 신중을 기하시는 모양이군."

대기실에서 만난 츠가와 요시후유는 이렇게 말했다. 그러나 오카다 시게타카는 그렇게 생각하지 않았다.

"웬만큼 반대해서는 받아들이지 않으신다는 증거인 것 같소."

"아니, 그렇지는 않겠지. 겉으로는 감히 반대하지 못하지만 내심으로는 모두 떠오르는 태양 같은 치쿠젠의 기세를 두려워하고 있소. 우리세 사람이 조리 있게 설명하면 성주님은 몰라도 주위 사람들은 모두 우리와 함께 간언할 것이오."

"그랬으면 좋겠지만, 나는 왠지……"

시게타카는 그날도 이 말밖에는 하지 않았다.

이렇게 하루를 별로 하는 일도 없이 생각만 하게 만드는 것은, 노부오의 결심이 확고하다는 사실을 깨닫게 하려는 의도라고밖에는 받아들여지지 않았다……

5일이 되었다.

그날은 아침부터 비가 내렸고 기온도 아주 높았다. 반쯤 피어난 정원의 벚꽃이 촉촉이 내리는 비를 그대로 받아들이며 봄의 온기를 발산하고 있었다.

"모두 큰방에 모이도록."

측근인 타키가와 사부로베에 카츠토시가 이렇게 알려온 것은 넉 점(오전 10시) 무렵이었다. 세 중신은 모두 노부오보다 한발 먼저 도착하여 기다리고 있었다.

"오늘은 생각했던 바를 한마디도 남김없이 모두 말씀 드리겠네. 츠가와와 아사이도 그렇게 알고 있게."

시게타카의 말에 두 사람은 깊이 고개를 끄덕였다.

맨 먼저 오카다 시게타카가 말문을 연다. 그 의견에 찬성하는 사람은 츠가와 요시후유. 그때쯤이면 노부오의 의견을 확실히 알게 된다. 의견이 확실해지면 아사이 타미야마루가 발언한다.

이렇게 이미 순서는 정해져 있었다.

넉 점 정각에 노부오가 나타났다.

모인 사람들은 이틀 전과 다름없었다.

"그럼, 이제부터 회의를."

노부오는 오늘도 이상할 정도로 기분이 좋아 보였다.

14

"이에야스 님이 전군을 동원하여 우리를 위해 싸우겠다고 했네. 그러니 일전을 벌이는 데 아무도 반대할 사람은 없겠지?"

노부오의 기분이 너무도 좋았기 때문에 오카다 시게타카는 혀가 굳어 쉽게 말이 나오지 않을 정도였다.

"말씀 드립니다."

"오오, 나가토노카미로군. 그대는 호시가사키의 성주로서 이에야스 님의 하타모토旗本°와 함께 선봉에 서서 미노를 공격해주었으면 하고 생각하네."

"황송합니다마는, 그 일에 대해 말씀 드릴 것이 있습니다."

"무언가? 그대는 이에야스 님의 하타모토와는 같이 행동하기 싫다는 말인가?"

"황송합니다마는…… 이 시게타카는 이번 전투, 히데요시와의 전투에 반대합니다."

"뭐, 반대를……?"

노부오는 뜻밖에도 순순히 반응했다.

"그렇다면 이유를 말해보게. 중대한 전투이므로 모두의 의견을 들어야 하겠지."

"감사합니다…… 그 말씀을 들으니 저도 말하기가 쉬워졌습니다. 성주님은 도쿠가와 님이 전군을 동원하여……라고 말씀하셨으나 그것은 별로 믿을 만한 말이 못 된다고 생각합니다."

"허어, 그 이유를 알고 싶네, 이유를 말일세."

"도쿠가와 님의 가신인 이시카와 호키노카미 카즈마사가 치쿠젠과 내통하고 있다는 소문도 있고 해서……"

"으음, 이시카와 호키노카미가 말인가?"

"물론 저는 그 소문을 믿지는 않습니다. 치쿠젠은 틀림없이 그런 소문을 퍼뜨릴 사람입니다. 그것은 그렇다 치더라도 도쿠가와 님이 어째서 전군을 동원하여 돕겠다고 하는지, 그 흉중을 잘 분석해보아야 할 것입니다."

"이에야스 님이 이번 전투를 돕는 것은 돌아가신 아버님에 대한 의리 때문만은 아니라는 말인가?"

"황송합니다마는, 언젠가는 자신에게도 번져올 불길이라 보고 성주님을 앞세워 교섭을 벌이고는 있으나, 실은 싸울 의사가 없는 것이 아닌가 하고……"

"알겠네! 이에야스 님의 본심은 그렇지 않다, 그래서 이번 전투에 반대한다는 말이지?"

"그러합니다……"

시게타카가 고개를 숙이고 그 다음 말을 계속하려 했을 때 츠가와 요시후유가 얼른 끼여들었다.

"성주님! 이 요시후유도 이번 전투에 대해서는 오카다 님과 같은 의견입니다."

"아니, 그대도 반대한다는 말인가?"

"둑을 무너뜨리고 쏟아져나오는 거센 탁류는 어떤 힘으로도 막을 수 없습니다. 지금은 인내가 최선책, 참는 것밖에는 다른 길이 없다고 생각합니다. 그렇게 하면 성주님과 치쿠젠의 연령으로 보아 반드시 저희에게 유리한 때가 찾아올 것입니다. 성주님은 아직 서른도 되기 전이신데, 치쿠젠은 이미 오십 세가 가까웠습니다. 머지않아 자연이 치쿠젠의 목숨을 요구해올 것입니다. 그때까지입니다. 성주님, 아무쪼록 지금은 인내를……"

요시후유의 말이 너무도 진지했기 때문에 이번에는 아사이 타미야마루가 저도 모르게 몸을 내밀었다.

"성주님, 치쿠젠의 마음을 억누를 유일한 수단이 있습니다. 저희 세 사람을 오사카에 인질로 보내주십시오. 저희 세 사람이 오사카에 있는 한 치쿠젠이 절대로 무모한 일을 못하게 하겠습니다."

"알겠네!"

노부오가 말했다.

"생각했던 그대로였어. 여봐라!"

노부오의 이 한마디에 동석해 있던 가신들이 일제히 칼을 뽑았다.

15

"아니, 이게…… 무슨 짓이오!"

오카다 시게타카가 일어서는 것과, 동석해 있던 이다 한베에 마사이에가 츠가와 요시후유에게 칼을 휘두른 것은 동시의 일이었다.

"아악!"

요시후유는 어깨를 누르고 비틀거리며 입구 쪽으로 피하려 했다.

"무례하구나, 주군의 면전이다."

"닥쳐, 주군의 명이다."

"뭣이, 주군의 명이라고……"

당황하며 상좌를 돌아보았을 때 노부오는 이미 자리를 뜨고 없었다. 아니, 그뿐만이 아니었다. 이미 좌우의 모든 출입구가 창으로 가로막혀 있었다.

"무슨 짓들이냐! 무엇 때문에 이런 무례한 짓을……"

"너 자신에게 물어보아라."

히지카타 칸베에 카츠히사가 석 자 가까이 되는 큰 칼을 시게타카에게 들이대고 소리쳤다.

"가증스런 배반자, 갈가리 찢어 죽여도 모자라겠다."

"우리가 배반자라니, 무슨 증거라도 있는가?"

"문답은 필요 없다. 명령이다, 주군의 명령이다."

타키가와 사부로베에 카츠토시가 단도를 꺼내들고 기둥을 방패 삼아 방어자세를 취한 요시후유에게 재빨리 칼을 휘둘렀다.

"비겁한 놈! 바로 너였구나, 사부로베에······"

"죽여라, 어서 죽여라!"

요시후유는 깊은 상처를 견디지 못하고 소리쳤다.

"당했소······ 아사이 님, 오카다 님······ 나는 먼저······"

말을 마치기도 전에 푹 그 자리에 쓰러졌다.

시게타카는 순간 온몸의 피가 역류하는 것을 느꼈다.

"좋다, 이렇게 된 이상 참을 수 없다. 덤벼라!"

"주군의 명이다, 배반자!"

"배반자는 바로 주군이다. 우리 가신을 의심한다면 어째서 문초부터
하고 할복을 명하지 않는단 말이냐? 스스로 치쿠젠의 책략에 말려들어
우리 세 사람을 속여서 죽이다니······"

"쳐라, 헛소리 따윈 듣지 말고 어서 쳐라!"

"좋다, 죽일 수 있겠거든 어디 죽여봐라."

히지카타 칸베에가 뛰어들어 왼쪽 어깨를 노리고 비스듬히 칼을 내
둘렀으나 시게타카는 그 칼을 옆으로 후려쳤다.

무섭게 사방으로 피가 튀고 에워쌌던 포위망이 느슨해졌다.

아사이 타미야마루 나가토키는 어느 틈에 상대의 창을 빼앗아 카타
기누肩衣°를 걷어올리고는 모리 큐자부로를 상대로 싸우고 있었다.

"고작 둘뿐이 아니냐. 지체되면 꾸중듣는다. 어서 서둘러라."

타키가와 사부로베에 카츠토시는 칼을 내린 채 지시만 할 뿐 손은 대
지 않았다.

밖에서는 여전히 촉촉이 봄비가 내리고, 다다미 위에 쓰러져 숨을 거
둔 요시후유의 몸에서 끈적끈적한 피가 한 줄기 흘러나오고 있었다. 시
게타카가 그만 그 피를 밟고 미끄러졌다.

그 순간—

"앗!"

뒤에서 비명이 들렸다.

아사이 타미야마루가 모리 큐자부로의 칼에 맞았다……고 생각하는 찰나, 오른쪽 어깨에 불에 덴 듯한 통증이 일었다. 히지카타 칸베에의 칼날이 시게타카의 가슴 밑까지 살을 베고 뼈를 부수며 깊숙이 파고들었다.

"부……분……분하다……"

시게타카는 뿜어나오는 피와 함께 요시후유 위에 겹쳐 쓰러진 채 그대로 숨이 끊겼다.

출진出陣

1

이에야스는 노부오가 세 중신을 죽였다는 소식을, 카리야 성주 미즈노 타다시게의 밀고로 3월 7일에 벌써 알고 있었다.

노부오는 세 중신을 죽인 뒤 곧바로 츠가와 요시후유의 마츠가시마 성을 타키가와 사부로베에에게 주었다. 그리고 시게타카의 호시가사키 성은 미즈노 타다시게에게, 아사이 타미야마루의 카리아가 성刈安賀城은 모리 큐자부로에게 주어 각각 이를 수비케 했다.

히데요시 역시 이 사실을 모르고 있을 리 없었다. 히데요시는 전쟁을 앞두고 스스로 자신의 수족을 잘라버린 노부오를 내심 비웃고 있었을 것이다.

이에야스가 처음 그 사실을 안 7일 히데요시는 이미 호리오 모스케 요시하루堀尾茂助吉晴에게 전투를 위한 명령을 내리고 있었다.

"북이세北伊勢에 병력을 출동시키려 하니 준비하라."

그 이튿날인 8일에도 히데요시는 츠다 야타로津田彌太郎에게 똑같은 명령을 내렸다.

그리고 자신은 10일 오사카에서 쿄토로, 다시 11일에는 오미의 사카모토 성까지 진출했다. 그 신속한 행동은 히데요시가 이 일을 얼마나 기다리고 있었는지를 확인할 수 있는 좋은 증거였다.

이에야스는 세 중신이 살해된 것에 대해서는 아무런 논평도 하지 않고, 즉시 하마마츠 성에서 군사회의를 열었다. 그 자신은 노부오와 함께 오와리로 갈 예정이었다.

"이번에는 치쿠젠의 전법을 구경이나 하겠네."

가신들이 모두 모였을 때 이에야스는 부드러운 목소리로 이렇게 말하고 웃었다.

"알겠나, 나는 지금까지 '에잇!' 이라고만 함성을 지르게 했는데, 앞으로는 바꿔야겠어."

갑자기 묘한 말을 했기 때문에 사카키바라 야스마사榊原康政°가 고개를 갸웃거렸다.

"'에잇' 만으로는 안 될까요?"

"그래, 상대는 치쿠젠일세. '에잇, 얏!' 하고 말꼬리에 좀더 힘있게 기합을 넣어 함성을 지르라고 하게. '에잇, 얏!' 이것이 그대로 승리의 함성이 될 것일세."

일동은 서로 얼굴을 마주보고 빙긋 웃었다. 이미 작전상의 문제에 대해서는 그 이상 상의할 것이 없었다.

이에야스가 하마마츠를 출발하면, 그의 대규모 외교전外交戰은 생생하게 살아 행동을 일으킬 것이다.

호쿠리쿠에서는 삿사 나리마사가 히데요시의 영지인 카가를 공격할 것이고, 시코쿠에서는 쵸소카베 모토치카長曾我部元親가 즉시 아와지로 출동할 것이었다. 키이紀伊에서는 사무카와 우다유가 봉기의 깃발을 휘날리며 이즈미와 카와치로 쳐들어갈 것이고, 시즈가타케 전투에서 패하여 키이에 은거하고 있던 호타 야스마사保田安政는 네고로 법사와 협의하여 카와치를 공격하기로 되어 있었다.

본거지인 오사카를 히데요시에게 점유당한 혼간 사本願寺 신도인 네고로, 사이가 등의 무리를 선동하여, 만일 일이 성취되었을 때는 마에다 토시이에前田利家의 손에 들어간 카가와 오사카를 돌려주겠다는 밀약이 성립되어 있었다.

"치쿠젠이 사카모토 성에서 기겁을 했을 거야. 여기저기서 급한 일이 터졌으니까."

이에야스는 사람들이 모두 모였을 때 출진을 축하하는 상을 가져오게 하여 담담히 찬 술을 마셨다. 그리고 나서 한자리에 모인 아들들의 머리를 차례로 쓰다듬어주었다. 그런 다음 그대로 현관에 말을 끌어오게 하여 올라탔다.

3월 7일 여덟 점(오후 2시) 무렵. 세 중신이 살해되었다는 소식을 들은 지 겨우 1각 반(3시간)밖에 지나지 않았다. 이에야스 군은 곧바로 오카자키로 옮긴 뒤 다시 키요스로 이동해 작전에 들어갈 것이었다.

2

이에야스의 표정이나 동작에서는 평소에 비해 전혀 달라진 점을 찾아볼 수 없었다. 보기에 따라서는 매사냥을 나갈 때만큼의 흥분조차 나타내지 않고 있었다. 그러나 눈에 비치는 모습만이 이에야스의 전부가 아니었다.

어쨌든 이에야스는 불세출의 영재英才 하시바 치쿠젠을 적으로 삼아 일전을 벌이게 되었다. 군사 한 명의 진퇴만 그르쳐도 그의 생애를 결정지을 정도의 큰 타격이 될 것이다.

최초로 동원하는 병력은 약 3만 5,000이었다. 그중에서 8,000의 군사를 거느리고 나머지는 카이, 스루가, 토토우미, 미카와 등의 성에 남겨두어 방비케 했다.

하마마츠 성, 오쿠보 시치로에몬 타다요大久保七郎右衛門忠世.

오카자키 성, 혼다 사쿠자에몬 시게츠구本多作左衛門重次.

후타마타 성二俣城, 사카이 카와치노카미 시게타다.

히사노 성久野城, 히사노 사부로자에몬久野三郎左衛門.

카케가와 성掛川城, 이시카 휴가노카미 이에나리石川日向守家成.

코후 성甲府城, 히라이와 시치노스케 치카요시平岩七之助親吉.

군나이 성郡內城, 토리이 히코에몬 모토타다鳥居彦右衛門元忠.

스루가의 타나카 성田中城, 코리키 키요나가高力淸長.

후카사와 성深澤城, 미야케 소에몬 야스사다三宅宗右衛門康政.

나가쿠보 성長久保城, 마키노 우마노스케 야스나리牧野右馬亮康成.

누마즈 성沼津城, 마츠다이라 스오노카미 야스시게松平周防守康重.

코코쿠 사興國寺, 마츠다이라 이에키요松平家淸.

시나노의 이나 성伊奈城, 스가누마 다이젠菅沼大膳.

사쿠고리佐久郡, 시바타 시치쿠로 시게마사.

코모로 성小諸城, 아시다 시모츠케노카미 노부모리芦田下野守信守.

그리고 요시다 성吉田城(토요하시豊橋)의 사카이 사에몬노죠 타다츠구酒井左衛門尉忠次는 이에야스를 따라 출전했으나 따로 장수를 두지 않았고, 니시오 성西尾城은 하마마츠의 오쿠보 타다요에게 수비를 겸하도록 했다.

선봉은 점점 용맹성을 드러내기 시작한 이이 만치요 나오마사井伊万千代直政의 붉은 갑옷 부대.

하타모토로는 오쿠다이라 노부마사奧平信昌, 마츠다이라 마타시치로松平又七郎, 사카키바라 코헤이타 야스마사榊原小平太康政, 혼다 헤이하치로 타다카츠本多平八郎忠勝, 오쿠보 타다치카大久保忠隣, 혼다

요시타카本多慶孝, 마츠다이라 이에타다松平家忠, 스가누마 사다미츠菅沼定盈 등등……

8일 오카자키 성으로 들어갔을 때는 이들 군대를 야하기矢矧에 머물게 하고 이에야스 자신은 그곳에서 이가와 야마토의 무사들이 오기를 기다렸다.

그리고 9일에는 아노阿野.

10일에는 사카이 타다츠구와 마츠다이라 이에타다 등을 나루미鳴海로 진출하게 하고, 다시 12일에는 아츠타熱田와 가까운 야마자키山崎에 진을 쳤다.

이 무렵부터 비가 계속 내렸으나 이가와 야마토의 무사들이 낙화를 밟아가며 속속 이에야스에게로 모여들었다.

히데요시도 팔짱만 끼고 있지는 않았다. 그는 오사카 성의 이케다 쇼뉴池田勝入(키이노카미 노부테루紀伊守信輝)˙에게 재삼 사자를 보내 선봉에 나설 것을 권유했다.

"히데요시와 힘을 합쳐 승리를 거두었을 때는 미노, 오와리, 미카와 등 세 지역을 주겠다. 속히 출전하기 바란다."

또한 히데요시는 모리 무사시노카미 나가요시森武藏守長可를 꾀어 이번 전투에서 자기편에 서게 했다. 그리고 다시 카리야의 미즈노 소베에 타다시게, 니와 칸스케 우지츠구丹羽勘助氏次 등에게도 집요하게 유혹의 손길을 뻗치고 있었다.

그러나 우지츠구도 타다시게도 응하지 않았다. 우지츠구는 사자로 온 이마이 켄교今井檢校를 꾸짖어 내쫓고, 미즈노 타다시게는 히데요시가 보낸 유혹의 서신을 얼른 이에야스에게 보냈다.

그 서신에는 미카와와 토토우미의 두 곳을 주겠다고 씌어 있었다. 그와 같은 미끼로 유혹을 받았으나 쉽게 히데요시 쪽에 승리가 있을 것으로는 생각지 않았기 때문인 듯.

이리하여 동·서 양군은 미노와 오와리의 산야에서 북이세에 걸쳐 시시각각 다가가며, 서로를 압박하고 있었다.

3

이에야스가 키요스 성에 도착해 노부오와 회견한 것은 3월 13일. 그때 전쟁터는 이미 북이세까지 확대되어, 오미에서는 이케다 쇼뉴와 그의 사위 모리 무사시노카미 나가요시가 이누야마犬山를 향해 진군하고 있었다.

히데요시와 이에야스가 모든 지략을 기울인 전초전이었다. 그러나 양쪽 모두 상대의 의도를 간파하지 못한 결점이 있었다.

전체적인 전황으로 보아 히데요시는 북이세에서 전투를 벌여 이에야스를 그곳으로 유인하고, 그 틈을 이용해 이누야마 성에서 오와리로 일거에 쳐들어가려는 듯했다. 그런 의미에서 히데요시의 작전은 반쯤 성공한 것으로 보이기도 했다.

13일 오시午時(오전 12시)˙.

이에야스는 키요스 성 큰방에서 사카이 타다츠구, 이시카와 카즈마사, 마츠다이라 이에타다, 혼다 타다카츠 등의 중신을 불러 노부오와 함께 회의를 열고 있었다.

그 무렵 북이세의 전운戰雲은 이미 방관하고만 있을 수 없을 만큼 급박하게 돌아가고 있었다.

곧 나흘 전인 3월 9일 노부오의 장수 칸베 마사타케神戶正武가 칸베 성神戶城을 나와 카메야마 성龜山城을 공격하기 시작했다. 그런데 카메야마 성의 세키 아키노카미 모리노부 뉴도 만테츠關安芸守盛信入道万鐵는 그의 아들 카즈마사一政와 함께 이를 잘 막아 격퇴했다. 그리고 지금은 가모 우지사토蒲生氏鄕의 후원을 받아 형세가 역전되려는 위험에 처해 있었다.

노부오 쪽에서도 즉시 사쿠마 마사카츠佐久間正勝, 야마구치 시게마사山口重政 등 두 장수로 하여금 스즈카鈴鹿의 미네 성峰城에 들어가 마사타케를 도울 태세를 취했다.

그때 이미 히데요시 군은 속속 북이세로 진출하고 있었다.

당면 목표는 미네 성. 가모 우지사토 외에도 하세가와 히데카즈長谷川秀一, 호리 히데마사堀秀政, 히네노 히로나리日根野弘就, 아사노 나가요시淺野長吉, 카토 미츠야스加藤光泰 등의 장수가 현지에 있는 세키 만테츠, 타키가와 카즈마스瀧川一益 등과 힘을 합쳐 남·북이세에 걸쳐 있는 노부오의 세력을 가로질러 분산시켜버릴 가능성이 매우 높아져 있었다.

이러한 전황 설명에 이에야스는 심각한 표정으로 생각에 잠겼다.

이에야스는 히데요시가 사카모토에서 곧바로 미노, 오와리로 진출해오리라고는 생각지 않고 있었다. 이에 대해서는 충분히 경계하고 있어서 진출해온 히데요시 군이 당장에라도 오사카로 되돌아가지 않으면 안 되게끔 조치를 취하고 있었다.

군사 수에서 부족하지 않은 히데요시는 오사카에 강력한 수비대를 남겨두고 자신이 직접 진격해올 터. 그 경우 오미에서 미노와 오와리로 나올 것인가, 아니면 북이세에서 올 것인가…… 이에 대한 견해 차이는 충분히 예상되고 있었다.

"어떤가, 카즈마사, 히데요시가 이세 가도로 나올 것이라 생각하지 않나?"

잠시 후 이에야스가 물었다. 이시카와 카즈마사는 사카이 타다츠구를 돌아보았다.

"어떤 쪽도 방심할 수 없는데요."

즉각적인 답변은 피했다.

"히데요시의 책략은 항상 의표를 찌르니까요."

"아니."

이번에는 노부오가 입을 열었다.

"뭐니뭐니 해도 오와리는 대대로 내려오는 우리 가문의 본거지입니다. 아무래도 허술한 이세부터 먼저 공격해오리라 생각하는데."

"노부오 님."

사카이 타다츠구가 이때 비로소 부릅뜬 눈을 노부오 쪽으로 돌리고 무겁게 입을 열었다.

"무언가 우리를 속이고 계신 것은 없습니까?"

"뭐, 속이고 있다니……?"

이렇게 말했으나 노부오의 낯빛은 분명히 변하고 있었다.

4

"아까 용변을 보러 갔다가 문득 마음에 걸리는 말을 들었습니다."

타다츠구는 여기까지 말하고 이에야스 쪽으로 휙 돌아앉았다.

"미네 성은 이미 어제, 그러니까 십이일 밤중에 함락되었다고 병졸들이 말하고 있었습니다."

"뭐, 미네 성이 함락되었다고?"

이에야스도 놀랐다.

"마음에 걸리는군. 비록 졸병들의 사사로운 이야기라고는 하지만, 출처를 조사해야 할 것입니다, 노부오 님."

"아……알겠소."

노부오는 짐짓 태연한 듯한 태도를 취했다. 그러나 그 얼굴에는 억누르지 못한 경련이 일고 있었다.

"노부오 님은 성주님을 이세 가도로 보내시려 하고 계십니다. 이세 가도에는 하시바 히데나가羽柴秀長, 히데카츠秀勝도 출병하고 있다고 합니다. 그리고 타마루 토모야스田丸具康, 쿠키 요시타카九鬼嘉隆 등의 해상세력도 있습니다. 미네 성을 함락시켰다면 적은 곧바로 마츠가시마 성을 공격할 것입니다."

타다츠구가 비웃듯이 말했다. 이시카와 카즈마사는 다시 한 번 똑같은 말을 중얼거렸다.

"방심하면 안 됩니다. 남이세南伊勢에서는 해로海路밖에는 연락을 취할 길이 없습니다."

이에야스는 잠자코 두 사람을 흘끗 바라보았을 뿐이었다. 그 역시 노부오가 무엇을 바라는지 잘 알고 있었다. 오와리는 키소가와木曾川*를 끼고 있고, 원래 오다 가문의 본거지였다. 그런 만큼 적이 진공하기 어려울 것이었다. 이런 관점에서 보면, 이세에서 이에야스가 싸워주기를 바라는 것도 결코 무리가 아니었다.

지금 이에야스로서는 그런 것은 문제 삼을 일이 아니었다. 어쨌거나 히데요시의 진출을 막을 수 있는 자는 자신밖에 없다고 확신하고 있는 이에야스였다. 따라서 히데요시가 이세로 나오면 이세, 미노로 나오면 미노에서 대결하지 않으면 안 되었다. 다만, 노부오가 전황을 숨기고 자신을 이세로 가게 하려는 줄은 생각지도 못했었다. 만일 이와 같은 잔재주를 부린다면 노부오는 전혀 힘이 되지 않는다.

"……성주님! 아무래도 오와리에서 움직이지 않는 편이 나을 것 같습니다."

타다츠구가 다시 말했다.

이에야스는 대답 대신 입구 쪽으로 눈길을 보냈다.

노부오가 병졸 하나를 데리고 전보다 더 창백한 얼굴로 들어왔다.

"근거 없는 소문이었습니까?"

"그런데……"

노부오는 몹시 격앙된 어조였다.

"전혀 근거가 없지는 않은 것 같소. 네가 보고 들은 대로 말해라."

끌려온 병졸은 체구는 건장했으나 아주 착한 암소와 같은 느낌을 주는 사내였다.

"틀림없습니다. 미네 성은 함락당했습니다."

"어젯밤의 일이냐?"

카즈마사가 물었다.

"성에 있던 사쿠마 마사카츠 님, 야마구치 시게마사 님, 나카가와 칸자에몬 님은 어떻게 되었느냐?"

"사쿠마 님, 야마구치 님은 오와리로 철수한다면서 성을 버리셨습니다. 나카가와 님은 전사하셨다는 말을 저희들이 철수하는 도중에 마을 사람들에게 들었습니다."

"뭐, 나카가와 사다나리가 전사를?"

노부오로서도 처음 듣는 말인 듯. 눈에 핏발이 서고 목소리가 거칠어졌다.

나카가와 칸자에몬 사다나리中川勘左衛門貞成는 기후에서의 공격을 오와리에서 저지하기 위해 이누야마 성의 성주로 있었는데, 노부오가 북이세의 원군으로 파견했다……

5

이에야스 역시 몸을 앞으로 내밀듯이 하고 말했다.

"나카가와 사다나리가 전사했다면 다시 생각할 필요가 있을 것이오.

그것이 믿을 수 있는 말일 때는 말이오."

"직접 대답해라. 도쿠가와 님에게 당시 일을 소상히 말씀 드려라."

노부오는 꾸짖듯이 몸을 흔들며 병졸에게 말했다.

병졸은 그 소리에 기가 질려 몸을 움츠렸다.

"저는 그저 허둥지둥 걸어가는 도중에 마을사람들이 하는 말을 들었을 뿐…… 사실인지 아닌지는…… 아, 알지 못합니다."

"사실 여부를 알지 못한다고? 잘 알지도 못하면서 왜 가볍게 입을 놀렸느냐?"

"어르신들의 귀에 들어갈…… 줄은 생각지도 못하고 그저 미네 성에 대한 것을 동료들이 물어와서……"

병졸은 떨면서 더욱 작은 소리로 말했다.

이에야스는 가볍게 고개를 끄덕였다.

"알겠다, 더 이상 알지 못한다면 그만 물러가거라. 노부오 님……"

"물러가라!"

노부오는 다시 한 번 꾸짖었다.

"나카가와 칸자에몬의 전사가 적에게 알려지면 그야말로 큰일, 곧 척후를 내보내 알아보도록 하겠소."

이에야스는 이 말에도 대답하지 않았다.

전투를 감시하게 하려는 목적이 있었다고는 하지만, 이누야마 성주에게 이세를 응원하도록 한 것부터가 이에야스로서는 뜻밖의 일이었다. 기후에서 오와리를 노리는 적이 있다면 당장에라도 제일선이 될 이누야마 성이 아닌가……

"어떻습니까, 즉시 척후를 내보내는 것이?"

이에야스가 눈을 감고 생각하기 시작했기 때문에 노부오가 다시 물었다.

"좋겠지요."

"그러면, 잠시 자리를……"

노부오가 허둥지둥 밖으로 나가는 것을 보고 사카이 타다츠구는 크게 한숨을 쉬었다.

"이 지경이니 여간 한심스럽지 않습니다."

"타다츠구."

"예."

"치쿠젠에게 속아넘어간 것인지도 몰라."

"속아넘어가다니…… 불길한 말씀을 하시는군요."

"타다츠구, 즉시 쿠와나桑名로 떠날 준비를 하게."

"쿠와나에 가서 어떻게 할까요?"

"거기서 이세의 아군과 연락을 취하게. 다른 사람은 믿을 수가 없어, 그대가 가도록."

"그렇다면 역시 치쿠젠은 기후 성에 들어가, 거기서 오와리로 침입할 기회를 노린다……고 보십니까?"

"그런데 이미 때가 좀 늦었는지도 몰라. 어쩐지 사카모토에서 오사카로 철수하는 모습이 너무 신속하다고 생각했더니."

"신속했다는 것은 무엇을 의미할까요?"

"이케다 쇼뉴와 모리 무사시노카미가 쉽게 그의 편이 되었다는 증거일세. 그렇다면 혹시 쇼뉴가 벌써 이누야마 성을 향해 진격하고 있을지도 몰라."

"음, 그렇다면 곧 폭풍이 몰아치겠군요."

"그리고, 핫토리 한조服部半藏에게는 남이세로 가라고 이르게."

"핫토리 한조를…… 남이세라면, 마츠가시마 성으로 보내시려는 것입니까?"

"그래. 한조라면 해낼 수 있을 거야."

"그러면, 성주님은 키요스에서 어디로?"

거듭 되는 물음에 이에야스는 다시 눈을 감았다.

"지금 생각 중인데…… 역시 코마키야마小牧山*가 될 것 같아."

이때 다시 노부오가 사색이 되어서 돌아왔다.

6

노부오의 안색은 도자기처럼 창백하고 눈만이 번쩍번쩍 인광을 발하고 있었다.

"이거 정말…… 큰일났소."

흥분했다기보다는 낭패와 분노로 혀가 굳어 있었다.

"무슨 일입니까?"

좀처럼 동요하지 않는 이시카와 카즈마사도 이때만은 등골이 오싹해졌다. 좋은 일이 아니었다. 불길한 일임이 틀림없다는 것을 직감할 수 있는 노부오의 모습이었다.

노부오는 선 채로 잠시 부들부들 떨고 있었다.

"어서 말씀하십시오. 전쟁에는 위험이 따르게 마련입니다."

"그러나저러나 왜 이렇게 믿지 못할 놈들뿐인지……"

노부오는 다시 한 번 이를 부드득 갈았다.

"적의 선봉이 이누야마 성에 들어왔소."

"뭣이, 이누야마 성에 선봉이 들어왔다고요……?"

"그렇소."

"선봉이 들어왔다……고 하면 함락당한 것 아닙니까?"

"그렇소……"

"노부오 님! 있는 그대로 솔직하게 말씀하십시오."

카즈마사에 이어 타다츠구가 화를 내며 말했다.

"잠깐!"

이에야스가 타다츠구를 제지했다.

"예상하지 못했던 일은 아닐세. ……공격해온 자는 이케다 쇼뉴일 테지요?"

"쇼뉴와 모리 무사시노카미."

"쇼뉴의 측근에는 지난날 이누야마 성의 부교奉行°였던 헤기 사이조 日置才藏라는 자가 있을 터, 사이조가 그곳 상인들과 연락하여 성안의 사정을 탐지케 했을 것이 분명합니다."

"안타깝게도 그게 사실이오."

"그러니 성주인 나카가와 사다나리를 이세로 보낸 것을 즉각 알았겠지요. 성주가 성을 비웠다면 때는 지금이다…… 이렇게 생각하는 것은 쇼뉴가 아니라 나였더라도 마찬가지였을 터. 그런데, 이누야마 성에는 누가 있었습니까?"

"나카가와 칸자에몬의 백부인 세이조스淸藏主라는 중에게 방심하지 말고 성을 지키라고 했는데……"

"그런 말씀은 하지 마십시오. 성을 공격하는 것은 상대가 가장 자랑하는 특기. 그리고 군사 수도 훨씬 더 많았을 것이오."

이미 주위에는 어둠이 감돌기 시작했다. 마주앉은 서로의 얼굴이 희미하게 보였다.

"이거 재미있게 되었군, 타다카츠."

이에야스가 처음으로 혼다 헤이하치로 타다카츠에게 말을 걸었다.

"우리는 서전緒戰에 한 방 얻어맞아야만 비로소 다섯 배, 열 배로 더 강해지게 마련. 그대도 옛날부터 그랬지 않은가?"

"그렇습니다. 지금 온몸의 근육이 무사답게 꿈틀거리고 있습니다."

"적의 선봉이 귀신이란 별명을 가진 모리 나가요시라면 결코 무리가 아니지. 치쿠젠의 귀신이 이길 것인가, 이 이에야스의 귀신이 이길 것인가. 하하하…… 재미있게 되었네, 타다카츠."

"그렇습니다! 치쿠젠의 귀신이라는 그자를 야전으로 유인해내어 혼을 내주겠습니다."

"하하하……"

이에야스는 다시 한 번 소리내어 웃고 아직도 창백한 얼굴로 있는 노부오에게 말했다.

"이것으로 결정되었습니다. 안전하다고 생각했던 오와리가 짓밟혔다면 한 발짝도 물러설 수 없습니다. 이에야스는 이세 가도로 가지 않겠습니다. 우선 이 적부터 물리쳐야 합니다."

7

첫 전투는 결코 이에야스에게 유리한 것이 아니었다. 그러나 이로써 히데요시의 속셈은 대충 알게 되었다.

이누야마 성을 점거한 이케다 쇼뉴의 행동이 그대로 히데요시의 작전을 반영하고 있었다. 이케다 쇼뉴는 이번 전투에서 히데요시를 감동시키려고 전공을 서두르는 것이 분명하고, 그렇게 서두르는 배후에는 히데요시의 명령이 있다고 보아도 무방했다.

우선 북이세에서 전투를 개시하여 그 방면으로 진출하는 것처럼 보이면서, 허를 찔러 이누야마 성을 점령하고 다시 노부오의 본거지인 키요스 성으로 쇄도할 것이다.

성을 공격하는 것은 히데요시가 가장 자랑하는 전법이었다.

이처럼 키요스 성을 포위해놓고 자신은 기후 성까지 나가 총지휘를 할 터.

그렇다는 것을 알면 이에야스에게도 대책이 있었다. 도리어 이에야스는 히데요시 본인이 직접 이세 가도로 나올 것을 은근히 두려워하고 있었다.

이세에서 노부오의 입장은 오와리에 있는 것보다 훨씬 더 위험했다. 그뿐 아니라, 해상의 군대도 또한 히데요시에게 더 많이 가담할 우려가 있었다.

그 밖에 이에야스가 우려했던 점이 있었다. 처음부터 전황이 너무 순조롭게 진행되면 노부오의 발언권이 강해져 이에야스 자신의 지휘에 방해가 되지 않을까 하는 우려였다.

표면적으로는 노부오와 히데요시의 전쟁이었다. 그러나 이것은 어디까지나 표면적으로 드러난 사실일 뿐, 실제로는 히데요시와 이에야스가 서로의 존망存亡을 걸고 있는 대격전이었다.

그런 만큼 이에야스는 오히려 첫 전투에서 고전하게 된 것을 은근히 기뻐하기까지 했다.

"우선 앉으시지요."

뜻하지 않은 이누야마 성의 함락 소식에 노부오는 아직까지 부들부들 떨고 있었다. 그러한 노부오에게 이에야스는 미소를 띤 채 걸상을 가리켰다.

"코헤이타, 지도를 가져와라."

아무렇지도 않다는 태도로 펼쳐놓았던 평면도를 사카키바라 코헤이타 야스마사더러 자기 앞으로 가져오게 했다.

"불을……"

그리고는 조용히 말했다.

촛대에 불이 밝혀졌다.

이에야스는 군선軍扇을 무릎에 세운 채 잠시 지도를 꼼꼼히 들여다볼 뿐 좀처럼 입을 열지 않았다.

그때 혼다 헤이하치로가 빙긋 웃었다. 적이 이누야마 성으로 왔을 때 아군이 어떻게 대처할 것인가에 대해서는 하마마츠에서 이미 여러 번 검토를 해두었다.

'주군은 꽤나 능청스럽다니까……'

"코헤이타."

잠시 후 이에야스는 옆에 노부오가 있다는 것을 잊은 듯한 어조로 말했다.

"치쿠젠이 가장 싫어하는 것은 무엇일까?"

"그야 전쟁에 지는 것이겠지요."

"하하하…… 코헤이타가 또 싱거운 소리를 하는군. 지는 것은 이 이에야스가 치쿠젠보다 더 싫어해. 그 외의 것을 말하는 게야."

"그렇다면……"

코헤이타는 신중하게 고개를 갸웃거렸다.

"역적이란 말이 아닐까 합니다. 미츠히데를 칠 때는 그것을 간판으로 내걸었습니다만."

"음, 역적이라…… 좋아. 주군의 영지를 가로챘을 뿐만 아니라, 그 자손을 차례로 죽이려고 한다, 이것은 우리 일본뿐만이 아니라 외국에도 전례가 없는 극악무도한 짓이야."

먼저 말을 꺼낸 코헤이타가 이에야스의 과격한 말투에 깜짝 놀라 주위 사람들의 얼굴을 돌아보았다.

8

갑자기 어조가 변했기 때문에 노부오만은 쏘는 듯한 눈으로 이에야스를 바라보았다. 그러나 다른 사람들은 모두 웃는 표정이었다.

"참으로 천인공노할 용서할 수 없는 행위, 이대로 내버려둔다면 의義

에 어긋나는 일."

"과연 그러합니다……"

코헤이타가 새삼스럽게 탄식했다.

"그렇다면 어떻게 해야 하겠습니까?"

"뻔한 일이지. 이대로 역적을 두어서는 안 돼. 이 도쿠가와 미카와노 카미 이에야스는 결연히 궐기하여 의병義兵을 일으키고, 돌아가신 노부나가 공의 영식인 노부오 님을 위해 싸울 것이다. 일본에 아직 정의의 무사가 남아 있다면 즉시 달려와 이 의로운 전투에 가담하여 천인이 공노할 역적 하시바 치쿠젠을 주벌하자고……"

"팻말이라도 세운다는 말씀입니까?"

"바로 그것일세."

이에야스는 다시 부드러운 어조로 말하고 고개를 끄덕였다.

"문장을 잘 다듬어 보는 자로 하여금 피가 끓도록 해야 하네. 팻말을 세울 장소는 우선 이누야마 성과 여기 이 코마키 성의 북쪽이다. 급히 서둘러라."

"과연……"

"많을수록 좋다. 그리고 이 부근에 모두 세우고는, 지체 없이 강을 건너 미노에도 세우도록 일러라."

"알겠습니다."

"서둘러라. 당장 준비에 착수하라."

"예. 그럼……"

"타다츠구!"

"예."

"그대도 쿠와나로 출발하라. 그리고 핫토리 한조를 남이세로 급히 보내도록 하라. 그렇지 않으면 그쪽이 위험해진다."

"그럼, 성주님은 어떻게 하시겠습니까?"

"오늘 밤 안으로 코마키야마로 진지를 옮겨 준비에 착수하겠다. 일 각이라도 늦어지면 키요스 성이 위험하다. 서둘러라."

혼다 헤이하치로는 다시 싱긋 입술을 일그러뜨리고 웃었다.

'성주님도 상당히 능숙해지셨어……'

노부오는 말할 틈도 없었다.

"그럼…… 도쿠가와 님은 코마키야마로?"

"쇼뉴의 진군을 저지할 만한 다른 곳이라도 있다는 말씀입니까?"

이에야스는 노부오에게 가볍게 대꾸했다.

"타다카츠!"

이번에는 다급하게 헤이하치로에게 눈을 돌렸다.

"그대도 어서 출발하라. 쇼뉴와 모리 무사시노카미를 절대로 전진시 키면 안 된다."

"그런 정도의 일이라면……"

타다카츠가 가슴을 두드리자 이에야스는 다시 노부오를 향했다.

"그 팻말은 말이오, 역적을 되도록 빨리 미노로 유인하기 위한 수단 입니다."

"으음……"

"그뿐 아니라, 이 팻말을 세우면 갈피를 잡지 못하고 동요하는 영내 의 민심을 진정시키게 되기도 합니다."

"영내의 민심이 동요하고 있다고 생각하시오?"

"그것은 말입니다…… 어쨌든 이누야마 성을 빼앗겼을 뿐 아니라 북 이세의 일도 곧 여러 사람의 귀에 들어갈 것입니다. 손을 써야 할 수단 을 확실하게 강구해놓아야 합니다. 전투이니까요."

"그럼, 성주님! 출발하겠습니다."

진지한 표정으로 타다츠구가 말했다.

"오, 서두르도록 하라."

노부오는 완전히 따돌림을 당한 형편이었다. 하지만 그 눈은 감동에 못 이겨 빨갛게 충혈되어 있었으며, 촉촉이 젖어 있었다……

9

회의는 이에야스의 중신들이 잇따라 자리를 떠남으로써 끝났다.

노부오는 안으로 물러가고 이에야스는 이시카와 카즈마사와 함께 노부오가 비워준 바깥채의 큰 서원으로 갔다. 가는 도중에 이에야스는 카즈마사를 돌아보았다.

"챠야가 와 있겠지?"

이렇게 묻고 나서 미소를 떠올렸다.

"역시 생각을 했던 모양이군."

"그렇습니다, 우리 인간들의 생각에는 별로 큰 차이가 없는 것 같습니다."

"히데요시가 성급하게 야전을 감행해왔으면 좋겠는데."

"우선 챠야 님의 보고부터 듣는 것이 좋을 것 같습니다."

"그러세. 그런데 오늘부터 당분간은 챠야라고 부르지 말게. 차야는 마츠모토 시로지로 키요노부松本四郎次郎清延라는 이 이에야스의 측근 무사일세."

카즈마사는 가만히 고개를 끄덕였다.

"그 마츠모토 시로지로가 도착해 있습니다. 이제 오사카 부근의 일을 자세히 알 수 있을 것입니다."

성 안팎은 인마가 움직이는 소리로 시끄러웠다. 성안에서 성밖에 이르기까지 몇 줄기나 되는 모닥불이 밤하늘에 불길을 펼치고 있는 모습이 창 밖으로 내다보였다.

"성주님……"

"왜 그러나?"

"이케다 쇼뉴가 코마키야마 근처로 와서 불을 지르지 않을까요?"

"후후후."

이에야스는 웃었다.

"불을 지르면 어떻다는 말인가?"

"아니, 별로……"

카즈마사는 그대로 시동에게 서원의 장지문을 열게 했다.

이에야스도 그 이상 아무 말도 않고 서원으로 들어갔다. 사카키바라 야스마사에게 팻말을 세우게 한 의미를 그제야 카즈마사도 깨달은 모양이었다.

그 가장 큰 목적은 물론 히데요시를 분노하게 만들기 위해서였다. 두 번째 목적은 아마도 쇼뉴를 흥분시키려는 점에 있는 것 같았다.

히데요시가 가장 싫어하는 역적이라는 팻말이 점령지 주변에 마구 세워진다면 쇼뉴가 아니라도 흥분할 것이다. 흥분하면 대부분의 사람들은 그대로 자신의 약점을 노출시키게 된다. 쇼뉴가 만일 격분하여 정확한 진군 계획을 세우지 못하고 오와리의 마을들에 불지른다——그렇게만 된다면 이에야스가 바라던 대로 될 수밖에 없었다.

무엇보다 침입군은 토착민의 협력을 얻는 일이 가장 중요하다. 정보를 얻기 위해서는 물론이고 식량과 말먹이를 조달하기 위해서도 토착민의 마음을 붙들지 않으면 안 된다.

히데요시는 그 묘수를 너무도 잘 알고 있었다. 그 묘수에 대항하려면 쇼뉴로 하여금 오와리에 불지르게 하여 토착민의 반감을 사게 한다. 그리고 나서 이에야스의 손으로 토착민들을 선무宣撫한다.

그렇게 되면 역적 주벌의 팻말은 단순히 혐오감을 주기 위해서뿐 아니라, 전략적으로도 불가결한 의미를 갖게 된다.

146

'카즈마사 녀석, 눈치를 챘군.'

이에야스는 웃으면서 자리에 앉았다.

"시로지로, 여섯 점 반(오후 7시)에 도착해 기다리고 있었습니다."

기다리고 있던 챠야가 말을 건네왔다. 오늘은 갑옷 차림의 늠름한 무사로 돌아와 있었다……

10

이에야스는 크게 고개를 끄덕이고 코쇼들에게 눈짓을 했다. 네 명의 코쇼들이 동시에 일어나 마루로 나가더니 옆방을 향해 경계를 폈다.

"어떻던가, 사카이와 오사카의 공기는?"

챠야 시로지로는 정중하게 고개를 숙였다.

"모두가 다 그런 것은 아닙니다마는, 상인들은 대체로 성주님을 좋게 평가하고 있지 않습니다."

"다시 세상을 어지럽게 만든다……는 것일 테지?"

"어지러워지면 어쩌나…… 하는 의구심 때문인 것 같습니다. 개중에는 문제될 것 없다고 말하는 사람도 있기는 합니다마는."

"문제될 것 없다는 것은…… 치쿠젠 쪽이 더 강하기 때문이란 말이겠지?"

"그렇습니다. 그러나 어떤 경우에도 경거망동하지 않는 성주님이므로 군사를 동원한 이상 승산이 있기 때문일 것……이라 말하는 사람도 있습니다."

"그것은 누구인가?"

"나야 쇼안納屋蕉庵의 무리입니다."

"그 밖에는?"

"그 밖에…… 이것은 처음부터 치쿠젠과 성주님 사이에 밀약을 한 짬짜미가 아닌가 하고 말하는 사람이 있습니다."

"뭐, 짬짜미라니, 무슨 뜻인가?"

"황송합니다. 남몰래 서로 짜고 하는 약속이라는 뜻입니다."

"으음. 치쿠젠과 내가 서로 짜고 노부오를 제거하기 위해 군사를 출동시켰다는 말인가?"

"그렇습니다. 그들은 두고 봐라, 치쿠젠과 도쿠가와가 곧 손을 잡을 것이고, 설자리를 잃고 멸망할 자는 노부오라고 말하고 있습니다."

이에야스는 낯을 찌푸리고 주위를 둘러보았다.

그런 소문이 나돌고 있다면 그 소문의 진원지는 히데요시일 터, 그것은 히데요시 자신의 책략임이 틀림없었다.

"카즈마사, 들었지?"

"예."

"무서운 사람이야, 치쿠젠은."

"그렇습니다. 바짝 정신을 차려야겠습니다."

"아픈 곳을 찔렸어. 치쿠젠과 내가 몰래 손을 잡을지도 모른다고 생각되면 시코쿠 군이나 봉기하는 무리들도 반드시 주저하게 될 거야. 적이기는 하지만 치쿠젠은 놀라워……"

이에야스는 갑자기 목소리를 낮추었다.

"카즈마사, 그런 소문이 노부오의 귀에 들어가지 않도록 특별히 주의해야 하겠어."

"그렇습니다. 그 점은 충분히……"

카즈마사가 눈을 똑바로 뜨고 대답했다. 이에야스는 길게 한숨을 쉬고 다시 챠야에게 시선을 보냈다.

"무엇보다도 세상의 평판을 잘 귀담아들을 필요가 있어. 그 소문처럼 앞을 내다보는 자가 있다는 것은 무서운 일이야."

"그다지 우려할 만한 일은 아닌 것 같은데요."

"아니, 그렇지 않아. 참고로 묻겠는데, 그런 소문을 퍼뜨리는 자의 이름을 알고 있나?"

"예. 칼집을 만드는 소로리 신자에몬曾呂利新左衛門이라는 자가 있는데, 언제나 세상일을 이리저리 비꼬지 않고는 못 배기는 자입니다."

"으음, 칼집을 만드는 소로리…… 그 자는 치쿠젠에게 자주 출입하고 있을 테지. 좋아, 이제 알겠네. 그러면, 치쿠젠은 사카이와 오사카의 방비를 누구에게 맡기고 떠난 것 같던가?"

11

챠야……가 아니라 마츠모토 키요노부로 돌아온 시로지로의 가장 중요한 탐색사항은 오사카 부근에 배치한 히데요시의 군사에 대한 것이었다.

군사배치를 알면 히데요시가 며칠쯤 그 주력부대를 총동원하여 이에야스 앞에 나타날 것인가 판단할 수 있게 된다. 어디까지나 병력의 우세를 첫째로 삼는 히데요시는 그 부근의 정황이 불리할 때는 결코 미노에 오지 않을 것이었다.

"그것은……"

시로지로는 일단 긴장했다.

"키시와다 성岸和田城에 나카무라 카즈우지中村一氏를 들여놓은 것을 보면 오사카 성은 하치스카 히코에몬 마사카츠蜂須賀彦右衛門正勝가 지키지 않을까 생각합니다마는."

"키시와다 성에 나카무라 카즈우지라."

이에야스는 잠시 이마에 주름을 잡고 생각하다가 말했다.

"그렇다면 새 성의 수비는 하치스카가 맡았겠군."

"키슈 폭도들의 동향을 민감하게 주시하고 있습니다. 그것은 어쩔수 없는 일입니다. 네고로와 사이가의 무리들이 때때로 사카이에 총포를 구입하러 오기 때문에 숨길 수가 없습니다."

"그럴 테지. 모두가 싫어하는 전쟁일세. 전쟁이 벌어질 것 같으면 분위기로 느끼게 돼. 그렇군, 수비장수는 하치스카……"

이에야스는 다시 한 번 똑같은 말을 중얼거렸다. 그런 뒤 눈을 크게 뜨고 두 사람을 바라보고 있는 카즈마사에게 말문을 돌렸다.

"아직은 늦지 않았어, 카즈마사."

"늦지 않았다니요……?"

갑자기 묻는 바람에 카즈마사는 놀라며 반문했다.

"왜 그리 멍청한가, 그대에게 부탁하겠다는 것일세."

"저에게……?"

말하다 말고 문득 카즈마사의 얼굴빛이 변했다.

이에야스는 두 번 다시 이 말을 하지 않았다. 카즈마사에게는 죽기보다도 더 괴로운 일이었다. 다름아니라, 히데요시의 책략에 말려든 것처럼 꾸미며, 카즈마사더러 히데요시에게 밀서를 보내라는 것이었다……

히데요시는 이에야스 쪽이 전의戰意를 잃도록 유도하기 위해, 히데요시와 이에야스가 손을 잡고 노부오를 제거하려 한다는 소문을 퍼뜨리고 있었다. 그러므로 이 소문에 넘어간 것처럼 하고 이쪽에서 먼저 밀서를 보낸다.

"분명히 이에야스에게는 싸울 의사가 없다. 기회를 보아 히데요시와 손을 잡을 생각이다."

이에야스 쪽에서 이런 밀서가 오면 충분히 히데요시를 동요하게 할 수 있을 터. 그 시기가 아직 늦지 않았다는 의미였다.

"카즈마사, 코마키야마는 가장 높은 곳이 어느 정도나 될까?"

이에야스는 그 일에 대해서는 다시 언급하지 않았다.

"아마 이백오십 척쯤 될 것이라 생각하는데."

"이백팔십 척은 됩니다."

"그래? 북서쪽에 있는 미이三井, 시게요시重吉, 코리小折 이 세 곳에 성채를 쌓아 이누야마에 대비해야겠어. 시로지로."

"예."

"이누야마 성을 이케다 쇼뉴에게 빼앗겼네. 내일 새벽부터 배치를 변경해야겠어. 자네는 피곤할 테니 그때까지 좀 쉬게. 나도 잠시 눈을 붙일 생각이네."

이에야스는 이렇게 말하고 다시 한 번 카즈마사에게 가볍게 말했다.

"이 정도면 미비한 점이 없겠지. 내일 나는 노부오와 같이 코마키야 마에 올라가겠네."

이누야마 성 작전

1

이케다 쇼뉴는 이누야마 성 망루에 서서 남쪽으로 펼쳐진 성 아래와, 북쪽의 깎아지른 듯한 10여 길의 벼랑 밑을 흐르는 키소가와의 경관을 내려다보고 있었다. 옆에는 아들 모토스케元助˚와 사위 모리 무사시노 카미 나가요시가 단아한 얼굴을 나란히 하고 눈부신 봄 햇살에 눈을 가늘게 뜨고 있었다.

근시들은 약간 떨어진 곳에 대기하고 있었기 때문에 세 사람의 말소리는 들리지 않았다.

"오와리에 들어가거든 말이다……"

쇼뉴는 이마에 손을 얹고 멀리 우누마鵜沼의 나루터를 바라보면서 말을 이었다.

"그곳은 내가 카츠사부로勝三郎라 불리던 시절부터 살던 고장이야. 절대로 이에야스에게 넘겨줘서는 안 돼."

모리 무사시노카미는 그 말에는 대답하지 않았다.

"이에야스가 코마키야마로 나올 것 같습니다."

"그래도 상관없어. 이에야스가 직접 오지는 않을 것이다. 이에야스는 키요스 성에서 지휘할 거야."

"야전에 능한 미카와 군이므로 혹시⋯⋯"

"나온다면 더욱 좋아. 자신이 직접 나올 정도라면 틀림없이 미카와의 수비가 허술해지겠지. 그렇게 되면 나는 미카와로 쳐들어가 후방을 교란시켜 대번에 적의 기세를 꺾어놓겠다."

이렇게 말한 뒤 사위 쪽을 바라보았다.

"자네가 척후의 임무를 중지해도 좋다는 것은 아니야. 이미 오와리에 발을 들여놓았으니 차질 없이 활동하도록 하게."

"그럼, 지금부터 즉시."

모리 무사시노카미는 대답하며 일어섰다.

"저도."

모토스케도 뒤따라 일어섰다.

무사시노카미 나가요시는 산자에몬三左衛門의 장남으로 란마루蘭丸의 형이었다. 그는 이번 전투에서 장인 쇼뉴 이상으로 공을 세우고자 잔뜩 벼르고 있었다. 히데요시를 강하고 담력 있는 실력주의자로 알고 있는 그는, 장인 이상으로 공을 세워 히데요시에게 자신의 수완과 역량을 인정받겠다고 불덩어리처럼 달아올라 있었다.

이누야마 성의 점령에는 누가 뭐라 해도 쇼뉴의 공이 가장 컸다. 쇼뉴는 성주인 나카가와 칸자에몬이 없는 틈을 이용하여, 이누야마의 부교였던 헤기 사이조를 먼저 잠입시켜 상인들 중에서 인질을 데려오게 했다.

따라서 중신 이키 타다츠구伊木忠次와 쇼뉴의 아들 모토스케의 선발대가 야음을 틈타 우누마 나루터에 도착했을 때 강 위에는 매수된 우누마의 배들로 가득 메워져 있었다. 성안에서는 이들 배가 이누야마 성의 배후로 접근하여 함성을 지르며 공격할 때까지 그들의 침공을 아무도 모르고 있었을 정도로 순조로웠다.

'장인의 전공에 뒤져서는 안 된다……'

이누야마 성이 쇼뉴의 손에 의해 점령된 이상 다음의 키요스 성만은 무슨 일이 있어도 자기가 먼저 공격하고 싶었다.

무사시노카미는 성을 나와 정병 30여 기騎를 이끌고 모토스케와 함께 남쪽으로 내려왔다. 하구로羽黒˚에서 가쿠덴樂田˚을 거쳐 코마키로 나오면 그곳에서 키요스까지는 30여 리. 그 근처 어디에 진을 치는 것이 좋을까 하고 직접 확인하러 나왔다.

"이상하다……?"

무사시노카미는 말을 세웠다. 앞에 보이는 300척 정도 높이의 산은 코마키야마임이 틀림없었다. 그런데 그 꼭대기에 사람의 그림자가 흘끗흘끗 보였다.

"아, 저 깃발은 이에야스의 것!"

"보고 드립니다."

앞서 나갔던 척후병이 돌아왔다.

"이에야스와 함께 산꼭대기에서 사방을 둘러보고 있는 것은 틀림없이 노부오입니다."

"으음."

무사시노카미는 가만히 신음하고 급히 모토스케 쪽을 돌아보았다.

2

"모토스케, 저것 좀 보게."

모리 무사시노카미가 말했을 때는 이미 모토스케도 눈을 크게 뜨고 산꼭대기를 노려보고 있었다.

15일, 정오가 지난 한낮의 봄 햇빛이 산기슭의 싱그러운 신록을 눈부실 정도로 선명하게 부각시키고 있었다.

"적은 전혀 빈틈이 없어요. 우습게 여기면 안 되겠어요."

모토스케는 대답 대신 강하게 혀를 차면서 신경질적으로 입술을 깨물었다.

"본진本陣을 이리 진입시키려는 것이 분명해. 그래서 장인에게 간곡히 말씀 드렸는데도……"

"나가요시 님, 총포는?"

"공교롭게도 정탐만 할 생각으로 나왔기 때문에……"

"운이 뻗친 사람이군요, 이에야스는."

"그렇다고 언제까지 이대로 둘 수는 없지."

"현재 일본에서 가장 강한 것은 치쿠젠 님과 이에야스. 이번에는 두 사람의 운수 다툼이 될지도 모르겠어요."

"운이라면 장인 어른도 강하셨지. 이누야마 성을 그렇게 쉽게 손에 넣으셨으니 말이네……"

"나가요시 님……"

"무슨 좋은 생각이라도 떠올랐나?"

"이대로 내버려둘 수는 없어요. 우리도 이누야마 성 전선前線에 거점을 만들지 않으면 안 되겠어요."

모토스케가 빠르게 말했다.

"아버님께 상의할 필요는 없겠지요?"

그리고는 고개를 갸웃했다.

"상의?"

"일각이 지체되면 그만큼 적의 진지는 강화됩니다. 오늘 밤에 당장 이 부근 마을에 불을 지릅시다."

"뭣이, 마을에 불을……?"

무사시노카미는 숨을 몰아쉬었다.

"추수하기 전이라면 상대가 식량을 얻지 못하게 하기 위해 그럴 필요가 있겠지만 지금은 때가……"

"아니, 불을 질러 우리 세력의 힘이 이미 이 마을에 미친 것을 백성들에게 알려야 해요. 그러면 백성들은 겁이 나서 적의 편을 들지 못할 게 아닙니까."

"그렇게 하여 백성들에게 원망의 씨가 남게 되면 치쿠젠 님의 뜻을 어기는 것이 될지도…… 치쿠젠 님은 민심을 얻는 것이 첫째라고, 이미 여러 사원에 지금의 영지를 그대로 인정한다고 은밀히 약속까지 하셨다는 거야."

무사시노카미의 말에 모토스케는 더 이상 우기지 않고 입을 다물었다. 그러면서 이번에는 산꼭대기에서부터 사방으로 계속 시선을 움직이며 살피고 있었다. 그 눈에 녹음을 뚫고 이쪽으로 달려오는 말 한 필이 들어왔다.

"저것은 후방을 정탐하게 했던 카지무라 요헤에梶村與兵衛로군. 요헤에가 손에 든 것은 무엇일까? 무슨 팻말 같은데……"

"뭣이, 팻말……?"

모리 무사시노카미가 의아한 표정으로 말머리를 돌렸을 때였다.

"보고 드립니다!"

말 탄 그 무사는 산꼭대기의 사람 그림자는 보지 못한 모양인지 큰소리로 말하면서 다가왔다.

"저 앞의 마을에서 많은 사람들이 모여 떠들고 있어 살펴보니 이런 팻말이 세워져 있었습니다."

"어디 보자, 무언가 쓰여 있구나."

무사시노카미는 손을 내밀어 팻말을 받아들었다.

"아, 아니……"

빠르게 팻말을 훑어본 무사시노카미는 얼굴이 벌겋게 달아오르면서 비명처럼 신음했다. 그러면서 손에 들었던 팻말을 그대로 이케다 모토스케에게 내밀었다.

모토스케는 얼른 읽어보고는 눈에 핏발을 세웠다.

3

그 팻말의 첫머리에는——

"하시바 히데요시는 야인野人의 아들."

이렇게 깜짝 놀랄 만한 말이 씌어 있었다.

모리 무사시노카미는 이 첫 구절만 보고도 팻말을 세운 자의 의도를 깨달았다. 그래서 일단 이케다 모토스케에게 팻말을 건넸던 것이다.

두 사람은 질린 얼굴로 마주보다가 급히 말을 가까이 하여 팻말의 내용을 함께 읽어나갔다.

하시바 히데요시는 야인의 아들, 원래 말을 끌던 병졸에 지나지 않았다. 그런데도 과분하게 노부나가 공의 총애를 받아 장수에 오르고 큰 녹봉을 받게 되었다. 이렇듯 하늘보다 높고 바다보다 깊은 그 큰 은혜를 망각하고 노부나가 공 서거 후 하시바 히데요시는 주군의 지위 찬탈을 꾀할 뿐 아니라, 주군의 아드님이신 노부타카 공을 그 생모 및 따님과 함께 학살하는, 사람으로서는 할 수 없는 죄를 저질렀다. 그것도 부족하여 지금 또다시 노부오 님을 치려고 군사를 일으켰다.

묵과할 수 없는 천인공노할 역적, 이 언어도단의 대역무도함을 좌시할 수 없어 우리 주군 미나모토노 이에야스源家康는 노부나가 공과의 옛 정을 생각하고 신의를 중히 여겨 노부오 님을 돕고자 궐기했다. 만일 하시바 히데요시의 묵과할 수 없는 천인공노할 반역에 분노하고 의義의 귀중함을 생각하는 자가 있다면 조상의 명예를 걸고 이 의병에 참가하여 역적을 토벌함으로써 천하 민심의 안정을 도모하도록 하라……

텐쇼 12년

사카키바라 코헤이타 야스마사

팻말을 다 읽고 나서도 두 사람은 잠시 동안 아무 말도 하지 못했다. 서로 얼굴도 마주보지 못했다.

말을 끌던 병졸이라는 표현은 그렇다 치더라도, '묵과할 수 없는 천인공노할 역적'이란 대목에 이르러서는 히데요시의 격분이 상상되어 함부로 입을 열 수 없었다.

"사카키바라 야스마사 놈이……"

잠시 후 무사시노카미가 말했다. 그와 함께 이케다 모토스케는 팻말을 어깨에 메고 말머리를 돌렸다.

"어디로 가려나, 모토스케?"

"참을 수 없어요. 아버님께 보여드리겠어요!"

"보여드리는 편이 좋을 것 같나?"

"이것이 치쿠젠 님께 알려지면 이누야마 성을 점령한 공도 수포로 돌아갑니다…… 보여드리겠습니다! 그리고 당장 군사를 진격시켜 코마키야마를 우리 손에 넣어야 해요."

"모토스케."

무사시노카미가 불렀을 때 모토스케는 벌써 말에 채찍을 가해 달려가고 있었다.

이처럼 팻말까지 세운 것을 보면 적의 준비는 이미 상당한 정도까지 진행되고 있다…… 이렇게 생각하자 일각도 지체할 수 없었다.

"모토스케."

모리 무사시노카미도 일단 모토스케의 뒤를 따라 말을 달렸다.

'이번에는 어떤 일이 있어도 무공을 세워야 한다……'

이런 생각으로 초조해하고 있는 무사시노카미, 쇼뉴 부자가 결정한 작전에 따라 움직일 수는 없다, 그래서는 안 된다고 속으로 부르짖었다. 그래서 서둘러 성으로 돌아가기로 했다.

건너편 산꼭대기에서는 여전히 사람들이 왔다갔다할 뿐 내려오려는 기색은 없었다. 아마 그쪽에서도 실전을 앞두고 열심히 작전을 짜고 있을 것이었다.

달리기 시작한 무사시노카미의 뒤를 따라 부하들도 일제히 달렸다.

"탕!"

흙먼지를 일으키며 북쪽으로 달려가는 이들의 뒤에서 총성이 울렸다. 그러나 이때는 이미 모토스케도 무사시노카미도 사정거리를 벗어나 있었다.

그들이 성으로 돌아왔을 때, 쇼뉴는 벌써 얼굴을 찌푸리고 그들이 본 것과 같은 팻말을 읽고 있었다.

4

"아버님, 그것을 어디서……?"

모토스케는 물으면서 반쯤 무장한 쇼뉴가 이맛살을 찌푸리고 읽고 있는 팻말 옆에 자기가 가져온 팻말을 거칠게 내던졌다.

"마을 밖 강변에 세워져 있던 것을 가마우지를 사육하는 자가 가져 왔어. 그것은 어디에 세워져 있더냐?"

"이것은 코마키야마 근처의 마을에 세워져 있던 겁니다…… 젠장,

이누야마 성 밑에까지."

"화낼 것 없다."

쇼뉴가 달래듯 말했다.

"우리를 격분케 하려는 수단이야. 사카키바라 야스마사라는 사나이는 지혜가 상당한 자라는 말을 들었다. 어딘가 복병을 숨겨놓았다가 치미는 분노에 못 이겨 공격해나오기를 기다려 공을 세우려는 것이 분명해. 이까짓 어린아이 장난 같은 팻말 따위를 가지고 흥분할 것은 없다."

말로는 모토스케를 제지했지만 쇼뉴의 이마에도 역시 성질을 누르지 못해 핏줄이 솟아 있었다.

'히데요시가 이것을 본다면……'

이런 불안이 그에게도 있었다.

곁에 대령하고 있던 중신 이키 타다츠구가 말했다.

"이걸 쓰는 것도 용이한 일이 아닙니다. 저쪽에서 이렇게까지 준비한 이상 우리도 여간 조심하지 않아서는 안 되겠습니다."

"전쟁에는 조심이 따르게 마련이야. 아무도 목이 둘인 사람은 없으니까. 그렇다고 이런 것에 너무 신경을 쓰면 안 돼. 무사시노카미, 눈에 띄는 대로 곧 뽑아 불태우라고 명령을 내려두어라."

"물론입니다."

모리 무사시노카미는 계속 땀을 닦고 있다가 얼른 대답했다.

"지도를 가져오너라."

그리고는 코쇼에게 명했다.

"지금 보고 온 것을 적어놓아야겠다. 장인 어른, 적은 코마키야마를 본진으로 삼고 이누야마를 노리고 있습니다."

"역시 이누야마란 말이구나."

"저도 곧 이누야마와 적진 중간을 향해 출진할까 합니다."

무사시노카미는 코쇼가 가져온 지도를 성급하게 펼쳤다.

160

"저는 우리가 코마키야마를 단번에 점령하지 않으면 반드시 후회하게 될 것이라 생각합니다."

모토스케가 군선軍扇으로 코마키야마를 가리키며 단호하게 말했다.

쇼뉴는 대답하지 않았다. 대답 대신 고개를 갸웃했을 뿐이었다.

"아직 모두 너무 어려!"

이렇게 말하고 싶은 듯한 표정이었다.

"지체하면 적진은 더욱 견고해집니다. 오늘 밤에 즉시 공격하도록 허락해주십시오."

"야습을 하겠다는 말이지……"

쇼뉴는 손에 들고 있던 팻말을 비로소 내려놓았다.

"키소가와를 밤에 건넜던 일처럼은 되지 않을 것이다, 모토스케."

"알고 있습니다. 그러나 조금이라도 더 키요스에 접근하여 치쿠젠 님의 도착을 기다리는 것이……"

"나는 몇 번이나 이에야스가 싸우는 모습을 보아왔어. 아네가와姉川에서도 나가시노長篠에서도. 미카와 군은 야전일 때는 병졸들까지도 사나운 맹호가 된다."

"그렇다고 이렇게 팔짱만 끼고 있을 수는 없지 않습니까? 아직도 치쿠젠 님은 좀처럼 도착하실 기색도 보이지 않는데……"

모토스케가 대들 듯이 말하자 쇼뉴는 갑자기 엄한 표정을 지었다.

5

"팔짱만 끼고 있으라고는 하지 않았다. 상대의 계략에 말려들지 말라고 했을 뿐이야."

쇼뉴는 한층 더 언성을 높였다.

"전투에선 때때로 참을 줄도 알아야 한다. 마냥 공격하는 것만이 능사는 아니야. 가령…… 여기서 이누야마 성을 지키고 있어도 이에야스가 먼저 공격해오지는 않는다. 누구라도 오랫동안 성을 공격하고 있을 수만은 없어. 치쿠젠 님의 도착을 기다렸다가 대군을 집결시켜야 해. 그러면 이에야스도 우리와 대항하기 위해 반드시 그 정면에 가능한 한 많은 병력을 배치하게 된다. 몇 번이나 말했듯이 그렇게 되면 미카와는 껍데기만 남는 거야. 그때 우리가 미카와를 공격한다…… 알겠느냐, 미카와를 공격당하면 이에야스는 철수할 수밖에 없어. 이에야스가 철수하면 치쿠젠 님의 대군은 곧바로 오와리까지 진격하게 된다. 이것으로 승패는 결정되는 거야."

쇼뉴는 대번에 말하고 나서 도면에서 시선을 떼었다.

"모두 크게 불만인 모양이구나."

아들과 사위를 보며 혀를 찼다.

"그렇다면, 너희들은 어떻게 하겠다는 것이냐? 먼저 무사시노카미부터 말해보아라."

"저는……"

무사시노카미는 몸을 앞으로 내밀듯이 하고 군선 끝으로 이누야마와 코마키 사이에 있는 하구로를 가리켰다.

"즉시 키요스를 공격하는 것처럼 하고 이곳에 진을 쳤다가, 만일 코마키에 허점이 보이면 공격하겠습니다."

"으음, 하구로란 말이지…… 그렇다면 이누야마의 전위前衛라고 보아도 되겠군. 타다츠구."

쇼뉴는 중신 이키 타다츠구를 불렀다.

"하구로는 여기서 어느 정도의 거리인가?"

"예, 이누야마에서 동쪽으로 십여 리쯤 되고, 코마키는 한 이십 리될 것입니다."

"이십 리와 십 리라. 좋아, 만일의 경우에는 적이 올 때까지 이 성에 들어갈 수 있겠군. 그렇다면 해보도록 해라."

쇼뉴는 아들 모토스케보다 사위 무사시노카미에게는 좀더 양보하는 것 같았다.

"허락이 내리셨으니 곧 준비를 하겠습니다."

"그럼, 모토스케는 어떻게 하겠느냐, 역시 야습이냐?"

"그렇습니다!"

모토스케는 못마땅하다는 듯이 대답했다.

"팔짱을 끼고 있지 않다는 것을 보여주기 위해…… 그리고 아버님의 작전을 적이 깨닫지 못하게 하기 위해서라도 나가 싸우지 않으면 안 됩니다."

"으음, 눈치를 채지 못하도록 하기 위해서라는 말이지."

"그렇게 하면 적들 역시 잠시도 마음을 놓지 못해 피곤해질 것입니다. 적을 그런 상태로 몰아가면 후일을 위해서도 충분히 도움이 될 것입니다. 또 이누야마 성을 빼앗은 뒤 아무 손도 쓰지 않고 있으면 치쿠젠 님이 우리를 무시합니다. 계속해서 적을 괴롭혀야만 저희들의 면목도 서게 됩니다."

"으음."

쇼뉴는 눈을 감고 생각했다. 그로서는 역시 야전에 강한 미카와 군이 마음에 걸렸다.

"모토스케."

"예."

"약속할 수 있느냐?"

"무엇을 말씀입니까?"

"어떤 일이 있어도 적진 깊이 쳐들어가지 않을 것이며, 어떤 경우에도 큰 충돌은 피하고, 적에게 일격을 가하거든 즉시 성으로 돌아오겠다는 약속을……"

"그런 약속이라면 할 수 있습니다. 그럼, 허락해주시겠습니까?"

모토스케는 눈을 빛내며 반문했다.

6

"언제든지 철수하겠다……고 약속한다면 허락하겠다."

쇼뉴도 결코 팔짱만 끼고 있으려는 것은 아니었다. 그 역시 적을 당황하게 만들겠다는 생각에는 변함이 없었다. 그리고 계속해서 모토스케와 무사시노카미를 저지한다면 사기에 영향이 미칠지도 모른다는 의구심도 있었다.

'어쨌든 이에야스 쪽에서는 이러한 팻말까지 세우고 도발해오고 있으니까……'

"허락을 내리셨다! 그럼, 곧 준비하자."

모토스케와 무사시노카미 두 사람은 용기백배해 자리에서 활기차게 일어섰다.

"절대로 방심하면 안 된다. 내 말 깊이 명심해야 해."

쇼뉴는 다시 한 번 다짐을 주고 모리 무사시노카미의 하구로 진출과 모토스케의 유격전을 허락했다.

그날 밤이었다. 히데요시의 밀명을 띠고 히토츠야나기 스에야스一柳末安가 찾아온 것은……

"치쿠젠 님은 쇼뉴 님의 이누야마 성 탈환을 장하다! 장하다! 하시며 크게 기뻐하셨습니다."

"원, 그렇게 과찬하시다니…… 도리어 송구스럽습니다."

"이토록 큰 공을 세우신 쇼뉴 님에게 만일의 경우 불상사라도 생기면 큰일, 이십일까지는 반드시 킨키를 손에 넣고 대군을 이끌고 갈 것이다, 그러면 칠 일 정도면 승리를 거둘 수 있다고. 이 뜻을 분명히 전하라는 말씀이 있었습니다."

쇼뉴는 몇 번이나 고개를 끄덕였다.

히데요시에게 이케다 가문이 지닌 실력을 보여준다는 것은 자손을 위해서도 아주 중요한 일이라고 쇼뉴는 생각하고 있었다. 이미 히데요시의 천하가 된다는 것은 움직일 수 없는 사실…… 그렇다면 노부오가 제거된 뒤의 미노, 오와리에서부터 잘하면 이세, 미카와로 세력을 뻗칠 수 있는 절호의 기회였다.

쇼뉴는 그날 밤 안으로 돌아가야 한다는 스에야스를 이튿날 새벽 선편을 이용하여 기후로 돌아가도록 설득하고, 억지로 성에 머무르게 했다. 그리고는 함께 성 안팎을 직접 돌아보았다.

쇼뉴는 침소에 들었다. 그러나 좀처럼 잠이 오지 않았다. 만일 적이 야습을 감행해온다 해도 전선前線인 하구로에서 사위가 지키고 있으므로 이 기회에 충분히 수면을 취해야 한다고는 생각했다. 그러나 쇼뉴와 같은 백전노장에게도 역시 감상 비슷한 감회는 있게 마련인지……

오와리는 그가 카스사부로라고 불리던 시절부터 노부나가를 따라 종횡무진 활약한 고장이었다. 그 노부나가가 덴가쿠하자마田樂狹間에서 이마가와 요시모토今川義元를 죽였을 때의 흥분…… 아니, 노부나가가 혼노 사에서 목숨을 잃었다는 것을 알았을 때의 당황스러움……

'대관절 앞으로 어떻게 될 것인가……'

이런 암담한 생각으로 복수전을 하다가 죽을 작정이었다.

그런데 히데요시와 더불어 대승을 거두고, 지금은 다시 오와리의 싸움터에서 큰 꿈을 이루려 하고 있었다. 더구나 이번에 이기면 오와리의 태수가 될 것이다.

잠을 이루지 못하고 뒤척이고 있는 동안 쇼뉴는 문득 성의 정원에서

파수꾼들이 떠들어대는 소리를 들었다.

'무슨 일이 일어났구나.'

얼른 이불을 걷어차고 일어나 마루에 나온 쇼뉴는 크게 신음했다.

남쪽 하늘이 벌겋게 물들어 있었다.

불이다……

"게 누구 없느냐. 저 하늘이 붉은 것은 어찌 된 일이냐?"

쇼뉴는 정원에서 왔다갔다하는 병졸들에게 큰 소리로 물었다.

7

쇼뉴는 달려오는 근시의 발소리를 들으면서 망루로 올라갔다.

가슴이 마구 뛰었다. 전쟁터에서의 화재…… 방화放火임이 틀림없었다. 그러나 그것이 적의 소행이 아니라 아군에 의해 저질러지지 않았을까 하는 두려움이 그의 가슴을 뛰게 했다.

오와리의 민심은 노부나가 시대 이래 극히 도저했으며, 애향심 또한 강렬했다. 노부나가에 의해 가장 먼저 관문이 없어지고 출입이 자유로워진 곳, 그러한 가운데 도적이 모습을 감추었다는 긍지는 그들의 가슴에 아직도 뚜렷이 살아 있었다.

만일 이 땅에서 어떤 일로 민심을 잃게 되면, 비록 드러내어 말을 하지 않더라도 그 저항은 여간 거세지 않을 것이다. 오와리 주민들은 아마도 방화한 자를 통치능력이 없다고 여겨 두고두고 경멸하며 원망할 것이다.

망루에 오른 쇼뉴는 이마에 손을 얹고 잠시 동안 묵묵히 불타오르는 남쪽 하늘을 바라보고 있었다.

방화는 한 군데가 아니었다. 점점이 불길이 치솟는 곳은 다섯 군데가 넘었다. 그것들이 잔뜩 물기를 머금은 구름에 비쳐 중천까지 붉게 물들어 있었다.

전쟁터를 누볐던 사람이라면 누구나 기억하고 있는 일. 방화를 하고 다니는 자의 심리와 화재를 당한 백성들의 심리는 무서울 정도로 대조를 이루었다.

한쪽은 미쳐 날뛰는 악귀, 다른 한쪽은 유아등誘蛾燈에 뛰어들어 타죽는 날벌레와 같다. 그런 만큼 한번 전화戰火를 당한 사람은 평생토록 상대를 저주한다.

쇼뉴는 방화의 불길이 예사롭지 않다는 것을 간파했다.

'이것이 적의 소행이라면……'

문득 이런 생각을 했다.

'그것만으로도 내가 이길 수 있는데……'

"아직 누구도 보고해온 자가 없느냐? 불지른 것은 어느 쪽이냐, 적인지 아군인지 확인되는 대로 즉시 보고하라."

"예."

얼른 한 사람이 망루에서 뛰어내려갔다. 그러나 좀처럼 돌아오지 않았다.

밤의 화재는 실제보다 가깝게 보이게 마련, 그렇기는 하지만 화재 현장은 어쩌면 무사시노카미가 전진해간 하구로보다도 훨씬 앞쪽인지도 모른다……

"보고 드립니다!"

근시가 다시 망루로 뛰어올라왔다. 그때 쇼뉴는 어둠을 뚫고 성으로 다가오는 기마무사의 일대를 발견했다.

모두 횃불을 들고 있지는 않았다. 그러나 구름 위의 달과 불길의 반영으로 검고 작은 선이 이어져 있는 것처럼 보였다.

'적은 아닐 것이다. 아무도 저지하는 자가 없는 것을 보니……'

"보고 드립니다. 야습을 감행한 아군이 지금 무사히 성으로 돌아오고 있습니다."

"그것은 나도 보았다. 불을 지른 것이 적인지 아군인지 아직 확인하지 못했느냐?"

"물론 아군입니다!"

그 젊은 무사는 의기양양하게 대답했다.

"적이 성채를 쌓는 코마키 주변을 불태워 간담을 서늘하게 만들었습니다. 이제 백성들은 함부로 도쿠가와 군에 협력하지 못할 것입니다."

"이 멍청한 놈!"

쇼뉴는 온몸을 떨며 꾸짖었다.

8

쇼뉴로서는 꿈의 절반이 무너져버린 느낌이었다.

'주의가 부족했다!'

분노 뒤에 뼈아픈 후회가 가슴을 찔렀다.

노부나가가 이 고장에서 성공한 것은 백성들과의 친화親和에 그 원인이 있었다고 해도 좋을 정도였다. 킷포시吉法師라고 불리던 소년 시절부터 그는 이 마을에서 저 마을로 돌아다니며, 백성들과 함께했다. 마을사람들과 더불어 벌거벗고 씨름을 하고 함께 춤도 추었다. 그렇게 하면서 이 고장의 지반을 굳게 다져놓았고, 그것은 그 후 노부나가가 큰 뜻을 성취하는 밑거름이 되었다.

쇼뉴는 그러한 노부나가와 더불어 그림자처럼 항상 곁에 있던 몸이 아닌가……

그런 만큼—

'오오, 카츠사부로 님이 이 땅에 돌아오셨구나!'

마을 원로들로부터 친밀감으로 환영받는 태수가 되는 꿈을 꾸고 있었다. 그런데 오늘 밤의 방화는 그렇게 환영받을 카츠사부로를, 마을을 불태워버린 폭군으로 돌변시키고 말았다.

"불러오너라! 모토스케를 불러오너라."

호령을 하고 쇼뉴는 망루를 내려왔다. 도중에 몇 번이나 발을 헛디딜 뻔한 것은 꿈이 깨진 타격이 얼마나 컸는지 증명하고도 남았다.

정원으로 나왔을 때 아군은 군졸들에 이르기까지 야릇한 흥분으로 들떠 있었다.

"모닥불을 피워라. 젊은 대장님이 적의 간담을 서늘하게 만들고 돌아오셨다!"

"이제야 가슴이 후련해지는군."

"보아라, 하늘이 아직도 빨갛구나."

이런 대화가 교환되는 군졸들 사이를 쇼뉴는 눈을 부릅뜨고 지나 문 앞에 마련된 막사로 들어갔다.

"모토스케를 불러라! 빨리…… 그놈이 무슨 생각으로 그런 어리석은 짓을 저질렀단 말이냐!"

걸상에 앉아 다시 한 번 소리치고 나서 쇼뉴는 가슴이 섬뜩했다.

'대관절 나는 모토스케를 여러 사람 앞에 불러놓고 어떻게 하겠다는 것일까?'

문득 머릿속에 떠오른 생각.

용맹과 기량이 남에게 뒤지지 않는 모토스케를 처단해야 한다는 말인가……?

"타다츠구를 불러라, 타다츠구를."

섣불리 모토스케를 불렀다가 후회하지 않으려고 황망히 중신 이키 타다츠구의 이름을 불렀다. 그러나 그때 이미 근시를 따라 모토스케 쪽이 먼저 장막 안으로 들어왔다.

"아버님!"

모토스케는 선 채로 쇼뉴를 똑바로 바라보았다.

"꾸중들을 각오를 하고 불을 질렀습니다."

"뭐, 뭣이! 네가 아닐 것이야. 부하 중에 네 명령을 듣지 않은 자가 있었을 것이다. 물론 이것은 네 책임이다. 그러나 중요한 전쟁을 앞둔 때인 만큼 직접 불을 질러 군율을 어긴 자를 내가 이 자리에서 처형하련다. 그자를 데려오너라!"

쇼뉴가 분노와 당황스러움을 이기지 못해 휙 칼을 뽑아들었다.

모토스케는 웃지도 않고 아버지가 빼어든 칼을 똑바로 바라보며 그 자리에 앉았다.

"하수인은 달리 없습니다. 저를 죽여주십시오."

모닥불에 비쳐진 모토스케의 옆얼굴은 아버지 쇼뉴 이상으로 대담하고 침착했다.

9

쇼뉴는 당황했다. 가장 두려워했던 사태가 그 순간 눈앞에 닥쳐왔다. 역시 모토스케는 방화죄를 혼자 뒤집어쓸 각오인 듯했다.

"이 모토스케가 명령을 내리지 않았다면 누가 그런 일을 했겠습니까? 어서 죽여주십시오."

"멍청한 놈! 너는 이 아비를 장님으로 아느냐?"

"그렇지 않습니다. 아버님께 말씀 드려도 모르실 일……이라기보다 치쿠젠 님이 엄격히 금하신 일을 일부러 상의할 정도로 이 모토스케는 정신을 잃지 않았습니다. 자, 어서 저를 죽여 군율을 바로잡고 이 전투가 예사 전투가 아니라는 것을 깨달으십시오."

"모토스케! 무, 무슨 소리를 하는 게냐?"

쇼뉴는 칼을 든 채로 발을 탕탕 구르며 중신 이키 타다츠구의 이름을 불렀다.

"타다츠구! 이 정신나간 자를 끌어내어라. 이 비뚤어진 놈은 일단 말을 꺼내면 물불을 가리지 못하는 멍청한 녀석이다. 어서 끌어내어 근신시켜라."

그 말이 채 끝나기도 전이었다.

"타다츠구, 지금 대령했습니다."

장막 밖에서 대답했다.

"일어섯!"

이어 누군가를 끌어오는 기척이 있었다.

모토스케도 고개를 들고 그쪽을 바라보았다. 막사 안으로 들어온 것은 이키 타다츠구와, 그의 부하에게 손이 묶여 있는 23, 4세쯤 된 낯선 무사였다.

"일어서라, 이 무엄한 놈!"

이키는 다시 한 번 낯선 무사를 꾸짖고 나서 쇼뉴 쪽으로 향했다.

"코마키 주변 마을에 방화한 발칙한 자를 체포해왔습니다. 방심하면 안 됩니다. 이 자는 방화를 모토스케 님의 소행으로 돌리려는 적의 첩자입니다."

"뭣이! 적의 첩자?"

"그렇습니다, 이름까지 자백했습니다. 사카키바라 야스마사의 부하인 타메이 스케고로爲井助五郎라는 자입니다."

이키 타다츠구는 큰 소리로 이렇게 말했다.

"이 자리에서 당장 처형하십시오. 그렇지 않으면 앞으로 어떤 잔재주를 부리게 될지 모릅니다. 그 팻말이며 또 방화……"

"알겠다……"

쇼뉴는 타다츠구가 밧줄을 풀고 망연자실해 있는 무사를 꿇어앉히는 순간 힘껏 칼을 내리쳤다.

"앗!"

사람들은 모두 숨을 죽였다.

쇼뉴의 칼을 내리치는 동작은 마치 번개라도 치듯 재빨랐다.

자랑스런 그의 칼 밑에는 이미 낯선 무사의 목이 굴러떨어지고, 이키 타다츠구는 막무가내로 모토스케를 장막 밖으로 끌고 나갔다.

코쇼가 달려와 쇼뉴의 피묻은 칼을 닦았을 때는 타다츠구의 다른 가신이 죽어 넘어진 무사의 유해와 목을 치우기 시작했다.

쇼뉴는 그동안 한마디도 하지 않았다. 안도해서라기보다 마음에 남아 있는 몇 가지 개운치 못한 의문 때문에 입을 열 수 없었다.

쇼뉴는 잠자코 다시 걸상에 앉았다.

"모두 자리를 피해다오. 나는 잠시 눈을 붙여야겠다."

팔짱을 끼고 오만하게 두 다리를 벌린 채 눈을 감았다.

10

쇼뉴는 한참 동안 꼼짝도 않고 자신의 숨소리를 세고 있었다.

맥도 호흡도 흩어져 있지 않았다. 차차 마음이 진정되면서 몇 가지 의문점을 깨닫지 않을 수 없었다.

어째서 모토스케가 히데요시에게까지 금지당한 오와리에서의 방화를 자행한 것일까?

느닷없이 이키 타다츠구가 끌고 온 무사는 누구였을까?

정말 도쿠가와 가문의 중신 사카키바라 야스마사의 가신이었을까?

'혹시 모토스케가 방화하는 것을 보고 도쿠가와 쪽에서 죄를 우리에게 뒤집어씌우기 위해 따로 불을 지르게 했던 것은 아닐까……?'

모토스케가 전혀 그런 일을 하지 않았는데도 자기를 죽여달라고 할 리는 없었다. 그렇다면 모토스케도 불을 지르고 다녔다는 것은 의심할 여지가 없었다.

'그렇다, 타다츠구를 불러 물어보지 않을 수 없다……'

그러나 무엇부터 물어야 할지 쇼뉴는 잠시 망설였다.

"게 누구 없느냐? 타다츠구를 불러오너라."

걸상에 앉은 채 잠시 잠이 들었다가 눈을 뜬 것처럼 하고 근시를 불렀을 때는 이미 주위가 훤하게 밝아오고 있었다.

이키 타다츠구는 쇼뉴가 부를 것을 기다리고 있었던 듯 어젯밤 그대로인 갑옷 차림으로 나타났다.

"단둘이 할 이야기가 있다. 모두 잠시 나가 있거라."

쇼뉴는 타다츠구의 도착을 알리러 왔던 근시에게 말하고 비로소 주위를 둘러보았다.

"타다츠구, 어젯밤 내가 목을 친 자는 누구였느냐?"

이키 타다츠구는 몹시 성이 난 표정이었다.

"저의 가신입니다."

"뭐, 그대의 가신이었다고? 그럼, 사카키바라 야스마사의 첩자라고 한 것은……"

말하다 말고 쇼뉴는 입을 다물었다. 물어볼 필요도 없는 일이었다. 이키의 가신이 야스마사의 첩자일 리가 없었다.

"타다츠구, 대관절 모토스케는…… 무슨 생각으로 방화 같은 짓을 저질렀을까?"

"먼저 모토스케 님에게 그 질문을 하셨더라면 무고한 제 가신은 죽지 않아도 되었을 것입니다. 성주님도 좀더 앞뒤를 생각하시고 칼을 뽑

174

도록 하십시오."

"내가 잘못했어!"

쇼뉴는 솔직하게 사과했다.

"그럼, 그 무사에게 모토스케의 잘못을 대신하라고 그대가 말했겠
군…… 내가 잘못했어! 유족에게는 이 쇼뉴가 후히……"

타다츠구는 여전히 못마땅한 표정이었다.

"모토스케 님은 성주님이 경솔한 분이라고 제게 말씀하셨습니다."

"뭐, 경솔하다고……?"

"지나치게 어리석다고도 하셨습니다. 아버님은 하시바 치쿠젠 님을
아직도 친구로 생각하고 계시지만 그쪽에서는 단순한 가신으로 생각할
뿐이다, 아무리 전공을 세워도 절대로 미노, 오와리, 이세, 미카와 등을
고스란히 건네줄 리 없다, 그러기는커녕 자칫하면 도쿠가와의 전면에
내세워져 전멸하게 될지도 모른다, 그 어리석음을 깨우치지 못하면 우
리 가문은 끝장이라고…… 말하자면 성주님에 대한 경종이라 생각하
고 불을 질렀을 것입니다."

쇼뉴는 순간 확 얼굴이 달아올랐으나 당장에는 입을 열지 않았다.

11

'화를 내서는 안 된다!'

쇼뉴는 자신을 억제했다.

쇼뉴와 히데요시 사이의 우정을 모토스케는 아직 모를 수밖에 없을
지 모른다. 그것을 모른다면 모토스케의 의구심은 아버지를 생각하고
가문을 생각하는 마음의 표현이므로 조금도 탓할 일이 못 된다.

그렇더라도 불을 지른 의도는 납득할 수 없었다.

'그렇게 한다고 해서 무슨 이익이 있다는 말인가……?'

"타다츠구……"

"예."

"어쨌거나 모토스케를 불러오게. 아니, 나는 노하지 않겠어. 모토스케의 생각을 알고 싶어. 내가 치쿠젠 님을 보는 눈이 어쩌면 정확하지 못할지도 몰라. 그러나 납득할 수 없는 점도 있네. 노하지 않을 테니 불러오게."

이키 타다츠구는 잠시 생각하다가 대답했다.

"그럼, 모셔오겠습니다."

고개를 끄덕이고 밖으로 나가 곧 모토스케를 데려왔다. 모토스케는 전보다 더 굳어진 표정으로 들어와 선 채로 아버지에게 말했다.

"부르셨습니까?"

"서 있지 말고 앉거라."

모토스케는 걸상에 앉지 않고 땅바닥에 책상다리를 하고 앉았다.

"불을 지른 것은 너였느냐?"

"아시면서도 아버님은 다른 사람을 죽이셨습니다."

"너는 그것이 불만이란 말이냐?"

"불만이라고는 하지 않겠습니다. 하지만 저로서도 생각이 있어서 그렇게 했습니다."

"그럼, 네 생각을 말해보아라. 불을 질러 우리에게 무슨 이익이 생긴단 말이냐?"

"아버님은 이번의 적을 미츠히데나 시바타 슈리의 경우와 똑같이 여기고 계십니다."

"미츠히데나 슈리보다 약하다고 생각지는 않는다마는, 적을 강하다고 생각하는 것은 전쟁에서는 절대 금물이다. 그것은 겁쟁이나 하는 일이야."

"아닙니다. 우리에게 적의 강함을 아는 것은 겁쟁이가 아니라 준비의 기본입니다. 지금까지는 치쿠젠 님의 우세한 군사력 때문에 승리를 거두었습니다. 그러나 이번에는 그렇지 못합니다. 더구나 치쿠젠 님까지도 적을 우습게 보고 계십니다."

"치쿠젠 님이 우습게 보신다면 네 의견을 말씀 드렸으면 좋았을 것 아니냐? 불을 질러 민심을 잃을 필요가 어디 있단 말이냐?"

쇼뉴는 냉정하게 이치를 말했다. 그러나 모토스케는 말도 안 된다는 듯이 고개를 저었다.

"이쪽 의견을 받아들일 치쿠젠 님이라고 생각하십니까? 그랬다가는 도리어 비웃으며 당장 공격하라고 명령하실 겁니다. 그렇게 되면 우리 이케다 군은 적의 먹이밖에 되지 않습니다."

"그래서 불을 질렀느냐…… 알 수가 없다, 그런 구실로는……"

"아버님은 참으로 답답하십니다."

"뭣이, 모토스케!"

"저는 아버님께서 배수의 진을 쳐야 한다고…… 아니, 그것이 실제로 저희 이케다 군이 처해 있는 위치입니다. 뒤에는 패전을 알지 못하는 치쿠젠 님, 앞에는 그 이상으로 냉정한 도쿠가와. 그 사이에 끼여 백성들에게 기대해본들 무슨 도움이 있겠습니까? 사방 모두 적이라는 각오로 전쟁에 임하시도록 하기 위해 스스로 불을 질렀습니다. 제가 잘못했습니까, 아버님……?"

12

쇼뉴는 잠시 숨을 죽이고 모토스케를 노려보고 있었다. 아직 분노의 소용돌이가 가슴에 남아 있었다. 그러나 그 분노를 모토스케에게 보여서는 안 된다는 자제심도 있었다.

냉정하게 새겨보면 모토스케의 말에도 일리가 있었다. 사실 히데요시는 패배하는 전투를 모르기 때문에 남에게는 냉혹한 면이 있었다. 물론 이에야스가 전투에 능하다는 것도 알고 있었다. 그래서 이번 전투에 선봉으로 나섰지만 쉽게 이길 수 있다고는 생각지 않았다.

그렇더라도 모토스케의 말대로 방화까지 하여 일부러 국면을 악화시킬 필요가 어디 있다는 말인가.

"납득할 수 없다."

잠시 후 쇼뉴는 내뱉듯이 말했다.

"방화의 이점은 아군의 마음을 긴장시킨다. 단지 그것만을 위해서였느냐, 모토스케?"

"아닙니다…… 적을 강하게 만들기 위해서였습니다. 저는……"

"뭐, 적을 강하게? 모토스케! 너는 적이 강하다고 바로 그 점을 걱정하고 있었던 게 아니냐?"

"적을 더욱 강하게 하기 위해서였습니다!"

모토스케가 대답했다.

"그리하여, 저의 힘으로는 도저히 어쩔 수가 없다……고 이 전투를 치쿠젠 님에게 떠맡겨야 합니다. 그럴 때에만 치쿠젠 님은 비로소 오만한 콧대를 꺾고 반성합니다."

"오만한 콧대……?"

"그렇습니다. 치쿠젠 님이 천하를 손에 넣을 사람이라면 반드시 한 번은 뼈저리게 느끼도록 해야 할 일입니다. 그런 후에 승리를 거둔다면 비로소 쇼뉴가 잘 싸워주었다고 치쿠젠 님의 말과 마음이 일치될 것입니다. 이런 체험을 하지 않고 이기게 되면 칭찬을 한다 해도 입에 발린 말이 될 뿐입니다."

"으음."

쇼뉴는 신음했다. 연령 차이란 무서운 것이었다.

생각해보면, 쇼뉴 시대의 인간에게는 어딘지 모르게 모자라는 듯한 어수룩한 면이 있었다. 추켜세우면 그런 줄 알면서도 넘어가는 어린아이와 같은 면이……

그런데 젊은 모토스케의 계산은 좀더 냉철하고 매섭게 급소를 찌르고 있었다.

적을 강하게 만들어 정말 치쿠젠을 어렵게 만들어놓고, 이것으로 그에게도 고통을 맛보게 하려 하다니 이 얼마나 빈틈없고 단수 높은 계산이란 말인가.

"그럼, 너는 치쿠젠 님의 원군이 오기 전에는 도쿠가와 군을 이길 수 없다는 말이냐?"

"또 시작하시는군요……"

모토스케는 방약무인하게 혀를 찼다.

"원군이 오기 전에 이길 수 있는 적이 아닙니다. 안일하게 승리할 생각은 안 됩니다. 우리 가문의 장래를 깊이 생각하셔야 합니다. 그래서 저 역시 목이 떨어져도 좋다는 생각으로 방화했습니다…… 이제 전부 다 말씀 드렸습니다. 제 뜻을 아직 이해하지 못하십니까?"

쇼뉴는 모토스케의 말을 되새기며, 다시 입을 다물었다. 그러나 화는 크게 누그러져 있었다.

'음, 모토스케가 초조해한 이유가 있었구나. 아닌 게 아니라 나는 어리석었던 것인지도 모른다.'

"그럼, 만일에 치쿠젠 님이 방화한 것에 대해 우리를 꾸짖으시면 어떻게 하겠느냐?"

"역적이라고 씌어 있는 그 팻말을 보여드리면 됩니다. 그것을 읽은 백성들이 강력하게 적대하기 때문에 어쩔 수 없이 불을 질렀다고 하면 될 것입니다. 그 팻말의 내용은 모두가 다 거짓은 아닙니다. 사실은 사실대로 치쿠젠 님에게 알릴 필요가 있습니다."

모토스케는 힘주어 대답했다.

13

쇼뉴는 꿈틀 어깨를 움직였다.

"알겠다!"

그리고는 나직하게 대답했다.

"알았으니 물러가서 쉬도록 해라."

말끝이 희미하게 떨린 것은 아들의 말을 알아서가 아니었다. 거침없는 아들의 말이 두려웠다.

'또 무슨 말을 할지 모르는 녀석!'

동생 테루마사輝政는 아직 스물한 살이었는데 이처럼 과격하지는 않았다. 쇼뉴의 말에는 충분히 부자간의 거리를 두고 복종하고 있었다. 그에 비해 스물여섯인 모토스케는 평소에는 말이 없었다. 그렇지만 일단 자신의 말을 꺼내면 물불 가리지 않을 만큼 과감했다.

팻말의 내용도 전적으로 거짓말이 아니라는 모토스케의 말, 히데요시가 아닌 쇼뉴 자신도 가슴이 찔리는데, 만일 히데요시의 귀에 들어간다면 어떻게 될 것인가.

노부나가의 유모가 낳은 아들로서 노부나가와 함께 자란 쇼뉴였다. 아버지 키이노카미 츠네토시紀伊守恒利 때부터 오다 가문을 섬겨, 그 관계는 모토스케까지 이미 3대에 걸쳤다.

카츠사부로라고 불리던 시절 노부나가의 동생 무사시노카미 노부유키武藏守信行를 죽인 것도 그였다. 그때도 개운치 못한 불쾌한 뒷맛이 남았으나 지금처럼 강하지는 않았다.

야마자키 전투에서 아케치 미츠히데의 장수 마츠다 타로자에몬松田太郎左衛門이나 사이토 쿠라노스케齋藤內藏介의 군사를 공격할 때와 같은 자신감과 상쾌함은, 적이 노부나가의 아들 노부오라는 생각만 해도 있을 수가 없었다.

그 급소를 자기 아들인 모토스케가 찔러왔다. 그렇다고 스스로 천하를 호령할 수 있을 정도의 실력을 갖지 못한 이상, 이길 것으로 보이는 편에 서서 살아남는 길밖에는 생각할 수 없는 것이 오늘을 사는 다이묘의 운명 아닌가.

'도리 없는 일이다……'

자기에게 자식이 없었다면 과연 히데요시의 편을 들었을까…… 하는 생각이 문득 떠오르면서 그와 함께 다시 화가 치밀어올랐다.

쇼뉴에게는 카츠쿠로 모토스케勝九郎元助, 산자에몬 테루마사三左衛門輝政, 토자부로 나가요시藤三郎長吉, 키츠자에몬 나가마사橘左衛門長政 외에 네 명의 딸이 있었다. 이들 자식의 장래를 생각하지 않을 수 없는 것이 아버지 된 자의 마음이었다.

쇼뉴는 급하게 고개를 흔들어 망상을 떨쳐냈다. 자식이 없었다면 노부오나 이에야스 편에 서서 그 팻말을 자기 손으로 세웠을지 모른다고 생각하니 견딜 수 없을 정도로 가슴이 아팠다.

이미 물러났는지 모토스케는 보이지 않았다. 주위는 완전히 밝아지고, 중신 이키 타다츠구만이 물끄러미 자기를 바라보고 있었다.

"타다츠구."

"예."

"모토스케는 무서운 말을 지껄이는 녀석이야."

"노하지 않으신 것을 다행으로 생각합니다."

"나는 녀석의 말을 듣는 동안 이상한 생각이 들었네."

"이상한 생각……이라니요?"

"나는 원래부터 노부오 님은 미워하고 싶지 않았어. 그런데 이에야
스 역시 미워할 수 없을 것 같은…… 묘한 심경일세."

타다츠구는 대답 대신 꺼져가는 모닥불에 장작을 던져넣었다.

"내가 전사하는 편이 나을지도 모르겠네."

"그게 무슨 말씀입니까?"

"아니, 농담일세. 농담이지만…… 그런데."

벌떡 걸상에서 일어났으나, 쇼뉴는 자기가 왜 일어났는지 잘 알 수
없었다.

깨닫고 보니 지저귀는 새들의 소리가 요란하게 들려오고 있었다.

용호상박龍虎相搏

1

17일 이른 아침이었다.

이에야스는 쿠와나에 나가 있던 사카이 사에몬노죠 타다츠구를 다시 불렀다. 말머리를 나란히 하고 코마키야마의 진지에 올라 곧 막료들과 함께 작전회의를 열었다.

코마키야마 남쪽 기슭을 방비하고 있던 혼다 헤이하치로 타다카츠, 코마키야마에 있던 이시카와 호키노카미 카즈마사, 북방으로 나가 적의 동정을 살피고 있던 사카키바라 코헤이타 야스마사, 동북쪽 네고야根小屋에 있던 오쿠다이라 노부마사와 이이 만치요 나오마사 외에 노부오의 장수 아마노 카게토시天野景利 등이 땀을 닦으면서 속속 모여들었다.

이에야스는 구축된 진지의 모습을 한 바퀴 돌아보고 나서 아무 말도 없이 막사 안으로 들어와 평면도를 펼쳐놓고 잠시 들여다보았다.

"시작해야겠어."

불쑥 혼잣말처럼 내뱉었다.

"쇼뉴가 불을 지른 덕분에 백성들은 모두 우리편이 되었네. 코리에
는 노부오 님이나 우리 친척이 있기 때문이기도 하겠으나, 서남쪽의 미
이, 시게요시, 코리 등에 이미 성채가 완성됐어."

코리의 친척이란 이에야스의 장남 노부야스信康의 처 토쿠히메德姬
와 노부오의 외삼촌인 이코마 하치에몬生駒八右衛門을 가리키는 말이
었다.

"준비가 끝났으니, 이제 언제 치쿠젠이 온다고 해도 그가 익숙하지
못한 야전에 끌어들일 수 있어. 그렇다면 미리 협의를 해놓을 필요가
있을 것일세."

"그렇습니다."

사카이 타다츠구가 그 뒤를 이어 말했다.

"모두 좀이 쑤십니다. 이누야마 성을 잃었기 때문에 화가 나서."

그러나 아무도 입을 여는 사람은 없었다. 이에야스가 무슨 생각을 하
고 무슨 명령을 내릴지 마른침을 삼키며 기다리고 있었다.

"전투에는 때가 있게 마련. 지금 콧대를 꺾어놓지 않으면 백성들이
불안해할 것이고 적도 우리를 만만하게 볼 것일세. 그래서 이 하구로에
나와 있는 모리 무사시노카미만은 이누야마 성으로 퇴각시켜야 할 텐
데 누가 적당할까?"

사카이 타다츠구는 싱글벙글하면서 일동을 둘러보았다. 그러나 아무
도 입을 열지 않았다. 이런 말을 할 때의 이에야스는 이미 마음속에 결
정을 내리고 있다는 것을 잘 알고 있었기 때문이다. 아니나다를까——

"헤이하치로."

이에야스가 혼다 타다카츠를 돌아보았다.

"아, 역시 이 타다카츠입니까?"

"그렇지 않아, 조급하게 서두르지 말게. 모리의 군대도 공을 세우기
위해 분발하고 있어. 경우에 따라서는 쇼뉴도 원군을 보낼지 몰라. 그

대는 만일 쇼뉴가 가담했을 경우를 대비해 산기슭을 굳게 수비하게."

"알겠습니다."

타다카츠는 약간 불만인 듯한 표정으로 짤막하게 대답하고 고개를 끄덕였다.

"코헤이타."

"예."

사카키바라 야스마사는 앞으로 몸을 내밀었다.

"저를 보내주시겠습니까?"

"그대가 세운 팻말은 효과가 있었어. 그대가 모리 군을 유인하게."

"유인……하다니요?"

"적을 끌어내기만 하면 그것으로 그대의 역할은 충분하다. 적이 나오거든 즉시 철수하도록."

"물러서라는 말씀입니까?"

"철수도 공격도 모두 작전이다."

이에야스는 딱 잘라 말하고 강직하기로 유명한 오쿠다이라 노부마사를 돌아보았다.

"노부마사, 그대는 나의 사위이니 쇼뉴의 사위와 맞서 사위끼리 겨루어보도록 하라."

걸쭉한 목소리로 말했다.

2

사위끼리 겨루어보라니 정말 멋진 생각, 타다츠구와 카즈마사는 저도 모르게 얼굴을 마주보았다.

아무리 전투가 일상 다반사처럼 되풀이되는 시대라고는 하나, 일단 전투가 벌어지면 그것은 목숨과 관계되는 일이었다. 그런 만큼 작전회의의 마지막에는 언제나 선동의 교묘함이 분위기를 좌우하고는 했다. 걸핏하면 징조가 좋다거나 운이 좋다거나 또는 벌써 이겼다거나 하는 등 여러 가지 일을 끌어내어, 이를 암시함으로써 두려워하는 마음을 봉쇄해나가는 것이었다. 바꾸어 말하면, 작전회의는 이성을 다해 면밀히 검토한 뒤 그 이성을 초월한 열광으로 사람들을 몰고 나가지 않으면 안 되는 것이었다.

이에야스는 잔뜩 몸이 굳어 고개를 든 오쿠다이라 노부마사를 힐끗 쳐다보았다.

"코헤이타가 모리의 군사를 유인하면 너는 그들을 무찔러라."

아무렇지도 않은 일이라는 듯이 명했다.

"네 군사는 얼마나 되느냐?"

시치미를 떼고 물었다.

"천 명쯤 됩니다."

"그래? 모리의 군사는 고작 삼천에 불과하니 천이면 충분하다. 치쿠젠의 대대적인 군사동원과는 달라. 노부마사."

"예."

"상대가 자네라는 것을 알면 무사시노카미는 용기백배할걸세."

"알고 있습니다."

"저쪽에서도 상대가 이에야스의 사위라면 패배해서는 안 된다고 생각할 것이 분명해. 이에야스의 사위와 쇼뉴의 사위, 그 우열을 확실하게 양군에게 보여주도록 하라."

노부마사는 입을 꾹 다문 채 꾸벅 고개를 끄덕이고는 비로소 희미하게 웃음을 떠올렸다.

"첫 전투의 승패는 전군의 사기와 직결된다. 노부마사, 반드시 이기지 않으면 안 된다."

"말씀하실 필요도 없습니다."

"코헤이타나 타다카츠가 부러워할지 모른다만, 상대가 쇼뉴의 사위이기 때문에 자네에게 명한다. 쇼뉴와 이에야스의 차이를 자네와 무사시노카미의 차이를 통해 보여주도록 하라. 이쪽의 사기는 올라가겠지만 저쪽에서는 그것으로 시들어버릴 것이다."

이에야스는 생각난 듯이 웃었다.

"후후후…… 나가시노 성에서 농성할 때의 일을 생각하면 이번 전투는 식은 죽 먹기일 것이다, 노부마사."

노부마사는 그 말을 듣고 흘끗 이에야스를 쳐다보았을 뿐 아무 말도 하지 않았다.

사위와 사위…… 그 말 뒤에는 이기지 못하면 죽으라는 비장한 각오를 촉구하는 뜻이 숨겨져 있었다.

이에야스의 말을 들을 것까지도 없이, 이번에는 절대로 져서는 안 될 전투라고 노부마사는 생각하고 있었다. 첫 전투에서는 벌써 노부오가 이세와 이누야마에서 패배했다. 이에야스가 직접 출전했는데도 역시 패배한다면 권위를 의심받게 될 것이다.

"타다츠구."

이에야스는 시선을 노부마사로부터 사카이 사에몬노죠로 옮겼다.

"그대는 유격대를 이끌고 나가 뒷받침을 하도록 하라. 설마 그럴 리는 없겠지만……"

"알겠습니다."

"그 정도면 충분할 것이다. 일단 무사시노카미를 이누야마 성으로 몰아넣고 그 다음은 치쿠젠이 오기를 기다린다…… 그리고 아마노 카게토시는 길을 안내하도록 하라."

"알겠습니다. 그러면, 언제 행동을?"

노부오의 장수 카게토시가 물었다.

"즉각이다."

이에야스는 단호하게 대답했다.

"날이 저물기 전에 몰아내라."

3

적이 행동을 일으킨다면 날이 밝기 전에 안개를 이용하여 움직일 터. 그런데 적에게는 전혀 그럴 기색이 없었다. 적의 상황이 확인된 이상 이쪽에서 즉시 행동을 일으키라는 것이었다.

지금 배를 채우고 출진하면 적은 마침 마음놓고 점심을 준비하고 있을 무렵이었다. 그때를 이용하여 당당하게 공격해들어가 허점을 찌르자는 것이었다.

장수들은 이에야스의 출동명령을 받고 각각 자기 진지로 돌아가 행동을 개시했다.

산 위 본진에는 이시카와 카즈마사.

남쪽 산기슭의 혼다 타다카츠는 재빠르게 군사를 언덕 동쪽에서 이중 해자 부근으로 옮겨 만약의 경우 단숨에 전쟁터로 달려갈 태세를 취하고 있었다. 사카이 타다츠구는 혼다 군 선두에 섰다.

최전선의 사카키바라 야스마사는 거의 하구로의 모리 무사시노카미 나가요시와 대치하다시피 하고 있었다. 그는 가쿠덴과 하치만八幡을 잇는 선까지 진출하여 왼쪽에 나가 있는 오쿠다이라 노부마사의 대형을 지켜보고 있었다.

모두가 행동을 개시할 때 이에야스는 뒷일을 이시카와 카즈마사에게 맡기고 산에서 내려와 키요스로 철수해버렸다.

이미 벚꽃도 복숭아꽃도 모두 졌다. 산천 어디에나 부드러운 신록이 펼쳐져 있었다.

"오늘은 유난히도 꾀꼬리 울음소리가 요란하군."

적을 유인하라는 명을 받은 사카키바라 야스마사는 언제 갤지도 모르는 잔뜩 흐린 하늘을 쳐다보았다.

"사위와 사위란 말이지……"

하구로 언덕에 줄지어 있는 모리 군의 깃발을 바라보면서 가만히 중얼거렸다.

"이번에는 노부마사에게 공을 세우도록 해야 할 텐데, 어떻게 유인하는 것이 좋을까."

정면에서 하구로를 공격하는 것처럼 행동을 일으키고, 한 발 물러서서 기회를 노려야겠다. 그런 뒤 오쿠다이라 군과 충돌하는 모습을 지켜보는 수밖에 —

오쿠다이라 군 선두가 사카키바라 군 전선과 나란히 서게 될 무렵 갑자기 적이 술렁거리기 시작했다.

아마도 이런 대낮에 도전해올 줄은 미처 생각하지 못했던 듯. 그러나 그런 상황에 비해 대응은 뜻밖에도 신속했다. 즉시 선발대 일진이 야스마사의 진지를 향해 흰 먼지를 일으키며 달려나왔다.

'그렇다면 일부러 유인할 것까지도 없겠다.'

야스마사는 얼른 전령을 불렀다.

"총포대에 명하여 저 선봉에 선 대장을 향해 발포하라고 해라. 그것을 신호로 삼아 우리도 공격한다."

전령은 제2선에 숨어 있던 총포대에 이 명령을 전했다.

아직도 꾀꼬리는 요란하게 울고 있었다. 햇볕은 강하지 않았으나 바람이 불지 않아 갑옷 속은 땀으로 흠뻑 젖어 있었다.

"탕탕!"

총성이 언덕에서 숲으로 메아리쳤다. 순간 계속해 밀고 나오던 모리 군의 전진이 멈추어 섰다.

맨 앞에 있던 모리 무사시노카미의 선봉 나베타 쿠라노스케鍋田内藏
允가 총을 맞고 말에서 떨어졌다. 그와 동시 —

"와아!"

사카키바라 군이 함성을 지르며 하구로를 향해 움직이기 시작했다.

"탕탕."

잇따라 주위를 뒤흔드는 총성이 울린 것은 모리 군 쪽에서였다.

사방의 숲에서 새떼들이 하늘로 날아올랐다. 여기저기서 지르는 함
성이 그 뒤를 따랐다. 그것만으로도 벌써 그 일대는 완전히 전쟁터의
광포한 공기로 일변했다.

4

나베타 쿠라노스케가 총에 맞은 것은 모리 무사시노카미 나가요시
의 피를 역류시켰다.

"뭣이, 쿠라노스케가 총에 맞았어……?"

그는 하치만 숲의 본진에서 군사를 셋으로 나누어 대번에 적을 코마
키까지 몰아내려고 그 지시를 내리고 있었다. 그러나 이제는 작전을 바
꾸지 않을 수 없었다.

"두고 보자, 사카키바라 야스마사 놈!"

꽃이 아직 덜 떨어진 벚나무 가지를 노려보면서 경련을 일으키듯 그
는 웃어댔다.

그때 하구로 성에서는 호리오 모스케, 야마노우치 이에몬山內猪右衛
門 두 사람이 히데요시의 명으로 출전했다는 통지를 받고 있었다.

젊은 무사시노카미에게는 그것도 크게 불만이었다. 모리 형제는 나

가요시도 란마루도 모두 아버지를 잃은 탓으로 경쟁심이 남달리 강했다. 그런 만큼 호리오와 야마노우치가 오기 전에 그 자신은 좀더 전선 깊숙이 진출하여 이번 전투를 승리로 이끌 단서를 자기 손에 넣기 위해 안달하고 있었다.

"어서 스케자에몬을 불러라! 야스마사 놈이 이 무사시노카미를 얕보고 있다."

셋으로 나눈 군사의 우익을 지휘하도록 명했던 노로 스케자에몬野呂助左衛門을 불렀다.

"나베타 쿠라노스케가 전사했다. 그 복수전을 치르겠다. 총병력 삼천이 일대가 되어 우선 사카키바라 군을 섬멸하도록 하라!"

노로 스케자에몬은 잠시 고개를 갸웃거리다가 대답했다.

"잘 알겠습니다."

얼른 장막 밖으로 나가 명령대로 총병력을 집결시키기 시작했다.

화평한 봄날의 공기를 찢어놓는 소라고둥소리 ─

길 양쪽으로 학익진鶴翼陣*을 친 군사들의 휘날리는 깃발.

밭에서 숲, 숲에서 언덕으로 겹겹이 종대縱隊를 이루어 몰려나오는 모리의 군사를 보고 사카키바라 야스마사는 급히 선두를 오른쪽으로 돌려 후퇴하기 시작했다.

그 모습을 적의 입장에서 바라보면, 사카키바라 야스마사가 귀신이란 별명을 가진 무사시노카미가 두려워 후퇴한다고 생각할 수밖에 없었다.

"때는 지금이다, 공격하라."

"쫓아가 무찔러라!"

야스마사가 피하는 방향으로 모리 군의 전열이 돌아서려 했을 때였다. 왼쪽 숲에서 이상한 함성이 울렸다.

"에잇, 얏!"

"에잇, 얏!"

사위끼리의 대결을 명령받은 오쿠다이라 노부마사의 군사가 이에야스의 명에 따라 지르는 이번 전투의 첫 함성이었다.

"에잇!"

이런 한마디의 함성만으로는 기백이 부족하다, 끝에 다시 한 번 '얏!' 하고 소리치며 돌격하라는……

그러나 이 함성은 별로 모리 군을 놀라게 하지 못했다.

"오쿠다이라가 표적이다. 사카키바라 군은 추격하지 마라."

진두에 선 노로 스케자에몬 부자는 즉시 이를 맞아 공격할 태세를 취하고 진군을 늦추지 않았다.

이때 마구 몰려오는 모리 군을 향해 무섭게 말을 달리면서 자루가 세 간이나 되는 창을 내지르는 자가 있었다.

"병졸은 상대하지 않겠다. 이케다 쇼뉴의 사위 모리 무사시노카미는 어디 있느냐? 오쿠다이라 쿠하치로 노부마사奧平九八郎信昌가 상대하겠다! 어서 나오너라!"

모리 무사시노카미 이상으로 분발한 오쿠다이라 노부마사였다.

모리 군은 급하게 양쪽으로 갈라졌다가 당황하며 다시 노부마사의 길을 막아섰다.

5

오쿠다이라 노부마사는 전혀 뒤를 돌아보려 하지 않았다.

검은 실로 누빈 갑옷에 세 간짜리 창을 휘둘러 찌른다기보다는 후려치고 있었다. 말도 역시 검은 온몸의 털을 땀으로 빛내며 요란한 울음소리와 함께 주저 없이 상대에게 달려들었다. 그 무서운 기세에 적병은 그를 통과시켜놓고 배후에서 공격하려고 창과 칼을 겨누었다. 그때 이미 노부마사는 그들의 손이 닿지 않는 곳으로 전진해 있었다.

"대장님을 보호하라!"

"뒤를 따르라, 모두……"

노부마사를 따르는 가신과의 거리는 2, 30간間*이나 벌어져 있었다. 홀로 적진에 뛰어든 노부마사를 그대로 내버려둘 수는 없는 일이었다. 그의 뒤를 따르는 자들 또한 광풍처럼 모리 군을 향해 돌진할 수밖에 없었다.

"모리 무사시노카미는 어디 있느냐? 오쿠다이라 노부마사가 상대하겠다!"

무사시노카미는 그 소리를 본진에서 떨어진 하치만의 대나무 숲에서 듣고 있었다.

"누가 뭐라고 했느냐…… 지금 그 소리는? 아군의 공격이 멈추지 않았느냐?"

아무도 아직 적장이 바로 가까이까지 온 줄은 생각지도 못하고 머리만 갸웃거렸다.

"글쎄요, 무슨 소리일까요?"

말고삐를 잡은 채 고개를 갸웃거리고 있다.

이때 그 숲 옆에서 질풍처럼 달려나와 조금 전에 나온 본진 쪽으로 달려간 자가 있었다.

"저게 누구냐? 아군은 아니다."

무사시노카미는 안장 위에서 발돋움했다.

이번에는 그의 귀에 좀더 뚜렷하게 들려오는 소리.

"무사시노카미는 어디 있느냐? 이에야스의 사위 오쿠다이라 쿠하치로 노부마사가 여기 있다!"

바람을 타고 노부마사의 목소리가 들려왔다.

아무래도 이상했다. 등뒤에서 노부마사의 목소리가 들리다니……

홱 말머리를 돌렸을 때였다.

"와악!"

뒤따라 달려온 오쿠다이라 군 때문에 모리 군은 비명을 지르며 길을 열었다.

"적이 뒤로 돌아왔다."

"방심하지 마라."

"포위하여 섬멸하라."

무사시노카미는 다시 말머리를 돌릴 수밖에 없었다. 말머리를 돌리는 순간 그는 비로소 아군의 대형이 어지럽게 흐트러져 분산되어 있다는 것을 깨달았다.

"스케자에몬! 스케자에몬은 어디 있느냐? 왼쪽으로 피하라. 왼쪽으로 피해 대열을 바로잡아라."

이때 다시 또 다른 함성이 하구로와 이누야마 사이 골짜기에서 터져 나왔다.

"에잇, 얏!"

"에잇, 얏!"

그것은 백전노장 사카이 사에몬노죠 타다츠구의 군사가 응원하는 소리였다. 오쿠다이라 노부마사가 모리 군 한가운데로 돌진했다는 것을 안 타다츠구 군이 함성으로 지원하고 있었다.

"주군!"

모리 무사시노카미 앞에 노로 스케자에몬이 말에서 굴러떨어지듯이 내려 한쪽 무릎을 꿇었다.

"적에게 포위당했습니다. 뒤는 제가 맡을 터이니…… 주군은 곧 이누야마 성으로!"

"뭐, 포위당했어? 물러가지 않겠다, 물러갈 수 없다!"

그때 다시 숲 너머에서 노부마사의 목소리가 들렸다.

"쇼뉴의 사위 무사시노카미는 어디 있느냐? 이에야스의 사위 오쿠다이라 쿠하치로가 여기 있다. 두렵지 않다면 이리 나와 승부를 겨루자. 모리 무사시노카미, 그대는 어디 있는가……"

6

이누야마 성의 이케다 쇼뉴에게 하구로가 습격당했다는 보고가 들어온 것은 오쿠다이라 노부마사가 3,000의 모리 군 한가운데로 쳐들어갔을 때였다.

"뭐, 무사시노카미가 공격당했어……?"

하구로가 습격당했다는 보고에 쇼뉴는 순간적으로 깜짝 놀랐다. 그러나 곧 대담한 미소를 떠올렸다.

"염려할 것 없다. 그랬을 경우의 대책은 이미 마련되어 있다."

일단 전령을 물러가게 한 쇼뉴는 카츠쿠로 모토스케와 산자에몬 테루마사 두 아들을 불러오게 했다.

그는 모토스케보다 먼저 달려온 테루마사에게 말했다.

"하구로가 공격받고 있다고 한다. 너희들이 달려가 모리를 무사히 이 성으로 후퇴시키도록 하라."

이렇게 명했다.

21세인 테루마사——

"알겠습니다! 즉시 달려가 적을 무찌르고, 모리 군의 후퇴를 돕겠습니다."

기세 있게 대답하고 장막 밖으로 나가려 했다.

이때 장남인 모토스케가 달려왔다.

"잠깐, 테루마사!"

모토스케는 우선 동생을 불러세웠다.

"무사시노카미는 그냥 두어도 성으로 돌아옵니다. 지금 출격해서는 안 됩니다."

단호한 표정으로 아버지에게 말했다.

"뭐, 출격하면 안 된다고?"

"당연합니다! 이키 키요베에伊木淸兵衛에게 정탐케 했더니 공격해 온 적은 사카이 타다츠구와 오쿠다이라 노부마사뿐, 그 뒤에는 이이 나오마사와 혼다 타다카츠의 정병이 만반의 준비를 갖추고 대기하고 있습니다."

"바로 그래서 구하러 가라고 한 것이다. 지금 무사시노카미를 잃기라도 하면 그야말로 앞으로의 사기에 큰 영향을 끼친다."

"안 됩니다!"

모토스케는 완강하게 반대했다.

"만일 본진이 성에서 나갔다가 혼다 군에게 퇴로를 차단당하면 어떻게 하시겠습니까? 이미 강을 건넌 뒤, 우리는 물러갈 곳도 도망칠 곳도 없어집니다."

그 말에 쇼뉴도 불안해졌다. 도쿠가와 군 중에서도 특히 전투에 능한 사카이 타다츠구와 용맹무쌍한 혼다 타다카츠에 대해서는 병졸들에게까지도 널리 알려져 있었다. 그 사카이 군은 나와 있으나 혼다 군은 아직 움직이지 않고 있었다…… 그렇다면 이것은 쇼뉴 자신이 움직이기를 기다리고 있다고밖에는 할 수 없었다.

"으음…… 그러니까 무사시노카미는 원병을 보내지 않아도 후퇴해 올 것이란 말이지."

"그렇게 약속했습니다. 그 약속을 어기고 자멸할 정도로 어리석지는 않을 것입니다."

"알겠다. 그러면 성을 굳게 방비하고 성문을 열고 기다려라."

만약의 경우에는 성으로 돌아오라고 명령했다는 것으로 결국 모리에 대한 원병은 단념하고 말았다.

그 무렵 전쟁터에서는 모리 군이 맥없이 무너지고 있었다. 오쿠다이라 군의 중앙 돌파와 사카이 군이 배후로 나온 것이 그 원인이었다.

노로 스케자에몬은, 노부마사의 고함소리를 듣고 이를 갈면서 대항하려는 무사시노카미의 말고삐를 쥐고 놓지 않았다.

"성으로! 한시 바삐 성으로! 그렇지 않으면 희생이 많아질 뿐……에잇, 모르겠다!"

한마디 내뱉는 말과 함께 스케자에몬은 손에 들고 있던 창으로 무사시노카미가 타고 있는 말의 엉덩이를 힘껏 때렸다.

말은 미친 듯이 이누야마를 향해 달리기 시작했다.

그 순간 갈팡질팡하던 모리 군은 앞을 다투어 패주하기에 정신이 없었다……

7

이케다 카츠쿠로 모토스케는 결코 혼다 군이나 이이 군이 두려워 원군을 내보내지 않은 것은 아니었다. 그는 히데요시가 오기 전에 충돌하는 것은 무의미하다고 생각했다.

적이 방심하고 있을 때 상대를 교란하는 것은 좋으나, 가능한 한 대부대의 충돌은 피하고 병력을 피해 없이 유지해야 했다. 그렇게 함으로써 도쿠가와 군이 강하다는 사실을 히데요시에게 충분히 납득시킬 수 있을 것이다. 그렇게 하지 않으면 히데요시는 승리를 이케다 군의 공으로 인정하기보다는 도쿠가와 군이 약하기 때문이라고 받아들일 가능성이 컸다.

한편 적과 충돌하여 패배를 눈앞에 둔 모리 무사시노카미의 감정은 완전히 달라져 있었다. 처음에는 충분히 계산했던 책략이었다. 그러나 무참하게 패주하는 아군의 비참한 모습에는 분한 마음뿐, 그만 책략이고 뭐고 다 잊어버렸다.

그는 성에서 7, 8정 떨어진 곳에 다다라 다시 적을 향해 말머리를 돌리고 미친 듯이 고래고래 소리쳤다.

"멈춰라. 멈추고 반격하라. 곧 성에서 원군이 나올 것이니 돌아서서 적을 무찔러라."

모리 무사시노카미의 독려하는 말에 멈추는 자와 도망치는 자가 뒤섞였다.

어느 틈에 해는 지고, 17일의 달이 동쪽 산 위에 고개를 내밀고 있었다. 여기저기 피워놓은 모닥불이 눈에 띄기도 했다.

"물러서지 마라! 물러서는 자는……"

이때 피묻은 칼을 들고 도보로 달려온 무사가 있었다.

"보고 드립니다!"

그 무사는 무사시노카미의 말 앞에 한쪽 무릎을 꿇었다.

"주군을 무사히 성으로 모시고 가라는 유언을 남기고 노로 스케자에몬 님 부자가 마츠다이라 마타시치로 이에노부松平又七郎家信와 싸우다 장렬하게 전사하셨습니다. 주군께서는 속히……"

"뭣이, 노로 부자가 전사했다고?"

"예. 주군을 대신하여 기꺼이 죽는다고 하셨습니다. 지금은 병사 한 사람이라도 더 많이 성안으로……"

"으음."

귀신이란 말을 듣던 무사시노카미도 이 중신의 전사에는 크게 충격을 받은 듯, 잔뜩 허공을 노려보았다.

"스케자에몬!"

외치며 어린아이처럼 몸부림쳤다.

"그대는 나더러 이대로 돌아가란 말이냐……?"

"그렇습니다. 한시 바삐…… 그렇지 않으면 오쿠다이라 노부마사가 당장 쫓아올 것입니다. 어서 말을……"

병사의 말을 뒷받침하듯 길이 꼬부라진 잡목림에서 일단의 기마무사가 나타났다. 주위는 달빛으로 점점 밝아져, 다가오는 무사의 투구 앞면 장식이 번쩍번쩍 빛나면서 거리를 좁혀왔다.

"에잇, 오늘 전투는 실패구나……"

무사시노카미는 이를 갈면서 드디어 세번째로 말머리를 북쪽으로 돌렸다. 등을 돌리고 다시는 뒤를 돌아보지 않았다.

'패장敗將'의 낙인은 언젠가는 씻을 기회가 있을 터.

'아직 서전緖戰에 지나지 않는다……'

무사시노카미는 이렇게 자기 자신을 납득시켰다. 그리고는 성문을 열고 창으로 울타리를 치고 기다리는 산자에몬 테루마사의 군사 사이를 뚫고 질풍처럼 성안으로 들어갔다.

"탕 탕 탕."

성안에서 공격자들을 향한 위협사격이 시작되었다.

8

패주해온 모리의 군사 중 약 1,500명이 성안에 들어왔다.

그들의 뒤를 추격해온 군사는 오쿠다이라 군과 사카이 군이었다.

추격군 때문에 성안에서는 문을 닫을 수밖에 없었다. 미처 성에 들어오지 못한 병졸들은 큰 소리로 문을 열라고 소리치기도 하고 원망스러운 듯 적이 있는 곳으로 되돌아가기도 했다. 되돌아간 자의 대부분은 항복했을 것이다.

적은 성 근처까지 추격해왔다. 그러나 성안에서 발포하는 것과 때를 맞추어 아무 미련 없이 군사를 거두고 물러갔다.

이 첫 전투는 이에야스와 사카이 타다츠구가 예상하고 기대했던 대로였다. 다만 오쿠다이라 노부마사만이 모리 무사시노카미 나가요시를 죽이지 못한 것이 불만인 듯했다. 그렇다고 성안으로 들어간 적을 무모하게 공격하려고는 하지 않았다.

"적이 모두 물러갔습니다."

망루에서 내려온 경비병이 이케다 모토스케의 막사에 와서 보고했다. 이때 모토스케와 무사시노카미는 걸상에 앉아 핏발선 눈으로 서로를 노려보고 있었다.

모닥불의 불빛은 약해지고, 점점 더 밝아진 달빛이 서서히 대지에 스며드는 것처럼 보였다.

"자네가 구원군이 필요치 않다고 장인에게 진언했다는 말이지?"

모리 무사시노카미의 힐문에 모토스케는 혀를 찼다.

"처음부터의 약속이었어요, 그것은……"

"당치도 않은 소리. 약속한 것은 함부로 전진하지 않겠다는 뜻이었어. 그러나 오늘은 적이 먼저 우리에게 도전해왔단 말이다."

"도전해오면 물러서는 것이 좋다……고, 분명히 말했지요. 무사히 돌아올 수 있었으니 됐지 않아요?"

"자네는 됐을지 모르지만, 소중한 가신들을 잃고……"

무사시노카미는 이를 갈았다.

"이 나가요시는 여간 분하지 않아."

"매형."

"왜?"

"매형은 오늘 전투를 패배한 것이라 생각합니까?"

"그럼, 자네는 군사 대부분을 잃은 이 전투가 이긴 거라 생각하나?"

"이긴 것은 아니지만 패배한 것도 아니지요. 그 정도면 됐어요. 우리는 먼저 오와리를 공격해 이 성을 손에 넣었어요. 적은 이 성을 탈환하려고 공격해왔죠. 그 적을 훌륭하게 모리 군이 방어하여 적은 성을 포기하고 물러갔어요…… 이것이 어째서 패전입니까? 이번 전투에서 이 정도의 파란은 지나칠 정도로 당연한 것입니다."

"그렇다고 접근해오는 적을 보고도 공격하지 않다니……"

"너무 그러지 마세요. 만일 우리가 공격해나가 사카이, 오쿠다이라의 양군과 싸우고 있는 동안 혼다, 이이 등이 성으로 쳐들어오면 어떻게 합니까? 오늘 전투가 이긴 것은 아니지만 절대로 패배는 아니에요! 이렇게 어려운 전투라는 것을 치쿠젠 님에게 알려야 합니다."

모토스케의 말에 무사시노카미는 잔뜩 상대를 노려본 채 부들부들 온몸을 떨었다. 모토스케의 말에도 일리가 있기 때문에 반론을 펼 수도 없었다. 그렇다고 자기가 공을 세웠다고는 생각되지 않았다.

'이에야스 놈이 이기고 쇼뉴 부자도 이긴 전투에 그럼, 나만 패배했다는 말인가……'

무사시노카미는 석연치 않은 생각으로 괴로운 마음을 털어버릴 수 없었다.

치쿠젠 선풍旋風

1

히데요시는 아직도 나무 향기가 새로운 성안을 분주히 돌아다니고 있었다. 그가 무언중에 '천하인'의 위업을 과시하기 위해 건립한 오사카 성은, 막상 전쟁이 시작되어 여기저기 지시를 내리며 돌아다녀보니 지나치게 넓다는 느낌이 들었다.

천하의 다이묘들이 찾아오면 자기가 직접 안내할 텐데——

"어떤가, 이 일백 간이나 되는 회랑이?"

그때 이렇게 넓은 안채와 바깥채를 자랑할 생각으로 일부러 길게 만든 복도였다.

'용케도 이런……'

지금 성안 이곳저곳을 살펴보고 있으려니, 오히려 그런 생각을 했던 자기 자신이 우스워졌다.

조금 전에 바깥채에서 안채로 돌아와 노부나가의 여동생 오이치ぉ市가 남기고 죽은 아사이 나가마사淺井長政의 세 딸에게 이번 전투 이야기를 재미있게 들려주고 있을 때 다시 바깥채에서 사람이 왔다. 일각이

라도 빨리 네고로, 사이가의 폭도들을 쫓아버리라고 명했던 나카무라 카즈우지의 밀사가 왔다는 보고였다.

"뭐, 카즈우지의 밀사가? 그렇다면 키시와다의 승리가 확정된 모양이군. 그럼, 나도 너희들과 잠시 헤어져야겠는데."

히데요시는 오이치의 세 딸 중에서는 막내 타츠히메達姬가 모습이나 마음에서 가장 어머니를 많이 닮은 것 같아 사랑하고 있었다. 그러나 아직 어리기 때문에 이야기할 때는 언제나 그 위의 두 언니를 상대하고 있었다.

"이에야스는 말이지, 아무것도 모르는 시골뜨기야. 굳이 내가 갈 필요는 없지만, 그렇다고 이대로 내버려둘 수도 없어. 약간 눈을 뜨도록 뺨을 때려주고 오겠어."

이렇게 말하는 히데요시.

"때려주러 가셨다가 도리어 뺨을 맞고 돌아오시지나 마세요."

그 말꼬리를 잡고, 맏언니인 챠챠히메茶茶姬가 비꼬았다.

무리가 아니었다. 성장과정이 너무 파란만장했다. 심술궂고 빈정거리기를 좋아하고, 그리고 어딘지 모르게 자포자기한 듯한 분위기마저 풍기고 있었다.

히데요시는 은근히 화가 치밀었으나 웃음으로 얼버무렸다.

"그래, 그래. 어떤 일에서든 방심하는 것처럼 큰 적도 없어. 역시 조심하는 편이 좋겠지."

이렇게 대답하고 그녀들의 방을 나왔다. 긴 복도를 걷고 있는 동안 묘하게도 챠챠히메의 말이 마음에 걸렸다.

이미 혼슈本州˙에는 자기에게 도전해올 정도로 무모한 자가 있을 리 없다고 히데요시는 믿어 의심치 않았다. 그런데 가장 계산이 빠른 자라고 여겼던 이에야스가 무분별한 노부오에게 놀아나 방자하게도 도전해오고 있었다.

'아사이의 딸들과 똑같은 놈이야, 이에야스는……'

이에야스 따위와는 당장 싸울 생각이 없었다. 언젠가는 자연스럽게 자기 손아귀에 넣고 고작 두서너 지역의 다이묘로 묶어둘 생각이었으나, 저쪽에서 먼저 도전해온다면 그냥 내버려둘 수 없었다.

'좀더 영리한 자인 줄 알았는데 나를 노하게 만들다니……'

노했다!고 스스로 생각하는 히데요시 — 그 작전에 빈틈이 있을 리 없었다.

히데요시는 긴 복도를 지나, 역시 다이묘들을 놀라게 하려고 만든 다다미 80장이 깔리는 넓은 접견실을 향해 작은 몸집을 옮겨갔다.

2

방의 구조는 모두 노부나가의 방식을 따랐다. 아름답게 칠한 기둥에 화려한 중방. 군데군데 금빛 찬란한 장식품이 주위를 위압하듯 빛나고 있었다.

한 간이나 되는 큰 장지문에는 붉은 발이 드리워져 있었다. 히데요시가 그 앞에 서면 좌우에서 네 명의 코쇼가 잽싸게 발을 열어젖혔다.

"오."

히데요시가 한마디하면 한 단 밑에 앉아 있던 사자는 납작 꿇어엎드렸다. 그러면 미천한 신분에서 일약 지배자가 된 오만함이 몸에 밴 듯이 보이는 히데요시. 그러나 그 다음의 연출은 뜻밖의 방향으로 나타나고는 했다.

"오, 시모무라 슈젠下村主膳이로군. 그대가 일부러 사자로 왔다는 말이지. 정말 수고가 많네. 그대가 왔다면 내가 잘난 체하고 상좌에 앉아 있을 필요가 없겠지. 우리 가깝게 앉아서 이야기하세."

상좌의 깔개와 사방침을 그대로 두고 어정어정 상대방 앞으로 걸어와 어깨라도 탁 칠 듯한 자세로 다가왔다. 코쇼들이 황급히 깔개와 사방침을 옮겨왔다.

이것만으로도 고지식한 무사들 —

'이 얼마나 옛날을 잊지 않는 정이 두터우신 분인가!'

감격을 이기지 못해 눈물을 글썽거렸다.

오늘의 사자는 비록 머리를 조아리기는 했으나 별로 표정은 바꾸지 않았다. 어쩌면 이 정도의 공치사에 속아 기뻐하기라도 한다면 도리어 멸시당하게 된다는 것을 알고 있었는지도 모른다.

"주군 카즈우지를 대신하여 말씀 드립니다."

"말해보게. 이미 폭도들은 격퇴했을 테지. 나는 오와리 일이 마음에 걸려 내일 오사카를 출발할까 생각하고 있었네."

"황송합니다마는 아직 격퇴하지 못했습니다."

"뭐, 아직도 끝을 맺지 못하고 끌고 있다는 말인가?"

"네고로, 사이가의 폭도들은 호타, 사무카와 등의 지휘로 키시와다 성 근처까지 접근했다가는 물러가고 물러갔다가는 다시 접근해옵니다. 그래서 상대하기가 여간 껄끄럽지 않습니다."

"그렇다면 묻겠는데, 그대는 원병이라도 청하러 왔다는 말인가?"

"아닙니다!"

상대는 강하게 고개를 가로젓고 눈을 빛냈다.

"지금은 그럴 때가 아니다, 성주님께서는 한 사람이라도 더 많은 군사가 필요한 때…… 그러니 그대가 가서 키시와다의 일은 염려하지 마시라고 말씀 드리라고……"

"여보게."

히데요시는 어처구니없다는 표정이었다.

"그대는 겨우 그 말을 하기 위해 여기까지 왔다는 말인가?"

"아닙니다."

상대는 똑같은 말을 되풀이하고 고개를 저었다.

"그럴 테지. 이런 중요한 전투 때 그대와 같은 용사를 사자로 보낼 리가 없지. 그렇다면 무슨 급한 정보라도 들어왔나?"

"그런 것이 아닙니다!"

"또 아닙니다란 말인가? 그럼, 무슨 일인가?"

"비보悲報입니다."

"비보……라면 좋지 못한 소식이 아닌가, 슈젠?"

"그렇습니다. 쿠와나에서 사카이에 도착한 선원船員들이 폭도들에게 오와리에서 모리 무사시노카미 님이 말도 못할 큰 패배를 당했다고 계속 소문을 퍼뜨리고 있습니다. 그래서 이것을 즉시 성주님께 보고 드리라는 주군의 명으로……"

"뭐, 뭣이!"

히데요시는 순간 꿀꺽 침을 삼키고 몸을 앞으로 내밀었다.

3

"아니, 모리 무사시노카미가 대패했다고?"

히데요시의 어조가 낮게 깔리고 매서웠기 때문에 사자의 표정도 굳어졌다.

"그렇습니다. 이누야마 성에서 키요스를 향해 진격하다가 하구로에 진을 쳤는데, 그곳에서 도쿠가와 군의 공격을 받았다고 합니다."

"그럼, 무사시노카미는?"

"겨우 목숨을 건지고 이누야마 성으로 퇴각했다는 소문입니다."

"소문이란 말이지."

히데요시는 비로소 표정을 부드럽게 했다.

"하하하…… 이에야스 놈도 제법 그럴 듯한 소문을 퍼뜨리는군. 그러나 걱정할 것 없어. 나에게도 이에야스의 중신들이 여러 경로로 내통해오고 있으니까."

"예?"

상대는 반문했다.

"도쿠가와의 중신들로부터……?"

"그렇다니까. 그건 은밀히…… 아니야. 더 이상 은밀하게 할 것도 없어. 그런 소문에 즐거워하는 자들에겐 말해버리는 게 더 나을지도 몰라. 내응자는 이시카와 호키노카미 카즈마사이네만……"

"아니, 이시카와 카즈마사 님이……"

"하하하…… 이쪽에서도 팔짱만 끼고 있을 수는 없으니까…… 그런데 카즈우지는 단지 그 말을 전하라고만 했단 말인가?"

"예. 말씀 드리면 성주님께 좋은 생각이 있으실 것……이라고 말씀하셨습니다."

"수고했네. 속히 돌아가 걱정하지 말라고 전하게. 나는 자신만만하네. 움직이기만 하면 곧 승리할 것이니, 카즈우지에게 어서 폭도들이나 무찌르라고 하게."

"알겠습니다."

"참, 그대에게 이것을 주겠어. 알겠나, 이번 일로 이 히데요시의 지반도 굳건해질 것일세. 노부오와 이에야스가 덤벼들어 이 히데요시를 천하인의 지위로 밀어올리는 전쟁이야. 그런 줄 알고 힘껏 싸우게."

히데요시는 허리에 찼던 단도를 끌러 곧바로 사자의 손에 건네주고 다시 한 번 큰 소리로 웃으면서 일어났다.

들어왔을 때와 똑같이 유유하게 접견실을 나와 다시 그가 자랑스럽게 여기는 100간짜리 복도에 이르렀을 때였다.

"사키치……"

뒤따라오는 이시다 미츠나리를 돌아보았다.

"히데마사秀正를 불러라. 안채의 내 방으로 말이다."

어느새 그의 이마에 깊은 주름이 새겨져 있었다.

나카무라 카즈우지의 말이 히데요시의 마음에 상당히 큰 충격이었던 모양이다.

"알겠습니다."

"은밀히 할 이야기가 있는 모양이라고 하면서 빨리 오라고 해라."

사키치는 고개를 끄덕이고 바깥채로 돌아갔다.

히데마사란 히데요시의 막내여동생 아사히히메朝日姬*의 남편 사지 휴가노카미佐治日向守였다. 사지 휴가노카미는 지금 이 커다란 성의 회계를 맡고 있는 진실되고 정직한 사람이었다.

히데요시는 이 사지 휴가노카미에게 여동생을 출가시키기 위해 전 남편 후쿠다 요자에몬 요시나리福田與左衛門吉成와 헤어지게 했다. 그런 복잡한 사연이 있었지만, 오늘의 히데요시는 히데마사를 가리켜 ─

'침향沈香도 피우지 않고 방귀도 뀌지 않는 사나이.'

이렇게 말하면서 자기 이름의 '히데秀'와 정직하다는 '마사正'란 자를 합쳐 '히데마사'라 부르면서 크게 신임하고 있었다.

히데요시는 엄한 표정을 지은 채 100간짜리 복도를 건너 사방 한 정이나 되는 정원에 면한 자기 거실로 바쁘게 들어갔다.

4

이시다 사키치가 사지 휴가노카미를 안내해왔다. 히데요시는 사키치와 유코幽古를 모두 내보내고 넓은 서원에 단둘이 마주앉았다.

히데요시는 여유 있는 어조였다.

"어떤가, 안사람의 기분은?"

유코가 갖다준 차를 마시면서 능청스럽게 말했다.

"두 사람 사이에 아직 자식이 없는 것은 별로 사이가 좋지 않기 때문이라는 소문이 돌고 있는데."

"농담을 하시는군요…… 은밀한 말씀이란 무엇입니까?"

히데마사는 굳어진 자세로 말했다.

"나도 자식이 없어. 내 경우는 너무 바쁘기 때문에 천천히 말을 탈 기회가 없는 탓이야. 내 흉내는 내지 말고 어서 낳도록 하게."

"예, 하지만 그것은……"

"노력해도 마음대로 되지 않는다는 말인가? 자식이란 좋은 것인 모양일세. 낳을 수만 있다면 말이지…… 누님의 아들 히데츠구秀次를 보게. 이미 훌륭하게 젊은 대장 구실을 하고 있어."

문득 히데요시는 생각난다는 듯이 웃었다.

"그러나 반드시 그렇지만은 않은 것 같아. 돌아가신 우다이진 님처럼 누구보다도 훌륭한 분 역시 노부오나 노부타카와 같은 자식을 두었으니까."

"어서 용무를 말씀해주십시오."

"용무? 용무란 다름이 아니고, 나는 모레 이십일일에 이 성을 출발할 것이야."

"이십일일에……?"

"그래. 서두르지 않을 수 없게 되었어. 약간 까다로운 일이 생겼기 때문에."

"걱정이 되는군요…… 무슨 일입니까?"

"쇼뉴가 지키는 이누야마 성에는 이미 이나바 잇테츠稻葉—鐵도 나가 있을 것이야. 그런데 쇼뉴도 잇테츠도 있으면서 모리 무사시노카미가 패배하도록 내버려두었어. 그것이 이해가 되지 않아. 내가 나가지 않으면 모두 좁은 소견에 따라 움직일 우려가 있어. 아직도 상대를 오다 가문……이라 생각하고 있으니 말이야."

사지 휴가노카미는 히데요시의 한마디 한마디에 크게 고개를 끄덕였다.

"그러면, 제게 하실 분부는?"

다시 물었다.

히데요시는 쓴웃음을 지었다. 이 고지식하기만 한 사나이는 상황을 판단하여 상대의 속셈을 읽으려고는 하지 않고 명령받을 것만 생각하고 있었다.

무리가 아니라고 히데요시는 생각했다. 히데요시가 히데마사를 매제로 삼은 것은 어떤 의미에서는 여동생에 대한 자신의 죄를 보상하기 위해서였다.

아사히히메의 첫 남편은 소에다 진베에副田甚兵衛라는 강직한 오와리의 무사였다. 아직 히데요시가 나가하마에서 4만 석의 녹봉을 받고 있을 때였다. 상대도 겨우 갑옷을 마련할 수 있을 정도의 가난한 처지였다. 그래서 히데요시는 이혼을 시키고 새로 전남편인 후쿠다 요자에몬에게 여동생을 다시 출가시켰다.

당사자인 아사히히메는 첫 남편인 진베에를 잊지 못하여, 기량과 재능이 비교도 안 되는 두번째 남편에게 전혀 정을 붙이려 하지 않았다.

"역시 내가 실수했어. 여자가 좋아하는 남자와 남자가 좋아하는 남자는 다른 모양이야."

그래서 세번째 남편인 사지 휴가노카미에게는 여동생의 행복을 중심으로 생각하여 시집보냈다.

그 결과 지금은 여동생도 크게 만족하고 있는 모양이었다. 상대는 히데요시의 명령을 기다리듯이 아내의 명령에도 복종하리라 생각하니 우스운 생각이 들었다.

"······용무? 용무란 다른 게 아니네. 그건 자네 안사람을 인질로 내놓으라는 거네."

히데요시는 웃음을 억제하고 진지한 표정을 지었다.

5

"아니, 그게 무슨 말씀입니까?"

사지 휴가노카미는 얼굴빛을 바꾸고 되물었다.

"아내를 인질로 보내라는 말씀입니까?"

"그래. 인질로 내놓는 거야, 이 성에."

히데요시는 웃음을 참고 심술궂은 눈으로 말했다.

"자네를 마음대로 부리기 위해서는 안사람을 인질로 잡아두는 것이 제일이야."

"그러시면, 저도 함께 출진하는 것입니까?"

"아니, 출진하라는 말은 하지 않았어. 출진하는 것 이상으로 중요한 일이 자네에겐 있어."

"예······? 그것은 어떤 일입니까?"

고지식한 그 길다란 얼굴이 우스꽝스러울 정도로 긴장되는 모습에 히데요시는 그만 웃음을 터뜨릴 뻔했다. 희극 무대에 등장하는 어리석은 다이묘의 모습이 문득 떠올랐다.

그렇다고 여기서 웃는다면 사지 휴가노카미를 모독하는 것이 된다. 어쨌거나 상대는 매제가 아닌가.

'노모를 안도시키려고 짝지어준 남편이니까······'

사지 휴가노카미의 아내 아사히히메는 히데요시의 어머니로서는 눈에 넣어도 아프지 않을 만큼 사랑스러운 막내딸이었다.

어머니도 아사히히메도 히데요시와는 달리 평범한 세계에 살고 있었다. 그들이 바라는 것은 천하나 국가와는 거리가 먼 안일한 그날그날의 행복에 있었다. 노모는 그런 아사히히메가 자기 마음에 드는 남편을 만나 화목하게 지낼 수 있게 하라고 늘 히데요시에게 요구하고 있었다.

히데요시는 사지 휴가노카미를 내심으로는 여동생을 위해 마련해준 무난한 '장난감'으로 생각하고 있었다.

녹봉은 4,700석, 집은 성문 밖에 마련해주었는데, 착실하고 꼼꼼하게 일은 하고 있으나 지금까지 그에게 크게 기대한 것도 없었다. 그런데 이번에는 그 사지 히데마사의 용도가 생각났다. 물론 이것도 여동생이 사랑스럽기 때문이기는 했으나……

"히데마사."

"예."

"이번 전투는 보통 전투가 아니야. 이 새로운 성 근처에 아직 적을 남겨둔 채 나는 오와리에 가야만 해."

"그 우려하심을 짐작할 수 있습니다."

"성은 하치스카 마사카츠가 지키겠지만 자네에게도 그 이상으로 중요한 역할을 맡기겠네."

"예."

"다름이 아니라 인질의 감시일세. 자네의 아내를 우선 이 성에 딸린 전각으로 옮기고 나서 이코마 치카마사生駒親正, 야마노우치 카즈토요山內一豊는 물론 호리, 하세가와 히데카즈, 히네노, 타키가와, 츠츠이筒井, 이나바, 가모, 호소카와細川 등 중신의 인질들도 같은 전각 안에 가두고, 만일에 주인이 전쟁터에서 비겁한 행동을 했을 때는 가차없이 죽이겠다고 일러두게."

"그러니까 우리편 중신들의 인질을?"

"그래. 이미 모두에게 인질을 내놓으라고 명을 내렸어. 금명간에 그들의 처자가 성에 들어올 것일세. 자네도 아내를 내놓게. 그리고 자네에게 수상한 낌새가 보이면 역시 자네 아내도."

"저어, 저에게 수상한 낌새가……?"

"그런 것이 있다면 자네 아내의 목을 베겠어."

히데요시는 진지하게 말하고 다시 웃음을 참았다.

6

히데요시는 고지식한 사지 휴가노카미에게 자신의 결의를 일깨워주고, 인질들로 하여금 각자 자기 육친을 격려케 하려는 것이었다. 물론 그렇게 하는 데에는 이유가 있었다.

히데요시 자신이 시바타 카츠이에와 싸울 때 충분히 경험한 일로서, 인질은 그 대장부터 징발하는 것만으로는 의미가 없었다. 원로와 중신들의 마음, 이것이 움직여 내통이라도 하면 상대는 완전히 무력해질 수밖에 없었다.

더구나 이번에는 노부타카가 죽은 뒤의 노부오가 적이었다. 만일 여러 다이묘의 중신들이 그 주군에게 오다 가문에 대한 '의리'를 설득하기라도 하면 적잖이 동요할 것이다.

그래서 출정하는 다이묘 외에 원로와 중신들로부터도 각각 인질을 잡고, 그 감시와 관리를 매제인 사지 휴가노카미에게 명하고 출발하려는 것이었다.

사지 휴가노카미가 우직할 정도로 성실하다는 것은 이미 잘 알려져 있었다. 그런 휴가노카미가 자기 아내인 히데요시의 여동생까지 성안으로 불러들여 수상한 낌새가 보이면 목을 치겠다고 한다면, 인질들은 우스움과 전율을 동시에 느끼고 히데요시의 뜻에 부응하고자 행동할 것이 분명하다.

이러한 계산은 가혹 일변도의 강경한 태도를 피하고, 다른 마음을 갖지 않은 자에게는 어딘지 모르게 익살스러움을 느끼게 하려는, 과연 히데요시다운 생각이었다.

"어때, 알겠나, 이 히데요시의 결심을?"

"예…… 예."

히데마사는 이마에 진땀을 흘리며 굳어진 가슴을 펴고 대답했다.

"인질의 명부는 여기 있어. 여기 쓰여 있는 사람을 엄히 감시하도록 하게. 만일 이 인질과 관련 있는 자 중에서 적과 내통하는 자가 나왔을 때는 자네는 물론이고 자네 아내도 무사하지 못할 것일세."

"단단히…… 가슴에 새기겠습니다."

"인질을 늦게 보내는 자가 있거든 자네가 독촉하게. 이 임무는 성을 지키는 일에 버금가는 큰 역할이야."

여기까지 말한 히데요시는 상대의 지나치게 긴장하는 모습에 그만 웃음을 터뜨렸다.

"히데마사, 이 역할을 맡게 되면 자네는 또 하나 좋은 기회를 잡을 수 있어. 누구의 아내는 얼마나 아름다운 여자인가, 또 누구에게 어떤 딸이 있는가 하는 것을 자세히 조사해두도록 하게. 그게 좋아. 그래서 나중에 자네 부부가 보기에 장래성이 있을 듯한 젊은이를 골라 중매하라는 말일세. 그러면 이번의 엄한 조치도 언젠가는 고맙게 여길 때가 있을 것일세."

"잘 알겠습니다."

"좋아, 내 말은 이것뿐일세. 곧 시작하게."

이 엉뚱한 조처로 인하여 히데요시 쪽에는 지금까지와는 전혀 다른 바람이 불기 시작했다.

8층짜리의 거대한 새 성에 갑옷 차림으로 들어오는 사람에 섞여 수많은 인질이 탄 가마가 속속 들어오기 시작했다. 그중에는 아이를 데리고 걸어오는 자도 있었는데, 그들은 모두 새로운 성을 쳐다보고 새삼스럽게 그 위용에 감탄했다.

히데요시는 이들을 단순한 인질로 이용하는 것뿐 아니라, 앞으로 자신의 위력을 선전케 하는 수단으로 사용할 속셈이었는지도 모른다. 언제나 일석이조, 아니 삼조를 염두에 두는 히데요시였다.

3월 21일 아침, 히데요시는 이들 인질이 성안으로 들어오는 것과 거의 때를 같이하여 자신만만하게 호리병박 우마지루시馬印°를 꽂고 오사카 성을 떠났다.

7

히데요시는 이에야스가 방심할 수 없는 적이라는 것을 잘 알고 있었다. 현재 활약하고 있는 무장 중에서 그를 능가하는 전략가는 없다고 생각하고 있었다. 그러한 이에야스인 만큼 히데요시의 실력 또한 잘 알고 있을 것이므로 결코 시바타 카츠이에처럼 무모하고 고집스러운 싸움은 하지 않으리라 믿고 있기도 했다.

히데요시가 이런 판단을 하게 된 것은 이시카와 카즈마사가 보낸 밀서의 영향도 어느 정도는 있었을지 모른다……

'이에야스는 우다이진 님에게까지도 전혀 빈틈을 보이지 않은 사람이니까.'

이에야스가 진심으로 노부오와 손을 잡을 생각이 없다는 것을 히데요시는 처음부터 꿰뚫어보고 있었다.

'이기지 못할 전쟁인 줄 알면서도 노부오를 후원하고 있다. 이에야

스 역시 자기 눈으로는 천하를 내다볼 줄 모르는 사내였던가……'

히데요시는 이에야스가 그 가슴에 갖가지 계책을 가지고 있으면서도 그만 노부오와의 정의情誼에 구애되어 그의 간청을 떨치지 못하고 군사를 움직이게 된 것으로 생각하고 있었다.

그런 만큼 결정적으로 연합군을 한 번 무찌르는 것만으로도 대세는 결정될 터. 이에야스는 자신이 아끼는 장수들의 안전을 도모하기 위해, 불리하다고 여길 때는 곧장 미카와로 철수하여 화의를 청해올 것이 틀림없다고 판단하고 있었다.

'이번에야말로 병력이 크게 위력을 발휘할 때……'

히데요시는 이에야스와의 이 일전을 화려하게 승리로 장식해야만 했다. 그렇게 되면 우에스기와 호조는 물론 츄고쿠의 모리도, 시코쿠의 쵸소카베도 자연스럽게 히데요시에게 복종할 것이었다.

그러한 이에야스였으므로 히데요시는 이케다 쇼뉴나 모리 나가요시만으로는 당하지 못하리라는 것을 처음부터 알고 있다.

히데요시 진영의 위용은 놀랄 만했다.

제1진에는 키무라 시게코레木村重玆, 카토 미츠야스, 카미코다 마사하루神子田正治, 히네노 히로나리, 히네노 히타치日根野常陸, 야마다 카타이에山田堅家, 이케다 카게이에池田景家, 타가 츠네노리多賀常則 등 도합 6,000명을 선발대로 보내고……

제2진에는 하세가와 히데카즈, 호소카와 타다오키細川忠興, 타카야마 우콘高山右近의 5,300.

제3진에는 나카가와 히데마사, 나가하마 무리, 키노시타 토시히사木下利久, 토쿠나가 나가마사德永壽昌, 오가와 스케타다小川祐忠의 6,200.

제4진에는 타카바타케 마고지로高畠孫次郎, 하치야 요리타카蜂屋賴隆, 카네모리 나가치카金森長近의 4,500.

제5진에는 니와 나가히데의 3,000.

제6진은 히데요시의 본진이었다. 본진은 여섯 단段으로 나누어, 맨 앞에는 가모 우지사토의 2,000에 코카甲賀°의 무리 1,000을 딸려 오른쪽을 대비하게 하고, 왼쪽에는 마에노 나가야스前野長康, 이코마 치카마사, 쿠로다 요시타카黑田孝高, 하치스카蜂須賀, 아카시明石, 아카마즈赤松의 여러 부대를 합쳐 4,000을, 그 다음에는 호리 히데마사와 엣츄의 무리, 그리고 이나바 사다미치稻葉貞通의 5,500. 세번째 단은 츠츠이 사다츠구筒井定次의 7,000. 네번째 단은 하시바 히데나가의 7,000, 다섯번째 단은 히데요시가 자랑하는 근시近侍와 총포대를 합해 4,850을 두고, 그 다음에 4,000의 하타모토 한가운데서 히데요시가 말을 타고……

후방을 경비하는 제7진은 아사노 나가마사淺野長政와 후쿠시마 마사노리福島正則의 1,800.

총 6만 2,150이라는 대군을 8만이라 하고, 오미에서 미노 가도로 진출시켰다.

오사카를 떠난 지 나흘 만인 24일에 히데요시 본진은 기후 성에 도착했다. 그리고 그날 중으로 제1진은 키소가와를 건너 이누야마 성과 그 남쪽 25정 거리에 있는 코로마루五郎丸에 먼저 가서 그 위풍으로 적군을 압도하려 했다.

8

기후 성에 들어간 히데요시는 즉시 이케다 쇼뉴가 보낸 이키 타다츠구를 불렀다. 그리고는 모리 무사시노카미 나가요시가 하구로에서 패전한 상황을 물었다.

"모리 무사시노카미는 이케다 쇼뉴의 사위인데, 쇼뉴 님은 그 사위에게 원군을 보내지 않았다는 말이냐?"

히데요시는 성에 들어온 뒤로 무장을 풀고 편히 쉬고 있었다. 그러나 이키 타다츠구의 눈에는 몹시 불쾌해하는 얼굴로 보였다.

"예. 그 일에 대해서라면, 저희 주군께서도 특히 잘 말씀 드리라는 분부가……"

"말해보아라."

"물론 원군을 보내려 했습니다마는 적장 혼다 타다카츠의 수비가 워낙 철저하여…… 만일 공격해나갔다가 이누야마 성을 습격당하면 큰일이어서 사사로운 감정을 억누를 수밖에 없었습니다."

"뭣이, 혼다 타다카츠가……?"

눈을 부릅뜨고 묻는 바람에 이키 타다츠구는 얼른 대답했다.

"예…… 예, 그렇습니다."

그리고는 대답과 함께 납작 엎드렸다. 당연히 벼락이 떨어질 것으로 생각하고 있었던 듯.

"그래? 그것은 잘한 일이었어!"

"예……? 무어라고 하셨습니까?"

"잘한 일이야. 성을 나가지 않은 것은 잘한 일이라고 칭찬했어."

"예……"

"앞으로도 그런 일이 있을 것이니 주의하도록. 쇼뉴 님은 더할 나위 없이 충의로운 사람. 그러나 종종 무모하게 움직이는 것이 문제일세. 전쟁에는 승리만이 있는 게 아니야. 불리할 때는 꾹 참고 기회를 노리는 인내심이 있어야 해. 잘 참았다고 전하게. 이번의 적은 일찍이 없던 강적일세. 좋아, 어서 이누야마로 돌아가거라."

이키 타다츠구는 멍하니 쳐다보다가 허둥지둥 머리를 조아렸다.

히데요시 ── 상대가 꾸중을 들을 줄 알고 있으면 칭찬하고, 칭찬할 줄 알고 있으면 꾸짖는다.

"하하하…… 쇼뉴의 중신이 마치 여우에게 홀린 듯한 얼굴을 하고 나갔어. 사키치!"

"예."

"미리 말했던 것처럼 너는 이 부근의 사찰과 신사에 즉시 금제禁制와 허락에 대한 포고문을 보낼 준비를 하라."

사키치에게 명했다.

"유코."

이어 쉴 새 없이 유코에게 지시했다.

"차 같은 것은 지금 끓이지 않아도 좋아. 종이와 붓, 종이와 붓을 준비하라."

기록을 담당하고 있는 오무라 유코大村幽古는 얼른 화로 곁을 떠나 창가의 탁자에서 종이와 붓을 가지고 와서 히데요시 옆에 앉았다.

"편지를 쓰겠다, 준비됐느냐?"

"예. 그렇습니다."

"보낼 곳은 히타치常陸 후토타太田의 성주 사타케 지로 요시시게佐竹次郎義重."

"히타치의 사타케 님……"

"그래, 내용을 구술할 것이니 그대로 적도록 하라. ……이번에 이에 야스가 그 검은 속셈을 드러내어 젊은 노부오를 속여 자기 수중에 넣고 무고한 중신 세 사람을 나가시마에서 죽였다. 이에 히데요시는 이가와 이세로 출병하여 미네, 칸베, 쿠스노키楠의 여러 성을 함락시켜 한 지역을 평정하고, 비슈에서는 이케다 키이노카미와 모리 무사시노카미가 지난 십삼일 이누야마 성과 그 밖의 몇 군데를 공략하고, 또 지난 이십이일…… 이십이일이라고 하면 그저께일세…… 지난 이십이일에는 네고로와 사이가의 폭도 삼만이 공격해왔으나 이들의 목 오천을 베어 키슈 밖까지 평정했으므로……"

"잠깐!"

붓을 놀리고 있던 유코가 깜짝 놀라 물었다.

"저어, 사이가와 네고로의 폭도가 정말 목을 오천이나 잃고 물러갔습니까?"

"내가 그것을 어떻게 알겠느냐?"

히데요시는 흥이 깨지는 바람에 혀를 찼다.

9

"유코, 그대는 쓸데없는 것을 묻는군. 지금 나는 지나간 기록을 구술하는 것이 아니야. 사타케 요시시게에게 편지를 쓰고 있는 것일세."

히데요시의 꾸중을 듣고 유코는 가볍게 웃었다.

"죄송합니다."

"웃는군, 자네는."

"용서하십시오. 그러니까 이것은 전략이었군요?"

"전략은 아니야. 그렇게 될 것이 틀림없다는 말일세. 이십일일에 우리는 오사카를 출발했어. 우리가 출발했다는 것을 알고 폭도들은 때가 왔다면서 키시와다 성에 몰려든다, 이것을 나카무라 카즈우지와 이코마 치카마사, 그리고 하치스카의 아들 이에마사가 무찌르는 것은 이십이일이란 말일세."

"호호호……"

유코는 다시 입을 막고 웃었다.

"그러면 상대의 목 오천이 잘릴 것……이라는 말씀이시군요?"

"물론이다. 삼만의 승병僧兵과 토착민으로 구성된 폭도의 무리는 오

천쯤 죽어야 물러갈 것이야. 물러가면 오천쯤 죽었다고 보는 것이 병가
兵家의 상식. 자네도 확실히 기억해두게."

"예…… 황송합니다."

"그럼, 다음 내용을 받아쓰게. 폭도 오천을 죽이고 키슈까지 위력을
떨치고 있는 중이지만, 이에야스가 키요스에 진을 치고 있으므로 내일
은 강을 건너 키요스로 진격할 것이며, 이에야스에 대해서는 앞으로 어
떤 제의가 있어도 결코 용납하지 않고 철저하게 응징할 것이다. 이런
상황에 이르러 동쪽의 여러 세력은 서로 상의하여 대책을 강구하기 바
라며, 키소 요시마사木曾義昌와 우에스기 카게카츠는 모두 이 히데요
시의 둘도 없는 우군友軍이므로 이들과 상의하는 일도 긴요할 것이다.
우선 이것으로 근황을 알리는 바이다. 삼월 이십오일, 기후에서 히데요
시……"

유코는 상대가 부르는 대로 붓을 놀리면서 때때로 몰래 히데요시를
훔쳐보았다.

히데요시는 반쯤 황홀한 표정으로 물 흐르듯이 구술하고 있었다. 그
것이 요즘에는 일종의 독특한 기백이 담긴 명문이 되어 거의 한 글자도
가감할 데가 없는 품격을 지니게 되었다.

"모두 썼습니다."

"좋아. 다음에는 키소가와와 나가라가와長良川 사이에 있는 타케가
하나 성竹ヶ鼻城의 후와 겐로쿠 히로츠나不破源六廣綱에게 보낼 항복
권유문일세."

"후와 히로츠나에게 말씀입니까?"

"그래. 놈에게 보낼 글은 큰 글자로 쓰도록 하게. 키소가와 서쪽에
있으면서 이 히데요시를 적대시하다니 괘씸하기 짝이 없어. 자, 시작하
게…… 이번에 히데요시가 팔만의 대군을 거느리고 기후에 도착, 이제
부터 강을 건너 비슈(오와리)를 단숨에 휩쓸 것이다……"

여기까지 구술했을 때였다. 이시다 미츠나리가 손에 팻말 하나를 들고 돌아왔다.

히데요시는 구술을 중단하고 물었다.

"사키치, 그게 뭐냐?"

미츠나리는 잠시 주위를 둘러보고 목소리를 낮추어 말했다.

"사카키바라 야스마사 놈이 무엄하기 짝이 없는 팻말을 강 서쪽에까지 세워놓았습니다."

"사카키바라 야스마사?"

"예, 이에야스의 측근인 사카키바라 코헤이타가 건방진 짓을……"

"혼자 분개하지 마라, 멍청이 같으니라고. 어서 읽어봐, 뭐라고 씌어 있는지."

"읽어도 괜찮겠습니까, 이처럼 무엄한 내용을?"

히데요시는 큰 소리로 웃었다.

"네가 화를 낼 것은 없어. 묘한 녀석이로군. 어서 읽어."

10

"그럼, 읽겠습니다."

거듭되는 히데요시의 재촉을 받고 이시다 미츠나리는 팻말의 앞면이 히데요시에게 보이도록 쳐들고 숨을 몰아쉬며 읽기 시작했다.

"……하시바 히데요시는 야인의 아들, 원래 말을 끌던 병졸에 지나지 않았다……"

"뭣이, 사키치! 뭐라고 했느냐?"

아니나다를까 히데요시의 얼굴은 순식간에 창백해졌다. 그가 가장 싫어하는 말이 맨 먼저 나왔다.

"대관절 그 팻말은 어디에 세워져 있었느냐? 누가 가져왔느냐?"

"예. 장소는 기후와 타케가하나 사이에 있는 카사마츠笠松 마을 어귀, 괘씸하게 여기고 뽑아온 것은 히토츠야나기 스에야스입니다."

"뭐, 스에야스가 뽑아왔어? 어서, 스에야스를 이리 불러라."

"알겠습니다. 여봐라, 누가 대기실에 가서 히토츠야나기 님을……"

미츠나리가 입을 열었을 때.

"남에게 시키지 말고 직접 불러오너라!"

히데요시는 불쾌하다는 듯 미츠나리를 꾸짖었다.

"알겠습니다. 그럼, 곧……"

미츠나리는 팻말을 그 자리에 놓고 나갔다.

"유코."

"예."

"꾸물거리지 말고 그 팻말을."

"예, 읽으라는 말씀입니까?"

"이리 가져오라고 했어."

"알겠습니다."

갑자기 분위기가 일변했기 때문에 오무라 유코는 공손하게 팻말을 들고 일부러 내용은 보지 않으려 하면서 히데요시에게 건넸다.

"유코!"

"예…… 예."

"왜 팻말에서 눈길을 돌리는 거야? 어서 읽어."

"이런 것은 굳이 읽지 않아도……"

"읽으면 화가 치밀 뿐이라는 말이냐, 아니면 읽지 않아도 내용을 알 수 있다는 말이냐?"

"예…… 저어."

오무라 유코는 대답할 말을 찾지 못하고 당황해하면서 무릎 위에 놓인 손을 비볐다.

"이것은 적이 일부러 대장님의 화를 부추기려고 사실이 아닌 말을 쓴 것이라 생각합니다…… 그러므로 보고 분개하신다면 적의 뜻대로 되는 일, 웃고 내버리시는 것이 좋을 줄로 압니다마는……"

"닥치지 못할까, 유코!"

"예."

"건방진 소리를 하는군. 이 팻말이 나를 노하게 만들기 위한 계책이라는 것을 모를 정도로 어리석은 히데요시인 줄 아느냐?"

"죄송합니다."

"내가 읽으라고 한 것은 상대의 허튼소리에 대해 내가 얼마나 참을 수 있는지를 시험하기 위해서야. 읽으라면 어서 읽어."

"그럼, 어떤 내용이라도 말씀입니까?"

"어서 읽어! 고작 이에야스의 하타모토 따위……"

"그러면……"

유코는 난처한 표정으로 팻말을 쳐들었으나 역시 내용을 그대로는 읽지 못했다.

"원, 이렇게 무엄할 수가…… 성주님의, 말로는 다할 수 없는 대역무도함을 묵과할 수 없어 우리 주군 미나모토노 이에야스가 노부나가 공과의 신의를 지키기 위해 궐기했다고 되어 있습니다."

11

"당연히 그런 소리를 썼을 테지."

히데요시는 내뱉듯이 말했다.

"그것만은 아닐 것이야. 유코, 내가 몹시 역정을 낼 내용이 씌어 있을 텐데?"

"아시면서도 물으시다니 너무 짓궂으십니다. 유코조차 이런 것을 보면 이시다 님 이상으로 기분이 언짢아집니다."

"그런가. 유코, 어느 정도나 기분이 언짢아지는지 한번 알아보게 어서 그 구절을 읽도록 하게."

"이것 참, 제가 있지 않아야 할 곳에 있는 것 같습니다. 말을 끌던 병졸이 노부나가 공의 총애를 받아 많은 녹봉을 받게 되자…… 그 큰 은혜를 잊어버리고 주군의 지위를 약탈하려 한다고, 차마 입에 담지 못할 내용이 씌어 있습니다."

"그런 것도 당연히 썼을 것이다. 거기엔 노부타카에 대한 말도 씌어 있겠지?"

"예, 여기…… 돌아가신 주군의 아들 노부타카 공을 그 생모 및 딸과 함께 학살하고, 지금은 또다시 노부오 님에게 칼을 대려 하는 대역무도한 자라고……"

"역시!"

"그러니 이런 것은……"

"하하하, 역시 급소를 찔렀어."

"예, 뭐라고 하셨습니까?"

"써야 할 것을 썼다고 말했네. 그 말이 들어 있지 않으면 팻말의 의미가 없어. 사카키바라 야스마사란 놈, 제법 똑똑한 자로군."

유코는 안도의 빛을 띠었다.

"역시 주군은 대범하신 분, 지금 주군의 가볍게 여기시는 말씀을 듣고 저는 안도했습니다."

"좋아, 이제 히토츠야나기 스에야스가 올 것이니 그 팻말을 이리 가져오게."

"어떻게 하시렵니까?"

"칼걸이 옆에 세워놓고 여기 들어오는 자에게 모두 보여주겠어. 히데요시가 이런 일 정도에 화를 내서야 어디 쓰겠나. 둘도 없는 진중의 위안거리가 될 것이야."

이때 이시다 미츠나리가 반쯤 무장한 히토츠야나기 스에야스와 같이 들어왔다.

미츠나리의 안색은 아직 창백하게 질린 채였다. 그리고 미츠나리와 함께 온 히토츠야나기 스에야스 역시 몹시 흥분해 있었다.

"부르셨다기에 대령했습니다."

이렇게 말하고 꿇어앉은 스에야스의 오른팔에는 축축하게 피가 묻어 있었다.

"스에야스!"

"예."

"그대는 이 팻말을 보고 있던 자를 죽이고 왔지?"

"그, 그것은…… 예, 그 자가 큰 소리로 백성들에게 읽어주고 있어서 그만……"

"그 자는 무사더냐 백성이더냐?"

"승려였습니다."

"멍청한 놈!"

"예?"

"왜 그 자리에서 껄껄 웃지 않았느냐? 도쿠가와 군은 창이나 칼로는 이길 수 없기 때문에 악담으로 이기려 한다, 가엾은 자들이다…… 이렇게 말하고 하찮은 일이라는 듯 많은 사람들 앞에서 유유히 빼버렸어야 했는데 그랬어."

"예."

"그런데 일부러 가져오다니…… 이것을 나에게 보여주어 어떻게 하겠다는 말이냐? 어디 그 설명을 해보아라."

일단 가라앉기 시작했던 히데요시의 분노가 히토츠야나기 스에야스를 향해 다시 폭발하는 것 같았다.

그때였다. 오무라 유코가 이시다 미츠나리에게 가만히 고개를 가로저어 보였다.

12

"왜 잠자코 있어? 그대도 이미 한쪽의 대장. 이 팻말을 가져왔다면 가져온 이유가 있을 것이다. 그 까닭을 알고 싶다."

히데요시의 힐문에 히토츠야나기 스에야스는 깜짝 놀라 미츠나리를 바라보았다. 과연 이치에 맞는 말이었으나, 이런 식으로 분노의 불똥이 자기에게 튈 줄은 몰랐다.

스에야스가 대답을 하지 못하고 가만히 있자 히데요시의 예봉은 미츠나리에게로 향했다.

"사키치!"

"예."

"너도 화가 머리끝까지 치밀어 이것을 나에게 가져왔어."

"예, 가져왔습니다."

"어째서 가져왔느냐? 너를 내 측근에 둔 것은 쓸모가 있기 때문이 아니겠느냐?"

"감사하게 여기고 있습니다."

"그런 인사는 아직 이르다. 이에야스의 가신 사카키바라 야스마사에게는 이 팻말을 세울 만한 이유가 있었기 때문이야. 그것을 보고 멍청이 같은 스에야스는 백성들이 보는 앞에서 승려를 죽였어. 그것으로 팻말을 세운 효과를 충분히 발휘했다."

미츠나리의 얼굴에서 차차 분노의 기색이 사라졌다.

"이에야스의 가신이 세운 팻말에 대해 나의 가신인 너에게는 어떤 생각이 있었는지 그것을 말해보아라."

"예."

"만일 아무 생각도 없었다면, 사키치 너는 야스마사에게도 훨씬 미치지 못하는 불초한 부하야!"

"황송합니다마는……"

미츠나리는 물어뜯을 듯한 형상으로 자신을 노려보고 있는 히데요시를 똑바로 쳐다보았다.

"물론 그 대책이 마음속에 있었기에 주군께 보고 드린 것입니다."

"뭣이…… 마지못해 허튼소리를 하면 용서치 않겠다."

"정말 뜻하지 않은 노여움이십니다. 그럼, 제 생각을 말씀 드리겠습니다."

"좋아, 듣겠다. 들어본 뒤 잘못이 있으면 더 이상 너를 내 곁에 두지 않겠다."

"주군, 이제 주군께서는 사카키바라 야스마사의 목에 십만 석의 상금을 걸어주십시오."

"뭐……뭐라고?"

"야스마사의 목에 십만 석, 그 가치는 충분히 있다고 생각합니다."

"이유를 말해라. 나는 웃으면서 팻말을 뽑아버렸어야 한다고 했어."

"그러시면 안 됩니다. 우선 주군께서는 격노하셨습니다. 이토록 격노하신 주군을 저희는 아직 뵌 적이 없습니다."

"으음."

"물론 노하게 만든 자가 있으니 노하셨습니다. 그 점에서 야스마사는 대단한 놈입니다. 그러므로 그 목에 십만 석의 상금을 걸고, 이것이 히데요시의 분노라고 분명히 적과 아군에게 알리십시오. ……이것이 저희들의 대책입니다."

"그렇다면…… 그대들은 이 히데요시에게 분노를 숨기지 말라는 말이냐?"

"분노를 숨긴다…… 주군께서 그런 잔재주나 부리는 사람이라고 여기는 자가 있다면 천부당만부당한 일입니다. 분노하실 때는 벼락이 떨어지듯 노하십시오. 팻말을 가져온 스에야스 님을 꾸짖으시다니 당치도 않습니다."

듣고 있던 오무라 유코가 깜짝 놀라 눈이 휘둥그레졌다.

13

"뭣이, 내가 스에야스를 꾸짖었어?"

히데요시는 쏘는 듯한 눈으로 미츠나리를 노려보았다.

"사키치, 나는 스에야스를 꾸짖지 않았어. 그 팻말을 보이고…… 내가 어떻게 해야 하는지 물은 것뿐이야. 쓸데없는 소리 지껄이지 마라, 멍청한 놈."

미츠나리는 다시 한 번 몸을 내밀듯이 하고 말했다.

"그러기에 사카키바라 야스마사의 목에 십만 석을 걸라고 부탁 드린 것입니다."

"사키치!"

"예."

"그럼, 이것은 스에야스의 의견이냐?"

"히토츠야나기 님의 의견이기도 하고 제 의견이기도 합니다. 주군께서 노하셨다, 노하시거든 이 의견을 말씀 드리자고 방금 대기실에서 둘이 상의하고 왔습니다. 그렇지 않습니까, 히토츠야나기 님?"

히토츠야나기 스에야스는 당황하며 어물거렸다.

"사……사실입니다."

히데요시는 혀를 찼다.

'사키치 놈이 건방지게 자기 꾀를 믿고 스에야스를 감싸고 있구나.'

그러나 묘하게도 히데요시의 분노를 가라앉히는 힘이 있었다. 지위도 문벌도 없는데 재능까지 없다면 언제나 목을 걱정해야 할 것이다.

이런 점에서 볼 때 사키치 미츠나리의 두뇌는 가증할 정도로 잘 움직였다. 순식간에 생각을 떠올려 도리어 히데요시를 달래려고까지 하고 있었다.

'분노가 치밀 때는 벼락같이 노하라니, 이 얼마나 얄미운 반격인가.'

잠시 두 사람을 번갈아 노려보던 히데요시는 갑자기 큰 소리로 웃기 시작했다.

"사키치."

"예."

"너는 크게 조심하지 않으면 안 돼. 자기 재능에 빠져 몸을 망칠 수도 있겠어."

"예…… 명심하겠습니다."

"이번 일에 대해서는 네 마음이 잘 알고 있을 것이다. 순간적으로 재치를 부릴 때는 문득 생각난 일이라고 말해야 한다. 그것을 전부터 생각했다는 듯이 말하면 거짓이 되는 거야."

"……"

"오늘은 꾸짖지 않겠다. 순간적 재치이기는 했으나 그 예민한 두뇌를 보아 용서하겠다. 과연 이 히데요시는 사키치 네 말처럼 불같이 격노했었다!"

"황송합니다."

"격노했으니 네가 말한 것처럼 벼락이 떨어지듯 행동하겠다. 유코!"

"예."

오무라 유코는 히데요시가 큰 소리로 부르는 바람에 깜짝 놀라 온몸으로 대답했다.

"종이! 그리고 붓을!"

"예…… 예. 무어라 쓸까요?"

"팻말에 쓸 글이다, 알겠느냐?"

"알겠습니다. 자, 말씀하십시오."

"첫째, 사카키바라 코헤이타 야스마사."

"첫째, 사카키바라 코헤이타 야스마사……"

"위에 적은 자는 비록 젊다고는 하나 사리의 옳고 그름을 분간하지 못하고 히데요시를 모함하는 괘씸하기 짝이 없는 간사한 자이다. 그 목을 베어 가져오는 자에게는 적과 아군, 신분의 고하를 막론하고 십만 석의 포상을 내릴 것이다. 하시바 치쿠젠노카미 히데요시."

"예, 이대로도 훌륭한 문장입니다."

히데요시는 그 말에는 대답하지 않았다.

"스에야스!"

다시 엄청나게 큰 소리로, 어떻게 될까 하고 마른침을 삼키고 있는 히토츠야나기 스에야스의 이름을 불렀다.

14

"예."

스에야스는 상대의 말에 이끌려 자기도 큰 소리로 대답했다.

히데요시는 금방이라도 달려들 듯한 날카로운 소리로 말했다.

"나는 노하고 있다. 활활 타는 불처럼 노하고 있다."

"예."

"지금 유코가 쓴 글을 여러 벌 베껴 강의 서쪽은 물론 강의 동쪽, 도 쿠가와 군의 코앞에까지 수를 헤아리지 말고 팻말을 세우도록 하라."

"저어, 야스마사의 목에 정말 십만 석을 거시겠습니까?"

"이 멍청한 놈!"

"예."

"이 히데요시가 거짓말을 하겠느냐? 더구나 그대는 바로 이 방법이 최선책이라고 사키치와 상의하고 일부러 팻말을 가져왔다고 하지 않았 느냐?"

"그렇습니다."

"이케다 쇼뉴의 코앞에도 세우고, 모리 무사시노카미의 막사 옆에도 세우도록 하라. 한심한 녀석들이야. 내가 도착하기 전에 어이없이 패하 다니. 어서 서둘러라! 내일 내가 직접 강을 건너 아군의 진지를 돌아보 겠다. 그때 팻말이 보이지 않으면 다시 삼십 번이건 오십 번이건 벼락 이 떨어질 줄 알아라."

"잘 알겠습니다. 그럼, 이만."

히토츠야나기 스에야스가 굳어진 얼굴로 일어나 나갔다.

히데요시는 곧바로 다시 미츠나리 쪽으로 향했다.

"아직 나의 분노는 가라앉지 않았어, 사키치!"

"예……?"

"아직도 벼락이 덜 떨어졌어. 지금 내겐 이삼백 개의 번개가 더 남아 있다."

"황송합니다. 그러면 한 번에 그것을 떨어뜨리시고 그만 창공을 바 라보도록 하십시오."

"멍청한 것, 벼락이 그렇게 마음대로 떨어지는 줄 아느냐?"

"그러하오나 이미 눈은 많이 맑아지신 것 같습니다."

미츠나리는 공손히 머리를 숙였다.

히데요시도 그만 입을 막고 웃음을 터뜨렸다.

"사키치."

"예."

"당분간 나는 계속 노하고 있을 것이다. 이번 소나기는 오래 갈 줄 알아라."

"그러시면 키소가와의 물이 불어나겠군요."

"내일 아침 일찍 강을 건너겠다. 일단은 이누야마 성에 벼락을 떨어뜨리고, 그 길로 곧장 전선을 시찰할 것이다. 준비에 소홀함이 있으면 네 배꼽도 뽑아버리겠다."

"알겠습니다. 그러면 즉시 준비를 하겠습니다."

"잠깐, 사키치."

"예."

"너는 지금 일어서면서 킬킬 웃었지?".

"죄송합니다. 안도한 것이 그만 웃음이 되어 나왔는지도 모릅니다."

"웃을 때는 말이다, 남에게 숨기듯이 하고 웃으면 안 돼. 웃으려거든 이렇게 웃어라! 하하하……"

"알겠습니다. 다음부터는 그렇게 웃겠습니다."

"좋아, 어서 가거라."

"그럼, 실례하겠습니다."

"기다려!"

"예. 또 마음에 걸리시는 것이……?"

"걱정되는구나. 네놈의 재치는 코에서 입가까지 빤히 드러나 있어. 좋아, 히데츠구를 불러라."

히데요시는 이렇게 말하고 또다시 유코에게 명했다.

"붓!"

15

유코가 다시 붓을 들고 받아적을 준비를 했을 때 미츠나리의 연락을 받고 히데요시의 조카 히데츠구가 들어왔다.

히데요시는 이미 다른 생각을 하고 있는지 그쪽을 흘끗 한 번 바라보았을 뿐이었다.

"유코, 이번에도 중요한 서신일세."

"준비되었습니다."

"이것을 말이지, 내심으로는 야유지만 표면적으로는 어디까지나 중요한 밀서의 형식을 취해야 해."

"누구 앞으로 보내는 것입니까?"

"문안은 자네 마음대로 쓰게. 내가 부르는 대로 쓰지 않는 편이 재미있을 거야. 나는 이번에는 내용의 줄거리만 말하겠어."

"알겠습니다. 대의만 말씀하시면 문안은 제가 꾸미겠습니다."

"알겠나, 이에야스는 생각했던 것보다 훨씬 어리석은 자인 것 같다고……"

"예……"

"받을 사람의 이름은 나중에 말하겠네. 그건 개의치 말고 대의만을 잘 파악하게. ……히데요시가 기후에 도착했다는 것을 알았으면 이미 어떤 조치를 취해야 하는데도 아직 밀사를 보내지 않는 것은 어찌 된 일인가. 그렇다면 히데요시는 체면상 이에야스에게 철퇴를 내리지 않을 수 없다. 어쨌든 내일 아침 일찍 강을 건너 이에야스의 태도를 보기로 하겠다. 그 자리에서도 잘못을 고치는 기색을 보이지 않는다면 부득이 히데요시도 일대 결심을 하지 않을 수 없다. 중신들 중에서 이에야스의 잘못을 깨닫는 자가 있다면 불문에 부칠 것이지만, 이에야스 자신은 천하를 위해 용서하지 않을 것이다. 이 점 깊이 생각하고 이에야스로 하여금 더 이상 잘못을 저지르지 못하도록 하라……"

유코는 요점을 부지런히 적어나갔다.

"그러면…… 이 편지를 받을 사람은?"

"이에야스의 중신 이시카와 호키노카미 카즈마사인데 서면상에는 이시카즈石數라고만 쓰게."

"알겠습니다."

"중요한 문제라는 뜻이 담기도록 써야 해."

"예."

유코가 신중한 표정으로 벼루를 앞으로 당기는데 히데요시는 어느 틈에 조카 히데츠구를 향하고 있었다.

"히데츠구."

"예."

"너는 지금 몇 살이지?"

"예, 열아홉입니다."

"열아홉이라면 내 말을 알아들을 수 있겠구나. 너는 내게 친아들이 없다는 것을 알고 있지?"

"알고 있습니다."

"……그런데 내가 천하를 손에 넣었을 때는 내 혈육 가운데서 후계자를 택하지 않으면 안 된다. 그러니까 히데츠구, 너도 그 후보자 중의 하나야."

"예……?"

"왜 그렇게 놀란 눈을 하느냐? 너는 미요시三好의 아들인 동시에 내 누나의 아들이기도 하다. 그러니 이번 전투는 네게 실력이 있는지 없는지를 시험하는 전투인 줄 알아라. 과연 천하의 대장이 될 수 있는 그릇인가, 아니면 이삼만 석이 분수에 맞는 자인가, 또는 오륙십만 석의 다이묘인가."

"예……"

"하하하…… 실력 여하, 능력 여하에 따라서는 세상도 즐거운 법이야. 앞서 말했듯이 전투에도 분수에 맞는 전법이 있다. 마음껏 실력을 발휘해보아라."

"알겠습니다."

"좋아, 그만 물러가거라. 히데요시는 지금 천하인으로서의 계획을 세우려 한다. 사람의 일생이란 이처럼 바쁘게 마련이다."

이렇게 말하고는 얼른 유코 쪽을 돌아보았다.

"원 이런, 아직도 생각 중인가?"

들으라는 듯이 말하고 허공을 향해 두 손을 쳐들었다.

유코는 잔뜩 긴장하여 문안을 짜내고 있었다……

나가쿠테長久手

1

그 이튿날인 3월 27일 ——

이케다 쇼뉴와 모리 무사시노카미가 카네야마金山에서 이누야마에 이르는 배들을 거의 모두 모아들였을 무렵 기다리고 있던 히데요시가 도착했다.

하늘은 활짝 개어 있었다. 그러나 19일부터 자주 내린 비 때문에 키소가와를 흐르는 물줄기는 아직 흐렸다. 그동안 비가 내리지 않았더라면 쇼뉴도 무사시노카미도 이케지리池尻까지 히데요시를 마중 나갔을 것이고, 그곳에서 앞으로의 문제를 협의했을 것이었다. 그런데 강물이 불어났을 때는 올 필요가 없다는 히데요시의 통보로 그대로 머물러 있었다.

강을 메운 배들 사이를 헤집고 호리병박 우마지루시가 오와리 기슭에 이르렀을 때 쇼뉴와 무사시노카미는 반갑게 히데요시를 맞이했다. 그들은 곧 이누야마 성으로 히데요시를 안내하여 앞으로의 전략과 전술을 상의하기 위해 군사회의를 가질 예정이었다.

히데요시는 갑옷을 입고 있지 않았다. 그가 애용하는 중국식 투구에 진바오리陣羽織˚ 차림이었다.

"우선 이에야스의 진지를 보러 가세."

그는 두 사람을 만나자마자 빠르게 전에 없이 엄한 표정으로 말했다.

"전선의 아군 진지도 물론 허술한 점이 없겠지만, 이에야스의 포진을 보아두지 않으면 대책을 세울 수 없으니까."

"그러면, 이누야마 성에는 들어가시지 않고 곧장……"

쇼뉴보다 먼저 그 아들인 키이노카미 모토스케紀伊守元助가 대드는 듯한 어조로 말했다.

히데요시는 흘끗 그쪽을 돌아보았다.

"이에야스의 진지를 보려고 한다. 준비는 되어 있겠지?"

"물론입니다. 그러면 곧 니노미야야마二宮山로 안내하겠습니다."

"그래……"

히데요시는 점잖게 고개를 갸웃했다.

"그렇다면 일단 이누야마 성에서 식사를 하고 가도록 하세."

준비가 되어 있지 않으면 대뜸 일갈할 생각이었던 듯.

쇼뉴는 슬쩍 사위 무사시노카미를 돌아보고는 그대로 히데요시의 뒤를 따랐다.

"쇼뉴."

"예."

"이 오와리는 그대 일족에게 줄 생각이네. 그래서 나도 크게 분발할 생각일세."

"예…… 아니, 너무 과분하신 말씀입니다."

쇼뉴는 당황하며 대답했다. 이것으로 전쟁의 주체는 어디까지나 쇼뉴 부자이고, 히데요시는 도와주러 온 것이 되었다.

성에 들어와서도 히데요시는 왠지 웃는 얼굴을 보이지 않았다. 반 각

(1시간) 남짓 휴식하고는 곧 니노미야야마에 올라가겠다고 하여 다시 성을 나섰다.

"아무래도 심기가 편치 않은 모양이다."

성에 남아 있으라는 명령을 들은 쇼뉴가 넌지시 아들에게 속삭였다. 그러나 키이노카미 모토스케는 히데요시로부터 얼른 고개를 돌리고 말았다. 섣불리 말하면 ─

"이렇게 맑게 개어 멀리까지 바라볼 수 있는 날을 헛되게 보낼 작정이냐?"

오히려 이렇게 빈정거릴 것 같았기 때문이다.

그렇게 쇼뉴 부자를 불편하게 하던 히데요시도 니노미야야마에 올라 남쪽으로 보이는 코마키야마의 적진을 앞에 두고는 비로소 호탕하게 웃었다.

"핫핫하…… 이거, 참으로 전망이 좋군. 이에야스 놈이 자신은 진지에 있으면서 나에게 야전을 강요하려 하는군…… 이제 알겠어, 키이노카미."

그 다음 말은 역시 쇼뉴 부자가 듣기에는 따끔한 한마디였다.

"저 작은 산을 먼저 점령했더라면 키요스 성 공격으로 전쟁은 끝났을 텐데, 안 그런가."

2

니노미야야마를 거쳐 코마키야마와 그 주변의 지형, 도로, 촌락 등을 대충 살펴보고 히데요시는 곧 전선의 진지를 순찰하기 시작했다.

"코마키야마의 적진과 가장 가까운 곳은 어디인가?"

"니쥬호리二重堀˚입니다."

"좋아, 먼저 그곳부터 안내하게."

순간 옆에 있던 이시다 사키치가 말했다.

"갑옷도 입지 않으시고 이대로는……"

"뭣이!"

히데요시는 미츠나리보다 키이노카미 모토스케와 무사시노카미 나가요시를 의식하는 몸짓으로 오만하게 웃어넘기며 말에 올랐다.

"내 몸에 적의 화살이나 총탄이 박힐 줄 아느냐? 그대들의 눈에는 보이지 않을 게야. 코마키야마에는 아직 이에야스가 오지 않았어. 이에야스가 없는데도 나를 보고 싸움을 걸어올 자가 있을 것 같으냐?"

히데요시의 그 관찰은 정확했다.

그들이 코마키야마의 동북쪽 니쥬호리에 이르렀을 때 과연 코마키야마에 이에야스의 우마지루시는 없었다. 사카키바라 코헤이타 야스마사의 수레무늬 깃발만이 평화롭게 봄바람에 휘날리고 있었다.

"으음, 저 산을 지키는 자는 누구냐?"

"사카키바라 코헤이타입니다."

모리 무사시노카미의 대답에 과연 그럴 줄 알았다는 듯이 히데요시는 웃었다.

"하하하…… 저것이 코헤이타란 말이지. 나를 우다이진 님의 말을 끌던 병졸이라고 모독한 놈."

그 말에 모토스케는 등골이 오싹했다. 그전부터 창백해 있던 모리 무사시노카미는 순간 흥분하며 말했다.

"그러시면, 대장님은 이미 그 팻말을……"

"팻말뿐 아니라 회람장도 나돌고 있네."

히데요시는 가볍게 말하고 태평스럽게 적의 목책木柵 옆으로 말을 몰고 갔다.

"그렇게 너무 접근하시면……"

이번에는 모토스케가 깜짝 놀라 말했다.

"탄환이 도달한다는 말인가?"

"적도 이미 대장님을 알고 있습니다."

"물론 알고 있겠지."

히데요시는 얄미울 정도로 대담했다.

"적들에게 알게 하려고 천하에 이름을 떨친 호리병박 우마지루시를 세운 것일세."

"만일의 사태라도 일어나면……"

"키이노카미."

"예."

"만일의 사태가 일어나면 그대 부자에게 고스란히 천하를 넘겨주겠어. 하하하…… 코헤이타 놈이 쏘는 총탄에 맞아 죽을 정도의 히데요시라면 어서 죽는 편이 좋아."

히데요시는 마치 장난꾸러기 악동처럼 기어코 적의 목책에 말을 바짝 대고 일부러 그 안을 들여다보았다.

그 모습에 모토스케나 무사시노카미보다도, 히데요시를 따라온 히네노 빗츄노카미日根野備中守 부자와 호리 히데마사가 더욱 놀랐다.

"위험하십니다."

허둥지둥 말을 몰고 와서 가로막았다.

바로 그 순간이었다.

"탕 탕 탕."

산 위에서 한꺼번에 총성이 울렸다.

사람들은 정신없이 히데요시를 감쌌다.

다만 이케다 키이노카미 모토스케만이 짓궂은 눈으로 히데요시의 낯빛을 살피고 있었다.

'대장이 해서는 안 될 일을 하다니……'

이 교활한 허풍쟁이가 얼마나 꼴사납게 놀라는지 모토스케는 그것을 즐기고 싶은 심정이었다.

3

그 순간의 히데요시가 어떤 낯빛인지 살펴본 사람은 키이노카미 모토스케뿐만은 아니었을지도 모른다.

히데요시의 말을 둘러싼 사람들까지 순간적이기는 했으나 핏기를 잃고 있었다.

"하하하하……"

히데요시는 놀라기는커녕 큰 소리로 웃음을 터뜨리면서 말 위에서 군선軍扇을 활짝 폈다.

"쏘아라, 쏘아. 히데요시가 여기 있다."

그 낯빛은 전혀 변하지 않았다……

이케다 키이노카미 모토스케는 등골이 오싹해졌다.

아버지 쇼뉴의 신앙과도 같은 히데요시 숭배에 적잖이 반발하고 있던 모토스케였다.

'인간의 실력에 큰 차이가 있을 리 없다. 다만 히데요시는 남달리 운이 좋고 남보다 교활하다는 점에서 뛰어날 뿐……'

이런 생각에 싸늘한 눈으로 바라보았던 모토스케였으나, 오늘 그가 본 히데요시는 초인超人이라 해도 좋을 것 같았다.

전혀 공포의 빛을 보이지 않고 태연히 장난꾸러기 아이처럼 부채를 흔들고 있다니……

물론 산 위에서 그곳까지는 백발백중의 거리는 아니었다. 그렇지만 모두가 창백하게 질려 있는데도 히데요시만은……

"빗츄, 빗츄."

여전히 목책에 바싹 붙어서서 걸으며 히데요시가 히네노 빗츄노카미 히로나리를 불렀을 때 일제히 두번째 사격이 시작되었다. 이번에는 탄도彈道의 거리가 공기를 가르며 가까이에서 느껴졌다.

"부르셨습니까?"

"이 진지는 그대 부자가 지키도록 하게."

"알겠습니다."

"알겠나, 적은 진지전陣地戰을 각오한 모양이니 이쪽에서 서두르면 안 된다. 여기에 동쪽으로 오십오 간, 남북으로 사십 간에 걸치는 높은 보루를 쌓도록 하라."

"예…… 여기서부터 동쪽으로…… 음, 동서로 오십오 간……"

"그래. 남북으로는 사십 간이다. 우리도 움직이지 않겠다는 결의를 보이기 위해서다."

"알겠습니다."

"그럼, 즉시 그대는 이곳으로 진지를 옮기도록 하라. 다음은 어딘가, 키이노카미?"

모토스케의 이마에는 땀방울이 맺혀 있었다.

'총성이 울리고 있는 가운데서도 히데요시는 진지의 구축을 생각하고 있었다……'

이것은 거드름을 피우기 위해 할 수 있는 일은 아니었다.

'역시 보통 사람이 아니다!'

그런 생각과 함께 이번에는 목소리가 떨려나왔다.

"예. 다음에는 타나카 성채입니다."

"그리 가겠다. 안내하게."

"예."

"키이노카미, 어때, 코헤이타 놈의 총탄이 내 몸을 피해서 가지 않던가?"

"예…… 놀라운 일입니다."

"히데마사!"

"예."

호리 히데마사가 부름을 받고 말을 가까이 몰아왔다.

"이 니쥬호리와 다음의 타나카 성채는 요충지일세. 그대가 지키도록
하게. 경우에 따라서는 이 근처에서 결전이 벌어질지도 몰라."

모리 무사시노카미는 이쯤에서 자기 이름이 불리지 않을까 하고 발
돋움하듯이 하며 귀를 기울이고 있었다.

<h1 style="text-align:center">4</h1>

니쥬호리에서 타나카까지는 10여 정밖에 떨어져 있지 않았다. 그곳
에는 지금 모리 무사시노카미가 일대의 군사를 보내 적의 동향을 살피
게 하고 있었다. 따라서 무사시노카미도 당연히 그곳으로 출진하라는
명령이 내릴 것으로 생각하고 있었다.

모리 무사시노카미가 미리부터 말고삐를 힘주어 잡고 귀를 기울이
고 있었으나, 호리 히데마사에게 하는 히데요시의 말 가운데는 좀처럼
그의 이름이 나오지 않았다.

"히데마사……"

"예."

"그대는 가장 동쪽에 대기하고 있다가 빗츄노카미 부자를 철저히 도
와주도록 하게."

"명심하겠습니다. 그러면, 제 오른쪽은 누구입니까?"

"거기에는 우선적으로 호소카와 엣츄細川越中(타다오키忠興)를 배치

해야 할 것일세. 엣츄는 지혜도 용기도 나무랄 데 없으니까. 어떤가, 그대 생각은?"

"엣츄 님이라면 저도 겨루어볼 만한 보람이 있다고 생각합니다."

"그리고 그 오른쪽에는 하세가와 히데카즈, 다시 그 오른쪽은 누가 좋을까?"

"카토 사쿠노우치 미츠야스加藤作內光泰가 어떨까 합니다."

"아니, 사쿠노우치는 안 돼. 참, 타다사부로忠三郎가 좋겠어. 타다사부로로 정하세."

타다사부로란 가모 우지사토를 가리킨다.

"타다사부로를 배치하고 그 오른쪽에는 타카야마 우콘, 그 다음에 사쿠노우치를 배치하는 것이 좋겠어."

모리 무사시노카미는 점점 더 말을 히데요시 뒤로 접근시켰다. 결전장이 될 것이라는 중요한 적의 전면인데도 아직 자기 이름이 나오지 않고 있었다.

이 무렵부터 이케다 키이노카미 모토스케도 같은 생각을 하게 된 모양이었다. 때때로 히데요시를 흘끗 바라보기도 하고 무사시노카미의 기색을 살피기도 했다.

"그러면, 사쿠노우치 미츠야스가 이 진지의 우익이 되는 것입니까?"

"우익은 사쿠노우치가 아니라 키무라 하야토木村隼人일세. 타나카 성채에는 일만 병력, 히네노 부자의 군사를 합하면 일만 이천이다."

말하는 동안 그들 일행은 어느새 타나카 성채에 도착해 있었다.

그곳에서의 히데요시 순찰은 여간 철저하지 않았다.

정면에 동서로 16간, 남북으로 30간의 목책을 세우고 이를 중심으로 물고기의 비늘 모양으로 호리, 호소카와, 하세가와, 가모, 타카야마, 카토, 키무라 등을 포진시켜 공을 다투게 했다. 물론 이들은 이 지역의 후방이 될 히데요시의 본진을 담당하는 선봉이 되었다.

이누야마 성에서 군사회의를 열지 않고 이렇게 현지에서 부서를 정한 일은 일찍이 없었다. 생각하기에 따라서는 이렇게 할 속셈이 있었기 때문에 이누야마 성에 들르기를 주저했다고도 할 수 있었다.

히데요시는 타나카 성채 외에 소토쿠보야마外久保山, 우치쿠보야마內久保山의 성채를 돌아보고 각각 그곳을 지킬 장수의 이름을 말한 뒤 보루와 목책의 길이까지 지시했다.

소토쿠보야마는 니와 고로자에몬丹羽五郎左衛門의 3,000.

우치쿠보야마는 모리 나가치카森長近와 하치야 요리타카의 3,500.

이와사키야마岩崎山는 이나바 잇테츠와 그 아들 우쿄노스케 사다미치右京亮貞通의 3,800.

이와사키야마에 대한 지시를 끝내고 오츠카王塚(아오츠카青塚)˙에 도착했을 때 모리 무사시노카미는 어깨가 축 늘어져 있었다.

히데요시는 하구로의 패전에 화가 나서 모리 무사시노카미를 요충지에 배치하지 않은 것이라고 생각할 수밖에 없었다……

5

오츠카에 도착했을 때는 이미 해가 기울어 있었다.

히데요시는 느긋한 마음으로 좁은 논길과 길 양쪽에 자라는 나무의 이름까지 물으면서 몇 번이나 이마에 손을 얹고 남쪽의 코마키야마를 바라보았다.

그리고 낯빛이 변해 있는 모리 무사시노카미를 흘끗 돌아보았다.

"어디 몸이라도 불편한가?"

빈정거리듯 물었다.

"몸이 불편하다면 이 중요한 성채는 맡길 수 없겠군."

"아닙니다. 몸은 전혀……"

"그렇다면 다행이로군. 이 성채는 최우익의 방어선일세. 최우익인 코구치小口*에는 츠츠이 이가노카미筒井伊賀守(사다츠구定次)와 이토 카몬노스케 스케토키伊東掃部助祐時의 칠천을 배치하겠네. 그들을 그대가 철저히 도와주지 않으면 안 돼. 알고 있겠지?"

"그러면…… 이 오츠카를 저에게?"

"부탁하겠네, 그대에게."

"알겠습니다. 감사합니다."

활기찬 목소리로 대답했다. 그러나 그 흥분도 이누야마 성에 돌아오는 동안 점점 사그라지고 말았다.

역시 히데요시는 하구로 패전을 계산에 넣고 무사시노카미의 실력을 과소평가하고 있다는 생각을 지울 수 없었다. 최우익 코구치 성채에 츠츠이, 이토의 대군과 코구치의 왼쪽에 배치될 이나바 잇테츠 부자의 군사 사이에 끼여 모리 군은 있어도 좋고 없어도 그만인 존재처럼 느껴졌다.

이러한 불만과 불안은 쇼뉴 부자에게도 있었다.

그들 역시 당연히 최전선에 나가 이에야스의 주력 부대와 대치하게 될 줄로 알고 있었다. 그런데 이누야마 성으로 돌아와 새로 짜여진 배치도를 보아도 쇼뉴 부자는 그대로 이누야마 성에 남아 있도록 되어 있었다.

전에는 이누야마 성이 최전선이었다. 그 최전선의 거점을 손에 넣은 것은 바로 쇼뉴 부자였다. 그런데도 히데요시의 후진보다 더 뒤에 남아 있게 되었다. 특히 히데요시의 교활함에 의혹을 품고 적이 강대하다는 것을 계속 주장해온 키이노카미 모토스케는 이 배치를 확인한 순간 가슴이 뜨끔했다.

'혹시 히데요시가 내 마음을 꿰뚫어보고 있지는 않을까……?'

신예부대가 도착했기 때문에 그들과 교체시켰다고 생각하면 그만이었다. 그러나 가장 후방에 남겨진다면 공을 세울 기회도 없을밖에 —

그날 밤 히데요시는 쇼뉴와 더불어 식사를 같이했다.

"누가 무어라 해도 이 성을 손에 넣은 것은 그대의 큰 공로⋯⋯"

듣기에 따라서는 공치사와 같은 칭찬을 늘어놓았다.

"이에야스의 속셈은 이미 알았어. 이제부터는 내가 본진을 가쿠덴으로 전진시켜 적이 공격해오기를 유유히 기다리겠네. 그대는 안심하고 피곤한 몸을 잠시 쉬도록 하게."

고지식한 쇼뉴는 눈시울을 붉히며 히데요시의 우정에 감동했다. 그러나 이튿날 쇼뉴의 이러한 감동도 아들이나 사위와 똑같은 불안으로 이어졌다.

'쇼뉴 부자로는 감당할 수 없어 내가 왔다. 내가 온 이상 이미 쇼뉴 같은 자는⋯⋯'

이와 같은 불안이 저도 모르게 이케다 부자로 하여금 어떤 수단을 강구하지 않고는 견딜 수 없게 만들고 말았다. 부자가 중신들을 모아놓고 중대한 회의를 열기 시작한 것은 이튿날인 28일 밤부터였다.

6

28일 양군의 움직임은 갑자기 활발해졌다.

히데요시가 생각했던 대로 그가 전선을 시찰하고 난 뒤 곧 비가 내리기 시작하여 28일 이른 아침에는 빗발이 상당히 강해졌다. 그 빗속에서도 병력배치의 지시에 따라 히데요시 군은 속속 이동하고 있었다.

도쿠가와 쪽에서도 이에야스 자신이 키요스 성을 출발하여 코마키로 진지를 옮겼다.

노부오도 히데요시가 도착했다는 것을 알고 급히 나가시마를 떠나 코마키로 진을 옮기고 있었다.

성채마다 망치와 도끼소리가 요란하고 사람과 말이 바삐 움직이고 있었다.

그런 가운데 또다시 ——

"……하시바 히데요시는 야인의 아들……"

히데요시가 역적임을 선전하는 사카키바라 야스마사의 팻말이, 이번에는 딱딱한 한문으로 고쳐진 회람장이 되어 히데요시 쪽 장수들에게 보내졌다.

"언제 공격해도 좋다."

이런 도전에, 전기戰機는 시시각각 두 영웅 사이에 무르익어갔다.

이케다 쇼뉴는 본성 큰 서원을 히데요시에게 넘겨주고 자신은 둘째 성 서원으로 물러나 있었다. 그는 그곳으로 일족의 중신들을 불렀다.

"나는 치쿠젠 님의 우정에 부응하지 않을 수 없네."

진심으로 그렇게 믿고 있다는 어조로 입을 열었다.

"치쿠젠 님은 내가 피로할 것이니 잠시 휴양하라고 말씀하셨다. 또이 오와리는 그대에게 주려 하는데, 그러기 위해 이 히데요시는 혼신의 노력을 할 것이라고도 하셨네. 이런 말을 듣고 그 호의를 그냥 팔짱만 낀 채 받아들여서야 어디 될 말인가. 우리도 비책을 마련하여 이번 전투에서 치쿠젠 님이 명성을 떨칠 수 있도록 도와드리지 않으면 의리가 서지 않아."

쇼뉴의 말은 히데요시에 대한 숭배 그것으로, 우습기 짝이 없었다. 그러나 이미 모토스케는 이를 거역하려 하지 않았다. 지나치게 순진한 아버지가 히데요시 숭배에 여념이 없다는 것은 그만큼 히데요시에게 실력과 매력이 있기 때문이라고 지금은 납득하고 있었다.

그런데 이번에는 동생인 산자에몬 테루마사가 고개를 갸웃거리며 입을 열었다.

"아버님 말씀이 과연 옳은지…… 저로서는 약간 납득하기 어려운 점이 있습니다."

"뭣이, 어떤 점을 납득할 수 없다는 말이냐? 치쿠젠 님은 절대로 우리를 소홀히 대하실 분이 아니야. 그 점은 이 아비가 오랫동안의 교분을 통해 잘 알고 있다. 대관절 너는 어째서 그런 말을 하느냐?"

"납득할 수 없습니다. 아버님도 지금 말씀하셨습니다. 치쿠젠 님은 절대로 우리를 소홀히 대하실 분이 아니라고. 아버님이 섭섭하게 생각하고 있어서 하시는 말씀 아닙니까?"

"말을 돌려서 하면 안 된다. 무장이라면 알기 쉽게 말하도록 해라. 소홀히 대하실 분이 아니라는 말이 섭섭하게 생각하고 있다는 말과 같다니…… 에잇, 답답하구나. 미심쩍은 점이 있다면 그렇게 혀를 깨물 듯이 말하지 말고 똑바로 말해라."

"똑바로 말씀 드리겠습니다. 이번 전투에서 아무 공도 세우지 못하면 아버님도 무사시노카미 님도 무사 체면이 서지 않을 것 아닙니까?"

"무……무슨 소리를 하고 있느냐!"

"아버님은 치쿠젠 님의 비위를 맞추려 하고 계십니다. 그런 마음을 가지고 싸우시면 안 됩니다."

동생의 과격한 말을 모토스케가 웃으면서 가로막았다.

"잠깐, 테루마사!"

7

"잠깐 기다려라……"

모토스케는 동생 산자에몬 테루마사의 소매를 툭툭 쳤다.

"아버님은 치쿠젠 님의 비위를 맞추시려는 것이 아니야. 순수한 마음으로 봉사하시려는 것이다."

"봉사……?"

"그래, 섬기는 것과는 달라. 반한 여자를 대하는 것 같은 마음을 봉사라 할 수 있겠지."

"닥쳐라, 이놈들아!"

쇼뉴가 혀를 차며 꾸짖었다.

"너희들은 전쟁을 뭘로 아느냐? 말을 삼가라. 반한 여자…… 당치도 않은 예를 들면 용서치 않겠다. 한마디로 말해라, 한마디로. 이건 무사가 자기를 알아주는 자를 위해 죽어도 좋다는 기백이야."

"아버님."

모토스케는 웃으면서 말했다.

"요즘의 무사는 자기를 알아주는 자를 위해서만 죽지는 않습니다. 어떤 경우에서든 각자 자기 나름대로 계산하고 있습니다. 그렇지 않은가요, 매형?"

슬그머니 진지에서 빠져나와 있던 무사시노카미는 그 질문에 울컥 부아가 치민 듯 퉁명스럽게 물었다.

"오늘 밤 회의는 무슨 회의입니까? 우선 장인 어른의 의견을 말씀하십시오."

"그래, 그래야지. 무사시노카미, 이번 전투에 대해 나는 필승의 전략이 있다."

"아버님……"

다시 동생 산자에몬이 말하려는 것을 모토스케가 말렸다.

"테루마사, 잠자코 있거라. 아버님이 반하신 치쿠젠 님에게 우리도 함께 반해보자. 내가 보기에도 치쿠젠 님은 분명 그럴 만한 가치가 있는 분이야."

"암, 그렇고말고. 아직 모토스케도 테루마사도 어려. 아비가 믿는 인물인데 잘못 보았을 리가 없다."

"그러면, 말씀하신 요점을 제가 기록하겠습니다."

중신 이키 타다츠구가 이야기의 요점을 파악하고 붓을 들면서 쇼뉴에게 말했다.

"전에도 잠시 말한 일이 있지만, 어제부터 오늘까지의 상황을 살펴보니 내가 생각했던 대로 이에야스는 미카와에서 속속 군사를 불러들이고 있다."

"말씀하신 그대로입니다."

"지금 무엇보다도 중요한 것은 대진을 오래 끌지 않아야 한다는 생각이다. 칠만 가까운 대군을 이끌고 오래 머무르면 그 식량만 해도 엄청나게 돼. 그러므로 나는 치쿠젠 님께 청하여 오카자키를 공격할까 생각한다."

"오카자키까지 진격하시겠다는 말씀입니까?"

"그래. 지금 군사이동을 보면, 미카와는 오래지 않아 비게 될 것이야. 기회를 보아 이쪽에서 쳐들어가면 이에야스는 싫더라도 미카와로 철수하지 않을 수 없다."

모토스케는 벌써 그 계획을 여러 번 들어 알고 있었기 때문에 가볍게 고개를 끄덕일 뿐이었다. 그러나 무사시노카미는 몸을 앞으로 내밀었다. 그는 쇼뉴의 이 작전에 참가하여 하구로의 불명예를 씻어야 한다고 생각하고 필사적으로 달려드는 듯했다.

"그런데…… 치쿠젠 님이 허락하실까요?"

"내가 청한다면 허락하고 말고가 없지."

쇼뉴는 자신만만한 듯 말했다.

"치쿠젠 님이 은근히 걱정하시는 것은 장기전이니까 말이다. 내게 비책이 있다는 것을 아시면, 쇼뉴, 부탁하네! 하실 게 틀림없어. 알겠나, 우리가 오카자키를 공격해야 한다. 이에야스가 당황하여 철수하면 그때는 노부오 혼자 남게 되는 거야…… 그땐 치쿠젠 님이 쉽게 쳐부수게 될 것이야. 그러면 전쟁은 단숨에 끝나고 만다."

8

"아버님."

모토스케가 말했다.

"그 계획은 계획으로서는 나무랄 데 없습니다마는."

"뭐, 계획으로서는……?"

쇼뉴는 이야기가 끊기게 되어 신경질적으로 혀를 찼다.

"계획부터 말해야 순서가 아니냐. 잠자코 있거라."

"그렇습니다. 그런데 이것을 실행할 군사배치는?"

모리 무사시노카미는 눈을 빛내면서 쇼뉴의 다음 말을 재촉했다.

"바로 그것이다, 상의하려는 것은…… 이에야스가 되돌아오면 우리는 그들과 미카와에서 싸우게 된다. 전멸시킬 것까지는 없겠으나, 우리역시 무사히 철수할 수 있는 준비는 필요하다. 그러기 위해서는 어느 정도의 병력이 있어야 한다. 그것이 문제다."

"이케다 군 육천에 제가 거느린 삼천, ……합해서 구천의 군사로는 부족할까요?"

"구천으로는 어림도 없습니다."

모토스케가 가로막았다.

"만일 이에야스가 총병력을 이끌고 되돌아온다면 그 수는 얼마쯤이나 될 것 같습니까?"

"그것은……"

"적지에서 싸우려면 이에야스의 병력보다 두 배는 많아야 합니다. 이에야스의 병력을 만 오천으로 보아도 우리는 삼만…… 그래서 저는 망설이는 것입니다. 전체의 약 반수나 되는 군사를 치쿠젠 님이 보내주실 것인가…… 또 삼만 이상이나 되는 대군을 이에야스가 눈치채지 못하도록 은밀히 움직일 수 있을 것인가, 문제는 여기에 달려 있습니다."

모토스케의 설명에 산자에몬은 의아하다는 듯이 말했다.

"삼만이라니, 그런 대군은 필요하지 않을 겁니다."

"어째서 필요치 않다는 말이냐?"

"기습에는 대군이 필요하지 않습니다. 되돌아오는 적과 동수, 적이 만 오천이라면 우리도 만 오천으로 충분하다고 생각합니다."

"만일 진군 도중에 적에게 탐지되어 오카자키에 도착하기 전에 습격을 당해도 말이냐?"

"물론이죠."

산자에몬도 물러서지 않았다.

"일단 기습당하면 적은 당황하게 마련이에요. 당황하는 만 오천과 숨을 죽이고 전진하는 만 오천은 숫자로 보면 같지만, 그 힘의 비교는 삼만 대 만 오천과 같아질 겁니다."

"그 말이 옳다!"

쇼뉴는 테루마사의 말에 무릎을 쳤다.

"기습을 하면 만 오천도 충분히 삼만으로 보이게 마련이다."

"그러나 실제로 삼만이 있으면 상대는 전의를 상실합니다. 전의를 상실케 하는 것이 가장 상책인 줄……"

문득 모토스케는 스스로 자기 말의 모순을 깨달았다. 히데요시가 삼만의 대군을 보낼 리가 없고, 보낸다 해도 은밀하게는 움직일 수 없다고 한 것은 바로 자기 자신이었다.

"그러면 어느 정도의 병력을, 또 누가 이 작전에 참가할 것인지, 먼저 주군의 의향을 알아보기로 합시다."

이번에는 가신 헤기 사이조가 고개를 끄덕이며 말했다.

"바로 그것이다. 나는 치쿠젠 님에게 미요시 마고시치로 히데츠구 님을 총대장으로 모시겠다고 말씀 드릴 생각이야."

"저어, 총대장을 따로 모신다는 말입니까……?"

모리 무사시노카미가 실망했다는 듯 입을 열었다.

쇼뉴는 이를 무시했다.

"히데츠구 님은 치쿠젠 님의 조카, 치쿠젠 님으로서는 눈에 넣어도 아프지 않을 분이야. 그분에게 공을 세우게 해 의리를 다하려 한다."

쇼뉴는 눈을 가늘게 뜨고 비책을 말했다.

9

히데츠구의 이름이 나오자 모리 무사시노카미도, 젊은 산자에몬 테루마사도 노골적으로 언짢은 얼굴빛이었다.

"히데츠구 님은 아직 열아홉 살입니다. 총대장으로 모실 정도로 전투 경험이 많지도 않습니다."

산자에몬이 이의를 제기했다. 그때 이미 쇼뉴는 아들의 의견 따위는 문제시하고 있지 않았다. 어쩌면 이것이 비책 중에서도 가장 중요한 비책인지도 몰랐다.

"못난 소리를……"

쇼뉴는 산자에몬의 말을 가로막았다.

"모든 지휘는 물론 내가 한다. 그러나 명목상으로는 히데츠구 님을 총대장으로 모시고 공을 세우게 하여 치쿠젠 님에 대한 의리를 다하려는 것이다."

"이런 일에까지 의리라니……"

"의리를 잊으면 무장이 아니야. 무장은 의義에 살고 의에 죽어야 해. 그리고 사실은 말이다, 치쿠젠 님은 여기서 히데츠구 님에게 공을 세우게 하여 될 수 있으면 양자로 삼으시려 하고 계시다. 나는 그 속마음을 잘 알고 있어. 알고 있기 때문에 히데츠구 님을 모시려는 게야."

"그러면, 이것도 책략의 하나로군요."

이키 타다츠구의 말이었다.

쇼뉴는 이미 조금 전에 한 '의' 라는 말을 잊기라도 한 듯이 머리를 끄덕였다.

"히데츠구 님을 총대장으로 모시겠다고 하면 치쿠젠 님은 반드시 내 청을 받아들이고 필요한 만큼 군사를 내주실 거야…… 참, 아까 얘기한 그 병력 말인데, 이케다 군과 모리 군만으로는 물론 부족해. 여기에 히데츠구 님이 팔천을 거느리고 다시 감군監軍으로 호리 히데마사의 삼천을 더하여 총 이만으로 진영을 갖추면 충분하다. 어떠냐, 내 말에 이의가 있느냐?"

"이의는 없습니다만, 과연 치쿠젠 님이 허락하실까요?"

"자신 있어. 내게 맡겨라!"

"한 가지 여쭙겠습니다."

"무엇이냐, 무사시노카미? 뭐가 못마땅하다는 말이냐?"

"그럼, 총대장은 미요시 마고시치로 히데츠구 님, 감군은 호리 큐타로 히데마사 님, 그렇다면 도대체 우리는 어떻게 되는 것입니까?"

"무슨 소리를 하는 게냐. 이름은 남에게 양보하고 실은 우리가 싸우는 것이다. 어떻게 되다니 한심스럽구나. 이 쇼뉴와 키이노카미가 선봉에 서겠다. 제이군은 물론 무사시노카미, 바로 자네란 말이야! 제삼군에는 호리 히데마사를 두고, 제사군이 히데츠구 님, 그래 히데츠구 님에게 맡기겠어. 총대장은 후방에 있게 마련이니까. 이런 데 군사편성의 묘미가 있는 게야."

쇼뉴는 벌써 성공했을 때의 일을 생각하는 듯이 빙긋 웃었다.

"선봉이니 제이군이니 하지만, 오카자키 성에 들어갈 때는 나와 나란히 들어가세. 무사시노카미."

모리 무사시노카미는 겨우 납득한 듯 머리를 숙였다.

"예…… 꼭 그랬으면 합니다!"

산자에몬 테루마사는 계속 고개를 갸웃거렸다. 그는 아직 히데츠구가 총대장이 된다는 것을 마땅치 않게 여기는 모양이었다.

'기습을 하는 데 의리 따위를 생각하고 전투경험도 없는 총대장과 같이 나가도 되는 것일까……?'

모토스케는 이미 아버지의 생각을 움직일 수 없다고 생각했다. 이 작전을 실행하지 않으면 모리 무사시노카미는 출세의 길이 막힐 것이고 아버지의 입장도 난처해질 것 같은 느낌이었다.

"아버님, 이 계획은 잠시 치쿠젠 님께 비밀로 해주십시오. 아직도 이에야스의 군사가 속속 미카와에서 이동해오고 있습니다. 그러니 미카와가 비었다……고 생각될 때까지 기다렸다가 말씀 드리는 것이 좋을 듯합니다. 그것말고는 이의 없습니다."

이 한마디로 쇼뉴의 계획에 대한 그들의 입장은 결정되었다.

10

이케다 일족이 여러 번 회의를 거듭한 끝에 미카와 침입을 히데요시에게 건의한 것은 4월 4일이었다.

그때 이미 쇼뉴는 물론, 모토스케와 산자에몬, 모리 무사시노카미도 모두 납득하고 이를 위해 전력을 기울일 결심이 서 있었다. 진로도 도

"치쿠젠 님은 여러 가지로 저를 생각해주십니다. 그 온정에 감격하여 저희 일족은 머리를 짜내어 이 비책을 강구해냈습니다. 더 이상 저희 걱정은 하지 말아주십시오."

"허어."

히데요시의 눈이 휘둥그레졌다. 이렇게까지 자기를 믿어주는데 웃을 수도 없었다.

"이 쇼뉴가 치쿠젠 님의 신의에 보답하기 위해 마지막으로 도움을 드리려고 합니다. 부탁입니다. 제발 허락해주십시오."

"이거, 정말 놀랐는걸. 이렇게 대진하고 있을 때 공격을 하겠다니 여간 큰 위험이 따르지 않을 텐데……"

"각오하고 있습니다. 그런 위험도 감수하지 않는다면 점점 더 이에야스의 계략에 말려들게 됩니다. 이에야스는 이 지구전에 신물이 나서 우리가 철수할 때를 노리고 있는 것이 분명합니다. 야전에서의 추격은 이에야스가 가장 자랑으로 여기는 것, 물론 그러한 점은 치쿠젠 님도 아실 테지만……"

"알고 있네, 알고는 있지만……"

그대로서는 마음이 놓이지 않는다……고 말하려다 히데요시는 얼른 그 말을 삼켰다. 상대가 너무 외곬이기 때문에 히데요시나 되는 사나이도 섣불리는 말할 수 없었다. 상대는 어디까지나 표리가 없는 성실 일변도의 사람이었다.

"저는 치쿠젠 님이…… 쇼뉴! 잘 말해주었네…… 이렇게 말하고 허락해주신다면 그 이상 기쁜 일이 없겠습니다. 제 걱정을 하신다는 것이 이미 저에게는 부담이 됩니다. 허락해주십시오."

"으음, 생각을 많이 한 모양이로군."

"무사는 자기를 알아주는 사람을 위해 죽는 것입니다…… 치쿠젠 님, 부디 저의 전략을 받아들여주십시오."

"그야 받아들이겠지만……"

"치쿠젠 님이 저를 생각해주실수록, 저로서는 더더욱 물러날 수 없는 결심입니다."

쇼뉴는 히데요시가 어디까지나 자신의 위험을 염려하여 망설이는 줄로만 믿고, 그렇게만 받아들이고 있었다.

"……공격의 총대장으로는 미요시 마고시치로 히데츠구 님을 모시려고 합니다."

"뭐, 히데츠구를 총대장으로?"

"그렇습니다. 선봉은 저와 제 아들 키이노카미가 맡겠습니다. 제이군은 제 사위 모리 무사시노카미 나가요시, 둘째아들 산자에몬 테루마사도 여기에 가세하도록 할 생각입니다마는, 이렇게 되면 모두 일족이므로 경쟁심이 생길 우려가 있습니다. 그래서 제삼군은 호리 히데마사를 기용하려고 합니다."

"많이 생각했군, 쇼뉴……"

"물론입니다. 필승의 각오로 대비하지 않으면 의미가 없습니다. 이 호리 히데마사는 제삼군의 대장인 동시에 전군을 감시하는 역할을 맡게 하여 절대로 아들이나 사위가 멋대로 행동하지 못하도록 하겠습니다. 그리고 제사군의 대장은 미요시 히데츠구 님에게 맡겨 총병력 이만 명으로 공세를 취하면 제아무리 뱃심 좋은 이에야스라도 그냥 있을 수 없을 것입니다. 코마키야마에 나와 있다가 오카자키에서 후방과의 연락을 끊어버리게 되면 스루가, 토토우미, 카이 등 세 지역이 혼란에 빠집니다. 아니, 분부시라면 오카자키만 공격하고 곧 철수해도 좋습니다. 그러나 이 전략에는 미카와 쪽에서 우리에게 내응할 자도 점찍어놓고 있습니다."

"뭣이, 미키와에서 내응할 자가……?"

쇼뉴는 잔뜩 눈썹을 치켜뜨고 대들기라도 하듯 무릎걸음으로 히데요시 앞으로 한 걸음 나갔다.

12

　히데요시는 아직 승낙은 하지 않았다.

　쇼뉴가 생각하는 것처럼 히데요시 자신도 내심으로는 지금의 상황
이 무척 곤혹스러웠다. 표면적으로는 유유자적하고 있었으나, 이에야
스 쪽에서 먼저 공격해올 기미는 보이지 않고 대치한 채로 날을 보내고
있으면 이에야스의 손실과 히데요시의 그것은 비교가 되지 않았다.

　'어떻게든 이 국면을 타개해야만 하는데……'

　히데요시도 요즈음 쇼뉴와 비슷한 작전을 여러모로 생각하고 있던
참이었다. 그러나 이 작전을 수행할 적당한 인물을 찾을 수 없었다.

　대치하고 있는 전쟁터에서 싸우지 않고 적의 영토 안으로 쳐들어가
야 했다. 쳐들어갈 때까지 은밀해야 하는 것은 말할 나위도 없고, 적이
깨닫게 되는 시기에 따라 그 지휘에는 천변만화의 변화가 필요했다. 만
일 그 지휘를 잘못하면 적의 영지 안에 고립된 군사를 남기게 되어 이
를 구하기 위해서는 말할 수 없는 고통이 뒤따를 것이다. 그냥 내버려
두지 못해 다시 군사를 보내게 되면 정면에 배치한 병력의 균형이 크게
깨져 아군이 대패하는 원인이 될 것이다……

　그러한 문제 때문에 결정을 내리지 못하고 있는데, 오늘 쇼뉴가 먼저
자진해서 그 이야기를 꺼내왔다.

　'용단을 내려 맡겨볼까……'

　히데요시는 문득 이런 생각을 했다.

　만일 실패해 적중에 남겨졌을 경우에는 포기한다…… 그런 각오라
면 승낙해도 좋지만……

히데요시는 문득 자신을 꾸짖었다. 그렇게 하면 너무나 정직한 이 쇼뉴가 불쌍했다.

끝까지 자신을 믿고 숨을 죽인 채 대답을 기다리는 부처와도 같은 쇼뉴의 얼굴……

"쇼뉴……"

"허락하시겠습니까?"

"단념하는 것이 좋겠어…… 아니, 좀더 시기를 기다리세."

"절대로 단념할 수 없습니다!"

쇼뉴는 단호하게 대꾸했다.

"단념하면 아군은 꼼짝도 하지 못합니다."

"쇼뉴……"

"왜 그러십니까?"

"전투란 때로는 인내심을 겨루는 일이기도 하네. 우리는 몇 년이라도 움직이지 않겠다…… 이렇게 되면 제아무리 이에야스라도 초조하지 않을 수 없을 것일세. 나는 지금 두 가지 생각을 하고 있어. 첫째는 우에스기 카게카츠를 신슈에서 움직이도록 하는 일, 또 하나는 내가 태연히 오사카나 쿄토로 돌아가 전혀 이곳에 못 박혀 있지 않고 가신들에게 자유자재로 이 전투를 지휘하도록 하는 일. 이렇게 하면 양쪽의 초조감은 그 양상이 완전히 달라지게 될 것일세. 나는 그 정도의 힘을 가지고 있어. 그러나 이에야스에게는 없어. 우에스기 카게카츠가 움직이기 시작하면 마음에 큰 부담이 될 거야."

쇼뉴는 이 말을 건성으로 듣고 있었다.

"그렇다면 제 생각이 잘못이었던 것 같습니다."

"이제 깨달았나?"

"저는 반드시 이길 것이라 생각했기 때문에 치쿠젠 님의 조카 미요시 히데츠구 님을 총대장으로 모시려 했습니다. 그런데 치쿠젠 님은 만

"저희 부자의 목숨이 달린 일. 그러기에 지금까지 치쿠젠 님도 모르시도록 은밀히 일을 꾸며왔습니다."

"좋아, 앞으로도 철저히 주의하게."

"여부가 있겠습니까!"

"그리고 전투의 감시역에는 히데마사를…… 이것도 자네 말을 따르겠어. 그 대신 히데마사와 긴밀히 연락을 취하도록……"

마침내 히데요시는 쇼뉴의 선량함에 감동되어 미카와 공격의 전략을 받아들였다.

일단 결정을 내리자 더 이상 곁눈도 팔지 않고 그 성공에 지략을 짜내는 히데요시. 쇼뉴는 이때야 비로소 환한 얼굴로 미소지었다.

쇼뉴 전법戰法

1

비가 오락가락하고 있었다. 그에 따라 안개가 걷혔다 끼었다 했다.

비가 개면 이에야스는 임시막사를 나와 적진의 변화를 유심히 관찰했다. 관찰할 때마다 적의 진지는 개미의 탑처럼 급속도로 반영구적인 방비태세로 변해갔다.

그럴 때면 이에야스의 입가에 미소가 떠오르곤 했다. 히데요시의 성격으로 볼 때, 반영구적으로 움직이지 않을 듯이 보이는 것은 움직이고 싶어 견디지 못하겠다는 마음을 말해주는 증거였다.

4월 2일 적은 일단 산기슭에 있는 우바가후토코로姥ヶ懷로 나와 슬쩍 싸움을 걸었다. 그러나 이에야스는 이를 얼른 물리치게 했을 뿐 더 이상 추격하지 못하게 했다. 또 니쥬호리의 히네노 빗츄노카미 부자가 아군의 진지 바로 앞까지 나왔을 때도 사카이 타다츠구와 상의하여 반격을 제지했다.

"유인일세, 유인. 유인에 말려들면 안 돼. 이렇게 하고 있으면 우리가 이기는 것일세."

타다츠구도 웃으면서 맞장구를 쳤다.

"이 산 하나가 큰 도움이 되다니…… 히데요시는 여간 답답하지 않을 것입니다."

"그럴 것일세. 쇼뉴에게 왜 빼앗지 못했냐고 크게 꾸짖었을 거야."

"그렇더라도 이대로는 너무 지루합니다. 어떻게든 싸움을 걸 대책을 강구할 필요가 있겠습니다."

"서두를 것 없네. 끈기 싸움이야. 얼마 지나지 않아 치쿠젠은 더 이상 참지 못하고 반드시 기후에서 사카모토로 철수할 것일세. 치쿠젠이 철수하거든 한번 혼을 내주도록 하세."

"그러면 언제쯤 승부가 날까요?"

"나도 모르겠어. 그것은 상대에게 물어보게."

"묘한 전투가 되겠군요. 이래 가지고는 앞을 내다볼 수 없습니다."

"타다츠구."

"예."

"싸우지 않고도 이길 수 있는 전투, 굳이 도발할 필요는 없어. 두고 보게. 오래지 않아 틀림없이 적이 싸울 기회를 만들어줄 것일세."

"그렇지만 적은 저렇게 열심히 진지를 구축하고 있습니다. 장기전을 각오하고 있는 모양입니다."

"하하하…… 조금만 지나면 진지구축이 끝날 거야. 그러면 할 일이 없어질 게 아닌가. 그때가 재미있을 것일세. 인간이란 가만히 있기가 고통스러운 법이거든."

이런 대화는 비단 타다츠구하고만 나눈 것이 아니었다. 사카키바라 야스마사만은 싱글벙글 웃으면서 가만히 있었으나, 이이 나오마사도 혼다 타다카츠도 오쿠다이라 노부마사도 모두 똑같은 말을 이에야스에게 하고 똑같은 말을 듣고 물러갔다.

오늘은 4월 7일. 아침부터 적의 움직임이 있었다.

북쪽 정면의 우치쿠보, 이와사키, 소토쿠보 부근에서 아시가루 부대가 진출하여 사카키바라 야스마사의 군대와 소규모 전투를 벌였다.

'대관절 무엇 때문에 움직였을까……?'

이에야스는 임시막사를 나와 이마에 손을 얹고 북쪽의 적진을 잠시 바라보고 있었다.

이미 해는 기울기 시작했다. 신록의 그림자가 길을 가로막고, 그곳에서 보는 바로는 다시 조용해진 채로 날이 저물 것 같았다. 그때 총포대 지휘를 맡고 있던 챠야 시로지로가 창백한 얼굴로 농부 한 사람을 데리고 나타났다.

"보고 드립니다. 적이 어젯밤부터 코마츠 사小松寺 북쪽에서 니노미야二宮 마을, 혼죠本庄 마을 북쪽을 경유하여 이케노우치池ノ内°에서 미카와 가도 쪽으로 속속 남하하고 있습니다."

2

"뭐, 적이 남하하고 있어……?"

순간적이기는 했으나 이에야스의 얼굴에 당황하는 빛이 스치고 지나갔다.

"말도 안 되는 소리를 하는군, 키요노부. 히데요시가 그런 어리석은 짓을 할 리 없어."

이렇게 말하고 생각을 다시 한 듯 이에야스는 앞장서서 가랑비 속을 걷기 시작했다.

"막사 안으로 들어오게."

챠야 시로지로——지금은 근시가 되어 마츠모토 시로지로 키요노부로 불리는 그는 농부에게 눈짓을 하고 이에야스의 뒤를 따랐다.

키요노부의 생각으로도 적의 남하는 뜻밖이었다. 모든 면에서 히데요시의 성격을 분석한 그는 히데요시가 이에야스와의 전투를 피할 것이라 생각하고 있었다.

견고하게 성채를 쌓아 장기전의 태세를 취하고, 어떤 정치적인 수단을 강구하여 화평을 제안해올 터. 그 조건이 어떤 것일지…… 앞으로 양자간에는 흥정이 시작될 것이라 내다보고 있었다.

이러한 키요노부의 생각에는 코마키야마를 수비하고 있는 이시카와 호키노카미 카즈마사도 동의하고 있었다.

"여기서는 먼저 싸움을 건 쪽의 희생이 커질 것일세. 그런 것을 모를 치쿠젠이 아니지."

그런데도 이 히데요시 군이 어젯밤부터 몰래 남하하고 있다는 농부의 밀고가 있었다. 더구나 그는 전혀 모르는 농부가 아니었다. 카시와이 마을의 나가자에몬長左衛門이라는 사람으로, 전부터 노부나가가 반란이나 그 밖의 일에 대비하기 위해 몰래 대가를 주어가면서 백성들 중에서 양성하고 있던 36인 중의 한 사람이었다……

이에야스는 성큼성큼 이중으로 둘러친 목책을 지나 임시막사의 마당으로 들어섰다. 그대로 키요노부와 농부를 돌아보았다. 느긋하게 안에 들어가 보고를 들을 여유가 없었다.

"키요노부, 그 정보를 가져온 것은 이 농부인가?"

"예."

키요노부는 대답하고 나서 농부를 돌아보았다.

"우리 대장님이시다. 나가자에몬, 다시 한 번 그대가 보고 들은 것을 보고하게."

"예, 그러나……"

왜 그런지 농부는 망설였다.

"저는 키요스의 성주님을 뵈려고 찾아왔습니다마는."

"걱정할 것 없다. 키요스의 노부오 님을 도우러 오신 도쿠가와 님이시다."

"하지만…… 저는 돌아가신 우다이진 님으로부터 녹봉을 받는 자의 아들이므로……"

"알겠다! 그러므로 내용을 대장님께 말씀 드리면 우리가 다시 키요스의 성주님께 보고 드리겠다."

"그것은 순서가 아닌 듯해서……"

이에야스는 두 사람의 대화를 들으면서 머리를 끄덕였다.

'이 사람이라면 믿을 수 있다!'

이렇게 직감했다.

"좋아, 노부오 님을 이리 모셔오너라."

이에야스는 명하고 막사의 마루에 걸터앉았다.

"으음, 그러면 지금도 적이 우리 배후를 위협하며 진격해오고 있다는 말이지, 어떤가?"

"예…… 예."

"그대는 충성을 바치는 것 같지만 사실은 너무 뜨뜻미지근하다. 때가 늦으면 그대의 보고는 아무 도움이 되지 못해."

농부는 깜짝 놀라 이에야스를 쳐다보고 목청을 높였다.

"말씀 드리겠습니다!"

3

"말씀 드리겠습니다! 시각을 다투는 일이라는 것을 깨달았습니다. 말씀 드리겠습니다!"

농부가 몸을 앞으로 내밀면서 말했다.

이에야스는 크게 고개를 끄덕였다.

"직접 대답해도 좋다. 그대는 적군을 보았느냐?"

"예, 분명히 이 눈으로 보았습니다. 깃발은 이케다 군, 이어서 모리 무사시노카미 군의 것이었습니다."

"그래서 즉각 알리러 왔느냐?"

"아닙니다. 혹시 적의 양동작전이 아닌가 싶어 여러모로 탐지해보았습니다."

"여러모로……?"

"예. 오쿠사 마을의 모리카와 곤에몬, 무라세 사쿠에몬村瀬作右衛門 등이 반란을 시도하여 계속 미카와를 넘보고 있기 때문에 그들과 친한 사람들과 접촉해보았습니다."

"모리카와 곤에몬, 무라세 사쿠에몬……?"

"그렇습니다. 모리카와와 친하게 지내는 키타노 히코시로北野彦四郎라는 자가 저에게 이렇게 말했습니다."

"모리카와와 친하게 지내는 키타노 히코시로……? 모두 떠돌이무사들일 테지?"

"그렇습니다."

서른두세 살로 보이는 농부는 햇볕에 탄 고지식한 얼굴에 긴장한 빛을 띠고 계속 침을 삼켰다.

"이번에 모리카와 님은 동료들과 같이 하시바 군의 편을 들어 미카와를 공격하기로 했다, 치쿠젠 님은 크게 기뻐하시고 모리카와 님에게 미카와의 오만 석을 주겠다는 증서를 주셨다, 우리도 그것을 보고 왔으니 너도 마을사람들과 상의하여 가담하는 것이 좋겠다, 나도 사방으로 다니며 사람을 모으고 있는 중이라고……"

"허어, 오만 석을 받기로 약속하고 미카와를 공격한단 말인가?"

"예…… 그렇습니다. 그뿐만이 아닙니다. 이 소문을 마을에 퍼뜨려라, 그리고 우리편이 되지 않겠다는 자가 있으면 사정없이 베어버려라, 아니, 직접 베기가 어렵다면 이 키타노 히코시로에게 말하라, 내가 모조리 죽여 없애겠다…… 이렇게 강요하면서 이웃 마을까지 돌아다니고 있습니다."

이에야스는 그동안 눈을 깜박이는 것도 잊은 듯이 농부를 바라보고 있었다.

이케다와 모리 군의 남하가 사실이라면 적은 더 이상 참지 못하고 도발해왔다고 보아야 할 터. 더구나 이에야스가 몇 번이나 가능성이 있다고 생각했던 미카와 침입작전이었다.

'적이 침입을 시도한다면 우리도 공격으로 대응할 수밖에……'

이때 노부오가 키요노부의 안내를 받으며 들어왔다.

"네가 적군의 침입을 알리러 온 사람이냐?"

노부오는 이에야스와는 다른 의미에서 몹시 당황하고 있었다. 그는 이미 이에야스의 협력 없이는 히데요시를 이기지 못한다는 사실을 뼈저리게 느끼고 있었다. 그런 만큼 이러한 때 이에야스가 미카와로 철수하겠다고 할지 모르는 사태는 그로서는 어떻게든 피해야 하는 두려운 일이었다.

"근거도 없는 말로 우리를 속이려 든다면 용서치 않겠다."

이에야스는 이때 벌써 키요노부를 손짓해 불러서는 명령을 내리고 있었다.

"니와 우지츠구와 미즈노 타다시게를 불러와라. 그리고 이 산에 올라와 부역하는 백성들은 모두 하산시켜라."

나가쿠테長久手(나가쿠테長湫)에 있는 이와사키 성의 니와 우지츠구와 카리야 성의 미즈노 타다시게는 이 부근의 지리와 민심을 가장 잘 아는 무장이었다. 백성들을 하산시키라는 것은 말할 나위도 없이 비밀을 유지하기 위해서였다.

4

키요노부가 장수들을 부르러 간 동안, 하산하고 있는 백성들과는 반대로 산으로 올라와 임시막사에 도착한 자가 있었다. 아시가루 차림에 서른 살쯤 된 사나이였다.

"저는 핫토리 헤이로쿠服部平六라는 이가 사람입니다. 성주님께 직접 드릴 말씀이 있어서 달려왔습니다."

경비하고 있던 이시카와 카즈마사의 부하가 남자의 말을 곧바로 카즈마사에게 보고했다.

카즈마사는 직접 그 남자를 이에야스 앞으로 데려왔다.

"앞서 모리 무사시노카미의 진중에 잠입시켰던 핫토리 헤이로쿠가 시급히 보고 드릴 일이 있다면서 달려왔습니다."

카즈마사가 이렇게 말했다.

작전회의가 준비된 임시막사의 넓은 방에 있던 이에야스.

"기다리고 있었다. 가까이 오너라."

손짓해 불렀다.

"쇼뉴의 전법은 대강 짐작하고 있었는데, 드디어 움직이기 시작한 모양이군."

"그렇습니다. 어제 치쿠젠의 허락이 내려 밤이 되기를 기다렸다가 은밀히 남하하여 미카와의 길을 차단하려 하고 있습니다."

"그럼, 쇼뉴와 무사시노카미의 첫째 목표는?"

"비밀리에 결정한 일이라 자세히는 알 수 없습니다마는, 맨 먼저 이와사키의 남쪽 성을 목표로 삼아 이를 공략하고, 그 뒤 나가쿠테를 통해 미카와로 들어가려는 것 같습니다."

"그렇다면, 총대장은 쇼뉴인가 아니면 호리 히데마사인가?"

"그런 것이 아니라, 이상하게도 총대장은 미요시 마고시치로 히데츠구입니다."

"뭣이, 미요시 히데츠구……라면 치쿠젠이 총애하는 조카 아니냐?"

"그렇습니다. 그 마고시치로가 총수로 후군을 지휘하고 있습니다."

"으음."

이에야스는 옆에서 대기하고 있는 이시카와 카즈마사를 돌아보고 문득 입가에 엷은 미소를 떠올렸다.

"알겠다. 그렇다면 더 이상 의심할 여지가 없구나. 잘 알려주었다. 물러가서 쉬도록 하여라."

핫토리 헤이로쿠는 곧 일어나려 하지 않았다.

"백성들은 모두 우리편입니다. 상금을 노리고 적과 내통한 떠돌이무사들이 자기들을 따르지 않으면 그냥 두지 않겠다고 칼을 들고 위협하는 바람에 백성들이 모두 분노하고 있습니다."

"알고 있네."

이에야스는 고개를 끄덕였다.

"모리카와 곤에몬과 한패인 자는 물론 키타노 히코시로란 떠돌이무사겠지?"

"그것을 성주님은 알고 계셨습니까?"

"알지 못하고야 어찌 전쟁을 하겠느냐. 앞으로도 자세히 탐지하도록 하라."

핫토리 헤이로쿠는 깜짝 놀라며 물러갔다.

"후후후."

이에야스는 다시 한 번 카즈마사와 얼굴을 마주보고 웃었다.

"소규모의 도전이 아닌 것 같아, 카즈마사."

"그렇습니다. 총수가 히데츠구라면 상황 여하에 따라서는 반드시 치쿠젠이 직접 참전할 것이 분명합니다."

"그렇다면 카즈마사, 드디어 이 이에야스와 치쿠젠이 맞닥뜨릴 때가 온 셈이군."

"성주님!"

"왜 그러나, 카즈마사?"

"절대로 가볍게 움직이지 마시기를……"

"멍청한 것, 전쟁터에서 이 이에야스가 자네 지시를 받아서야 어디 쓰겠는가."

"……그렇기는 합니다만 부디 조심에 조심을 하셔야 합니다."

이때 미즈노 타다시게를 선두로 니와 우지츠구, 사카이 타다츠구, 이이 나오마사, 오스가 야스타카大須賀康高, 혼다 헤이하치로의 순으로 마당에 들어왔다.

5

이에야스는 신중파인 이시카와 카즈마사에게 아무렇지도 않다는 듯이 웃어 보였다. 그러나 내심으로는 결코 이 전투를 낙관하고 있지는 않았다. 낙관은커녕 앞서 미카타가하라 전투 때 이상으로 깊이 생각한 끝에 대진하고 있었다. 그는 이 전투가 승패를 결정하는 열쇠가 될 것이라 생각하고 있었다.

이미 불혹의 나이가 지난 이에야스, 표면적으로는 어디까지나 온건하게 뭇 사람의 의견을 수용하는 듯이 보이면서도, 회의를 열기 전부터 그의 결심은 굳어 있었다.

이에야스는 장수들의 격앙된 표정을 한바퀴 둘러보고 나서 말문을 열었다.

"드디어 적이 움직이기 시작했는데 어떻게 하면 좋겠는가?"

다시 한 번 모인 사람들을 둘러보며 의견을 물었다.

"적의 선봉은 자네가 없는 틈을 노려 이와사키 성을 공격할 것이 틀림없어. 우선 그곳부터 구원해야 할까, 우지츠구?"

그 말에 당사자인 니와 우지츠구보다 먼저 —

"그렇게 하면 때가 늦습니다."

카리야의 미즈노 타다시게가 입을 열었다.

"이 경우 니와 님에게는 죄송한 일입니다마는, 일단 이와사키 성은 버리고 적의 후군인 미요시 히데츠구 군을 공격하는 것이 상책이라 생각합니다."

이에야스는 그 말에는 대답하지 않았다.

"우지츠구, 지금 그대의 성에는 인원이 얼마나 남아 있지?"

"동생 우지시게氏重 이하 약 삼백 명입니다."

"삼백이라…… 선봉인 이케다 군은 육천 정도일 것이다. 육천과 삼백이로군……"

"대장님!"

"죽게 내버려두면 안 돼. 그럴 수는 없어."

"대장님! 그 한 말씀만으로도 이 우지츠구는 충분합니다."

니와 우지츠구는 모인 사람들의 분위기에 휩쓸려 신이라도 들린 사람처럼 말했다.

"그런 작은 성은 언제라도 쉽게 탈환할 수 있습니다. 그보다는 미즈노 님 말씀처럼 이 경우에는 전투에 익숙지 못한 미요시 히데츠구의 군사를 공격하여 적의 전진을 저지하는 것이 가장 시급한 일인 줄 생각합니다."

"과연 히데츠구 군을 무찌르면 쇼뉴도 무사시노카미도 그대로는 전진하지 못할 테지. 즉시 되돌아가 구원하려 할 것일세."

"그렇습니다. 그렇게 해서 철수하도록 만들고 단숨에 무찌르는 것이 상책입니다."

"그래, 그럴 것일세…… 야스마사는 어떻게 생각하나?"

"선봉을 맡겨주시기 바랍니다."

"선봉…… 무슨 선봉 말인가? 그대는 너무 성급해."

"히데츠구의 공격을 맨 먼저 이 코헤이타에게 명해주십시오."

야스마사는 이에야스의 속마음을 알고 어서 화제를 이와사키 성으로부터 돌리려 하고 있었다.

이번에는 오스가 야스타카가 몸을 앞으로 내밀었다.

"선봉은 저에게!"

"아니, 이 코헤이타가."

"잠깐, 두 분 모두 기다리시오. 그 선봉은 이 고장 지리에 밝은 미즈노 타다시게가 맡아야 한다고 생각합니다."

이에야스는 일부러 눈을 감았다.

"모두들 너무 서두르지 말게. 생각이 흐트러지겠어."

"바로 그 말씀입니다!"

혼다 타다츠구가 지체 없이 입을 열었다.

"히데츠구를 공격하면 그 뒤에서 치쿠젠이 추격해올 것입니다. 이 점을 충분히 검토하고 나서 주군의 명을 받들어야 할 것입니다."

이에야스는 눈을 감은 채 다시 고개를 끄덕였다. 얄미울 정도로 그의 뜻을 잘 아는 가신들이었다.

6

"좋아, 그대들의 생각은 잘 알겠네!"

잠시 후 이에야스가 입을 열었다.

감히 그의 뜻을 거역하는 자는 없었다. 그런 의미에서 이에야스는 세상에서 가장 행복한 무장이었다.

"작전이 결정되면 서두르지 않으면 안 돼. 알겠나, 적은 이만에 가까운 대군, 아군은 그 절반일세. 그러므로 이와사키 성의 구원은 잠시 뒤로 미루고 먼저 히데츠구 군을 공격하기로 한다."

좌중은 조용하기만 하여 잠시 동안은 숨소리조차 들리지 않았다.

"이 공격은 절대로 오래 끌어서는 안 된다. 우리가 히데츠구 군을 공격하기 위해 출격했다는 것을 알면 치쿠젠도 즉시 결전을 벌이려고 우리 뒤를 추격할 것이다."

"……"

"따라서 공격하는 도중에 임기응변으로 미카와 무사가 자랑하는 야전의 묘미를 맛보게 해야 할 것인데……"

다시 한 번 좌중을 둘러보았다.

"선봉의 우익은 오스가 야스타카, 그대에게 명하겠다."

"예…… 저에게 선봉을? 감사합니다."

"알겠지, 우익일세. 좌익의 선봉은 사카키바라 코헤이타 야스마사."

"예, 알겠습니다."

"미즈노 타다시게는 아들 토쥬로 카츠나리藤十郎勝成와 함께 선봉에 앞선 지대支隊의 총대장. 지대의 안내는 니와 우지츠구. 그대는 백성들의 거취를 예의 주시하여 신경을 쓰도록 하라."

미즈노 타다시게는 이 말의 멋진 표현에 깜짝 놀라 물었다.

"저어, 선봉에 앞서서…… 말씀입니까?"

"물론이다. 그대 부자와 니와 우지츠구에게 사천오백. 그 뒤는 야스마사와 야스타카."

"성주님!"

혼다 타다카츠가 약간 조급하게 말했다.

"그러면 이 출격군의 총대장은…… 총대장은 누구입니까?"

"뭣이, 총대장……? 뻔한 것을 묻는군, 타다카츠. 말할 나위도 없이 이 이에야스와 노부오 님이다."

"예? 성주님이 직접 산을 내려가시겠습니까?"

이에야스는 일부러 그 질문에 대답하지 않았다. 처음에는 그도 이 출격군의 총대장에는 사카이 타다츠구나 혼다 타다카츠를 임명하려 했으나 도중에 생각이 바뀌었다.

이에야스가 코마키야마에 있다는 것을 알면 아마 히데요시도 가쿠덴에서 움직이지 않을 것이다. 지금 이곳에서는 일단 히데요시를 야전으로 유인해서 질풍노도를 자랑하는 히데요시와 기동성의 묘를 겨뤄볼 생각이었다.

"내 밑에는 마츠다이라 이에타다, 혼다 야스시게本多康重, 오카베 나가모리岡部長盛, 그리고 코슈의 아나야마穴山 무리를 데리고 진격해나가겠다."

"그럼, 이 코마키의 본진에는?"

"타다카츠, 그대는 타다츠구, 카즈마사, 사다미츠定盈와 더불어 여기서 치쿠젠의 움직임을 빈틈없이 감시하라. 이것도 임기응변, 만일 치쿠젠이 움직였을 경우에는 누가 그 뒤를 추격할 것인가는 지시하지 않겠다. 알겠나?"

다시 좌중이 조용해졌다.

이에야스 자신이 진두에 나서겠다고 한다…… 그 무서운 결의가 모두의 마음에 긴장을 가져오게 했다.

"하하하……"

이에야스는 웃었다.

"이번 전투가 성공이냐 실패냐는 여기에 달려 있는 것 같다. 오랜만에…… 내가 나왔다는 것을 알면 치쿠젠도 가만히 있지는 않을 것이다. 치쿠젠은 화끈한 것을 좋아하는 기질이니까."

"으음."

카즈마사가 한숨을 쉬었다. 그만은 이에야스가 무엇을 생각하고 있는지 깨달은 모양이었다.

7

이에야스가 웃는 것을 보고 모두 생각났다는 듯이 웅성거리기 시작했다. 모두 지루함을 못 이기고 있던 터, 사기는 충천했다.

"그럼, 즉시 각자 진지로 돌아가 준비에 착수하라. 출발은 다섯 점 (오후 8시), 은밀히 산을 내려가 날이 밝기 전에 쇼나이가와庄內川를 건너 오바타 성으로 들어갈 것."

이에야스는 모든 사람들을 둘러보며 말했다. 그리고 나서 타다카츠를 불러 노부오에게 이것을 알리라고 했다.

노부오를 작전회의에 참석시키지 않은 것은 이에야스의 배려인 동시에 경계심 때문이기도 했다. 같이 간다 해도 별로 힘이 되는 것은 아니었으나, 그렇다고 그를 코마키야마에 남겨놓을 수는 없었다. 만일 남겨둔다면, 노부오는 소심함과 의심 때문에 중요한 시기에 경거망동할 우려가 있었다.

모두가 긴장한 모습으로 임시막사에서 나갔다.

이에야스는 다시 한 번 타다츠구, 타다카츠, 카즈마사 등 세 중신에게 히데요시의 동향을 예의 감시하라는 밀령을 내렸다.

"이번 전투는 쇼뉴의 전법으로 시작되지만, 그 다음에는 히데요시와 이에야스의 힘 겨루기, 운 겨루기일세. 이 산을 잘 부탁하네."

저녁나절부터 안개 같은 비가 내리기 시작하여 거의 시야를 가렸다. 낮에 쇼뉴 군의 남하를 깨닫지 못하게 하려고 양동작전을 폈던 북쪽 정면의 소규모 전투도 중지되고, 밤의 장막이 드리워지자 양쪽 진영에서 피우고 있는 모닥불마저도 작고 희미해졌다.

출발은 어디까지나 은밀하게 ―

산에서는 부역하러 왔던 백성을 미리 하산시켰기 때문에, 얼마나 되는 군사가 어느 방향으로 움직이기 시작했는지 장수들을 제외하고는 아군도 알지 못했다. 이들 군사는 현재 이에야스가 현지에서 동원할 수 있는 최대 규모였다.

코마키와 그 주변에 남겨둔 군사는 약 6,500. 나머지 1만 3,000여 명이 총동원되어 있었다. 따라서 만일 이 전투에서 히데요시에게 종횡무진으로 활약할 기회를 준다면, 이에야스로서는 그의 평생에 걸친 노력이 모두 수포로 돌아갈 것이었다.

적도 속속 남하하고 있을 터, 불을 보듯 뻔한 일이었다.

선발대인 미즈노 타다시게와 니와 우지츠구는 길을 카스가이하라春日井原 쪽으로 접어들었다. 그리고는 오바타 성을 목표로 하면서, 도중에 만난 백성들을 놓아주지 않고 길 안내를 명한다는 구실로 동행케 했다. 그리고 난가이야마南外山, 카치가와勝川를 거쳐 쇼나이가와를 건너 카와무라川村에서 먼저 오바타 성에 들어가 이에야스의 도착을 기다렸다.

이에야스는 노부오와 함께 약 9,000의 군사를 거느리고 출발했다. 그들은 이이 나오마사를 전위부대로 삼아 이치노히사다市之久田, 아오야마青山, 토요바豊場, 뇨이如意 등의 마을을 거쳐 류겐 사龍源寺에서 잠시 쉬고는 다시 투구를 쓰고 카치가와에서 우시마키牛牧를 경유해서 성으로 들어갔다.

한편 ―

은밀히 시노키篠木, 카시와이로 진출해 있던 이케다 쇼뉴 등의 서군西軍은 8일 밤 넉 점(오후 10시)에 은밀하게 행동을 일으켜 미카와로 향했다.

그들은 전면의 쇼나이가와를 상류, 중류, 하류의 세 군데로 나누어 건너기로 했다. 이케다 부자와 모리 무사시노카미는 오토메大留 마을의 다이니치도大日堂 나루터를 건너 남쪽의 인바, 아라이荒井로 나와 미카와 가도로 향했다. 호리 히데마사는 노다野田 나루터를 건너 나가쿠테로 향했으며, 미요시 히데츠구는 마츠도松戸 나루터를 건너 남진하여 이노코이시猪子石의 하쿠산린白山林에 진을 쳤다.

물론 그들은 이에야스가 그들보다 앞서 오바타 성에 들어가 있다는 것을 아직 모르고 있었다.

8

날짜를 보면, 이미 4월 9일이었다. 그러나 야음을 틈타 진격하는 이케다 군으로서는 아직 8일의 연속이었다.

이케다 쇼뉴는 촉촉이 내리는 안개비를 뚫고 서서히 말을 몰면서 아까부터 몇 번이나 재채기를 했다.

"감기가 드신 것 같군요?"

말머리를 나란히 한 둘째아들 테루마사가 걱정스럽게 말했다.

쇼뉴는 웃으면서 혀를 찼다.

"쓸데없는 소리는 하지 마라. 밤에 행군할 때 재채기가 나오는 것은 새벽이 가까웠다는 증거야."

"감기는 새벽에 잘 걸린다고들 해서 걱정이 되어 그랬습니다."

"염려할 것 없다. 나는 다른 사람과 단련하는 법이 다르단다. 이 부근은 말이다, 옛날에 우다이진 님을 모시고 자주 밤놀이를 나왔던 마을이야. 후후후."

"무엇이 우습습니까? 묘한 소리로 웃으시는군요."

"아…… 생각이 나서 그런다. 우다이진 님이나 치쿠젠 님과 같이 이 마을 저 마을로 춤을 추고 다니던 옛날 일이."

쇼뉴는 말하다 말고 또다시 재채기를 했다.

"내 이야기를 하는 자들이 있는 것 같아."

"누가…… 말입니까?"

"마을사람들이다. 재미있는 일이야……"

쇼뉴는 몹시 기분이 좋은 모양이었다.

"나는 전례가 없는 훌륭한 영주가 되겠어."

"예…… 무어라 하셨습니까?"

"옛날과 마찬가지로 전쟁이 끝나면 마을사람들과 어울려 춤을 추겠어. 영주와 백성이 한데 어우러져 춤을 춘다…… 유쾌한 일이지. 지금도 눈에 보이는 것만 같구나."

"아버님……"

"왜 그러냐?"

"전쟁에 이긴 뒤의 이야기는 아직 이릅니다."

"하하하…… 여기까지 왔으니 이른 이야기가 아니다. 내가 타고 있는 말은 지금 미카와를 향해 가고 있어."

쇼뉴는 이렇게 말하고 다시 생각난 듯 덧붙였다.

"어쨌거나 치쿠젠 님은 용케 내 의견을 받아들여주셨어. 이런 상태라면 이에야스는 오카자키에 쳐들어갈 때까지 우리 공격을 전혀 깨닫지 못할 거야."

그러나 차남 산자에몬 테루마사는 대답하지 않았다. 아버지 말대로 길은 이미 미카와 가도였다. 모처럼 기분이 좋아진 아버지에게 언짢은 말은 할 필요가 없다고 생각했다.

잠시 동안 부자는 침묵을 지킨 채 어둠을 뚫고 나갔다. 분명히 새벽이 가까운 모양이어서 싸늘한 머리 위의 하늘이 훤해지고 있었다.

"비가 그쳤군……"

손을 내밀어보고 중얼거렸을 때 앞에서 말을 탄 무사 하나가 전열과 역행하여 쇼뉴 앞으로 왔다.

"아뢰옵니다."

"무엇이냐?"

"날이 밝기 시작했습니다. 니와 우지츠구의 이와사키 성이 보이는데 어떻게 할까요?"

아직 얼굴은 잘 보이지 않았으나 목소리는 중신 카타기리 한에몬片桐半右衛門의 것이었다.

"어떻게 할까요……라니, 그게 무슨 뜻인가?"

"새벽의 첫 제물로 저 성을 짓밟고 지나가는 것이 나중 일을 위해 좋지 않겠습니까?"

"뭣이…… 첫 제물은 오카자키 성이야. 내버려두어라. 그런 작은 성 따위는 거들떠볼 것도 없다."

쇼뉴는 웃어넘기고 말도 세우지 않았다.

9

"말씀 드리겠습니다."

쇼뉴가 멈추지도 않고 그냥 지나치려 하는데, 이번에는 이키 타다츠구가 입을 열었다.

"뭔가, 키요베에? 그대도 이와사키 성을 공격하자는 주장인가?"

"그렇지는 않습니다만, 카타기리 님의 뜻이 주군에게 잘 전달되지 않은 것 같습니다."

"뭐, 잘 전달되지 않았다니 그게 무슨 말이냐? 나는 아직 귀가 멀지 않았어."

그러면서 말을 세웠다.

"비가 그쳤군. 좋은 징조야."

이키 타다츠구는 카타기리 한에몬의 말을 보충하듯이 말했다.

"주군, 우리는 거들떠보지 않고 통과할 생각이라도 만일 성에서 먼저 공격해온다면 귀찮아질 것이다…… 카타기리 님은 이런 뜻으로 말씀 드린 것 같습니다."

"저쪽에서 먼저 공격해온다고……?"

"예. 백성들의 말로는, 니와 우지츠구는 코마키에 있고 이 성은 동생인 우지시게가 지키고 있는데, 그 우지시게는 고집스럽기가 여간 아니라고 합니다."

"군사의 수는 어느 정도냐?"

"약 삼백……"

"하하하…… 고작 삼백이라면 아무리 고집스런 자라도 우리 앞에 나서지 못할 것이다. 내버려두어라."

"물론 명령이시라면…… 그러나 본대를 이대로 전진시키기 위해서는 소수의 병력이라도 남겨두는 것이 후일을 위해 좋을 듯싶습니다."

그때 처음에 입을 열었던 카타기리 한에몬이 다시 몸을 앞으로 내밀었다.

"그렇습니다. 제가 사로잡은 백성의 말로는, 니와 우지시게는 이미 우리의 움직임을 알아차리고 숨이 붙어 있는 한 성 밑을 통과시키지 않겠다고 잔뜩 벼르고 있다고 합니다."

"으음, 그런 건방진 소리를 한다고 하더냐…… 그러나……"

쇼뉴는 말 위에서 크게 고개를 갸웃거렸다.

이 작전에서 무엇보다도 중요한 것은 진격의 속도였다. 적이 깨닫지 못하는 동안 오카자키 성에 접근하여, 성을 지키는 혼다 사쿠자에몬과 이에야스와의 연락을 끊는 일…… 히데요시로부터도 도중에 지체하면 안 된다고 단단히 주의를 받았다.

"그럼, 적이 이대로는 통과시키지 않을 거란 말이냐, 한에몬?"

"통과시키지 않을 때의 준비가 필요하다……는 말씀일 것입니다. 그렇지 않습니까, 카타기리 님?"

"그렇습니다. 이키 님의 말씀처럼 상대가 공격해나왔을 경우에도 대적하지 않고 전진하려면 따로 소수의 병력을 두어 그들과 상대해야 하지 않을까…… 이 점을 고려해주십사고…… 말씀 드리는 것입니다."

"으음, 단지 짓밟고 지나가기만 하면 곧 코마키에 연락할 것이란 말이지, 우지시게가?"

날이 밝기 시작하면 봄날의 해돋이는 빠르다. 벌써 머리 위는 환하게 밝아오고, 안개가 내린 지상의 경치가 연한 먹빛으로 시야에 들어오고 있었다.

깨닫고 보니 쇼뉴가 있는 바로 7, 8간 전방에 두세 그루의 나무가 자라고 그 밑에 자그마한 빈터가 있었다.

"그렇군, 저쪽에서 먼저 공격해올 경우라는 말이지……"

쇼뉴는 짜증이 난 듯 혀를 차고, 그 빈터로 말을 몰라고 고삐를 잡은 병사에게 턱으로 지시했다.

10

300이라고는 하지만…… 아무리 적은 수의 적이라도 습격해오는 경우에는 상대하지 않을 수 없는 것.

'차라리 우지츠구의 이와사키 성을 무찔러버리고 지나갈까, 아니면

소수의 병력을 남기고 갈까……?'

실제로 그가 취할 수 있는 것은 두 가지 방법밖에 없었다.

쇼뉴는 지금 그런 일을 생각해야 하고 결정을 내려야 하는 것이 여간 짜증스럽지 않았다. 그의 뇌리에 옛날의 꿈이 감미롭게 날개를 펴고 있을 때여서인지 방해꾼이 건방지다는 생각이 들기도 했다.

"성이 보입니다."

"아, 보이기 시작하는군."

누군가가 말했다.

"아니, 성이란 게 고작 저 정도란 말인가. 어느 부농富農의 집만도 못하군. 좋아, 저 빈터에 말을 세워라. 남아 있을 자를 결정하겠다."

그러나 얼마만큼의 병력을 남기고 갈 것인가 하는 문제가 또 쇼뉴의 신경을 건드렸다.

오카자키 성에 있는 혼다 사쿠자에몬의 용맹스러움을 잘 알고 있는 쇼뉴였다. 그런 만큼 이곳에 병력을 남기기가 아까웠다. 그런데 상대가 300이라면 아군은 그 두 배나 세 배의 병력을 남기지 않으면 안 된다.

'누구를 남길 것인가……?'

쇼뉴는 귀찮은 일을 생각하느라고, 적의 성이 보인다는 것은 이미 적의 시야에 아군이 노출되어 있다는 뜻임을 잊어버리고 있었다.

"좋아, 남아 있을 자를 결정하겠다. 한에몬, 키요베에, 이리 오게."

이렇게 말했을 때.

"앗!"

말고삐를 쥐고 있던 아시가루가 나둥그러지고 동시에 말이 털썩 무릎을 꿇었다. 아니, 무릎을 꿇었다고 생각하는 순간.

"탕!"

밝아오는 천지를 뒤흔들며 총성이 울려퍼졌다.

"아! 말이 쓰러졌다."

"적이다."

"주군을……"

쇼뉴는 자기 앞에 사람의 울타리가 만들어지는 것을 느꼈다.

"탕 탕 탕."

그와 함께 다시 일고여덟 자루의 총이 불을 뿜는 소리를 들었다.

"고얀 놈들!"

그는 보기 흉하게 당황하지는 않았다.

말고삐를 쥔 채 지상에 내려서서 분노를 참지 못하고 쓰러진 말의 어깨를 무섭게 걷어찼다.

"당했어. 어깨에서 가슴을 꿰뚫었군. 이 말은 살지 못하겠어."

말은 맥없이 두 다리를 꺾은 채 슬픈 듯이 주인을 쳐다보며 일어서려고 버둥거리고 있었다.

"한에몬!"

"예."

"키요베에!"

"여기 있습니다."

"이렇게 된 이상 용서할 수 없다. 그냥 지나간다면 사기에 영향을 미칠 것이다. 아침의 제물로 이와사키 성을 짓밟고 지나가겠다."

"그럼, 이대로 응전을……?"

"응전이 아니야. 피로 제물을 삼는다. 한 놈도 살려두지 마라. 즉시 공격하라."

"아버님……"

차남 산자에몬 테루마사가 무어라 말했으나, 흥분한 쇼뉴의 귀에는 그 말이 들어오지 않았다.

이윽고 적이 발포한 부근의 망루를 향해 아군의 총포대가 일제히 총을 쏘기 시작했다.

"탕 탕 탕."

"탕 탕 탕."

차차 주위가 밝아지고, 총소리에 놀라 날아오른 새의 무리가 검은깨를 뿌려놓은 듯 하늘을 뒤덮었다.

11

쇼뉴는 다른 말을 끌어올 때까지 장승처럼 떡 버티고 서서 점점 뚜렷하게 보이는 이와사키 성을 노려보고 있었다.

이미 곁에는 카타기리 한에몬도 이키 타다츠구도 있지 않았다. 차남 산자에몬 테루마사도 아버지의 명령이 떨어지자 그대로 성을 향해 달려갔다.

적을 짓밟고 나가는 편이 군사를 남겨두고 가는 것보다 좋다는 것은 처음부터 두 중신이 주장한 의견이었다. 그런 만큼 테루마사도 즉시 아버지의 의견을 따랐다.

갈아탈 말을 끌어왔을 때 쇼뉴는 문득 후회하는 마음이 들었다.

'치쿠젠이 쓸데없이 지체했다고 꾸중하는 것은 아닐까……?'

그러나 이미 어쩔 수 없는 일이었다.

밝아오는 대지에서는 그의 시야 가득히 아군이 성을 향해 돌진하고 있었다. 모두가 자신의 하타사시모노旗差し物°를 자랑하며 경쟁적으로 달려가고 있었다.

"빨리 해치우면 된다!"

자기 자신에게 소리지르고 말에 오르려 했을 때 오른쪽 발꿈치에 심한 통증이 왔다. 그러나 그때 벌써 말은 달리고 있었다. 말고삐를 잡고 있던 엔도 토타遠藤藤太가 쇼뉴의 창을 이시사카 한쿠로石坂半九郎에게 건네고 달리기 시작했기 때문이다.

"오, 우리 선봉은 이미 성문에 도착했구나. 토타, 저 개울 근처의 숲까지 말을 몰아라."

적군은 고작 300, 더구나 성주 니와 칸스케 우지츠구는 성에 있지 않았다. 한 방이나마 발포했다는 것만으로도 무사의 오기는 충분히 발휘했으므로 상대는 곧 항복할 것이다…… 이렇게 생각한 것은 쇼뉴만이 아니라 쇼뉴에게 성의 공격을 권한 두 중신의 예상이기도 했다.

그러나 전선으로 말을 달려왔을 때 상대는 활짝 성문을 열어젖히고 공격해나오고 있었다.

"우지시게란 자는 건방진 놈이로군."

쇼뉴는 초조감을 감추지 못했다.

"한쿠로, 창을!"

병졸의 창을 받아들고 말 위에서 꼬나잡다가 또다시 뜨끔 하는 오른발의 통증을 느꼈다. 등자에 힘을 주는 순간 온몸의 신경이 끊어지는 듯한 격한 통증이 일어났다.

'이상하다……?'

"잠깐!"

다시 달리려는 병졸을 불러세웠다.

"굳이 내가 나설 것은 없겠다. 기다려라."

쇼뉴는 얼굴을 찌푸렸다.

사실 전투는 구태여 쇼뉴가 나설 것까지도 없었다. 니와 우지시게는 젊은 혈기를 못 이기고 공격해나왔으나, 이케다 군의 일제 사격을 당하고는 성으로 퇴각하여 문을 닫을 겨를도 없었다.

이케다 군은 물밀듯이 성안으로 몰려들어갔다.

안개는 차차 걷히고 있었지만, 지상에는 양군이 서로 뒤얽혀 진흙탕처럼 되어 있었다.

용감하게 싸우다 죽은 병사의 시체와 진흙 위에 아침 햇살이 비추기 시작했을 무렵, 이미 성안에는 살아 있는 사람의 그림자는 찾아볼 수 없었다.

새벽 여섯 점(오전 6시)에 시작된 전투가 다섯 점(오전 8시)에는 완전히 이케다 군의 승리로 막을 내렸다.

그러나 이때 쇼뉴는 묘한 말을 입밖에 냈다.

12

예상보다 훨씬 빨리 전투가 끝났기 때문에 이케다 군의 사기는 충천했다. 문자 그대로 아침 식사 전에 이와사키 성을 짓밟아버렸다.

"이것으로 아무 후환 없이 진격할 수 있게 됐어."

"주군께서도 만족하실 거야. 이 전투로 전혀 진군 속도에 영향을 받지 않았으니까."

"아침을 먹고 즉시 출발하면 되겠어."

카타기리 한에몬과 이키 타다츠구는 성안에 적이 없는 것을 확인하고 쇼뉴한테로 돌아왔다.

쇼뉴 역시 표면적으로는 기분이 좋았다.

"조짐이 좋아. 수고가 많았네."

말을 탄 채로 두 사람의 노고를 치하했다.

"우지시게의 목은 어디 있나? 적이기는 하지만 훌륭한 젊은이야. 우리도 예의를 다해야 하네."

두 사람은 그 의미를 미처 알아차리지 못했다.

"예의를 다하다니…… 그게 무슨 말씀입니까?"

"머리의 진위眞僞를 점검하겠다. 이 부근에 적당한 장소가 있을 것이다. 속히 그 준비를 시켜라."

"예…… 머리의 진위를?"

놀라서 얼굴을 마주보는 두 사람에게서 쇼뉴는 시선을 돌렸다.

"저 성의 북쪽에 있는 산은 무엇이라고 하느냐?"

"예, 로쿠보야마六坊山라고 합니다."

"좋아, 그 산에서 점검하겠다. 적이기는 하지만 훌륭한 젊은 무사이니 정중하게 대하도록 하라. 그리고……"

다시 두 사람을 돌아보았다.

"그동안 병사들은 되도록 성에 숨어서 휴식을 취하게 하고 철저하게 경비하라."

"주군!"

"왜 그러나?"

"앞으로의 일이 급합니다. 그런 것은 하지 않더라도……"

카타기리 한에몬이 입을 열었다.

"나는 누구의 지시도 받지 않는다!"

쇼뉴는 자르듯 말했다.

"밤을 새우고 난 뒤의 전투이니 병사들도 피곤할 것이다. 아니, 그보다도 우지시게에 대한 예의는 무사의 도리가 아니겠느냐. 그동안의 휴식은 일석이조야. 나는 저 로쿠보야마에 가서 기다리겠다. 말을 끌어오너라."

"아버님!"

이번에도 참다못해 테루마사가 입을 열었다. 그러나 쇼뉴는 돌아보려고도 하지 않았다.

아마도 다른 사람에게는 이보다 더 의외인 일은 없을 것이다. 촌각을 아끼며 진격해온 쇼뉴가 적의 머리를 점검하겠다고 지체하려 하니……

어떤 자는 머리를 점검한다는 구실로 군사를 쉬게 하려는 마음이라고 해석하고, 또 어떤 자는 이와사키 성의 함락으로 안도했기 때문이라고 쇼뉴의 태도에 대해 나름대로 추측했다.

쇼뉴가 이 말을 한 이유는 다른 데 있었다. 새벽에 말이 탄환을 맞고 쓰러졌을 때 그는 오른쪽 발을 헛디뎌 복사뼈를 삐었다. 그때는 별로 고통을 느끼지 않았으나 차차 통증이 심해지고 있었다. 그렇다고 사기가 충천한 아군에게 그 말을 하기도 수치스러웠다.

그래서 치료를 위해 머리 점검이란 구실을 생각해냈다. 막상 그렇게 생각하고 보니, 그것은 당연히 해야 할 일인 듯 쇼뉴의 마음을 완고하게 다져놓았다.

'전투에는 이겼다! 행운은 우리 머리 위에 있어……'

"아버님!"

달려와서 말한 것은 맏아들 키이노카미 모토스케였다.

13

쇼뉴는 흘끗 모토스케를 바라보았을 뿐 여전히 입을 다문 채 말을 몰고 있었다.

"아버님!"

모토스케는 혀를 차고 말머리를 나란히 하고서야 비로소 아버지의 입가에 고통의 빛이 숨겨져 있는 것을 깨달았다.

"안색이 좋지 않습니다. 어디 상처라도?"

"쉿."

쇼뉴는 눈짓으로 아들을 제지했다.

"치쿠젠 님께 속히 이 승리를 보고하도록 하라. 걱정할 것 없다. 발을 삐었을 뿐이다."

말꼬리를 낮추고 오른쪽 다리를 두드려 보였다.

모토스케는 이 말을 어떻게 받아들였는지 고개를 끄덕이고 돌아서서 왔던 길로 달려갔다.

쇼뉴는 아침 햇빛에 이슬이 빛나는 로쿠보야마에 장막을 치게 하고 머리 점검을 시작했다.

'지금 이렇게 시간을 낭비해서는 안 되는데……'

마음속으로는 계속 뒤따라 진격해오는 모리 군과 호리 군을 의식하고 있었다.

호리 히데마사는 이와사키 성 북쪽 산기슭 카네하기하라金萩原˙에서 쉬면서 이케다 군의 공격이 끝날 때를 기다리고 있었고, 히데츠구는 마츠도 나루를 건너 이노코이시의 하쿠산린에 진을 치고 있었다.

그들이 선봉인 이케다 군처럼 진격을 멈추고 있으리라는 생각에 쇼뉴는 여간 초조하지 않았다.

쇼뉴는 말에서 내려 아픔을 참아가며 발을 디뎌보기도 하고 서너 걸음 걸어보기도 했다. 그럴 때마다 찌르는 듯한 통증이 가슴에서 머리끝까지 치솟았다. 단순히 삔 것만이 아니었다. 분명 복사뼈 언저리가 부러진 것이다…… 이렇게 생각되었다.

"조짐이 좋아. 적의 목은 얼마나 베었느냐?"

쇼뉴는 필요 이상으로 태연한 어조로 측근에게 말했다.

"발이 좀 화끈거리는군. 소주가 있을 텐데."

보급품 중에서 소주를 꺼내게 하여 아무렇지도 않은 듯 복사뼈에 뿌리기도 했다.

상처를 소독하는 소주가 싸늘하게 뼈에 스며들 정도로 삔 부위는 퍼렇게 부어 있었고, 이미 열이 높았다.

'이까짓 아픔쯤이야……'

토란을 갈아 초와 섞어 찜질을 하면 통증이 줄어들 텐데…… 이런 생각을 하면서도 부상을 남에게 알리지 않으려고 태연하게 갑옷을 고쳐 입었다.

"아니, 왜 그러십니까?"

도중에 이키 타다츠구가 한 번 이상하다는 듯이 물었다.

"아무것도 아닐세. 그러나저러나 이번 승리는 놀라워! 이것은 좋은 징조야, 키요베에."

그때도 쇼뉴는 얼른 이야기를 다른 데로 돌렸다.

전쟁에서 무엇보다도 중요한 것은 사기의 진작이었다. 그러한 점을 뼈에 사무치도록 잘 알고 있는 쇼뉴였다. 그러나 이러한 쇼뉴도 이윽고 눈을 크게 뜨고 숨을 죽이지 않으면 안 되었다.

쇼뉴의 점검을 받을 적의 머리 수는 300이 넘는다고 했다. 모두 경쟁적으로 잘라온 것이므로 살펴보라고 카타기리 한에몬이 보고했다.

'이러다가는 점점 더 늦어지겠어……'

쇼뉴는 조바심을 느끼면서 우선 니와 우지시게의 목을 점검했다.

스물두 살 우지시게의 목은 예의에 따라 머리가 잘 빗겨지고 피도 깨끗이 닦여 있었는데, 가늘게 뜬 그 눈은 쇼뉴를 비웃고 있는 것처럼 보였다……

"음, 이것은 참으로…… 조짐이 좋아."

쇼뉴는 아픔을 참고 다시 얼빠진 듯이 웃었다.

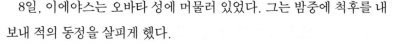

난전亂戰

1

8일, 이에야스는 오바타 성에 머물러 있었다. 그는 밤중에 척후를 내보내 적의 동정을 살피게 했다.

그 무렵까지 가랑비는 오락가락하고 있었다. 땅 위에는 겨우 길이 희미하게 빛나 보였고, 갑옷을 입은 채 내다보는 성의 창에서는 새로 자라는 나뭇잎의 향기가 땀에 젖은 듯이 느껴졌다.

척후로 명령받은 것은 혼다 분고노카미 히로타카本多豊後守廣孝였다. 그는 20여 명의 부하에 7, 8명의 마을사람들을 섞어 4개 반으로 나누었다. 그리고는 야다가와矢田川 기슭을 자세히 조사하게 했다.

히로타카가 이들의 보고를 종합하여 오바타 성에 돌아온 것은 한밤중이었다.

이에야스는 히로타카의 입을 통해 이케다 쇼뉴와 모리 무사시노카미가 밤을 새워가며 미카와로 향한다는 보고를 받았다.

"이와사키 성은 그대로 두고 지나갈 모양이군."

혼잣말처럼 중얼거리고 한숨을 쉬었다.

"그럼, 호리 히데마사 군은 이케다 군을 바로 뒤따르고 있느냐?"

"아니, 약간 뒤에 떨어져서 오고 있습니다. 어쩌면 히데마사는 우리가 진출한 것을 알고 있을지도 모릅니다."

"으음, 그렇다면 미요시 히데츠구는?"

"강을 건너 이노코이시의 하쿠산린까지 와서 거기에 진을 치고 있습니다."

"그래? 그거 참 잘됐다!"

이에야스는 잔뜩 긴장하고 있는 하타모토들을 돌아보았다.

"그럼, 출발하기로 하자."

이렇게 말하며 이에야스는 처음으로 웃었다.

가장 후방에 있는 히데츠구 군의 위치가 분명해지면 즉시 행동에 옮기기로 했다.

선봉의 장수는 오스가 야스타카, 이어서 사카키바라 야스마사, 오카베 나가모리, 미즈노 타다시게 부자의 순서였다. 여기서도 니와 우지츠구가 길 안내를 맡았다.

그들이 목표로 삼은 이노코이시는 오바타 남쪽으로 약 27, 8정 되는 거리였다. 거기까지 은밀히 진출하여 날이 밝기를 기다렸다가 일거에 하쿠산린에 있는 히데츠구 군을 습격할 계획이었다.

히데츠구 군 8,000이 어떤 태세로 이 공격을 맞을 것인가?

호리 히데마사나 이케다 쇼뉴는 이 기습을 알면 어떻게 반격을 가해올 것인가?

이들 반격에 대해서는 아군의 장기인 야전을 통해 임기응변으로 각개 격파를 전개하는 수밖에 없었다.

성을 나온 뒤 이에야스는 노부오와 함께 오모리大森, 인바를 지나고 야다가와를 건넜다. 그리고는 곧바로 이노코이시의 하쿠산린으로 향하는 선봉의 여러 부대와 갈라져 혼지本地 마을 남쪽의 곤도지야마權道

寺山로 올라갔다.

그곳에 본진을 두고 날이 밝기를 기다리기로 했다. 날이 밝으면 호리 히데마사 군의 위치를 정확하게 알 수 있었다. 그 위치를 확인하고 나서 다음 행동으로 옮길 생각이었다.

곤도지야마에 올라갔을 때는 벌써 하늘이 밝아지고 있었다. 이케다 쇼뉴가 이와사키 성을 공격할 것인가, 아니면 내버려두고 그냥 진격해 올 것인가를 생각하고 있을 무렵이었다.

"날이 밝으면 우선 호리 군의 위치부터 확인한다. 호리 군에 대해서는 따로 공격을 가해야 할 것이니, 나이토 시로자에몬内藤四郎左衛門과 타카키 몬도高木主水는 그 준비를 하라."

이에야스가 명령을 내리고 있을 때.

"와아!"

어디서인지 함성이 들렸다.

"저 소리는 하쿠산린에서일까, 아니면 가도 쪽에서일까?"

'가도 쪽이라면 쇼뉴가 성을 공격하는 것이다……'

이에야스는 눈도 깜박거리지 않고 귀를 기울였다.

2

이케다 군이 이와사키 성을 공격하고 있었다.

열아홉 살인 미요시 마고시치로 히데츠구는 하쿠산린 막사 안에서 끄덕끄덕 졸고 있었다. 그는 전투 경험은 별로 없었다. 그러나 외숙부 히데요시로부터도 아버지 무사시로부터도 무장의 길에 대해 엄하게 가르침을 받고 있었다.

히데츠구도 이번 전투에서 이케다 형제나 모리 나가요시 등과 무공을 겨룰 생각이었다. 그러나 주위에서 너무 감싸주는 면이 있었다.

이러한 히데츠구는 총수로서 맨 후방에 있다는 것이 여간 불만스럽지 않았다. 그는 적은 항상 전방에만 있다고 생각하고 있었다.

"미리 긴장할 것은 없다. 잠시 쉬고 내일 아침에 배를 채우고 출발하기로 하자."

히데츠구는 앞으로 닥칠 어려움에 충분히 대비할 생각으로 측근 키노시타 토시나오木下利直, 토시타다利匡와 상의하고 그곳에 군사를 멈추도록 했다.

토시나오와 토시타다, 그리고 코쇼의 우두머리인 타나카 요시마사田中吉政 등은 히데츠구의 수고를 덜어줄 생각에서 자기들끼리 먼저 진중을 돌아보고 여러 가지 준비를 갖추게 했다.

"일각을 다투는 진군이다. 곧 대장님 명령이 내릴 것이니 지금 아침식사를 끝내도록 하라."

이 말에 병사들은 각각 숲 속에서 그 준비를 서두르고 있었다.

물론 히데츠구도 잠을 잘 생각은 없었다. 그는 스스로 적당한 때 병사를 쉬게 하고 내일에 대비하는 명장으로 자부하고 있었다. 그런데 저도 모르게 끄덕끄덕 졸고 있었다.

"와아!"

깜빡 졸면서 히데츠구는 때아닌 기습의 함성을 들었다.

"요시마사! 방금 그 소리는……?"

벌떡 일어난 히데츠구는 얼른 창을 들고 막사 밖으로 뛰어나갔다.

아직 날은 채 밝지 않았다. 여기저기 피워놓은 모닥불과 넋을 잃은 사람들의 모습이 눈에 들어왔다.

"무슨 일이냐? 언쟁이라도 벌어졌느냐? 군기를 문란케 하면 용서하지 않겠다."

이때 굴러오듯이 히데츠구 앞으로 달려와 엎드린 것은 키노시타 토시타다였다.

"마고시치로 님, 적입니다."

"뭐……뭐…… 뭣이!"

"도쿠가와 군의 새벽 기습입니다. 평소의 훈련을 살릴 때는 지금, 침착하십시오……"

이렇게 말한 토시타다가 도리어 히데츠구의 눈에는 크게 당황하는 것으로 보였다.

"서두르지 마라!"

히데츠구가 꾸짖었다.

"언제나 말했듯이 한 놈도 남기지 말고 섬멸하라. 외숙부님의 이름을 부끄럽게 하지 마라!"

말로는 쉬운 일이었다.

히데츠구는 갑자기 창을 집어들고 방향도 정하지 않고 뛰어나가려 했다. 흰 실로 미늘을 누벼 만든 갑옷에, 역시 흰색의 소매 없는 하오리羽織°차림에 말도 타지 않았다.

토시타다는 달려들듯이 그를 끌어안았다.

"안 됩니다. 마고시치로 님은 우리 대장님이십니다."

"대장이기에 맨 앞에 나가려는 것이다."

"안 됩니다. 그 모습으로는 당장 총포의……"

여기까지 말했을 때.

"탕 탕 탕."

2, 30자루의 총성이 왼쪽에서 울렸다.

"아……"

두려움을 모르는 것도 역시 전쟁에 익숙하지 못한 젊음에서 오는 것. 이 총성에 마지못해 땅에 엎드린 히데츠구는 비로소 온몸에 소름이 끼쳤다. 본능적으로 생명의 위험을 느꼈다.

3

일단 공포를 느끼게 되자 안타까울 정도로 온몸이 떨려왔다.

"와아! 와아!"

함성은 계속 들려왔지만, 적들이 어느 방향에서 다가오는지, 어떤 방향으로 움직이고 있는지 전혀 종잡을 수가 없었다.

이렇게 되자 분발을 촉구하는 호령소리도 나오지 않았다. 외숙부의 용맹스런 가신 카토 토라노스케 키요마사加藤虎之助淸正가, 전투란 처음에는 상대의 얼굴도 보이지 않고 적의 수도 알 수 없다. 그저 마구 적에게 부딪쳐나갈 뿐이라고 했던 말이 생각났다.

그러나 마구 부딪쳐갈 상대가 도대체 어디 있는지 그것조차 알 수 없었다.

"무례한 놈!"

히데츠구를 호위하고 있던 무사 한 사람이 토끼처럼 앞을 향해 달려나갔다.

'적이 가까이 왔다!'

그때야 비로소 가까워진 적을 본능적으로 깨닫고 히데츠구는 얼른 칼을 뽑아들었다.

"칼을…… 칼을 거두십시오. 어서 말을……"

앞을 가로막으며 갑옷의 토시를 탁 친 것은 타나카 요시마사였다.

"대장과 병졸은 다릅니다. 칼을 거두고 어서 말을!"

그 무렵에야 겨우 히데츠구에게는 주위가 보이기 시작했다. 날은 제법 환하게 밝았는데도 그때까지 그의 눈은 기능을 상실한 채 눈에 보이는 것조차도 식별할 수 없었다.

앞쪽으로 12, 3간 떨어진 나무 숲—

"미요시 마고시치로의 부하 시라이 빈고白井備後!"

이렇게 자기 이름을 댄 히데츠구의 하타모토에게 적의 말 탄 무사 하나가 공격해오는 모습이 눈에 들어왔다.

'아, 아까 달려나간 것은 빈고였구나……'

히데츠구가 순간적으로 깨달았을 때 적은 창을 머리 위에 높이 쳐든 자세를 취했다.

"미즈노 소베에의 가신, 요네자와 우메보시노스케米澤梅干之助!"

그리고는 무섭게 소리지르며 빈고에게 부딪쳐갔다.

"으윽!"

순간 단말마의 비명을 지르며 한 사람이 말에서 떨어지고, 광분한 말은 그대로 오른쪽을 향해 화살처럼 달려갔다.

'빈고가 전사했다. 이거, 어려운 전투가 되겠다!'

"마고시치로 님! 어서 말을!"

다시 재촉하는 바람에 히데츠구는 코쇼의 우두머리인 타나카 요시마사의 손에서 고삐를 받아들고 정신없이 말에 올랐다.

말에 올랐을 때는 이상하게도 공포심이 사라졌다.

"요시마사!"

"예."

"적은…… 적은 누구냐?"

"도쿠가와의 하타모토입니다."

"고전이 예상된다! 시급히, 시급히 호리 히데마사와 이케다 쇼뉴에게 위급을 고하도록 하라."

"알겠습니다. 대장님은 우선……"

이 자리를 벗어나라고 말했을 것인데, 그 말에 겹쳐 또 하나의 고함소리가 히데츠구의 귀에 들려왔다.

"마고시치로 님을 보호하라. 퇴각하라, 속히 퇴각하라!"

그 소리가 키노시타 토시나오의 것임을 알았을 때는 이미 한 사람이 히데츠구의 말고삐를 붙들고 숲 속으로 달리고 있었다.

"도망치지 마라! 말을 세워라. 되돌아서라! 비겁한 놈."

히데츠구는 안장을 마구 흔들며 소리지르면서도 자기가 무슨 말을 하고 무엇을 하려는지 전혀 알지 못했다.

"탕 탕 탕."

또다시 총성이 발 밑에서 울려퍼졌다.

4

일단 전투가 시작되자 어느 부대가 어디서 싸우는지 아군들끼리도 알 수 없었다.

하쿠산린을 공격하는 미즈노 소베에 타다시게의 부대가 핏발 선 눈으로 진격하는 가운데, 지금 타다시게는 자신의 아들 토쥬로 카츠나리를 호되게 꾸짖고 있었다.

"토쥬로, 그 꼬락서니가 뭐냐! 여기는 이미 미요시 군 한가운데야."

날이 밝아 주위를 둘러보니 토쥬로 카츠나리는 유서 깊은 투구를 둘러멘 채 나가고 있었다. 아버지 타다시게는 젊은 카츠나리가 당황한 나머지 투구를 쓰는 것도 잊어버리고 있는 줄 알았다.

"아니, 꼬락서니라니요……?"

"투구 말이다. 그 투구는 무엇 때문에 가지고 있느냐? 이럴 때 써야 하는데도 잊어버리고 있다니, 멍청한 놈. 쓰지 않을 투구라면 똥통으로나 사용해라!"

전쟁터에서의 말은 절도도 꾸밈도 없었다. 애정도 증오도 분노도 똑같이 욕설이 되었다.

"뭐라고요, 똥통으로……?"

"그렇다. 전쟁터에 나와 투구를 쓰는 것도 잊고 있는 놈이 무슨 소용이 있겠느냐!"

토쥬로는 부드득 이를 갈며 타다시게를 노려보았다.

"아버님!"

"그러고도 할말이 있느냐?"

"아버님은 눈을 어디다 두셨습니까? 이 토쥬로 카츠나리, 어제부터 안질에 걸려 일부러 투구를 쓰지 않았어요. 그것도 깨닫지 못하시다니 그 눈은 무엇에 쓰시렵니까? 자, 그럼!"

"기다려! 먼저 달려가는 것은 위법이다. 기다려라."

"기다릴 수 없습니다! 앞도 보지 못하시는 아버님을 믿다가는 큰일 나겠습니다. 이 토쥬로가 투구를 똥통으로 쓸 사람인지 아닌지 맨 먼저 적의 목을 베어 보여드리겠습니다. 그럼!"

이렇게 외치고 그대로 말을 몰아 화살처럼 본진을 향해 쳐들어갔다.

한편 ──

이와사키 북쪽 카네하기하라에서 휴식하고 있던 호리 히데마사는 이케다 쇼뉴로부터 이와사키 성을 공격한다는 통보를 받았다. 그 통보를 받은 얼마 후 하쿠산린 방면에서 총성이 들려왔다.

"게 누구 없느냐? 곧 척후를 내보내라."

전투에 익숙한 히데마사는 사태를 직감했다. 그는 즉시 진지를 히가네檜ヶ根 방면으로 이동시키면서 전군에게 과감한 지시를 내렸다.

"동군東軍이 추격해와서 하쿠산린의 아군에게 싸움을 도발한 것이 분명하다. 진지를 카나레가와香流川 앞으로 옮겨 거기서 적이 나타나기를 기다려라. 한 걸음도 물러서면 안 된다. 그 대신 말 탄 적장 하나를 쏘아 떨어뜨리면 백 석씩 녹봉을 더 주겠다. 모두 앞을 다투어 공을 세우도록 하라."

호리 히데마사의 역할은 전투에 익숙지 못한 히데츠구를 도와주고,

종종 탈선을 하는 이케다 쇼뉴의 단점을 보완하는 일이었다. 그런 만큼 그는 여러 가지 가능성을 신중히 생각하고 검토해왔다.

부대는 무사히 카나레가와 앞으로 이동했다.

그때 첫번째 척후가, 도중에 만난 히데츠구의 측근 타나카 요시마사를 데리고 와서 하쿠산린의 패색을 알렸다.

"뭣이, 아군이 불리하다고? 알겠다, 이 일을 즉각 모리 님에게 보고하라!"

하쿠산린의 위급한 상황이 모리 나가요시에게 보고되고, 다시 이케다 쇼뉴에게도 전해졌다. 그 후 나가쿠테 일대는 상쾌한 아침 햇살 속에서 순식간에 무서운 혈투장으로 변해갔다.

<h1 style="text-align:center">5</h1>

우선 하쿠산린의 히데츠구 군을 교란시켜 그들을 혼란에 빠뜨린 오스가 군과 사카키바라 군, 그들은 뒷일을 미즈노 군에게 맡기고 곧 호리 히데마사 군을 공격했다.

오스가 야스타카와 사카키바라 야스마사는 이케다 쇼뉴와 모리 무사시노카미와 마찬가지로 장인과 사위의 관계였다. 야스타카의 딸이 야스마사의 아내로, 두 사람 사이는 아주 친밀했다. 병졸들도 서로 아는 사람이 많았고 첫 전투에서도 서로 우열을 가리기 어려울 정도로 활약했다. 이번에도 야스타카가 제1진을 맡아 왼쪽으로 적의 주의를 끌게 했을 때, 야스마사는 오른쪽을 공격하여 일거에 그들을 혼란에 빠뜨릴 계획이었다.

그러나 막상 적의 모습을 보았을 때 두 장수 사이의 사전 약속은 전적으로 무시되고 말았다. '전쟁터의 광기狂氣'가 양군의 병졸들에게

치열한 경쟁의식을 불러일으켰다.

"오스가 군에 뒤지지 마라!"

"그렇다. 친척의 군사에게 뒤지면 나중에 어떻게 주군의 낯을 뵙는단 말인가."

"이기기만 하면 된다. 사카키바라 군의 날랜 걸음을 보여주자."

사이를 두고 돌입할 예정이었던 사카키바라 군과 오스가 군은 카나레가와 부근에서, 서로 앞을 다투는 바람에 혼성부대가 되고 말았다.

전투에 익숙한 호리 히데마사가 어찌 이런 모습을 그대로 보아넘길 것인가. 그는 진두에 서서 공격해나가려는 부하를 엄히 제지하고 때를 기다리고 있었다.

"아직 공격하지 마라. 유인할 수 있을 때까지 유인하라. 그리고 일제히 기마무사를 노려 총포를 쏘아라. 알겠느냐, 기마무사의 목 하나에 백 석이다, 잊지 마라."

그런 줄도 모르고 기세가 오른 오스가 군과 사카키바라 군은 함성을 지르면서 호리 군의 사정거리 안으로 들어왔다.

"탕 탕."

호리 군 제2열 부근에서 총성이 울렸다.

이미 양쪽의 선두는 14, 5간의 거리로 좁혀져 눈을 부릅뜨고 이를 악물며 충돌하기 직전이었다.

"앗!"

"앗!"

총탄에 맞은 맨 앞의 기마무사가 창을 꼬나든 보병 한가운데로 곤두박질해 떨어졌다……

"탕 탕 탕."

"탕 탕 탕."

호리 군의 침착한 반격은 공을 다투며 성급히 달려든 공격군의 수족을 보기 좋게 꺾어놓았다. 혈기에 못 이겨 걸음을 멈추지 않는 자도 더러 있었으나, 한 사람의 기마무사가 말에서 떨어질 때마다 그 주위의 병졸이 주인에게 달려왔기 때문에 순식간에 공격은 저지되었다.

그와 함께 때를 기다리고 있던 호리 군이 창을 꼬나들고 공격군 속으로 뛰어들었다. 이어 격렬한 백병전이 벌어졌다. 고함소리와 이름을 말하는 소리, 도망치는 자와 추격하는 자, 죽이는 자와 죽임을 당하는 자…… 얼마 되지 않아 형세는 역전되어 눈 깜짝 할 사이에 주위의 대지가 공간을 만들어나갔다.

"깊이 들어가지 마라. 철수하라."

히데마사가 호령했을 때 이 히가네 전투에서 이에야스의 선봉은 완전히 패하고 말았다.

하쿠산린에서는 승리하고 히가네에서는 패하여, 양군의 형세는 문자 그대로 앞을 예측할 수 없는 난전亂戰으로 빠져들고 있었다.

로쿠보야마에서 적의 머리를 점검하고 있는 쇼뉴, 곤도지야마까지 나와 있는 이에야스는 아직 이러한 사태를 모르고 있었다……

6

일단 곤도지야마로 진지를 전진시킨 이에야스, 아침해가 주위를 비추기 시작할 때 진지를 다시 이로가네야마色ヶ根山로 이동시켰다. 이로가네야마는 하쿠산린 동남쪽으로, 그곳에 진을 치면 호리 히데마사와 이케다 쇼뉴의 두 부대 사이를 단절시킬 수 있었기 때문이다.

이들 두 부대가 연결되면 야전의 묘미를 발휘할 수 없었다. 어디까지나 두 부대를 떼어놓고 각개 격파를 단행하려는 이에야스였다.

"보고 드립니다. 하쿠산린의 아군이 미요시 군을 패주시켰습니다."

보고하러 온 것은 무술보다도 계산에 익숙하기 때문에 본진의 잡무를 맡았던 혼다 사도노카미 마사노부本多佐渡守正信였다.

이에야스는 웃지도 않고 맑게 개어오는 하늘을 빤히 쳐다보았다.

"당연한 일이지."

무뚝뚝하게 말했다. 평소에도 그랬지만 전쟁터에서는 특히 무뚝뚝한 이에야스였다. 전쟁터의 심리를 누구보다도 잘 알고 있기 때문에 공을 자랑하지 않으려는 배려에서 그랬을 터였다.

"알았다. 그 후의 정보를 속히 수집하라. 호리 군은 아직 무찌르지 못했느냐?"

"이제 보고가 들어올 때가 되었습니다…… 그럼, 저는 밖에서."

마사노부는 부리나케 달려나갔다. 그러나 얼마 되지 않아 다시 돌아와 말했다.

"성주님! 흉보입니다."

"흉보……? 전쟁터에서는 이기건 지건 흉보는 있게 마련이다. 누가 전사라도 했느냐?"

"정찰하러 나갔던 나이토 시로자에몬 마사나리內藤四郎左衛門正成와 타카키 몬도 키요히데高木主水淸秀가 혈색을 잃고 돌아왔습니다."

"이리 들라고 해라."

"예. 두 사람은 어서 주군 앞으로."

그 말이 채 끝나기도 전에 나이토 마사나리와 타카키 키요히데, 그리고 이번 전투의 감시역을 명령받았던 아시가루 대장 와타나베 한조 모리츠나渡邊半藏守綱가 헐레벌떡 들어왔다.

"성주님! 우리 선봉이 히가네의 호리 군에게 패하고 이리 철수하고 있습니다."

"뭣이, 이리 패주해오고 있어……?"

"예. 적은 승리에 도취해 반수 이상이 아군을 추격하고 있습니다. 지금이 절호의 기회, 경비가 허술한 적의 본진에 하타모토 전원이 공격을 가하면 틀림없이 승리할 것이라 생각합니다."

와타나베 한조가 단숨에 말했다.

"기다려, 한조!"

나이토 시로자에몬이 가로막았다.

"그런 무모한 말은 미카와 한 곳의 영주였을 때는 몰라도 지금의 주군에게는 권할 일이 되지 못해. 주군! 선봉이 패했으니 곧바로 오카자키 성으로 철수하십시오."

이번에는 같이 돌아온 타카키 키요히데가 말했다.

"주군! 저는 나이토 님의 의견에 동의할 수 없습니다. 즉시 적을 공격하는 것이 최선의 방법이라 생각합니다."

세 사람의 두 가지 보고와 진언에 이에야스는 빙긋이 웃었다. 이기면 침묵, 지면 미소…… 물론 이에야스로서도 마음의 동요가 없지 않았을 테지만, 그 감정을 부하에게 눈치채게 하는 일은 없었다.

"말씀 드립니다."

혼다 마사노부가 안색을 바꾸고 두 사람 사이에 끼여들었다.

"저는 나이토 님의 의견에 동의합니다. 와타나베, 타카키 두 분은 어찌 그런 어이없는 말씀을 하십니까. 패했을 때는 철수하는 것이 전투의 정법定法, 무리하면 크게 다치는 원인이 됩니다."

7

"뭣이…… 혼다 마사노부, 패했을 때는 철수하는 것이 전투의 정법이라고……?"

때가 때이니 만큼 잔뜩 화가 치민 와타나베 한조가 눈을 부릅뜨고 혼다 마사노부에게 대들었다.

"그대는 대관절 언제 전법을 배웠소? 어떤 전투에서 어떤 경험을 했다는 말이오?"

"그 말이 옳소!"

타카키 몬도가 뒤를 이어 말했다.

"사도노카미, 나는 그대가 자리에 앉아 주판을 놓는 모습은 보았으나 전쟁터에서 목숨을 걸고 싸우는 것은 본 적이 없소. 전쟁이란 말이오, 온몸을 내던지고 대결하는 일이오. 방안에서 주판을 놓거나 매사냥을 하는 것과는 다르단 말이오. 말도 안 되는 참견은 하지 마시오."

"그렇다면……"

"그렇다면이고 뭐고 할 것 없소. 우리는 그대를 상대로 말하는 게 아니오. 성주님!"

이에야스는 여전히 입가에 미소를 띤 채 잠자코 있었다.

"가만히 계시지 말고 속히 결정을 내리십시오. 그렇지 않으면 적은 도중에 되돌아가 난공불락의 방비를 갖출 것입니다."

불을 토하는 듯한 눈으로 이에야스를 재촉했다.

"알겠다."

이에야스는 잠시 후에야 비로소 크게 고개를 끄덕였다. 심사숙고한 것처럼 가장했으나 실은 처음부터 그럴 생각이었다.

"말을 끌어오너라! 공격해나가겠다."

"예."

이것으로 모든 것이 결정되었다.

코쇼의 우두머리인 히사에몬久右衛門이 고삐를 잡고 말을 대령했다. 이에야스는 뚱뚱한 몸으로 훌쩍 말에 올라 큰 소리로 불렀다.

"만치요!"

지금은 늠름하게 붉은 호로母衣°를 걸친 열아홉 살의 이이 효부쇼유

나오마사井伊兵部少輔直政.

"예."

우렁찬 목소리로 대답하면서 말 앞에 한쪽 무릎을 꿇었다.

"공격이다. 기다렸을 것이다, 어서 가거라."

"알겠습니다!"

타카키 몬도와 와타나베 한조는 나이토 시로자에몬과 혼다 마사노부를 무섭게 노려보았다. 그리고 나서 어깨를 거들먹거리며 이에야스 앞에 섰다.

이에야스는 그대로 이로가네야마를 내려왔다. 이어서 야사코岩作를 거쳐 다시 카나레가와를 건너고 나가쿠테의 후지가네야마富士ヶ根山를 목표로 전진하고 있었다……

그 무렵 —

이케다 쇼뉴는 로쿠보야마에서 막 머리 점검을 끝내고 있었다.

전투 중이므로 단지 장부에 새로 기입하기만 하면 되었을 텐데도 일일이 옛날 방식대로 점검하고 술까지 따라 조의를 표했다. 사정을 모르는 자의 눈에는 승리를 거둔 쇼뉴가 의기양양하여 그러는 것으로밖에는 보이지 않았다.

쇼뉴는 머리 점검을 하면서도 몇 번이나 오른쪽 발을 디뎌보고는 했다. 가마는 준비되어 있지 않았다. 그렇다면 가능한 한 부상을 숨기고 진두에 서서 말을 몰고 싶었다.

'말을 죽이고 발까지 다치다니……'

그러나 전투에는 이겼다. 불운의 징조라 생각한다면 카시마鹿島의 신에게 미안한 일이다……

이런 생각을 하고 있을 때.

"보고 드립니다!"

근시 하나가 굴러오듯 달려와 막사 입구에서 무릎을 꿇었다.

8

쇼뉴는 깜짝 놀라 상체를 움직였다.

"왜 그리 당황하느냐? 머리 점검은 곧 끝난다."

근시는 쇼뉴의 말을 무시하고 계속 보고했다.

"하쿠산린에 있던 미요시 군이 적의 추격으로 궤멸했다고 합니다."

"뭣이!"

쇼뉴도 놀랐으나 옆에 있던 이키 키요베에 타다츠구와 카타기리 한에몬도 순식간에 얼굴이 굳어졌다.

"총대장 마고시치로 히데츠구 님의 측근 타나카 요시마사가 몸에 수많은 상처를 입고 직접 보고 드리려고 왔습니다. 이리 데려올까요?"

"어서 들여보내라!"

쇼뉴는 때려부수듯이 말했다.

"으음."

입술을 깨물었다. 다리의 통증 같은 것은 문제가 아니었다. 가슴 구석구석까지를 도려내는 듯한 충격이었다.

'히데츠구를 전사케 하면 치쿠젠에게 죄송한 일이다……'

이때 유령과도 같은 표정으로 타나카 요시마사가 쇼뉴의 근시에게 부축을 받으며 들어왔다.

"요시마사!"

"예."

"상처는 깊지 않다. 멍청한 놈, 눈을 떠라!"

"예."

"히데츠구 님은, 마고시치로 님은…… 어떻게 되셨느냐? 그래, 생사는…… 생사는……?"

쇼뉴의 다급한 질문에 요시마사는 멍하니 허공으로 눈길을 보냈다.

"속히 구원을……"

"생사는?"

"무사하십니다…… 시급히……"

"적은 이에야스 자신이더냐?"

묻다 말고 쇼뉴는 혀를 찼다. 요시마사가 너무 지쳐 있다는 것을 알면서도 계속 묻는 자신에게 화가 났다.

"요시마사를 치료해주어라. 그리고……"

쇼뉴는 당황하면서 사람들을 둘러보았다. 그러다가 차남 산자에몬 테루마사에게 시선을 고정시켰다.

"산자에몬, 키이노카미에게 전하고 오너라!"

"예, 형에게……?"

"큰일났다! 치쿠젠 님에게 면목이 없어. 아니, 면목이 아니라 무사의 체통이 말이 아니다."

"아버님!"

"만일 마고시치로 님에게…… 아니, 키노시타 토시나오와 토시타다가 딸려 있으니 아무 일도 없겠지만, 만약의 경우 너희들도 살아서는 돌아올 생각을 하지 말아라."

산자에몬 테루마사는 아버지의 당황하는 모습에 순간적으로 가엾은 생각이 들었다. 그러나 곧 생각을 바꾸었다.

"알겠습니다."

벌떡 일어나 밖으로 나갔다.

이것을 신호로 모두 일어섰다.

"말을 끌어오너라! 행선지는 하쿠산린이다."

"예."

"왜 꾸물거리느냐, 서둘러라!"

해는 이미 높이 떠올라 있었고, 때때로 구름이 그것을 가렸다. 마음이 편했다면 푸른 잎이 나부끼고 상쾌한 바람의 속삭임이 졸음을 유발할 듯한 조용한 늦봄의 한낮에 가까운 때……

쇼뉴는 발의 통증도 잊었다.

'치쿠젠에게 죄송하다!'

똑같은 생각을 마음속으로 되풀이하면서 무언가에 끌려가듯 로쿠보야마를 달려내려갔다.

"탕 탕 탕."

다시 새로운 총성이 나가쿠테의 산야를 뒤흔들었다.

9

쇼뉴는 로쿠보야마를 달려내려가 나가쿠테로 나왔다. 그때 전선은 이미 누가 적이고 아군인지 분간할 수 없는 혼란에 빠져 있었다.

그러한 혼란이 어이없게도 백전노장의 몸에 익은 대담성을 앗아갔다. 도중에 만난 몇몇의 패잔병은 각각 그 소속을 달리하고 있었다……

맨 먼저 만난 것은 아시가루 차림의 남자였다.

"누구의 부하냐?"

이렇게 물었을 때.

"미요시 군입니다."

대답하자마자 도망쳐 길가의 풀숲에 몸을 숨겼다.

다음에 만난 것은 젊은 병졸이었다.

"어째서 전쟁터를 버리고 도망가느냐. 돌아서라, 비겁한 놈!"

말 위에서 꾸짖자 증오에 불타는 눈으로 노려보았다.

"우리는 호리 군, 도망가는 것이 아니라 진격한다."

악담을 퍼붓고 쏜살같이 미카와 쪽으로 달려갔다.

물론 이것은 아군의 패색에 두려움을 품고 전쟁터를 이탈하려는 반광란 상태에 빠진 자의 악담이었다.

세번째로 만난 장년의 병졸은 온몸에 상처를 입고 창에 몸을 의지하고 있었다.

"어디 소속이냐?"

쇼뉴의 물음에 그는 대답 대신 창을 꼬나들었다. 벌써 시력을 잃은 모양이었다.

"적이냐, 너는?"

그의 물음에 상대는 대답하지 않았다.

"오쿠보 시치로에몬의 가신 이소베磯部……"

이름도 끝까지 말하지 못하고 그대로 황토 위에 쓰러졌다.

오쿠보 시치로에몬이라면 이에야스의 중신 타다요가 틀림없다. 타다요의 가신이 이 근처까지 왔다면 사위 모리 무사시노카미는 어떻게 되었을까……?

'치쿠젠에게 죄송하다.'

쇼뉴가 이와사키 성 따위는 무시하고 그대로 미카와로 진격했더라면 이미 아군은 아무도 이 근처에는 있지 않았을 터인데……

주위 지형은 도쿠가와 군의 특기인 야전에 적합했다. 호리 군까지 패잔병을 내고 있다면 히데츠구만이 아니라 히데마사와 무사시노카미도 고전하고 있을 것이 틀림없었다.

앞뒤에서 계속 총성이 들려왔다.

쇼뉴 자신도 점점 전쟁터 한가운데로 들어서고 있다는 증거였다.

"위잉!"

탄환이 귓전을 스치고 왼쪽 소나무 줄기에 맞았다.

하늘은 맑게 개어 있었다.

"와아!"

"와아!"

하늘 여기저기서 고함소리가 쏟아져내리듯이 들리는 것은, 쇼뉴 자신이 당황하고 있다는 증거임을 자기도 확실히 알 수 있어 더더구나 안타까웠다.

그럴 것이었다. 그 무렵의 전황은 이미 처음의 1승 1패의 균형을 완전히 깨뜨리고 있었다.

히데츠구 군을 무찌른 여세를 몰아 호리 군을 공격하기 시작한 오스가, 사카키바라의 두 부대가 히가네에서 패해 혼란에 빠져 있을 때, 이에야스의 명령으로 출격한 열아홉 살의 이이 나오마사가 정예 3,000을 이끌고 600자루의 총포를 앞세워 호리 군을 공격했다.

호리 군은 당황하여 흐트러지기 시작했고, 반대로 사카키바라 군과 오스가 군은 열세를 만회하여 미카와 무사의 명예를 걸고 악귀처럼 날뛰기 시작했다……

10

이 전쟁터에서 큰 부담은 무엇보다 미요시 히데츠구였다. 그가 전투에 익숙지 못할 뿐만 아니라, 친아들이 없는 히데요시의 총애를 받는 조카라는 것이 모두의 뇌리에 말할 수 없는 부담을 주고 있었다.

히데요시에게 계산착오가 있었다면 바로 이 점이었다. 쇼뉴는 처음부터 이 사실에 너무 구애받고 있었고, 호리 히데마사 또한 하쿠산린이 염려스러워 행동을 제약받고 있었다.

그가 만약에 히데츠구를 얼른 포기하고 모리 나가요시와 함께 이케다 군에 합세했더라면 충분히 도쿠가와 군과 대적할 수 있었을지도 모른다. 거칠게 흐르는 물줄기를 막아내기는 어렵다. 모리 군이 그 때문에 도리어 전력을 반감당한 것은 당연한 일이었다.

전황은 이에야스가 원하는 방향으로 전개되었다. 이이 나오마사는 맨 앞에 서서 호리 군을 추격하여 모리 무사시노카미 군을 공격하고, 사카키바라 야스마사와 오스가 야스타카가 그 뒤를 따랐다.

모리 무사시노카미가 이를 갈면서 이들을 맞아 싸운 것은 말할 나위도 없었다.

이때 이에야스는 직속부대를 거느리고 후지가네야마에 나타났다. 로쿠보야마를 내려오는 이케다 군과 모리 무사시노카미 군 중간으로 나와 마지막 쐐기를 박기 위해서였다.

쇼뉴의 귀에 사방에서 총성과 함성이 들린 것은 이 때문이었다. 네번째 패잔병 네 명이 그의 말 앞에서 기진맥진하여 쓰러졌다. 그때는 이미 쇼뉴의 주위에 장남 키이노카미 모토스케도 차남 산자에몬 테루마사도 있지 않았다. 모든 신경을 불처럼 타오르게 하는 육박전이 피부에까지 닥쳐왔다는 증거였다.

"누구의 부하냐? 정신차려라."

쇼뉴는 자기 자신을 꾸짖듯이 물었다.

네 사람은 주종主從 관계인 것 같았다. 별로 신분이 높은 자로는 보이지 않았다. 상사인 듯한 스물두세 살쯤 된 젊은이가 창에 찔린 듯 오른쪽 옆구리를 꾹 누른 채 말했다.

"모리 군입니다……"

그리고는 허공을 노려보았다.

"그럼, 모리 군도 무너졌다는 말이냐? 상처는 깊지 않다. 머리를 숙이지 마라."

순간 젊은이는 머리를 푹 떨구고, 젊은이를 부축하고 있던 쉰 살 가량의 부하가 당황하며 젊은이의 몸을 흔들면서 대답했다.

"무사시노카미 님은 전사하셨습니다."

"뭐? 무사시노카미가 전사를……?"

"예. 적을 저지하려고 말 위에서 지휘하시던 중 이마에 총포를 맞고…… 그대로 소리도 없이 낙마하시어……"

"소리도 없이 죽어…… 죽어…… 죽어갔느냐?"

"그 목은 분명히 오쿠보 시치로에몬의 가신 혼다 하치조本多八藏란 자가 베었습니다."

쇼뉴는 눈앞이 캄캄해졌다. 온몸으로 패전을 깨닫는 동시에 뜨끔 하고 다리의 상처가 쑤셨다.

"와아!"

그때 바로 눈앞의 작은 언덕에서 함성이 울렸다.

11

모리 군은 완전히 붕괴되었다. 이어 이에야스 직속부대의 압력이 한꺼번에 이케다 군에 가해져왔다.

'드디어 왔구나!'

전투에 익숙한 쇼뉴는 순간적으로 모든 것을 간파했다. 눈앞에서 숨을 거둔 무사를 병졸들이 서둘러 뒤에 있는 풀숲으로 옮겨놓는 동안, 쇼뉴는 자기 앞을 지나 적을 향해 달려가는 아군 병졸들의 발걸음을 지켜보고 있었다.

모두가 발끝으로 서서 상반신만이 쓰러질 듯 비실거리며 앞을 향하고 있었다. 그것은 낭패와 초조로 제정신을 잃은 병사들의 자세로, 그래서는 반 각(1시간)도 체력을 유지할 수 없었다.

그럴 것이라고 쇼뉴는 생각했다. 쇼뉴와 같은 노장도 아연실색했다. 승리에 도취하여 의기양양하게 잠시 휴식을 취하던 군사가 낭패한 것은 전혀 무리가 아니었다.

이러한 자세로 전진하는 병사는 상대가 의외로 약하고 곧 등을 보이는 경우라면 전진을 계속할 수 있다. 그렇지 않을 때는 힘이 다해 주저앉거나 자포자기하여 전멸하는 것이 고작이었다.

지금쯤 그 허둥대는 군사들의 선두에 서서 악전고투하는 키이노카미 모토스케는 미친 듯이 창을 휘두르고 있을 것이었다. 어린 테루마사도 그 이상으로 분전하고 있을 터.

"와아!"

이때 다시 오른쪽 전방에서 백병전을 알리는 함성이 서로 부딪쳤다.

"탕 탕 탕."

이번에는 아주 가까이에서 총성이 들렸다.

"위험합니다!"

말고삐를 잡고 있던 병졸이 느닷없이 쇼뉴의 말을 길옆 풀숲으로 끌어들였다. 적의 선봉이 앞쪽 언덕 밑에서 모습을 나타냈다.

"못난 놈!"

쇼뉴가 꾸짖었다. 꾸짖고 나서 고삐를 잡고는, 그러나 적의 정면으로 말머리를 돌리지 않고 그대로 풀숲을 통해 숲 속으로 나아갔다. 그 말을 에워싸듯이 하고 30여 명의 젊은 무사가 길을 비켰다.

"주군을, 주군을 부탁한다!"

이렇게 말한 것은 이와사키 성 공격을 진언한 카타기리 한에몬인 듯. 그 역시 앞으로 쓰러질 듯한 자세로 적을 향해 달리고 있었다.

숲 속은 눈부신 햇빛과 푸른 잎의 그늘로 교차되고 있었다.

쇼뉴는 무슨 생각을 했는지 말을 세우고 낯을 찌푸리면서 그 자리에 내려섰다. 병졸이 얼른 걸상을 가져왔으나 그보다 먼저 풀 위에 책상다리를 하고 앉았다.

'미안하오! 치쿠젠 님…… 마고시치로를 죽이고 말았소.'

모두 눈짓을 교환하고 쇼뉴 곁을 떠나 경계를 폈다.

사위 모리 무사시노카미가 전사했다는 말을 듣고 낙심했기 때문이라고 근시들은 생각했다.

"그 대신 나의 아들도 사위도, 그리고 나도 그 뒤를 따를 것이오……
용서하시오."

싸우려 해도 발의 통증이 심해 말을 탈 수 없었다. 물론 도보로 싸운다는 것은 생각도 못할 일이었다. 쇼뉴의 최후는 저절로 결정되었다.

"아아, 적이 쳐들어온다……"

"이놈, 덤벼라!"

이번에는 쇼뉴 바로 옆에서 소리가 들렸다. 그와 함께 무사 하나가 쏜살같이 경호망을 뚫고 쇼뉴에게 달려왔다.

"이케다 쇼뉴! 내가 상대하겠다!"

12

쇼뉴의 시선이 흘끗 상대에게로 옮겨갔을 때, 그 무사는 몸을 낮추고 미끄러지는 듯한 자세로 눈앞에까지 다가와 있었다.

'훌륭한 자세다! 이길 자세야!'

이렇게 생각하면서 쇼뉴는 물었다.

"누구냐? 이름을 대라!"

목소리만은 우렁차 큰 소리로 질타했다.

"이에야스의 하타모토 나가이 덴파치로 나오카츠永井傳八郎直勝!"

"음, 훌륭한 젊은이로다, 덤벼라……"

퉁겨내듯 대답했다. 그러나 무릎도 세우지 않고 칼도 뽑지 않았다.
아마도 상대의 눈에는 쇼뉴의 모습이 움직이지 않는 거대한 바위로 보였을 것이다.

창을 꼬나든 채 옆으로 움직이면서 이마의 땀을 떨어내듯 갑옷의 토시로 닦았다.

"무엄하다, 주군에게 이 무슨 짓이냐!"

뒤쫓아온 쇼뉴의 가신이 얼른 옆에서 덤벼들었다.

덴파치로는 몸을 숙여 그의 공격을 피하고, 그 뒤로 다가오는 또 다른 가신의 목을 향해 창을 던졌다.

"으음."

한 사람은 선 채로 창에 찔려 고꾸라지고, 먼저 덤볐던 가신이 다시 덴파치로에게 칼을 휘둘렀다.

덴파치로는 번개처럼 날쌔게 피했다. 약간 소리가 나기는 했으나 칼날은 맞부딪치지 않았다. 다음 두 사람이 맞섰을 때 덴파치로의 왼손 집게손가락에서 피가 줄줄 흐르고 있었다. 아니, 손가락이 이미 없어졌는지도 몰랐다.

칼날이 부딪치지 않은 것은 놀라운 솜씨라고 쇼뉴는 생각했다.

'이놈, 아직도 사람을 벨 생각에서 칼날의 이가 빠지지 않도록 조심하고 있구나……'

"야앗!"

덴파치로가 기합을 넣으며 이번에는 쇼뉴의 가신을 향해 비스듬히 칼을 휘둘렀다.

"으윽—"

단말마의 신음소리가 길게 꼬리를 끌고, 다음에는 칼이 곧바로 쇼뉴에게 겨누어졌다.

"허어……"

이토록 격렬한 행동 뒤에도 상대는 숨결조차 거칠어지지 않았다. 구슬 같은 땀을 흘리고는 있었으나 눈도 입술도 전혀 흐트러짐이 없었다.

"허어……"

쇼뉴도 칼을 뽑았다. 사사노유키篠の雪라는 이름을 가진, 쇼뉴가 자랑하는 칼이었다.

"나가이 덴파치로 나오카츠라고 했느냐?"

"그렇소!"

"이 쇼뉴 앞에서 좋은 솜씨를 보여주었다. 그냥 자결한다면 인정에 어긋나는 일. 그대의 의기를 생각하여 칼을 뽑았다."

"그 목을 베겠소, 각오하시오!"

"잠깐!"

"뭐, 새삼 겁이라도 났소?"

"멍청한 놈 같으니라고. 보아하니 너는 칼을 소홀히 다루지 않는 사나이 같다. 이 쇼뉴의 목을 베거든 사사노유키를 같이 가지고 가서 네가 쓰도록 하라."

"그렇다면 더더구나 감사한 일……"

"그리고 만일에 연줄이 닿거든, 이 쇼뉴가 치쿠젠에게 미안하다는 말을 남기고 죽었다고 전하여라. 그것뿐이다. 자, 오너라!"

"실례하겠소!"

그림처럼 아름다운 빛과 신록 속에서, 이번에도 칼은 소리를 내지 않고 무섭게 허공에서 좌우로 흘렀다……

13

쇼뉴는 결코 대결을 피하려 하지 않았다. 카츠사부로 시절부터 긍지를 갖고 살아온 무장이 전력을 다하지도 않고 죽는다는 것은 생각지도 못할 일. 그렇게 하면 상대에게 미안한 일이라고 생각했다.

"사정은 볼 것 없다."

"오오!"

다시 두 사람의 칼이 빛과 그림자의 무늬 속에서 뒤얽혔다.

아무도 이 결투에 개입하지 않는 것이 이상했다. 아니, 이미 난전이 벌어져 공격하는 자도 후퇴하는 자도 이 부근을 계속 왔다갔다하면서도, 자신에 대한 것밖에는 보이지 않았는지도 몰랐다.

"얏!"

덴파치로가 허점을 발견하고 온몸으로 쇼뉴에게 부딪쳐왔다.

순간 쇼뉴는 다시 온몸에 찢어지는 듯한 골절의 아픔을 느끼고 쓰러졌다.

"장하다!"

그러면서 상대를 칭찬했다. 이것이 마지막이었다.

덴파치로는 나는 새처럼 달려들어 몸을 타고 앉아 목을 잘랐다. 그러나 목을 들고 일어나 한 순간 넋을 잃은 듯 그 자리에 서 있었다.

짓밟힌 풀 위에 사방으로 피가 튀고, 그것을 보는 눈에 햇빛이 부셨다. 귀에서는 윙윙 소리가 나고 온몸이 반쯤 마비되어 지각을 잃은 것 같았다.

"이겼다!"

자기만이 아니었다. 아군은 어디서나……

'나는 적으로부터 칭찬을 받았다…… 나는, 나는 장한 일을 해내었다……'

이번에는 서둘러 쇼뉴의 손에서 사사노유키를 빼앗고 주검에서 칼집을 집어 칼을 꽂았다. 문득 목 없는 주검이 웃은 것 같은 생각이 들었다. 아니, 웃은 것이 아니라 울고 있었다……

'보았느냐, 덴파치로. 이것이 무장의 마지막 모습이다……'

나가이 덴파치로 나오카츠는 세차게 고개를 가로젓고 미친 듯이 목을 높이 쳐들었다.

"미카와 오하마의 나가이 덴파치로 나오카츠, 적장 이케다 뉴도 쇼뉴의 목을 베었노라!"

가까이에서는 이에 호응하는 자가 없고, 흩어진 시체가 일제히 박수 치는 것 같았다.

'이것으로 끝났다! 이겼다! 공을 세웠다!'

덴파치로는 뒤에서 오는 이에야스의 우마지루시를 향해 힘껏 달리기 시작했다.

갑자기 주위가 조용해지고, 어디선지 모르게 파리가 날아와 비참하게 쓰러져 햇빛을 받고 있는 쇼뉴의 목 언저리에 내려앉았다.

"와아!"

다시 오른쪽 풀숲을 짓밟으며 이케다 군이 도망쳐갔다.

그 무렵 이미 키이노카미 모토스케도 전사했다. 다만 아버지와 형의 죽음을 모르는 차남 산자에몬 테루마사만이 아직도 패세를 만회하려고 미쳐 날뛰고 있었다. 그러나 승패는 이미 결정났다고 해도 좋았다.

"뚜우!"

소라고둥소리가 울려퍼졌다. 이에야스 군이 승리를 확인하고 군사를 거두어들이는 듯.

밝은 햇빛 아래 시체에 달라붙는 파리가 점점 늘어났다……

사슴과 호리병박

1

이에야스의 이케다 군 공격 사실을 히데요시가 알게 된 것은 같은 날인 9일 다섯 점 반(오전 9시)이 가까웠을 때였다.

그때까지 히데요시는 가쿠덴에서 계속 코마키 주변의 도쿠가와 군에게 소규모로 전투를 도발하고 있었다. 이는 물론 양동작전으로, 아군의 미카와 침입을 이에야스가 깨닫지 못하도록 하기 위해서였다.

"이에야스가 오늘 낮까지만 미카와 침입을 깨닫지 못한다면 재미있게 되겠는데……"

아침에 일어난 히데요시는 느닷없이 운동을 하겠다면서 말을 끌게 하고 진지 주위를 두 바퀴 돌고 돌아왔다.

그의 생각으로는 이에야스가 아군의 침입을 오늘까지 모르고 있지는 않을 것이다. 알게 되면 반드시 움직일 것이다, 움직였을 때 자기 솜씨를 보여주겠다고 마음먹고 있었다.

이에야스는 자기 영지의 위급을 보고받고 당황한다. 그러면서도 추격전을 시도하고 있다.

'시즈가타케 전투의 재판이 될 것이다.'

아무리 야전에 능한 이에야스라도 멈추고 서서 싸울 기회를 찾아내지 못한다면 사쿠마 겐바佐久間玄蕃와 똑같은 곤경에 처하여 수습할 수 없을 정도로 무너지게 될 것이다.

'결전은 오늘이다!'

진지로 돌아와 식사를 하면서 히데요시는 옆에 있는 이시다 미츠나리를 돌아보았다.

"오늘 낮에는 쇼뉴도 미카와에 들어가 있을 테지."

혼잣말처럼 중얼거렸다.

"물론 그럴 것입니다마는, 이에야스는 아직 모르고 있을까요?"

"알고 있다면 움직이지 않을 수 있겠느냐. 나 역시도 오사카 성을 공격당한다는 것을 알면 이렇게 한가롭게 밥을 먹고 있지 못할 거야."

웃으면서 상을 물리고 다시 유코를 불러 여기저기에 편지를 쓰게 하였다.

바로 이때 니쥬호리에 나가 있는 히네노 빗츄로부터, 이에야스가 이미 코마키야마에서 내려왔다는 보고가 들어왔다.

"뭣이, 이에야스가 코마키야마에 없다고?"

이렇게 말했을 때 이미 히데요시는 자리를 박차고 일어나 있었다. 히데요시의 구술에 따라 붓을 놀리고 있던 유코——

"그럼, 이 편지는 일단 중지하고……"

이렇게 말했을 때 히데요시의 모습은 벌써 막사 안에 있지 않았다.

오늘은 히데요시도 처음부터 출진할 생각으로 있었다. 편지 구술이 끝나면 류센 사龍泉寺를 향해 출발할 작정이었다.

히데요시가 출발한 뒤의 배치는 이미 정해져 있었다. 약 6만의 군사를 코마키야마 주변에 남겨 엄중하게 경계를 펴게 하고 그 자신은 호리오 요시하루, 히토츠야나기 스에야스, 키무라 하야토 등과 더불어 그가

328

자랑하는 하타모토를 거느리고 나가 다시 한 번 시즈가타케에서 활약한 일곱 창의 공명을 꿈꾸고 있었다. 그랬던 것이 약간의 차질을 가져왔다.

'전쟁터에서는 일각의 차질이 승패 결정의 중요한 요인이 된다.'

히데요시는 진지를 나왔다.

"가자!"

한마디 외치고 말에 올랐다. 우마지루시도 창도 깃발도, 히데요시의 모습이 질풍을 일으키며 달려간 후에야 움직이기 시작했다. 노부나가가 덴가쿠하자마로 갈 때의 출진이 바로 이러했다. 처음에는 오직 히데요시 혼자……

여전히 그 중국식 타래붓꽃 장식의 투구를 쓰고 붉은 비단의 화려한 진바오리 차림으로 뒤도 돌아보지 않고 류센 사를 향해 달렸다.

이럴 때의 히데요시의 모습은 아무것도 생각하지 않는 젊은이와도 같았다.

2

류센 사에 도착할 때까지 히데요시는 아직 나가쿠테에서 아군이 패전했다는 것을 모르고 있었다. 이에야스의 출발이 예상외로 빨랐기 때문에 이 전투의 앞길에 위기감을 느끼고는 있었으나 패하리라고는 상상도 하지 않고 있었다. 원래 그의 사전에는 패배라는 말이 없었다.

"모스케! 스에야스!"

류센 사에 있으면서 명령을 기다리고 있던 호리오의 진지가 가까워지자 소리쳤다.

"오늘 전투는 불리할지도 모른다. 어서 서둘러라."

무섭게 소리지르고 말에서 내렸을 때 비로소 아군의 패전을 알았다.

"그렇다면, 쇼뉴는 이와사키 성을 공격하고 있었다는 말이냐?"

"예. 거기서 머리 점검을 하고 있었다고 합니다."

"원, 이런!"

히데요시는 폐부를 쥐어짜는 듯한 소리와 함께 한숨을 쉬었다.

모든 계획을 철저하게 세우고 일거에 이에야스 군을 혼란에 빠뜨릴 생각이었던 전략이 아군의 구원이라는 다른 의미를 가진 출정이 되고 말았다.

"그 어수룩한 녀석이!"

히데요시는 내뱉듯이 말하고 무릎을 쳤다.

"그토록 주의를 주었는데도 이와사키 성 따위를……"

쇼뉴가 계속 진군해갔더라면 이에야스도 그를 쫓아가느라 충분히 결전을 지연시킬 수 있었는데…… 이런 생각을 하는 순간 잔뜩 화가 치밀었다. 그러나 곧 그런 감정에 사로잡히는 일은 백해무익하다는 것을 깨달았다.

"그 쇼뉴를 내보낸 것은 이 히데요시다. 좋아, 쇼뉴를 구하면서 이에야스를 무찔러라…… 철저히 분쇄해버려라."

선뜻 마음의 방향을 전환하고 전력을 기울이는 것이 히데요시였다. 그런 의미에서 히데요시의 기분전환은 이름난 검객의 칼놀림과도 흡사했다.

히데요시는 우선 호리오, 히토츠야나기, 키무라 등 세 부대를 나가쿠테에 급파하여 이케다 군을 구원하게 하고, 자신은 이에야스 군을 공격하기 위해 출발했다.

그 총병력은 3만 8,000.

패전을 그대로 승리로 연결시키지 않고는 못 견디는 히데요시의 성격과 기질이었다.

"무슨 일이 있어도 이에야스의 하타모토를 끌어들여라. 포위한 다음 한 사람도 남기지 마라. 적은 이미 전쟁에 지쳐 있으나 아군은 팔팔하다."

그 무렵 ──

이에야스가 없는 동안 성을 지키는 코마키야마의 본진에는 이시카와 카즈마사와 사카이 타다츠구, 그리고 맹장 혼다 타다카츠 세 사람이 언성을 높이며 격론을 벌이고 있었다.

"그럼, 제 의견에는 따르지 못하겠다는 것입니까?"

"따르지 않겠다는 것이 아니라, 미비한 점이 있다는 말일세."

흥분하여 소리지르는 혼다 헤이하치로 타다카츠에게 이시카와 호키노카미 카즈마사는 잔뜩 찌푸린 얼굴로 상대하고 있었다.

사카이 타다츠구는 이따금 혀를 차면서 두 사람을 똑같이 노려보고 있었다.

모두 투구는 쓰지 않았으나 무장을 하고 있었다. 그들이 입을 열 때마다 걸상이 삐걱거렸다.

"아니, 제 생각에 미비한 점이? 이건 그냥 넘어갈 수 없는 일. 어디가 미비한지 그것을 설명해보시오, 카즈마사!"

3

이시카와 카즈마사는 연장자답게 침착한 어조였다.

"이 모두 주군이 생각했던 일일세. 헤이하치로 님은 그렇게 생각하지 않소?"

이렇게 말문을 열었다.

"주군이 이케다 군을 추격한다는 것을 알면 치쿠젠이 다시 그 뒤를 추격할 것이오…… 그 정도의 일도 생각지 않았을 주군이 아니오. 선불리 이누야마 성을 공격하면 수습할 길이 없게 될 것이오."

"에잇, 분통이 터지는군!"

타다카츠는 다시 한 번 이를 갈고 혀를 찼다.

그의 생각은, 히데요시가 서둘러 가쿠덴을 출발했기 때문에 그가 없는 동안에 카즈마사, 타다츠구, 타다카츠 세 사람이 수비가 허술해진 이누야마 성을 일거에 손에 넣자는 것이었다.

그렇게 하면 침입하기 위해 나갔던 적이 도리어 호되게 침입을 당하는 결과가 된다. 지금이 바로 그 절호의 기회. 즉시 공격하자고 하는 의견에 대해 이시카와 카즈마사는 완강하게 반대했다.

카즈마사는, 그런 위험을 감행했다가 만일에 적에게 포위되어 코마키야마로 철수하게 되기라도 하면 어떻게 하겠느냐는 것이었다.

이에야스는 이곳을 철저히 지키라는 명은 내리고 떠났으나 틈이 생기면 이누야마 성을 공격하라고는 하지 않았다.

만일 이에야스 군이 이케다 군을 무찌르고 돌아왔을 때 코마키 성이 적의 수중에 떨어져 있다면, 비록 이누야마 성을 손에 넣었다 해도 결코 이익이 되지 못한다. 도리어 일시적으로나마 혼란을 불러일으키고, 자칫하면 키요스까지 후퇴하지 않을 수 없게 된다. 그렇게 되면 성을 공격하는 데 능숙한 히데요시에게 이누야마, 키요스가 각각 포위당할 우려가 있다고 했다.

"내 말은 이누야마 성에 모두 그대로 남아 있자는 것이 아니오. 누가한 사람 남고 나머지는 이곳으로 철수한다…… 코마키와 이누야마를 동시에 손에 넣자는 전략이오. 그런데 어째서 이누야마와 코마키를 교환한다는 말로 곡해하고 반대하는 것이오?"

"나는 반대요. 지금은 두 마리 토끼를 쫓을 때가 아니오. 여기서 주군의 다음 지시를 기다릴 때란 말이오."

"이시카와 님!"

"몇 번 말해도 코마키의 수비를 명령받은 이 카즈마사는 찬성할 수 없소."

"이시카와 님, 지금 진중에 어떤 소문이 나돌고 있는지 알고 있기나 합니까?"

"무슨 소문이오? 나는 모르오. 또 알려고도 하지 않소."

"그럴 테죠. 이시카와 님이 종종 치쿠젠에게 밀사를 보내고 있다. 혹시 이시카와 카즈마사가 히데요시와 내통하고 있는 게 아닐까…… 이런 소문은 못 들었을 겁니다."

"뭣이…… 내가 히데요시와 내통을?"

"그렇소. 그래서 이누야마 성을 공격하지 말자…… 그런 소문이 나돌아도 나는 모른다, 그렇게 말한 것 아니오?"

"닥쳐. 닥쳐라, 헤이하치로……"

두 사람은 조금도 양보하지 않고 자기 주장을 내세웠다. 마침내 사카이 타다츠구가 끼여들었다.

"적과 내통했다느니 않았다느니 그런 온당치 못한 말은 서로 삼가야 한다."

"소문이 그렇다는 것뿐이오. 소문은 내 책임이 아닙니다. 남의 입을 막을 수는 없는 것이니까."

다시 덧붙여 말하려는 타다카츠를 제지하고 나서 다짐하듯 물었다.

"그럼, 카즈마사 님은 어떤 일이 있어도 이누야마 성은 공격하지 않겠다는 것입니까?"

"그렇소. 승리해도 별로 이득이 없고, 패하면 그야말로 큰일."

이 말에 타다츠구는 크게 고개를 끄덕였다.

"좋아, 나도 그만두겠소. 헤이하치로, 그대도 그만두도록."

그리고는 거칠게 일어났다.

4

타다츠구는 그런 태도를 보임으로써 타다카츠의 불평을 억누르려 했다. 내심으로는 이누야마를 공격하자는 타다카츠의 의견에 찬성하고 있으나, 이시카와 카즈마사가 이렇게까지 완강하게 반대하기 때문에 어쩔 수 없다…… 이렇게 알게 해서 타다카츠의 노기를 진정시키려 했다. 그런데 화가 난 타다카츠는 이것을 거꾸로 받아들였다.

"그렇군요, 알겠소!"

그는 분개하며 바위처럼 우람한 팔을 뻗쳐 자기 투구를 집어들고 자리를 차고 일어났다. 적과 아군 모두에게 이름이 난, 사슴뿔이 달린 큰 투구였다.

"어쨌거나 나는 여기 있지 않겠소."

"기다리게, 타다카츠!"

"기다릴 수 없소. 이누야마 성 공격을 반대해도 좋소. 나는 혼자 각오한 게 있소."

"기다리라고 했지 않아!"

"기다릴 수 없소."

당황하며 제지하는 카즈마사에게 퍼붓듯이 소리지르고 그대로 북쪽의 자기 진지로 돌아왔다. 그리고는 이누야마와는 반대방향으로 히데요시의 뒤를 쫓기 시작했다.

"팔짱만 끼고 있느니 차라리 히데요시와 싸우다 죽겠다!"

본능적으로 이에야스의 위기를 느끼고 한 일이었는지도 몰랐다. 그러나 그 행동은 완전히 이성을 초월해 있었다.

그는 겨우 500 남짓한 군사를 거느리고 류센 사를 떠난 히데요시의 본진을 뒤쫓았다. 그리고는 말을 몰아 호리병박 우마지루시와 나란히 달리면서 갑자기 총을 쏘았다.

나가쿠테로 급행하고 있던 히데요시는 눈이 휘둥그레졌다.

새삼스럽게 누구냐고 물을 필요도 없었다. 히데요시의 후미를 잽싸게 앞질러 개울을 사이에 둔 건너편 길과 병행하면서 다가오고 있었다. 맨 앞에서 사슴뿔 투구를 쓰고 달리는 자가 혼다 헤이하치로 타다카츠라는 것은 한눈에 알 수 있었다.

"거기 섰거라, 원숭이 놈아!"

양자 사이가 개울의 폭만큼 좁아졌을 때 타다카츠가 소리쳤다.

"이 투구가 두려워 멈추지 못하느냐? 호리병박이 미카와의 사슴뿔을 만나 기가 질렸느냐?"

그 악담과 발포를 참지 못한 근시들.

"주군!"

히데요시에게 말했다.

"저 무엄한 파리 같은 놈을 짓밟아버릴까요?"

히데요시는 허락하지 않았다. 그는 이 악담을 어떤 생각을 가지고 늘어놓는 진로방해로 판단했다.

"이놈들아, 그 대군은 망석중이냐 인형이냐? 살아 있는 무사는 그래 한놈도 없느냐?"

그럴 때마다 히데요시의 측근들은 술렁거리며 걸음을 멈추려 했다. 그 귀찮음이 정말 파리와 같았다.

"주군, 단숨에 짓밟아버립시다, 저 무례한 놈을……"

"내버려두어라. 내버려두고 어서 나가쿠테로 가자. 저런 엉뚱한 짓을 하는 자는 살려두는 것이 좋아. 죽을 작정을 한 놈을 죽인다면 그의 소원을 이루어주는 것밖에 되지 않아."

타다카츠는 전혀 상대해주지 않는다는 것을 알고 이번에는 히데요시 군 앞으로 나와 귀찮게 굴기 시작했다.

"하시바 치쿠젠의 호리병박을 미카와의 사슴이 먹어치우겠다. 멈추지 못하겠느냐?"

그 모습은 바로 화가 머리끝까지 치민 악동이었다. 참다 못한 히데요시 군에서 그를 겨냥하기 시작했다.

5

정상적인 궤도를 벗어난 인간의 행동…… 전쟁터에서는 결코 보기 드문 일이 아니었다. 조우전遭遇戰인 경우에는 7할 정도가 흥분하는 것이 보통인데, 만일 반 이상에 이르면 대승을 거두거나 아니면 대패하거나 한다고 일컬어져왔다.

이성理性은 상대의 빈틈을 잘 찾아내는 동시에 공포감도 배가시켰다. 따라서 적당히 흥분시키고 적당히 침착하게 만드는 것이 용병用兵의 지혜였다.

히데요시는 아군이 혼다 군과 싸우는 것을 구태여 말리지는 않았으나 싸우라고도 하지 않았다.

"재미있는 놈이로군, 헤이하치로란 자는."

그는 계속 말을 달리면서 때때로 큰 소리로 웃었다.

"이에야스는 훌륭한 부하를 가졌어. 목숨을 던져가며 우리의 진출을 지연시키려 하고 있어. 저놈을 언젠가는 내 부하로 삼아야겠다. 죽이지는 마라, 죽이지 마라."

이 말은 화가 치민 아군을 위험한 고비에서 제지했으며, 드디어 목적지인 나가쿠테가 가까워졌다.

그 무렵 이케다 군은 키이노카미 모토스케도 안도 히코베에 나오츠구安藤彦兵衛直次에게 목이 잘리고, 겨우 살아남은 테루마사를 호위하며 시다미士段味, 미즈노, 시노키篠木, 시라이柏井 방면으로 패주하고 있었다. 시각은 이미 정오를 지나 있었다.

혼다 헤이하치로 타다카츠는 차차 냉정을 되찾기 시작했다. 자기를 상대하지 않는 히데요시의 발빠른 진행이 무엇을 의미하는지 깨닫게 되었기 때문이다.

'히데요시 놈, 오로지 주군과의 결전만을 염두에 두고 있구나……'

그렇다면 타다카츠 역시 도중에서 우물거리고 있을 때가 아니었다. 조금이라도 빨리 이에야스의 본진과 합류하여 히데요시의 대군을 맞아 싸워야만 했다.

"좋아, 먼저 앞으로 돌아가 매복하고 있어야겠다. 사슴의 먹이가 될 작정을 하고 천천히 오도록 해라."

타다카츠는 악담을 퍼붓고 한낮의 햇빛 아래에서 히데요시 군을 앞질러 나갔다.

고작 500기騎 남짓했기 때문에 그 진퇴는 여간 민첩하지 않았다. 히데요시는 여전히 상대해주지 않고, 야다가와를 건너 쿠사카케草掛를 지났을 때는 더 이상 혼다 군이 눈에 띄지 않았다.

총성은 차차 드물어졌다. 겹겹이 둘러싸인 주위의 녹음에 화사한 늦봄의 햇빛이 거짓말처럼 조용히 비추고 있었다……

'아무래도 이상하다……'

히데요시가 고개를 갸웃거린 것은 아홉 점 반(오후 1시). 이미 나가쿠테에 도착했는데도 어디에도 적의 모습은 보이지 않았다.

'혹시 그 사슴 놈에게 한 방 먹었는지도 모른다……'

혼다 타다카츠가 묘한 방법으로 일부러 나를 나가쿠테로 유인해들인 것은 아닌가 하는 의구심이 들었다. 만일 그렇다면 이에야스는 그동안에 이케다 군을 추격하여 히데요시와는 반대로 코마키 방향으로 퇴각하는 척하면서 진격한 것이 되었다.

'만약에 내가 없는 틈에 공격당하면 어떻게 될 것인가?'

지략에 뛰어난 히데요시인 만큼 일단 의혹이 떠오르자 그것은 곧바로 자기 자신을 묶는 밧줄이 된다.

그는 이나바 잇테츠를 큰 소리로 불러 적에 대한 정찰을 명했다.

6

히데요시의 생애에서 이처럼 예상에서 빗나간 전투는 처음이었다. 건방진 혼다 타다카츠의 도전에 분노를 꾹 참고 곧바로 달려온 전쟁터인데도 적의 모습은 보이지 않았다⋯⋯

히데요시는 다시 히코에몬의 아들 하치스카 이에마사蜂須賀家政와 히네노 히로나리에게 정찰을 명했다.

"잇테츠는 행동이 느리다. 그대들도 사방으로 사람을 보내 탐지해보아라. 이에야스가 무엇을 하고 있는지, 어디 숨어 있는지."

목표로 삼은 적의 본진을 알 수 없었기 때문에 섬뜩한 마음은 상상 이상이었다.

그렇다면, 히데요시를 이 의혹 속으로 몰아넣은 혼다 타다카츠는 그 무렵 어디에 있었던 것일까⋯⋯

타다카츠는 말을 달려 어젯밤 이에야스가 묵은 오바타 성으로 향하고 있었다. 그는 자기가 화를 이기지 못해 저지른 히데요시 군에 대한 진로방해가 이에야스의 진퇴를 크게 도운 결과가 되었다는 것은 전혀 알지 못했다.

'이런 상황에 오바타 성으로 철수를 하다니, 이 얼마나 멍청한 생각인가⋯⋯'

다시 노발대발 화를 내고 있었다.

조카 미요시 히데츠구를 비롯하여 이케다, 호리의 두 군사를 섬멸당한 히데요시는 너무도 당황하고 있었다. 지금이야말로 승전으로 사기가 충천한 아군을 채찍질하여 히데요시를 단숨에 때려부술 절호의 기회였다. 코마키에는 아직 사카이 타다츠구와 이시카와 카즈마사가 진을 치고 있었기 때문에 적은 섣불리 증원군을 보낼 수 없다.

'그런데도 이런 작은 승리에 도취하여⋯⋯'

타다카츠는 아직은 늦지 않았다고 믿고 있었다. 이제라도 이에야스에게 권하여 히데요시 군의 후방에서 공격하면, 히데요시는 나가쿠테의 산야에 갇힌 것과 다름없게 된다. 아군이 자랑하는 야전으로 종횡무진 짓밟으면 해가 지기 전에 대세는 결정될 것이다.

'바로 눈앞에 천하가 굴러들어오고 있는데도 그것을 손에 넣으려 하지 않고 오바타로 들어가다니, 주군은 정신나간 사람이다.'

"주군은 어디 계십니까, 주군은⋯⋯?"

오바타 성으로 철수하여 아직 피 묻은 갑옷을 그대로 입은 채로 있는 병졸 사이를 누비며 달렸다.

"하타모토들도 여간 어리석지 않아. 한 사람도 주군에게 이 좋은 기회를 말씀 드린 자가 없었다는 말인가."

홀쩍 말에서 내린 그는 악귀와도 같은 형상이었다.

"주군!"

이에야스의 막사로 뛰어들었다.

"이게 무슨 꼴입니까?"

그리고는 소리질렀다.

이에야스는 마침 투구를 벗고 이마의 땀을 닦으려 하고 있었다.

"아니, 헤이하치로가 아니냐."

"예, 헤이하치로입니다. 주군! 히데요시는 지금 초조한 나머지 나가쿠테로 나와 넋을 잃고 있습니다. 천하는 지금 공중에 떠 있습니다. 어서 투구를⋯⋯ 말을⋯⋯"

"침착하지 못하겠느냐!"

"서둘러야 합니다, 주군! 팔짱을 끼고 있을 때가 아닙니다."

"나는 팔짱을 끼고 있는 게 아니다. 침착하도록 해라. 히데요시가 어떻다는 말이냐?"

이에야스는 코쇼에게 명해 갑옷의 끈을 풀게 했다.

"그대로 두어라!"

타다카츠가 펄쩍 뛰며 코쇼를 꾸짖었다.

7

"주군! 이 타다카츠의 말이 안 들리십니까?"

"듣고 있다. 조용히 해."

이에야스는 일단 손을 떼었던 코쇼에게 다시 갑옷을 벗기게 하고 대들 것만 같은 표정을 지은 타다카츠에게 미소를 지어 보였다.

"우선 앉거라, 거기에……"

"주군은…… 주군은 아군에게 승산이 없다고 보십니까?"

"아니, 승산은 있다. 승산은 있으나 나갈 수 없다."

"뭐라구요? 이길 수 있는 싸움인데도 나갈 수 없다고요……?"

"그렇다."

이에야스는 크게 고개를 끄덕이고 엄한 표정을 지었다.

"나가더라도 이미 때가 늦었어."

"아니, 아직 늦지 않았습니다! 히데요시는 나가쿠테에서 우리를 찾고 있을 것입니다."

이에야스는 천천히 고개를 저었다.

"벌써 알아차리고 철수하고 있을 것이 틀림없어."

"어디로 철수한다는 말씀입니까?"

"가쿠덴이지 어디겠느냐. 그렇지 않으면 그대 같은 난폭자에게 퇴로가 차단된다. 그런 정도의 것도 모를 치쿠젠이 아니야. 내 말을 듣거라, 나베鍋!"

이에야스가 타다카츠의 아명인 나베노스케鍋之助를 나베라고 부를 때는 반드시 훈계를 할 때였다. 타다카츠 또한 나베라는 이름으로 불리면 그만 소년 시절의 일이 생각나서 저절로 분노의 과녁을 잃게 되고는 했다.

"정말 딱하신 주군이십니다. 왜 모르십니까! 이 좋은 기회를…… 평생토록 후회하시게……"

그러면서 시동이 가져온 걸상에 앉아 비로소 손바닥으로 턱에 흐르는 땀을 떨어냈다.

"전투는 지나치게 이겨서는 안 되는 게야."

"무……무…… 무어라 하셨습니까……?"

"여기서 히데요시를 도망치도록 내버려두는 것이 진정한 전투라고 말했어."

"흥, 그런 말씀을 하시다가는 도리어 히데요시에게 목이 잘립니다. 그러고도 이겼다고 할 수 있겠습니까?"

이에야스는 그 물음에는 대답하지 않았다.

"지금 히데요시를 친다면 전국이 다시 어지럽게 뒤얽힐 것이야."

조용히 하늘을 쳐다보고 중얼거리듯이 말했다.

"나는 말이지, 히데요시만큼 힘을 가지지 못했어. 흥분하여 이성을 잃고 히데요시를 공격하면 노부나가를 습격한 미츠히데와 같은 꼴을 당한다. 미츠히데는 이기고도 졌어."

"점점 더 이상한 말씀을 하시는군요."

"이상한 말이 아니야, 나베! 신불神佛의 뜻을 깊이 생각해야 한다.

신불은 이미 전쟁에 싫증을 내고 계시다…… 그런데도 굳이 히데요시를 공격하여 세상을 혼란에 빠뜨리면 안 되는 거야. 나를 대신하여 히데요시가 천하를 손에 넣더라도 내가 그의 밑에 서지만 않으면 될 것 아닌가. 알겠느냐, 지금 내가 히데요시를 공격한다면 어떻게 될 것 같나? 일본의 모든 다이묘들과 싸우지 않을 수 없게 된다. 현재로는 나 대신 히데요시가 방패가 되어준다…… 히데요시가 할 수 있는 일을 내가 나서서 일부러 난세를 자초한다면 내 맹세가 거짓말이 되는 거야. 나는 신불의 뜻을 받들어 하루속히 전쟁이 없는 세상을 만들겠다고 마음으로부터 기원해왔어."

이에야스의 눈이 타다카츠의 얼굴을 뚫어지게 바라보았다.

타다카츠는 안타깝다는 듯 코를 킁킁거렸다.

"거짓말입니다. 그것은…… 거짓말입니다! 나 자신이 천하를 손에 넣겠다. 이것이 마음의 소원입니다…… 주군은, 주군은 히데요시를 두려워하고 계십니다."

8

이에야스는 벌써 타다카츠를 무시하고 혼다 마사노부와 이야기하고 있었다. 마사노부에게 히데요시가 철수하는 모습을 조사케 하고, 그에 대비하여 이에야스 또한 가능한 한 빨리 코마키야마로 돌아가려는 생각인 것 같았다.

'오늘의 승리를 일시적인 것으로 보고 다시 이전의 대진으로 돌아가려 한다……'

타다카츠는 크게 화가 나서 막사를 나왔다. 좀처럼 분노가 가라앉을 것 같지 않았다.

'모처럼의 승리를……'

이렇게 생각되는 순간 이에야스가 여간 불만스럽지 않았다.

'이상해졌어, 우리 대장은.'

설마 신불이 맹세를 어겼다고 꾸짖을 리는 없을 것이고, 노부오, 이에야스, 호죠 부자가 손을 잡으면 일본 전체를 적으로 삼아도 충분히 싸울 수 있을 텐데 히데요시를 너무 두려워하고 있다.

'이 정도가 주군의 한계란 말인가.'

애당초 천하를 손에 넣을 그릇은 못 되고 스루가, 토토우미, 미카와 외에 코슈와 신슈의 일부를 손에 넣은 것만으로 충분하다고 생각하는 것일까.

'주군을 그런 사람으로 만든 것이 도대체 누구일까?'

밖에는 아직 해가 높이 떠 있고, 성 주위는 휴식을 취하고 있는 인마人馬로 가득했다. 어젯밤에는 한 숨도 자지 못했기 때문에 풀 위에 누워 죽은 듯이 잠들어 있는 병졸들도 많았다.

"혼다 님!"

풀을 짓밟아버리듯이 하며 달려 성문 앞에서 기다리게 했던 미우라 큐베에三浦九兵衛와 마키노 소지로牧野惣次郎에게 왔을 때 거기에는 핏발이 선 눈으로 그를 기다리고 있는 또 하나의 사나이가 있었다. 맨 먼저 히데츠구의 진지로 쳐들어가 승리의 계기를 만든 미즈노 타다시게였다.

"타다시게로군. 웬일인가?"

"주군은 히데요시 군에 대한 공격을 허락지 않는데, 자네도 같이 가지 않겠나?"

"어디로?"

"주군께…… 히데요시는 오늘 밤 류센 사까지 퇴각했다가 새벽에 이오바타 성을 공격할 결심인 것 같아. 이대로 내버려두면 큰일이니, 오늘 밤 안으로 공격하여 히데요시의 목을 자르지 않으면 안 돼."

"안 돼!"

타다카츠는 무뚝뚝하게 고개를 가로저었다.

"지금 당장 공격하자는 것도 허락지 않으셨는데 야습을 허락할 것 같나?"

"허락하시지 않는다고 내버려둘 수는 없어. 내일 아침 일찍……"

"알고 있네! 내일 아침이 되면 주군도 아시게 될 테지. 그러나 지금은 히데요시의 신예 부대에 겁을 먹고 계시기 때문에 이야기가 되지 않아. 내 생각으로는……"

"자네 생각으로는……?"

"주군을 이처럼 나약하게 만든 것은 지혜가 뛰어난 체하는 마사노부와 카즈마사 같은 자들이 아닌가 싶어. 아무래도 카즈마사는 수상해! 카즈마사는 비어 있는 이누야마 성도 나에게 공격하지 못하게 했네."

이렇게 말하고 타다카츠는 얼른 마키노 소지로의 막사로 들어갔다.

그 무렵 히데요시는 이미 나가쿠테에서 류센 사로 철수하여, 미즈노 타다시게가 말한 것처럼 새로 오바타 성을 공격하기 위한 작전회의를 열고 있었다.

이대로 오늘 밤을 오바타 성에서 보낸다면 그야말로 이에야스 군은 큰 타격을 입지 않을 수 없게 될 것인데……

——13권에서 계속

《 코마키 전투 대진도 》

Map labels:

하구로 성
코구치
니노미야
하기시마
챠우스야마
가쿠덴 성
아오츠카
이와사키야마
코마츠사
이케노우치
코마키
타나카
코마키야마 성
모토마치
니쥬호리

Legend:

- 하시바 군
- 도쿠가와 군 ⋯⋯ 주요도로
- 산
- 성
- 절

《 나가쿠테 전투 대진도 》

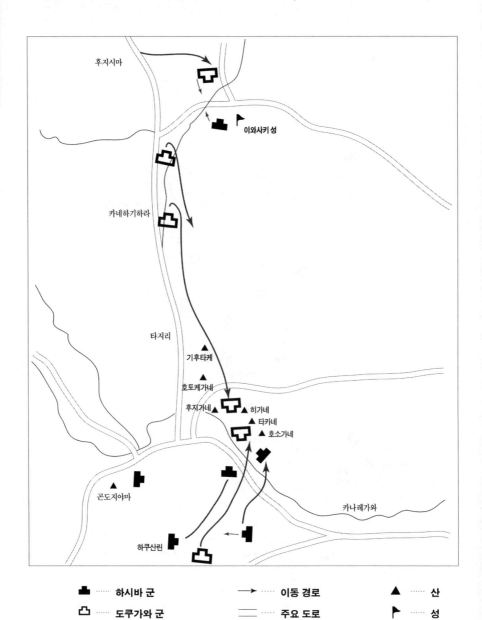

후지시마

이와사키 성

카네하기하라

타지리

기후타케

호토케가네

후지가네　히가네

타카네

호소가네

곤도지야마

카나레가와

하쿠산린

⛏ …… 하시바 군	→ …… 이동 경로	▲ …… 산
♜ …… 도쿠가와 군	═ …… 주요 도로	⚑ …… 성
	— …… 강	

《 주요 등장 인물 》

도쿠가와 이에야스德川家康

시즈가타케 전투 이후 차츰 세력권을 넓혀가는 히데요시를 경계하지만, 노골적인 적대 의사는 표명하지 않는다. 오다 노부나가의 차남인 노부오와는 동맹 관계를 맺고 그를 지원하겠다고 부추겨서 코마키·나가쿠테 전투를 일으킨다. 이 전투에서 이에야스는 히데요시 군과 일진일퇴를 거듭하다 결정적인 승기를 잡지만, 천하인이 되기에 자신은 아직 부족하다고 판단하고 뒤로 물러난다.

사카키바라 야스마사榊原康政

통칭 코헤이타. 열세 살부터 이에야스를 섬긴다. 텐쇼 12년(1584)의 코마키·나가쿠테 전투에 앞서 히데요시를 군주의 은혜도 모르는 대역무도한 악인이라고 탄핵한 팻말을 곳곳에 꽂아 부하들의 사기를 높였다는 일화가 유명하다. 그리고 "이 야스마사의 목을 베는 자에게는 큰 상을 내리리라"라고 호언장담하여 히데요시를 격노케 했다.

산보시三法師

오다 히데노부. 산보시는 아명兒名. 노부타다의 아들이자 노부나가의 적손이다. 키요스 회의 당시 세 살이었으며, 이때 히데요시에 의해 후계자로 옹립된다. 삼촌인 노부오는 아즈치에 입성하여 산보시를 옹립하고 히데요시에게 대항하려 한다.

아사히히메朝日姫

하시바 히데요시의 의붓여동생이다. 가난하다는 이유로 히데요시에 의해 첫 남편인 소에다 진베에와 헤어지고, 두번째 남편인 후쿠다 요자에몬과도 사이가 좋지 않아 헤어진 후 히데요시의 가신인 사지 휴가노카미와 재혼한다.

오다 노부오織田信雄

오다 노부나가의 차남이다. 혼노 사의 변 후 천하 쟁탈전에 뒤늦게 참가하여 하시바 히데요시와 적대 관계에 놓인다. 노부나가와는 달리 유약한 성격에 우유부단하여 가신들로부터 신임을 잃고, 도쿠가와 이에야스의 선동으로 코마키·나가쿠테 전투를 일으킨다.

오카다 시게타카岡田重孝

오다 노부오의 가신. 츠가와 요시후유, 아사이 타미야마루와 함께 히데요시를 만나고 오지만, 히데요시의 계략에 빠져 노부오로부터 세 사람이 히데요시와 내통한다는 의심을 받게 된다. 이에 격분한 세 사람은 오미의 미이데라로 노부오를 만나러 오는 히데요시를 암살하려는 계획을 세우지만 히데요시의 계략에 말려들어 결국 실패한다.

이시카와 카즈마사石川數正

관직명 호키노카미. 혼노 사의 변 후 야마자키 전투와 시즈가타케 전투를 통해 반대 세력을 제압하고 히데요시가 천하의 주도권을 잡게 되자 도쿠가와 가 대부분의 중신들은 히데요시에 항전하자는 의견이었으나 유독 카즈마사 만이 히데요시와 화친해야 한다고 주장한다. 혼다 사쿠자에몬을 통해 히데요시에게 사자로 가겠다고 이에야스에게 청하고, 이에야스는 이를 받아들여 그를 히데요시에게 보낸다. 히데요시와 대면하게 된 카즈마사는 히데요시의 책략에 말려들게 되는 자신을 보며 새삼 히데요시의 지략에 감탄한다. 코마키 · 나가쿠테 전투에서는 히데요시의 거짓 소문으로 도쿠가와 가 중신들로부터 히데요시의 첩자로 오해를 받는다.

이케다 쇼뉴池田勝入

노부테루, 츠네오키라고도 불리며, 출가하여 쇼뉴, 뉴도 등으로 불린다. 관직명은 키이노카미. 히데요시를 따라 시즈가타케 전투에도 종군하고, 코마키 · 나가쿠테 전투에서는 히데요시의 조카인 미요시 히데츠구를 총대장으로 하여 도쿠가와 군의 후방인 미카와를 기습하려는 계획을 세우지만, 도중에 도쿠가와 군의 역습을 받고 아들 모토스케와 함께 전사한다.

이케다 모토스케池田元助

이케다 노부테루의 장남으로 관직명은 키이노카미. 하시바 히데요시에게 지나치게 순종적인 아버지 노부테루와는 달리 히데요시를 믿을 수 없는 사람이라며 경계한다. 코마키 · 나가쿠테 전투에서 아버지와 함께 전사한다.

챠야 시로지로茶屋四郞次郞

이에야스의 측근 무사. 본명은 마츠모토 시로지로 키요노부. 오사카와 사카이의 정세를 살펴 이에야스에게 알린다. 코마키 · 나가쿠테 전투에 앞서서는 오사카 부근 히데요시 군의 배치를 탐색하여 보고한다.

하시바 히데요시羽柴秀吉

관직명 치쿠젠노카미. 성을 도요토미로 바꾸기 전의 이름이다. 시즈가타케 전투에서 시바타 가문을 괴멸시킨 히데요시는 술책의 천재답게 자신의 반대파인 오다 노부오, 도쿠가와 이에야스 등의 가신들에게까지 술책을 부린다. 이런 히데요시의 술책으로 노부오의 세 가신이 결국 죽음을 맞게 되고, 이에야스의 가신인 이시카와 카즈마사 역시 히데요시의 첩자라는 오해를 받게 된다. 코마키 · 나가쿠테 전투에서는 이에야스, 노부오와 맞서 싸우지만, 미카와 침입이 실패로 돌아가 패하고 만다.

혼다 시게츠구本多重次

혼다 사쿠자에몬 시게츠구는 일곱 살 때 키요야스(이에야스의 조부)를 섬긴 것에 이어 히로타다, 이에야스 삼대에 걸쳐 출사한 가신이다. 강직한 성품으로 항상 주군인 이에야스를 훈계한다. 도쿠가 가문의 존속을 위해 강경파 신하 노릇을 하며 노골적으로 히데요시에게 적대감을 드러낸다. 겉으로는 이시카와 카즈마사를 증오하지만 내심 그를 돕는다.

혼다 타다카츠本多忠勝

통칭 헤이하치로. 사슴 뿔 투구로 유명한 그는 이에야스의 가신으로 텐쇼 12년(1584)의 코마키 · 나가쿠테 전투에서 히데요시의 수만에 달하는 군대를 단 300기로 맞서려는 담력을 보인다. 이 전투에서 결정적인 승기를 잡았다고 판단, 이에야스에게 히데요시를 물리칠 절호의 기회가 왔다며 출진을 독려하지만, 이에야스가 자신은 아직 천하인이 될 실력을 갖추지 못했다며 무시하자, 이에야스의 그릇을 의심한다.

《 아즈치 · 모모야마 용어 사전 》

네고로根來 무리 | 네고로 사의 승려를 중심으로 한 군사 집단. 탁월한 총포대를 갖고 있었지만, 1585년 히데요시에게 토벌된다.

노부시野武士 | 산야에 숨어살면서 패잔병 등의 무기를 빼앗아 무장한 무사나 토민의 무리.

다다미疊 | 일본식 주택의 방바닥에 까는 것으로, 짚으로 만든 판에 왕골이나 부들로 만든 돗자리를 붙인 것. 일반적으로 크기는 180×90cm이며, 일본에서는 지금도 방의 크기를 다다미의 장수로 나타내는 경우가 많다.

다이묘大名 | 넓은 영지와 많은 부하를 둔 무사의 우두머리.

렌뇨蓮如 | 일본의 정토진종淨土眞宗을 중흥시킨 고승.

미나모토노 요리토모源賴朝 | 카마쿠라 바쿠후鎌倉幕府의 초대 쇼군將軍으로, 무신 정권의 창시자. 1147~1199.

부교奉行 | 행정, 재판, 사무 등을 담당하는 무사의 직명.

사이가雜賀 무리 | 키슈의 키노카와를 본거지로 하는 지역적인 자치 조직이며, 대량의 총포와 수군은 타의 추종을 불허할 정도로 막강했다. 1585년 히데요시에게 토벌된다.

아시가루足輕 | 평시에는 잡일에 종사하다가 전시에는 병졸이 되는 최하급 무사.

오닌應仁의 난 | 1467년부터 1477년까지 쿄토를 중심으로 일어난 대란. 지방으로 파급되고 센고쿠 시대로 접어드는 계기가 되었다.

우다이진右大臣 | 다이죠칸의 장관. 사다이진 다음의 직위. 여기서는 오다 노부나가를 가리킨다.

우마지루시馬印 · 馬標 | 전쟁터에서 대장의 말 옆에 세워 그 위치를 알리는 표지.

지세이辭世 | 임종 때에 지어 남기는 시가詩歌.

진바오리陣羽織 | 전쟁터에서 갑옷 위에 걸쳐 입는 소매 없는 겉옷.

카타기누肩衣 | 어깨에서 등으로 걸쳐지는 무사의 소매 없는 예복.

코쇼小姓 | 주군을 측근에서 모시며 잡무를 맡아보는 무사.

코카甲賀 무리 | 게릴라 전법을 구사하는 코카 지방의 자치 공동체.

하오리羽織 | 옷 위에 입는 짧은 겉옷.

하카마袴 | 일본옷의 겉에 입는 아래옷. 허리에서 발목까지 덮으며 넉넉하게 주름이 잡혀 있고, 바지처럼 가랑이진 것이 보통이나 스커트 모양의 것도 있다.

하타모토旗本 | (진중에서) 대장이 있는 본영. 또는 그곳을 지키는 무사.

하타사시모노旗差物 | 전쟁터에서 갑옷의 등에 꽂아 소속을 나타내는 작은 기.

호로母衣 | 갑옷 뒤에 덮어씌워 화살을 막는 포대와 같은 천.

혼슈本州 | 일본열도의 근간을 이루는 최대의 섬.

후다쇼札所 | 사찰을 순례하는 사람이 참배의 표시로 표찰을 받는 곳.

《 도쿠가와 이에야스 관련 연보(1584) 》

◈─서력의 나이는 도쿠가와 이에야스의 나이

일본 연호		서력	주요 사건
텐쇼 天正	12	1584 43세	2월, 이에야스는 오다 노부오에게 사자를 보낸다. 3월 6일, 오다 노부오는 츠가와 요시후유, 아사이 타미야마루, 오카다 시게타카 등 세 노신을 베고, 히데요시와 단교한다. 3월 10일, 하시바 히데요시는 오사카에서 입성, 이어서 오미로 출진한다. 3월 13일, 이에야스는 군사를 이끌고 오와리로 진출하여 오다 노부오와 키요스에서 회견한다. 같은 날, 미노 기후의 이케다 모토스케 등이 오다 노부오의 이누야마 성을 공격한다. 3월 17일, 미노 카네야마의 모리 나가요시가 오와리 하구로로 출진한다. 이에야스의 선봉인 사카이 타다츠구 등이 이를 무찌른다. 3월 28일, 하시바 히데요시는 오와리로 나와 라쿠덴에 진을 친다. 이에야스는 키요스에서 코마키로 출진한다. 4월 9일, 하시바 히데요시의 수하인 미요시 노부요시(히데츠구), 이케다 쇼뉴(츠네오키), 모리 나가요시 등이 미카와로 출격할 것을 상의한다. 이에야스는 이들을 오와리 나가쿠테에서 습격하여 격파한다(코마키·나가쿠테 전투). 5월 10일, 하시바 히데요시가 오와리 타케가하나 성을 공격한다. 6월 28일, 포르투갈 상선이 히젠 히라도에 내항한다. 7월 3일, 타키가와 카즈마스가 이에야스, 오다 노부오에게 항복하고 이세로 퇴각한다. 같은 달, 이에야스는 의붓여동생인 히사마츠(오카메)를 시나노 타카토의 호시나 마사나오에게 시집보낸다. 8월 8일, 하시바 히데요시는 신축한 오사카 성으로 들

일본 연호	서력	주요 사건
텐쇼 天正		어간다. 8월 11일, 츠츠이 쥰케이가 36세의 나이로 죽는다. 9월 17일, 하시바 히데요시가 오와리에서 미노로 철수한다. 9월 27일, 이에야스, 오다 노부오가 키요스로 돌아온다. 10월 17일, 이에야스는 사카이 타다츠구에게 오와리 키요스를, 사카키바라 야스마사에게 코마키를, 스가누마 사다미츠에게 오바타를 지키게 하고, 이어서 토토우미 하마마츠로 돌아온다. 11월 15일, 하시바 히데요시는 이에야스, 노부오와 강화한다. 이날, 히데요시는 노부오와 이세 쿠와나 부근에서 회견한다. 12월 12일, 이에야스의 둘째아들 오기마루가 히데요시의 양자가 된다. 이날, 하마마츠를 출발한다.

옮긴이 **이길진**李吉鎭

1934년 황해도 출생. 1958년 서울대학교 사회학과를 졸업하였다.
일본 문학 작품 및 일본 문화에 관련된 많은 책들을 유려한 우리말로 옮겼다.
주요 역서로는 가와바타 야스나리의 『설국』, 이마이 마사아키의 『카이젠』,
오에 겐자부로의 『사육』, 기쿠치 히데유키의 『요마록』,
야마오카 소하치의 『오다 노부나가』, 『사카모토 료마』 등이 있다.

| 부록의 자료 제공 및 감수는 고려대학교 일어일문학과 최관 교수님께서 해주셨습니다.

도쿠가와 이에야스 제12권

1판 1쇄 발행 2001년 2월 5일
2판 3쇄 발행 2023년 5월 1일

지은이 야마오카 소하치
옮긴이 이길진
펴낸이 임양묵
펴낸곳 솔출판사

주소 서울시 마포구 와우산로29가길 80(서교동)
전화 02-332-1526
팩스 02-332-1529
이메일 solbook@solbook.co.kr
홈페이지 www.solbook.co.kr
출판 등록 1990년 9월 15일 제10-420호

한국어판 ⓒ 솔출판사, 2001
부록 ⓒ 솔출판사, 2001

이 책의 '부록'은 독자들이 일본의 전국시대를 폭넓게 조망할 수 있도록
전공 학자와 편집부가 참여, 오랜 시간과 많은 비용을 들여 작성한 것입니다.
저작권자인 솔출판사의 서면 동의 없이 무단 전재와 무단 복제를 금합니다.

ISBN 979-11-86634-37-0 04830
ISBN 979-11-86634-22-6 (세트)

• 잘못된 책은 구입한 곳에서 바꿔드립니다.
• 책값은 뒤표지에 표시되어 있습니다.

코마키·나가쿠테小牧長久手 전투(1584) 병풍도 뒷부분.
오다 노부오·도쿠가와 이에야스 연합군과
도요토미 히데요시 군의 전투 장면.